06/2500

SCIENCE FICTION

Herausgegeben
von Wolfgang Jeschke

Ein Verzeichnis aller BATTLETECH®-Romane
finden Sie am Schluß des Buches.

Thomas Gressman

Feuer und Schwert

Zweiundvierzigster Roman im
BATTLETECH®-Zyklus
– Erster Teil –

Deutsche Erstausgabe

WILHELM HEYNE VERLAG
MÜNCHEN

HEYNE SCIENCE FICTION & FANTASY
Band 06/6242

Titel der amerikanischen Originalausgabe
SWORD AND FIRE
Deutsche Übersetzung von REINHOLD H. MAI

Umwelthinweis:
Dieses Buch wurde auf chlor- und säurefreiem Papier gedruckt

Redaktion: Joern Rauser

http://www.heyne.de
Printed in Germany 1999
Umschlaggestaltung: Atelier Ingrid Schütz, München
Technische Betreuung: M. Spinola
Satz: Schaber Satz- und Datentechnik, Wels
Druck und Bindung: Elsnerdruck, Berlin

ISBN 3-453-14888-6

Mit nochmaligem Dank an Blaine Pardoe und Bill Keith für deren Ermutigung, und an Bryan Nystul, Mike Stackpole und Donna Ippolito, die mich gezwungen haben, darüber nachzudenken, was ich tat – und mein Bestes zu geben. Der Autor möchte zudem allen anderen Personen, deren Zahl zu groß ist, um sie hier sämtlich aufzuführen, für ihre technischen Ratschläge seinen Dank aussprechen. Dank auch an Brenda für ihre Geduld.

Und wie immer danke ich Dir, O Herr, denn ich weiß, woher mein Talent und die Möglichkeiten, die sich eröffnen, wirklich kommen.

In Gedenken an Octa Bluetooth. Es tut mir leid, daß du diesen nicht mehr lesen kannst. Wir werden dich vermissen, mein Freund.

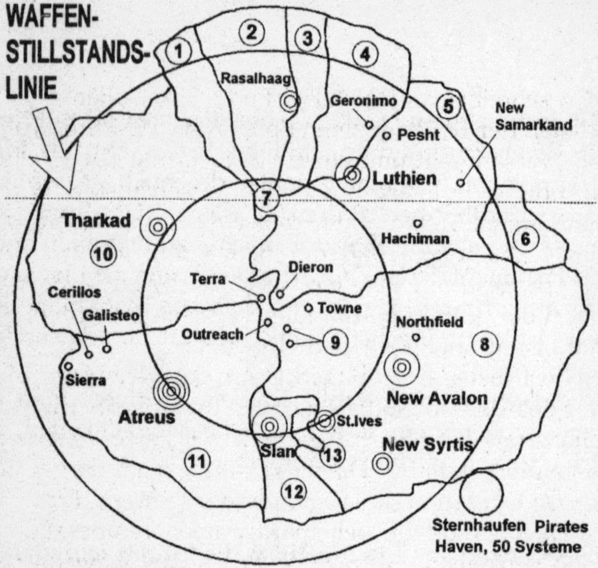

KARTE DER NACHFOLGERSTAATEN

1• Jadefalken/Stahlvipern, 2• Wölfe, 3• Geisterbären,
4• Nebelparder/Novakatzen, 5• Draconis-Kombinat,
6• Außenweltallianz, 7• Freie Republik Rasalhaag,
8• Vereinigtes Commonwealth, 9• Chaos-Marken,
10• Lyranische Allianz, 11• Liga Freier Welten,
12• Konföderation Capella, 13• St. Ives-Pakt

Karte erstellt durch COMSTAR,
nach Informationen des COMSTAR-EXPLORERDIENSTES
und des STERNENBUNDARCHIVS, Terra

PROLOG

Man schreibt das Jahr 3060. Ende 3058 haben sich die Fürsten der Freien Inneren Sphäre zur Whitting-Konferenz versammelt und einen Staatsvertrag zur erneuten Gründung des Sternenbundes unterzeichnet, damit die Freie Innere Sphäre unter seiner Flagge den Kampf zu den Clans tragen und der Bedrohung durch sie ein dauerhaftes Ende bereiten kann. Zu diesem Zweck soll einer der Clans vollständig vernichtet werden. Die Wahl ist auf die Nebelparder gefallen.

Bewaffnet mit geheimen Daten aus der Hand eines Nebelparder-Überläufers namens Trent planen die Oberhäupter der Großen Häuser einen aus zwei Phasen bestehenden Angriff. Die erste Phase mit dem Codenamen Operation Bulldog unter der Führung Prinz Victor Davions soll die Nebelparder aus deren Besatzungszone vertreiben. Die zweite Phase des Angriffs trägt den Namen Einsatzgruppe Schlange. Unter dem Befehl Marshal Morgan Hasek-Davions haben sich zu diesem Unternehmen Eliteeinheiten der Streitkräfte aller Nachfolgerstaaten versammelt, zusätzlich verstärkt durch zwei Elite-Söldnereinheiten.

Während Operation Bulldog die Parder in der Inneren Sphäre ablenkt, macht Einsatzgruppe Schlange sich auf den langen Weg durch die Peripherie und den weiten, unerforschten Raum dahinter, um das Herz des Nebelparders anzugreifen, den Planeten Diana. Dank des geheimnisvollen Trent kennt die Freie Innere Sphäre endlich den Weg zu den Clan-Heimatwelten.

Nach nahezu einem Jahr Flugzeit durch die Weiten des Alls, nur noch wenige Sprünge von ihrem Ziel entfernt, erlebt die Einsatzgruppe Schlange ein Desaster. Morgan Hasek-Davion wird tot in seiner Koje aufgefunden, allem Anschein nach das Opfer eines Attentats.

Jetzt muß seine Stellvertreterin, General Ariana Winston, die Kommandeurin der Elite-Söldnerbrigade der Leichten Eridani-Reiterei, in seine Fußstapfen treten. Mit dem Befehl über Dutzende von interstellaren Raumschiffen, zig Landungsschiffen und fast sechzigtausend Soldaten, fernab jeder Hilfe, findet sie sich an der Schwelle zur größten Militäroperation in der Geschichte der Inneren Sphäre, und irgendwo an Bord ihrer Flotte lauert ein Attentäter.

1

Schlachtkreuzer SBS *Unsichtbare Wahrheit*,
Einsatzgruppe Schlange
Namenloses Sonnensystem, Äußere Peripherie

3. Januar 3060

»Komm schon, Andrew«, meinte Ariana Winston sanft. »Es ist vorbei. Für uns gibt es hier nichts mehr zu tun.«

Redburn drehte sich um und sah sie an. Für einen Augenblick flackerte Wut in der Leere hinter seinen rotgeränderten Augen. Dann schüttelte er traurig den Kopf. »Ja, Sie haben wohl recht.«

Winston legte ihm tröstend eine Hand auf die Schulter und fühlte die Muskeln unter der mattgrünen Jacke zittern. Sie wußte, daß weder Angst noch Müdigkeit der Grund dafür waren, sondern die Anstrengung, seine Gefühle unter Kontrolle zu halten. Auch sie kämpfte mit Schock und Trauer, aber Andrew Redburn war Morgan Hasek-Davions engster Freund gewesen. Sein Leid mußte weit größer sein als ihres.

Im vergangenen Jahr des Trainings und der Reise hatte sie Redburn kennengelernt, und seine Liebe zu Morgan war offensichtlich. In mancher Hinsicht hatten die beiden Männer sich näher gestanden als Brüder. Seine Trauer war nur zu natürlich, aber es wäre nicht gut für ihn gewesen, auch nur noch einen Augenblick länger in Morgans Flaggsuite zu bleiben.

Sanft schob sie ihn zur Tür hinaus ins Büro, und Redburn ließ sich auf unsicheren Beinen führen. An der Tür warf Winston noch einen Blick in die leere Kabine, in der Marshal Morgan Hasek-Davion, der Kommandeur der Einsatzgruppe Schlange, keine zwölf Stunden zuvor ermordet worden war. Mit einem schweren Seufzer drehte sie sich um und folgte Redburn hinaus.

Auf dem Weg durch das Flaggbüro ließ sie Redburn voraus auf den Gang treten, während sie anhielt, um mit

Captain Roger Montjar zu sprechen, dem Kommandeur der Tollwütigen Füchse, der Elite-Kommandoeinheit der VCS. Als das Mitglied der Einsatzgruppe, das am ehesten für die Rolle eines Chefkriminalisten qualifiziert war, hatte Montjar die Aufgabe übernommen, den Mord zu untersuchen. Nur Minuten zuvor war Morgans Leiche abgeholt worden und befand sich jetzt auf dem Weg zur Krankenstation. Montjar hatte sich sofort an die Arbeit gemacht und suchte die Flaggunterkunft nach Spuren ab. Sie und Redburn hätten ihn dabei nur behindert.

»Informieren Sie mich sofort, wenn Sie irgend etwas finden, Captain«, sagte Winston in einer vor Gefühl heiseren Stimme, dann trat sie ebenfalls auf den Korridor, wo Redburn auf sie wartete.

»Warum kommen Sie nicht kurz mit in mein Büro?« fragte sie leise. »Wir können uns einfach eine Weile setzen. Wenn Sie reden wollen, höre ich zu. Wenn nicht, ist es auch okay.«

Redburn nickte schweigend, und Ariana verstand das als ein Ja. Sie durchquerte den Gang und gab gerade die Schlüsselkombination in die Tastatur am Schott zu ihrem Büroraum ein, als Montjar den Kopf aus der Tür der Flaggunterkunft steckte.

»General?« Die Stahlwände des Raumschiffskorridors ließen seine Stimme tonlos und künstlich klingen. »Ich habe meine erste Untersuchung des Quartiers abgeschlossen und fliege jetzt zurück auf die *Rostock*, um die Ergebnisse zu analysieren und einzuordnen. Ich möchte Sie darum bitten, die Flaggunterkunft bis zum Abschluß der Untersuchungen versiegeln zu lassen. Möglicherweise muß ich sie noch einmal überprüfen, und ich möchte nicht, daß bis dahin irgend etwas hier drinnen verändert wird.«

»Geht in Ordnung, Captain. Sonst noch etwas?«

»Nun, da Sie es schon ansprechen.« Montjar trat in den Korridor und legte den Plastikkoffer mit seinen Geräten vorsichtig neben sich in der Luft ab. »Sehen Sie sich vor, mit wem Sie reden«, meinte er im Flüsterton. »Wir wissen nicht, wer Morgan getötet hat, wer den Mord angeordnet hat oder warum. Wer es auch war, er hat sich verfluchte Mühe gegeben, es nach einem natürlichen Todesfall aussehen zu lassen, und wir wollen uns nicht in die Karten sehen lassen.«

»Der Befehlsstab muß informiert werden«, erklärte Winston.

»Natürlich, Ma'am. Ich wollte auch nicht andeuten, daß er nichts erfahren sollte. Aber es wäre vielleicht vernünftiger, damit etwas zu warten. Es wissen bereits alle, daß Sie eine Autopsie angeordnet haben. Warten Sie, bis Doktor Donatis Arbeit getan ist, bevor Sie ihnen mehr erzählen.«

»Warum?«

Montjar rieb sich nachdenklich das Kinn. »Wenn wir jedem erzählen, daß der Marshal ermordet wurde, könnte der Täter, wer immer das ist, auf den Gedanken kommen, daß wir ihm auf der Spur sind. Wenn das bekannt wird … Wer weiß, was dann noch geschieht?«

»Wie meinen Sie das?« Andrew Redburn war näher herangetreten, um zu hören, was Montjar sagte.

»Er könnte abtauchen«, erläuterte Montjar. »Verstehen Sie, seine Spuren verwischen und abwarten. So etwas. Aber ebensogut könnte er uns als Bedrohung für seine weitere Existenz sehen und Schritte einleiten, um diese Gefahr aus dem Weg zu räumen. Möchten Sie den Rest dieser Mission auf Tuchfühlung mit zwei Leibwächtern verbringen und sich die ganze Zeit über die Schulter sehen lassen müssen?«

»Sie meinen das ernst«, flüsterte Winston entsetzt.

»Und ob«, antwortete der MI6-Mann halb scherzend. »Und das ist noch nicht einmal das Schlimmste. Wir haben es hier mit einem Profi zu tun. Wenn er das Gefühl bekommt, seine Entdeckung stünde bevor, könnte er zu drastischen Maßnahmen greifen, um sie zu verhindern.«

»Zum Beispiel?«

»Zum Beispiel, indem er das Schiff sprengt. Ha! Starren Sie mich nicht so ungläubig an. Ich habe sowas schon erlebt. Kurz nach dem 4. Krieg haben zwei capellanische Todeskommandos auf Monhegan versucht, einen MI7-Sektionschef zu entführen. Irgendwie lief die Aktion schief, und als die Übeltäter bemerkten, daß die Tollwütigen Füchse im Anmarsch waren, brachten sie ein Landungsschiff in ihre Gewalt und forderten Starterlaubnis. Die Hafenbehörde weigerte sich, und die Capellaner vernichteten das Schiff. Gesprengt. Sie haben vierzig, vielleicht fünfzig Kilo Pentaglyzerin gezündet und den *Monarch* mit hundertfünfzig Passagieren über das Landefeld verstreut. Ich würde lieber nicht das Risiko eingehen, es mit einem solchen Fanatiker zu tun zu bekommen. Ich weiß nicht, wie Sie das sehen?«

»In Ordnung, Captain, wir halten uns an Ihre Vorschläge«, stellte Winston fest. »Zunächst. Aber ich will von Ihnen hören, sobald Sie etwas wissen, verstanden?«

»Ja, Ma'am.« Montjar grüßte flüchtig, schnappte sich seinen in der Schwerelosigkeit des Raumschiffskorridors treibenden Koffer und verschwand um die nächste Ecke.

»Ich sollte mich besser auch auf den Weg machen, General«, seufzte Redburn. Die Trauer hatte tiefe Furchen in sein Gesicht gegraben. »Im Augenblick ist mein Platz bei den Ulanen. Sie werden Antworten verlangen, und es ist wohl meine Aufgabe, sie ihnen zu geben.«

»Tun Sie, was Sie tun müssen, Andrew.« Wieder legte sie ihm die Hand auf die Schulter. »Keine Sorge. Wir werden diesen Bastard erwischen. Und wenn wir ihn haben, werden Sie der erste sein, der es erfährt.«

Redburn nickte, dankbar für ihr Mitgefühl. Dann richtete er sich auf, zupfte seine Uniformjacke gerade und marschierte den Korridor hinab davon.

»Teufel. Ich hoffe nur, ich kann es wahr machen.« Winston hauchte es wie einen Fluch. Kopfschüttelnd drehte sie sich um und trat in ihr Büro. Auf dem Weg über den Stahlboden dachte sie an die Ereignisse der letzten vierundzwanzig Stunden und deren Bedeutung für Schlange und die Mission. Die Flotte stand nur wenige Sprünge vor dem Start einer der wichtigsten Operationen in der Geschichte der Inneren Sphäre: der Invasion Dianas, der Heimatwelt der Nebelparder.

Und jetzt, sozusagen am Vorabend des Angriffs, war der Kommandeur der Einsatzgruppe, ein respektierter und beliebter Offizier, in seinem Bett ermordet worden. Als Morgans Stellvertreterin lastete die Verantwortung für die Einsatzgruppe nun voll und ganz auf ihren Schultern.

Ihr Büro war klein und spärlich eingerichtet. In der Nähe der hinteren Kabinenwand stand ein graulackierter Metallschreibtisch voller Ausdrucke, Datenchips und Handbücher, der am Schottboden befestigt war. Zwei Aktenschränke und ein Paar einfache Stühle komplettierten das Mobiliar. Nur ein Photorahmen und vereinzelte persönliche Effekten hoben diesen Schreibtisch von einem Dutzend anderer an Bord der *Unsichtbare Wahrheit* ab.

Winston ging in gerader Linie zu ihrem Schreibtisch und schnallte sich mit einem Seufzen in den dünn gepolsterten Sessel. Mehrere Sekunden lang saß sie nur da und starrte müde auf die Wand. Sie hatte Morgan Hasek-Davion nicht annähernd so lange gekannt wie Redburn. Aber trotzdem hatte sie das gespenstische Gefühl, ihn hinter sich stehen zu spüren, gerade weit genug in ihrem Rücken, um nicht mehr gesehen zu werden. Zweimal ertappte sie sich dabei, wie sie sich umdrehte, in der Hoffnung, Morgan dort stehen und sie aus seinen grünen Augen ruhig anblicken zu sehen. Natürlich war das lächerlich. Morgan war tot, und an Geister glaubte sie nicht.

Winston lehnte sich zurück. Der Gedanke daran, daß sie jetzt den Befehl über die Einsatzgruppe hatte, ließ sie nicht los. Sie war schon ihr ganzes Leben lang Soldatin und hatte reichlich Großoperationen geplant, aber diese besaß eine andere Qualität. Bei so ziemlich allen vorhergegangenen Missionen hatte sie ihre eigenen Truppen befehligt, die berühmten Söldner der Leichten Eridani-Reiterei. Jetzt kommandierte sie Hauseinheiten aus der gesamten Freien Inneren Sphäre. So sehr sie auch die Traditionen des Sternenbunds hochhielt, sie blieb eine Söldnerin, und dadurch fehlte ihr Morgans politisches Gewicht. Würde es ihr gelingen, die einzelnen Teile der Einsatzgruppe zusammenzuhalten? War die Mission in Gefahr?

Sie griff über den Schreibtisch, streckte sich, um das Holobild in dem silbernen Rahmen aus der Halterung zu lösen. Das Bild zeigte eine sehr viel jüngere Ariana Winston, die einen älteren Mann umarmte, auf dessen Uniform die Mond-und-Stern-Insignien des 21. Einsatzregiments prangten. Obwohl seine Haut etwas heller als der dunkle schokoladenbraune Farbton der ihren war, ließ sich die Familienähnlichkeit nicht übersehen. Traurig sah sie in die Augen ihres Vaters, als suche sie dort eine Antwort. Aber da gab es keine Antwort, ebensowenig wie sie Trost oder Erklärungen gefunden hatte, als er gestorben war.

Mit einem trostlosen Seufzer streckte Winston den Arm aus und tippte einen Code in den Schreibtischinterkom.

»Ja, Generalin?«

»Eine Verbindung zur *Gettysburg*, bitte.«

Nach kurzer Pause meldete sich der Decksoffizier an Bord des Leitsprungschiffs der Leichten Reiterei.

»Mr. Koll, bitte sagen Sie meinem Adjutanten, er soll meine Sachen für den Umzug auf die *Unsichtbare Wahrheit* packen.« Winston war nicht gerade versessen darauf umzuziehen, aber der Schlachtkreuzer der *Cameron*-Klasse war das Flaggschiff der Einsatzgruppe Schlange, und als deren Kommandeurin war ihr Platz hier an Bord.

Ohne auf eine Antwort zu warten, trennte sie die Verbindung und lehnte sich müde an die Rückenlehne des Bürostuhls. Die Umstände von Morgans Tod machten ihr zu schaffen. Wer konnte seinen Tod gewünscht haben? Zugegeben, Morgan Hasek-Davion war der Vetter des Archon-Prinzen des Vereinigten Commonwealth. Aber Victor Davion hatte zwei Brüder, ganz abgesehen von seinen zwei Schwestern, von denen eine sich von ihm losgesagt zu haben schien. Morgan stand auf der Thronfolgerliste, aber es hatte nie eine realistische Chance für ihn bestanden, es jemals ins Prinzenpalais zu schaffen.

Vielleicht war das in sich bereits ein Motiv für ein Attentat. Morgans Vater, Herzog Michael Hasek-Davion, war ein Anwärter auf den Thron gewesen, als das Davion-Reich noch auf die Vereinigten Sonnen beschränkt gewesen war. Sehr zum Mißfallen seines Erzeugers hatte Morgan in seiner Treue Hanse Davion und später dessen Sohn Victor gegenüber nie gewankt. Morgan hatte seinen Kindern sogar den Namen Hasek gegeben – und den Namen Davion abgelegt, den sein Vater als Ausdruck seiner Ambitionen angenommen hatte. War es denkbar, daß irgendein Anhänger Herzog Michaels immer noch verbittert genug über Morgans vermeintlichen Verrat an dessen Familie war, daß er seine Ermordung veranlaßt hatte?

Was war mit den Clans? Es gab Berichte, denen zufolge sie endlich einen eigenen Geheimdienst gegründet hatten, die sogenannte ›Wache‹. Konnten die Clans einen Agenten mit dem Auftrag in die Einsatzgruppe geschleust haben, deren Führungspersonal zu eliminieren? Dieser Gedanke erschien so absurd, daß Winston die Vorstellung verwarf, kaum daß sie aufgekommen war. Dazu hätten die Clans von der Existenz und dem Auftrag der Einsatzgruppe Schlange erfahren haben müssen, noch bevor deren Einheiten sich auf Defiance versammelt hatten. Und wenn das der Fall gewesen wäre, warum hätten sie so lange warten sollen, bevor sie zuschlugen? Wozu hätten sie überhaupt einen Attentäter einsetzen müssen? Warum hätten sie nicht einfach eine Kriegsflotte zusammengezogen und die Einsatzgruppe abgefangen, kaum daß sie die Waffenstillstandslinie überschritten hatte? Außerdem schien Meuchelmord den Ehrbegriffen der Clanner zuwiderzulaufen.

Winston löste sich aus dem Sessel und schob das Holobild ihres Vaters vorsichtig in die Schreibtischhalterung zurück. Sie durchquerte die Kabine und trat an den in der Schottwand montierten Kaffeeautomaten, um sich eine Trinkblase des bitteren, auf Sojabasis hergestellten Ersatzgebräus zu holen, auf das sie durch die lange Flugzeit inzwischen angewiesen waren. Als die heiße Flüssigkeit ihr Inneres wärmte, dachte sie weiter über das Rätsel nach, vor dem sie stand.

Konnte der Mord persönliche Gründe gehabt haben? Wer haßte Morgan genug, um seinen Tod zu wollen? Wer es auch war, es mußte ein Mitglied der Einsatzgruppe mit einem Zugang zum Quartier des Marshals sein.

Mehrere Minuten saß Winston so da und starrte mit leeren Augen auf den Papierstoß im Aktenkäfig des Schreibtischs, trank geistesabwesend von ihrem Kaffee-Ersatz, überdachte sämtliche Implikationen von Morgans Tod. Ihr wurde klar, daß sie bald eine formelle Erklärung für die anderen Kommandeure würde abgeben müssen, in denen sie diese davon in Kenntnis setzte, daß Morgan Opfer eines Mordanschlags geworden war.

Nein, das muß warten, bis wir handfestere Beweise als allein Andrews Verdacht haben, oder zumindest die vermutliche Todesursache kennen.

* * *

Drei Stunden später kannte Ariana Winston die vermutliche Todesursache.

Das schrille Schnarren des Interkoms fraß sich in ihre

Nerven wie eine Feile. Sie schlug mit der flachen Hand auf den schwarzen Plastikkasten und bellte eine Bestätigung.

Am anderen Ende der Leitung war Captain Joel Donati, der Bordarzt der *Unsichtbare Wahrheit*. Der Sprecher des Interkoms verlieh seiner Stimme einen seltsam blechernen Klang. »Generalin, ich habe meine vorläufigen Untersuchungen gerade abgeschlossen. Ich warte noch auf ein paar Ergebnisse, aber ich kann bereits eine Aussage über die vermutliche Todesursache machen. Es sieht nach ...«

»Nicht, Doktor«, unterbrach Winston ihn. »Ich möchte das nicht über eine ungesicherte Leitung erfahren. Melden Sie sich in meinem Büro. Wir werden uns hier darüber unterhalten.«

Ein paar Minuten später erklang ein scharfes Klopfen an der Luke. Als sie aufglitt, trat Dr. Donati in die Kabine und setzte sich auf einen der Stühle vor Winstons Schreibtisch, ohne auf ihre Einladung zu warten.

Winston war es egal. Sie schien ebenso begierig darauf zu hören, was er ihr zu sagen hatte, wie er, es loszuwerden. Sie beugte sich vor, die Ellbogen auf den Schreibtisch gelegt. »Ich bin ganz Ohr, Dr. Donati. Sie kennen die Todesursache?«

»Ja, Sir ... äh ... Ma'am. Präliminäre toxikologische Ergebnisse lassen den Schluß zu, daß Marshal Morgan Hasek-Davion an einer tödlichen Dosis eines variformen Tetraodontoxins verstarb.«

»Und jetzt noch mal so, daß ich es verstehe.«

»Tetraodontoxin ist ein natürlich vorkommendes Nervengift in den inneren Organen bestimmter Fischarten. Auf Terra und bestimmten draconischen Planeten ist es als ›Fugu‹ bekannt. Jedes Jahr sterben ein paar Tausend Menschen an falsch zubereitetem Kugelfisch, weil bestimmte innere Organe dieses Gift enthalten.«

»Soll das heißen, er hat was Falsches gegessen?«

»Nein, Ma'am. Wahrscheinlich getrunken.« Donati

lächelte dünn. »Wie Sie sich erinnern werden, sprach ich von einer Variante. Die chemische Zusammensetzung des Giftes, das ich im Blut des Marshals fand, unterscheidet sich etwas von dem ›normalen‹ Fugu. Soweit ich es feststellen kann, stammt das verwendete Gift vom Breegan-Krötenfisch, einer nur auf drei Welten vorkommenden Art: auf Yorii, Rigil Kentarus und Altair. Dieses Gift ist etwa fünfmal stärker als das des Kugelfischs und wirkt zudem schneller.«

»Wieviel schneller?« fragte Winston mit seltsamer Faszination. Wie die meisten Berufssoldaten kannte sie sich mit Giften nicht aus. Sie betrachtete sie als Waffe für Feiglinge.

»Nun, Fugu wirkt innerhalb von zehn Minuten. Die ersten Symptome sind ein taubes Gefühl um Mund und Lippen und eine leichte Euphorie. Mit fortschreitender Wirkung des Giftes kommt es zu Sprachschwierigkeiten, allgemeiner Lähmung und schließlich zum Exitus. Der gesamte Vorgang dauert zwischen fünfzehn Minuten und zwei Stunden. Aber mit diesem Zeug? Erste Symptome nach zehn Sekunden, Exitus nach etwa einer Minute.«

»Dann wußte er wahrscheinlich nicht, daß er vergiftet wurde«, stellte Winston fest.

»Kaum anzunehmen. Erst recht nicht, wenn der Mörder das Gift in seinen Scotch gemischt hat, wie General Redburn annimmt. Das Brennen des Alkohols hätte die Taubheit überdeckt.«

Winston nickte und ließ sich die Mitteilung des Doktors durch den Kopf gehen. »Könnte die Vergiftung ein Unfall gewesen sein?«

»Unmöglich. Im Gegensatz zum Kugelfisch ist ein Breegan-Krötenfisch ungeachtet der Zubereitungsart ungenießbar. Die Anwesenheit seines Giftes macht einen Todesfall automatisch zu Mord.«

2

Schlachtkreuzer SBS *Unsichtbare Wahrheit*,
Einsatzgruppe Schlange
Namenloses Sonnensystem, Äußere Peripherie

3. Januar 3060

Ariana Winston starrte Donati mehrere Sekunden lang schweigend an, bevor sie sich umdrehte, um die Brücke anzurufen.

»Kommunikationsoffizier«, befahl sie. Dann, als der Mann sich meldete: »Stellen Sie eine abhörsichere Kommlaserverbindung zur *Rostock* her. Ich möchte mit Captain Montjar sprechen.«

Es dauerte mehrere Minuten, bis die verlangte Leitung stand. Bei einem schwachen Laserstrahl als Trägersignal konnten die beiden Offiziere sich relativ sicher sein, nicht abgehört zu werden.

»Montjar«, meldete der Kommandotruppenführer sich schließlich.

»Captain, haben Sie schon etwas für mich?«

»Ich wollte mich gerade bei Ihnen melden, General. Wir haben auf der Whiskyflasche und dem Transfersystem ein paar Fingerabdrücke gefunden. Sie gehören Morgan Hasek-Davion und seinem Kabinensteward. Keine große Überraschung also. Das gilt allerdings nicht für das, was wir in den Leitungen des Transfersystems fanden.«

»Welches Transfersystems?« fragte Winston.

»Sie wissen schon, das Druckluft-Umfüllgerät, das den Whisky aus der Flasche in die Trinkblase schafft.«

»Ach, ja. Ich dachte an etwas anderes. Jetzt erinnere ich mich«, erklärte sie und rieb sich über die Stirn. »Was haben Sie gefunden? Tetraodontoxin?« Das unvertraute Wort kam ihr nur zögernd über die Lippen.

»Ja, genau. Woher …« Montjar stockte. Dann erriet er die Antwort. »Donati hat es im Blut des Marshals gefunden.«

»Mh-hm«, bestätigte Winston. »Noch etwas?«

»Bis jetzt nicht. Wir führen noch einige Tests durch. Ich melde mich, sobald wir etwas Konkretes wissen. Wenn ich in der Zwischenzeit ein kleines Gespräch mit dem Kabinensteward des Marshals vorschlagen dürfte?«

Die Leitung wurde für einen Augenblick still. Montjar schien zu zögern. »General, ich würde auch vorschlagen, daß Sie Major Ryan benachrichtigen und ihn und seine DESTler bitten, bei der Untersuchung zu helfen. Sie haben dieselbe polizeilich-gerichtsmedizinische Ausbildung wie wir Tollwütigen Füchse, aber in sehr viel intensiverer Ausprägung. Als Teil der Internen Sicherheitsagentur des Draconis-Kombinats werden sie gelegentlich zur Verstärkung der Polizeibehörden eingesetzt.«

»Captain«, stellte Winston fest. »Darf ich Sie daran erinnern, daß die Draconis Elite-Sturmtruppen in dieser Angelegenheit keineswegs über jeden Verdacht erhaben sind?«

»Bitte um Verzeihung, Ma'am, aber das sind sie meiner Ansicht nach sehr wohl.« In Montjars Stimme lag der angemessene Respekt vor einer befehlshabenden Offizierin, gepaart mit einem leicht belehrenden Tonfall. »Die DEST-Teams waren eine Art Geschenk Theodore Kuritas, teilweise an Morgan und teilweise an Prinz Victor. Ich nehme kaum an, daß der Koordinator des Draconis-Kombinats persönlich ein Team Kommandosoldaten zusammenstellen, sie dieser Einsatzgruppe überstellen und ihnen dann den Befehl geben würde, deren Kommandeur zu ermorden. Das erschiene mir, als würde man eine Bank überfallen und im eigenen Wagen fliehen.«

Winston dachte kurz nach. Sie hatte die draconischen Kommandotruppen nicht ernsthaft als Täter in Betracht gezogen, obwohl ihr klar war, daß andere dabei nicht unbedingt ihrer Meinung sein würden. Alles, was

Montjar vorbrachte, stimmte. Es war wenig wahrscheinlich, daß Theodore Kurita Morgan und der Einsatzgruppe Truppen mit einem Mordauftrag überstellen würde. Die Unterstützung der DESTler würde die Stärke des Untersuchungsteams verdoppeln, und an ihrem Können konnte es keinen Zweifel geben.

»In Ordnung, Captain. Sie bekommen Ihre Dracs.« Winston trennte die Verbindung, ohne auf eine Antwort zu warten. Einen Augenblick lang überlegte sie, wieviel Informationen sie freigeben sollte, und an wen. Der Befehlsstab hatte ein Recht darauf zu erfahren, was vorging. Außerdem gingen in der Flotte schon Gerüchte über Morgans Tod um. Wie es schien, reichten die Ergüsse aus der Gerüchteküche von einem einfachen Herzschlag über ein Verbrechen aus Leidenschaft bis zu einem Akt der Meuterei ihrerseits, um den Befehl über die Einsatzgruppe an sich zu reißen.

Letztere Geschichte veranlaßte Winston zu einem bitteren Schnauben. Jeder, der jemals den Befehl über eine Militäreinheit geführt hatte, die größer als ein Halbzug war, wußte, welche Kopfschmerzen damit verbunden waren. Und je höher man auf der Karriereleiter stieg, desto schwerer wurde es. Ein Kommandeur trug nicht nur für sich persönlich Verantwortung, sondern auch für seine Truppen. Er mußte auf ihre Sicherheit in der Schlacht achten, ihr Betragen außerhalb des Gefechts, ihre Ausrüstung, Versorgung und Gesundheit, geistig ebenso wie körperlich. Ein guter Offizier mußte die Qualitäten eines Menschenführers mit denen einer Vaterfigur, eines Lehrers, Ratgebers und Richters verbinden. Der wahre Balanceakt bestand darin zu entscheiden, wann welche dieser Rollen angemessen war.

»Nein, sie können warten«, stellte Winston im Selbstgespräch fest. »Ich will die Untersuchung nicht dadurch aus dem Gleis werfen, daß ich im falschen Augenblick den Mund aufmache.«

»Verzeihung?«

Sie fuhr erschreckt auf und griff halb nach der Laserpistole im Schulterholster unter ihrer mattgrünen Uniformjacke.

Auf der anderen Seite des Schreibtischs starrte Dr. Donati sie mit einem Ausdruck an, in dem sich Überraschung und Angst die Waage hielten.

»Tut mir leid, Doktor«, beruhigte Winston ihn. »Ich hatte Sie völlig vergessen. Sie haben mich erschreckt.« Ihre Wangen brannten. »Ich habe nur laut darüber nachgedacht, daß ich die anderen Kommandeure erst informieren sollte, wenn Sie und Montjar die Untersuchungen abgeschlossen haben. Dann werde ich die Einzelheiten von Morgans Tod bekanntgeben.«

»Alle anderen Kommandeure, Ma'am? Was ist mit General Redburn?«

»O ja. Sie haben recht. Er verdient eine Erklärung, genau wie Kommodore Beresick.«

Sie wandte sich wieder zum Interkom und rief Alain Beresicks Bereitschaftsraum an. Nach einem kurzen Gespräch folgte ein ähnlicher Anruf in Andrew Redburns Quartier an Bord der *Unsichtbare Wahrheit*. Kurz darauf saßen beide Offiziere auf den unbequemen Metallstühlen vor ihrem Bürotisch. Donati hatte ihnen Platz gemacht und lehnte sich an die Schottwand.

»Gentlemen, ich weiß nicht recht, wie ich es ausdrücken soll, deshalb will ich nicht lange herumreden. Ich hoffe, Sie verzeihen mir, wenn das jetzt allzu unverblümt klingt, aber … Alle Anzeichen weisen darauf hin, daß Morgans Tod bewußt herbeigeführt wurde.«

»Verdammt, ich wußte es«, spie Beresick, fast noch bevor Winston zu Ende gesprochen hatte. »Als Morgan so plötzlich starb, kam mir gleich der Gedanke an Mord. Tatsächlich mußte ich bereits ein halbes Dutzend derartiger Gerüchte unterbinden.« Beresick war ein ComGuard-Flottenoffizier, der seit Beginn der Operation den SBVS-Rang eines Kommodore trug. Außerdem war er der Kapitän der *Unsichtbare Wahr-*

heit und Kommandeur des Flottenkontingents der Einsatzgruppe.

»General«, unterbrach Redburn steif. In seinen Augen kämpften Wut und Trauer um die Vorherrschaft. »Wie ist er gestorben?«

»Die Autopsie und die Überprüfung des Umfüllgeräts aus seinem Nachtschränkchen haben Spuren eines seltenen und äußerst starken Nervengifts zu Tage gefördert. Das Gift stammt von einer ungenießbaren Fischart, die nur auf wenigen Welten existiert: Altair, Rigil Kentarus und Yorii. Doktor Donati hat mir versichert, daß der Marshal diese Substanz unmöglich versehentlich zu sich genommen haben kann.«

»Katherine!« zischte Redburn.

»Wie?«

»Katherine Steiner. Sie haßte Morgan, weil er Victor so nahe stand. Sie würde alles tun, um ihrem Bruder zu schaden. Sie haben selbst gesagt, daß das Gift von Yorii oder Rigil K kommen muß. Das sind Allianzwelten.«

»Stimmt«, erwiderte Winston. »Aber Altair ist unter Kombinatskontrolle, und Yorii von draconischen ›Friedenstruppen‹ besetzt. Die Täter könnten ebensogut aus Major Ryans DEST-Team stammen. Und angesichts der astrographischen Nähe aller drei Systeme zur Konföderation Capella könnte der Attentäter auch mit Kingstons Legion an Bord gekommen sein. In Wahrheit, Andrew, ist niemand, *niemand* über jeden Verdacht erhaben, nicht einmal ich, erst recht nicht angesichts des Ärgers zwischen mir und Morgan in den letzten Monaten.«

»Wenn ich dazu etwas sagen darf, Generalin?« unterbrach Beresick. »Die Seltenheit und die sich daraus ergebende Kostspieligkeit des benutzten Gifts schließt ein Verbrechen aus Leidenschaft wohl aus. Daher dürften wir Ihren Namen von der Liste der Verdächtigen streichen können, es sei denn, Sie hätten seit Beginn dieser Operation geplant, Morgan umzubringen.«

»Ich finde, daß wir noch niemanden ausschließen sollten, jedenfalls nicht vollständig«, antwortete Ariana. »Keiner von uns hat Erfahrung mit Untersuchungen dieser Art. Captain Montjar und seine Leute entsprechen in unseren Reihen am ehesten dem, was man Kriminalisten nennen könnte. Sie haben zumindest die nötige Grundausbildung für die erforderlichen Nachforschungen.«

»Die DESTler erhalten eine ähnliche Ausbildung«, bemerkte Beresick.

»Stimmt, Kommodore. Captain Montjar hat empfohlen, die DEST um deren Mithilfe zu bitten. Obwohl ich mir noch nicht sicher bin, ob wir sie von der Liste der Verdächtigen streichen können.«

»Ich finde schon«, stellte Beresick fest. »Meiner Meinung nach muß der Mörder zur Besatzung der *Wahrheit* gehören, oder sich zumindest zur Tarnung als Besatzungsmitglied ausgeben. Niemand sonst könnte sich unbemerkt frei an Bord bewegen.«

»Das entspricht in etwa der Schlußfolgerung, zu der ich auch gekommen bin.« Winston rieb sich die Augen, mehr aus Enttäuschung denn aus Müdigkeit. »Ich wollte Ryan ohnehin um seine Mithilfe bitten. Überlassen wir die Untersuchung den Profis. Das ist ihre Aufgabe. Unsere besteht zunächst einmal darin, die Gerüchteküche unter Kontrolle zu bringen. Ich möchte, daß Sie zurück zu ihren Einheiten gehen und sie dahingehend informieren, daß Morgans Tod noch untersucht wird. Das werde ich auch den anderen Kommandeuren sagen. Und, Gentlemen? Versuchen wir zumindest, die Gerüchte im Zaum zu halten. Wir sind alle angespannt, und je näher wir den Clan-Heimatwelten kommen, desto schlimmer wird es werden. Wir können wenige Sprünge vor unserem Ziel keine Streitereien in unseren Reihen gebrauchen. Verstanden? In Ordnung, wegtreten.«

Als sich die Luke hinter Donati und den Offizieren

geschlossen hatte, legte Winston das Gesicht in die Hände. So verharrte sie einige Zeit, in einer Mischung aus Schock, Trauer und Erschöpfung. Dann riß sie sich zusammen, schaltete den Interkom ein und bat den Kommoffizier auf der Brücke um eine Verbindung zur *Haruna*, dem draconischen Kriegsschiff, das die DEST-Teams transportierte.

* * *

Andrew Redburn begab sich nicht gleich zu der Raumfähre, die ihn zur *Ericsson* bringen sollte, dem *Invasor*-Klasse-Sprungschiff der Kathil-Ulanen. Statt dessen führte sein Weg ihn zum Frachtdeck Nummer Zwei der *Unsichtbare Wahrheit*. Als ein Schlachtkreuzer war das riesige Kriegsschiff für den Kampf gegen andere Kriegsschiffe ausgelegt, nicht zum Transport von Landungsschiffen, aber trotzdem verfügte es über zwei Dockkragen, gewaltige Halteringe, die dazu dienten, Landungsschiffsrümpfe an der Außenhülle des Sprungschiffs zu verankern. Landungsschiffe und Raumboote waren die einzige Möglichkeit, durch das All auf eine planetare Oberfläche zu fliegen. Kein Sprungschiff war jemals auf einem Planeten gelandet oder hatte aufgesetzt, wie Krieger und Raumfahrer es zu nennen pflegten. Gleichzeitig besaß jedoch auch kein Landungsschiff die Möglichkeit zu Transitionen über interstellare Entfernungen durch die Zwischenwelt des Hyperraums. Es war kein perfektes System, aber was war schon perfekt?

Am vorderen Dockkragen der *Unsichtbare Wahrheit* hing die *Ehre*, ein Landungsschiff der *Union*-Klasse aus dem ComStar-Kontingent. Bei den ComGuards hatte es Tradition, den Landungsschiffen Namen mit Bezug auf den des Mutterschiffs zu geben. Dies galt auch für die beiden der *Unsichtbare Wahrheit* zugeteilten Schiffe: Sie hießen *Ehre* und *Integrität*.

Als Redburn den vorderen Frachtraum erreichte, reagierten die zwei ComGuard-Raumgardisten in schwerer Gefechtsrüstung aus ballistischem Metall sofort. Sobald sie erkannten, daß es sich bei dem Ankömmling um General Andrew Redburn handelte und nicht um einen Angreifer, verwandelte ihre Haltung sich von gespannter Angriffsposition zu rigider Hab-Acht-Stellung. Redburn erwiderte ihren formellen Salut und ging durch den Frachtraum zu einem der kleinen Sekundärtunnel neben dem Hauptverbindungsschott. Die Sekundärpassagen waren für Personal und kleinere Frachtobjekte vorgesehen. Größere Ladungen wurden durch den Hauptverbindungstunnel von einem Schiff zum anderen gebracht. Am anderen Ende des zum Maschinenraum der *Ehre* führenden Ganges begegnete ihm ein einzelner ComGuardist.

»Guten Tag, General. Kann ich Ihnen helfen?«

»Nein, Private, danke. Ich komme schon zurecht«, hörte Redburn sich sagen. Seine Stimme klang hohl und leblos wie eine leere Geschoßhülse. Er sah Besorgnis über das Gesicht des jungen Soldaten huschen. Anscheinend hatte er den Schmerz und das Gefühl des Verlustes in Redburns Stimme bemerkt. Seine Sorge war eine natürliche menschliche Reaktion.

Redburn zwang sich zu einem Lächeln, das angesichts seines augenblicklichen Geisteszustandes wahrscheinlich mehr dem Grinsen eines Totenschädels ähnelte. »Ich wollte nur einen Blick auf Morgans Mech werfen, das ist alles.«

»Ja, Sir.« Der Private schien von dieser Antwort keineswegs beruhigt. »Er steht in Hangar Vier, Oberdeck, soweit ich weiß. Aber ich kann nachsehen.«

»Nicht nötig, Sohn. Nur keine Umstände. Ich werde ihn schon finden.«

Mit einem weiteren Totenkopfgrinsen trat Redburn in den Steuerbordlift der *Ehre* und preßte den Knopf für den oberen Mechhangar. Als die Türen sich schlossen, sah er den Mann mit besorgtem Gesicht an einer Kontrollkonsole lehnen.

Wahrscheinlich fordert er gleich eine Zwangsjacke an, dachte Redburn traurig.

Als die Aufzugstüren sich wieder öffneten, erwartete ihn ein Anblick, der ihn jedesmal von neuem mit Ehrfurcht erfüllte. Im harten Licht der von der Decke des Hangars strahlenden Scheinwerfer schienen acht gewaltige BattleMechs Haltung anzunehmen.

BattleMechs waren riesige Kampffahrzeuge, zum überwiegenden Teil humanoid und zweibeinig, mit der Panzerung und Feuerkraft eines ganzen Bataillons konventioneller Panzer. Seit Jahrhunderten beherrschten Mechs das Schlachtfeld, seit ihrer ersten erfolgreichen Feuerprobe mehr als sechshundert Jahre zuvor. Die Armeen der Inneren Sphäre hatten ihre zehn Meter hohen Kampfkolosse für den Gipfel der Militärtechnologie gehalten. Doch dann waren die Clans aufgetaucht und hatten sie eines Besseren belehrt.

Als die Clans Ende 3049 in der Peripherie aufgetaucht waren, hatten sie die Technologie einer Stufe mitgebracht, die man in der Inneren Sphäre für verloren gehalten hatte. Anscheinend hatten die Invasoren ihr selbstverordnetes Exil zur Weiterentwicklung ihrer Militärtechnik verwendet. Die Clanner nannten ihre Maschinen OmniMechs. Sie waren schneller und besser bestückt als ihre Gegenstücke aus der Inneren Sphäre. Die um modulare Waffensysteme konstruierten Maschinen konnten je nach den Anforderungen einer bestimmten Mission mit einer Mischung aus Lasern, PPKs, Raketenlafetten und Schnellfeuer-Autokanonen ausgerüstet werden. Clan-Mechs waren, ebenso wie die der Nachfolgerstaaten, in aller Regel zweibeinig und zwischen zwanzig und hundert Tonnen schwer.

Redburn ging an den ComGuard-Techs vorbei, die mit dem Innenleben eines großen, hager wirkenden *Schwarzer Ritter* beschäftigt waren. Die schwere Mechkonstruktion stammte noch aus der Zeit des ersten Sternenbunds. Der fünfundsiebzig Tonnen schwere *Ritter* war mit einer PPK und sechs Laserkanonen bewaffnet. Wie gute Rennwagenmonteure waren auch die Techs nie zufrieden mit den ihnen anvertrauten Maschinen, und sie hatten mehrere Wartungspaneele am gepanzerten Rumpf des Mechs entfernt, um seine Systeme zu überprüfen und zu versuchen, die Leistungen der Kampfmaschine noch zu verbessern.

In einem Transportkokon, der zu winzig für die 100 Tonnen seines Insassen schien, ragte Morgans *Daishi* über Redburn auf. Der Name war japanisch und bedeutete ›Großer Tod‹. Er stammte Berichten zufolge von einem Mitglied der Yakuza, des kriminellen Untergrunds im japanisch geprägten Draconis-Kombinat. Obwohl später bekanntgeworden war, daß die Clan-Konstrukteure diesem Mechtyp den Namen *Höhlenwolf* gegeben hatten, war die Bezeichnung *Daishi* hängengeblieben. In der gesamten Freien Inneren Sphäre war der Mech unter seinem japanischen Namen bekannt. Aber ganz egal, wie man ihn nannte, die Maschine gehörte zu den größten und gefährlichsten Clan-OmniMechs. Dieses spezielle Exemplar war während der Clan-Invasion erbeutet worden, und Morgan hatte durch langes, hartes Training gelernt, den Feindmech mit ebensolchem Können zu steuern wie eine Konstruktion der Freien Inneren Sphäre.

Redburn zog sich eine schmale Stahlleiter am Servicegerüst des Kokons hoch und schwang sich in die Kanzel des schwarzgolden lackierten *Daishi*. Im ausgeschalteten Zustand schien die Maschine um nichts gefährlicher als ein Personenwagen oder Privatflugzeug. Vorsichtig strich er mit den Händen über die Kontrollen, berührte sie eine nach der anderen, als wolle er den Mech zum Leben erwecken.

Reaktor vorheizen.

Gyroskop anfahren.

Sensoren und Zielerfassung in Bereitschaft.

Rettungssystem ein.

Redburn hatte Morgan die Startprozedur so oft durchlaufen sehen, daß er beinahe dessen schemenhafte Hände über die Konsole gleiten sah. Hier im Cockpit des *Daishi* war Morgan noch äußerst präsent. Eine offene Pfefferminzrolle lag auf dem schmalen Bord unter dem Hauptsichtschirm. Der hochmoderne Neurohelm in einer Nische hinter der Pilotenliege war frei von allen Einheitsabzeichen, martialischen Spitznamen und Slogans, die auf den meisten Helmen prangten. Statt dessen trug er nur die simple Aufschrift: ›Morgan‹.

In den Schatten neben der Primären Waffenkontrollkonsole des Mechs glitzerte etwas. Redburn streckte die Hand aus und fand ein Goldmedaillon. Jedenfalls erschien es ihm, der er kein Juwelier war, als aus echtem Gold gefertigt. Der sanfte Glanz und die exquisite Verarbeitung machten deutlich, daß es sich wahrscheinlich um ein Familienerbstück handelte.

Er legte den Finger auf das winzige Schloß und öffnete das Medaillon. Im Innern fand er zwei altmodische Photographien. Links war ein Bild von Kym Sorensen Hasek-Davion, Morgans Frau. Ihr blondes Haar war von silbernen Strähnen durchzogen, und auf ihrem Gesicht waren Falten zu sehen, aber sie schien noch immer so wunderschön wie an dem Tag ihrer Heirat mit Morgan. Das zweite Bild versetzte Andrew einen Stich. Es zeigte einen hübschen jungen Mann, auf dessen Knie ein Knabe von etwa fünf Jahren saß. Redburn erkannte die beiden ebenso leicht wie Kym. Es waren George Hasek und George Junior, Morgans Sohn und Enkel.

In der heutigen Zeit kam es selten vor, daß ein Soldat mit den menschlichen Kosten des Krieges konfrontiert wurde. Selbst wenn er nach einem erbitterten, blutigen Gefecht über das Schlachtfeld blickte, sah Redburn nur die ausgebrannten Wracks der BattleMechs. Die Toten wurden als Objekte betrachtet, die weggeschafft gehörten, die Verwundeten als reparaturbedürftige Ressourcen. So kalt und grausam sich das auch anhörte, diese Distanz war notwendig, besonders für einen Kommandeur. Ohne sie drohte ein Soldat den Willen zum Kampf zu verlieren. Andrew Redburn hätte sich nicht träumen lassen, seine Distanz irgendwann zu verlieren. Aber hier, in diesem kalten Cockpit, das abwechselnd vom grellen Leuchten der Schweißbrenner erhellt wurde und in drückendes Halbdunkel versank, fühlte er die ersten zögernden Ausläufer eines Gefühls, das er nie zuvor gekannt hatte.

Echte Trauer.

Als Hanse Davion starb, hatte es ein nationales Gefühl des Verlustes und der Trauer gegeben. Als sein Vater an Bauchspeicheldrüsenkrebs starb, war der Tod eine Erlösung gewesen. Als Ariana Winston den Befehlsstab von Morgans Tod informierte, hatte der Schock Redburn vom Schmerz des Verlustes isoliert. Aber jetzt, beim Anblick der Frau und der Familie, die Morgan zurückließ, stürzte die volle Bedeutung des Tods seines Freundes auf ihn ein. Hastig verriegelte er die Cockpitluke des *Daishi*. Dann sank sein Kopf hilflos auf die Kontrollkonsole. Sein ganzer Körper bebte unter hilflosem Schluchzen.

Andrew Redburn konnte nicht sagen, wie lange er so dagesessen hatte. Als er die Luke schließlich wieder öffnete, war der Mechhangar still. Die Techcrew war abgezogen. Der Schmerz, der ihn übermannt hatte, war vorüber. An seine Stelle war Müdigkeit getreten – und eine Leere, die vielleicht nie mehr verschwinden würde. Und da gab es noch etwas, etwas Kaltes, eine Bitternis im Kern seiner Seele, wie er sie nie gekannt hatte. Es dauerte eine Weile, bis er einen Namen für diese Empfindung fand. Es war Rachedurst.

Redburn packte mit tränennassen Händen die Haltestange über der Lukenöffnung und wollte sich aus dem Cockpit schwingen. Dann stockte er. Hastig drehte er sich in der Enge der Kanzel um und griff nach dem Medaillon.

»Adieu, Morgan«, sagte er. »Ich werde mir diesen Hurensohn greifen. Und wenn ich ihn habe, werde ich ihm mit bloßen Händen das Genick brechen.« Er hob das goldene Etui mit den winzigen Bildern hoch, starrte in die Gesichter der Hinterbliebenen. »Und mach dir keine Sorgen um Kym und die Kinder. Solange ich noch am Leben bin, werde ich mich um sie kümmern.«

Andrew Redburn schloß das Medaillon und verließ das Cockpit.

3

Schlachtkreuzer SBS *Unsichtbare Wahrheit*,
Einsatzgruppe Schlange
Namenloses Sonnensystem, Äußere Peripherie

10. Januar 3060

Ariana Winston schaute auf die Leuchtziffern der Uhr an der gegenüberliegenden Wand ihres Büros. Fünf Uhr dreiundvierzig. Sie hatte das Gefühl, überhaupt noch keinen Schlaf gefunden zu haben. Sie war an Bord der *Unsichtbare Wahrheit* geblieben, seit man Morgans Leiche gefunden hatte, statt zwischen dem Flaggschiff der Flotte und dem der Leichten Eridani zu pendeln. Die Nächte hatte sie hier im Büro verbracht. Die Trauer und das tiefe Gefühl des Verlustes über Morgans Tod lasteten schwer auf ihr, aber als stellvertretende Kommandeurin ... *Nein*, verbesserte sie sich, *als neue Kommandeurin der Einsatzgruppe* konnte sie es sich nicht erlauben, von Emotionen überwältigt zu werden.

Beim Tode ihres Vaters war es ganz ähnlich gewesen. Colonel Charles K. Winston, der frühere Kommandeur des 21. Einsatzregiments, war einer der beliebtesten Krieger in der Geschichte der Söldnereinheit gewesen. Körperlich war seine Tochter nahezu sein exaktes Gegenteil. Sie war groß, dunkelhäutig und gutgebaut, mit der Muskulatur einer Zehnkämpferin. Er war klein und hellhäutig gewesen, mit dem Körperbau eines Läufers. Aber Ariana hatte die donnernde Stimme ihres Vaters und dessen angeborene Fähigkeit geerbt, Truppen zu inspirieren, zusammen mit seinem kriegerischen Können und einer tiefen Liebe zur Leichten Reiterei. Ihre Nähe zu ihm hatte gelegentlich zu Spannungen zwischen Ariana und ihrer Schwester Gloria geführt, die keinerlei Interesse am Kriegerleben gezeigt und statt dessen eine Passion für Geschichtsforschung entwickelt hatte.

Gelegentlich fühlte sie immer noch die Leere an ihrer Seite, wo ihr Vater so oft gestanden hatte. Jetzt hatte sich diese hallende Leere noch vergrößert, durch den Verlust eines Mannes, den sie in den letzten Monaten als Freund kennengelernt hatte. Winston verdrängte das Gefühl der Verlorenheit, schloß die Augen und versuchte erneut einzuschlafen. Doch wie ein ungezogenes Haustier weigerte der Schlaf sich zu kommen.

»Verdammt!« Sie riß das Nylonnetz auf, das sie in der Schwerelosigkeit auf der Koje hielt, knüllte die Decke wütend zu einem Ball zusammen und stopfte sie in den winzigen Stauraum unter der Liege. »Licht!«

Der Bordcomputer des Schlachtkreuzers reagierte auf den gebellten Befehl. Das Stimmerkennungsprogramm schaltete nach weniger als einer Sekunde Verzögerung die in die Kabinendecke eingelassenen Leuchtstreifen ein und badete den Raum in eine grelle, in den Augen schmerzende Helligkeit.

Ein gedämpfter Fluch klang durch das stille Büro, als Winston die Augen zukniff.

Es hat keinen Sinn, hier wachzuliegen, dachte sie, während sie im Spind nach einer frischen Uniform suchte. *Ich kann ebensogut aufstehen und versuchen zu arbeiten.*

Aber sie hatte ebenso große Schwierigkeiten sich zu konzentrieren, wie einzuschlafen. Eine halbe Stunde mißmutigen Tippens auf der Computertastatur lieferte wenig mehr als drei gelöschte Dokumente und ein wachsendes Gefühl blinder Wut. Unglücklicherweise hatte Ariana keine Möglichkeit, ihre Gefühle auszutoben. Sie besaß nicht einmal ein echtes Ziel für ihre Wut. Sie war wütend auf Morgan, weil er gestorben war und ihr den Befehl überlassen hatte. Sie war wütend auf den Attentäter, weil er das Leben eines hervorragenden Kommandeurs und guten, anständigen Mannes ausgelöscht hatte. Sie war wütend auf sich selbst wegen der unkontrollierbaren Gefühle von Frustration und Verlust. Sie war sogar wütend auf ihren Vater, der so wie Morgan gestorben war und sie allein zurückgelassen hatte.

Mit einem lauten Knurren schlug sie auf den Aus-Schalter des Computers, ohne ihn wie üblich herunterzufahren. Sie schnappte sich eine grüne Nylontasche und ihre Uniformjacke und stürmte in Richtung der Zentralaufzüge der *Unsichtbare Wahrheit* aus dem Büro.

Wie alle interstellaren Raumschiffe war auch die *Unsichtbare Wahrheit* um den Zentralschacht des Kearny-Fuchida-Sprungtriebwerks herum gebaut. Der K-F-Antrieb war das Herzstück des vor fast tausend Jahren von terranischen Wissenschaftlern entwickelten Systems für die Transition zwischen verschiedenen Sonnensystemen. Die durch den Antrieb erzeugten enormen Energiemassen rissen im wahrsten Sinne des Wortes ein Loch in das Raum-Zeit-Kontinuum, durch das ein Schiff geschleudert wurde. Es war möglich, in einem einzigen dieser Sprünge dreißig Lichtjahre zu überwinden, wobei die Schiffe in der Regel an genau errechneten ›Sprungpunkten‹ am Zenith oder Nadir eines Zentralgestirns in den Hyperraum eintauchten und wieder in den Normalraum eintraten.

Dieses System besaß jedoch zwei Nachteile: Die unfaßbaren Energiemengen, die nötig waren, um ein K-F-Triebwerk in Betrieb zu nehmen, ließen sich nur allmählich aufbauen. Gigantische Solarzellen, sogenannte Sprungsegel, waren notwendig, um Sonnenenergie einzufangen, die in riesige Speicherspulen geleitet wurde, aus denen sie abgerufen werden konnte, um das Triebwerk zu speisen. Es dauerte jedoch mehrere Tage, eine ausreichende Ladung aufzubauen. Die Triebwerke konnten auch mit dem Fusionsgenerator des Schiffes aufgeladen werden, aber unter Einhaltung der Sicherheitsvorschriften dauerte das ebensolange wie beim Einsatz des Solarsegels. Ein schnelleres ›Heißladen‹ war zwar möglich, aber riskant. Das Triebwerk ließ sich theoretisch in einer Minimalzeit von sechzehn Stunden aufladen, aber mit jeder Stunde, um die sich die normale Ladezeit verringerte, nahm die Gefahr eines Ladungsverlusts oder sogar der Zerstörung des empfindlichen K-F-Triebwerkkerns dramatisch zu.

Der zweite Nachteil interstellarer Operationen lag in der schieren Größe der Raumschiffe. Schon das kleinste Sprungschiff war fast dreihundert Meter lang und hatte eine Masse von annähernd neunzigtausend Tonnen. Dadurch war es für Sprungschiffe praktisch unmöglich, auf einer Planetenoberfläche zu landen. Die meisten besaßen dementsprechend auch keine – für kompliziertere Manöver als das Halten der Aufladeposition geeigneten – Schubtriebwerke. Für interplanetare Flüge innerhalb eines Sonnensystems waren Raumschiffe eines anderen Typs, sogenannte Landungsschiffe, erforderlich. Diese bis zu fünfzigtausend Tonnen schweren Schiffe dienten dazu, Truppen, Fahrzeuge und Fracht zwischen Sprungschiff und Planetenoberfläche hin und her zu bewegen.

Bis vor kurzem waren alle in der Inneren Sphäre eingesetzten Sprungschiffe unbewaffnete Transporter gewesen. Für die meisten galt dies immer noch. Erst mit dem Auftauchen der Clans war eine neue, längst vergessen geglaubte Art von interstellarem Raumschiff wiederentwickelt worden. Auch die größeren, dicker gepanzerten und schlagkräftig bestückten Kampfschiffe basierten auf dem Kearny-Fuchida-Antrieb, aber sie verfügten zusätzlich über Schubtriebwerke titanischer Ausmaße. Die meisten Kampfschiffe der Freien Inneren Sphäre waren Neubauten, teilweise völlig neu entwickelt, zum Teil aber auch auf Bauplänen basierend, die noch aus der Zeit des ersten Sternenbunds stammten. Einige wenige, darunter die *Unsichtbare Wahrheit*, hatte ComStar in den Asteroidengürteln unbewohnter Systeme bereits eingemottet und reaktiviert, als die Clans drohten, die Innere Sphäre zu überrennen.

Durch ihre Konstruktionsweise bestimmt, waren Kriegsschiffe und Transportsprungschiffe gleichermaßen um den K-F-Triebwerkskern herum aufgebaut. Die meisten Systeme, die in allen Bereichen des Schiffes benötigt wurden, darunter auch die Aufzüge, verliefen entlang dieses Kerns.

Als die Liftkabine eintraf, schob Winston sich hinein, kaum daß die Türen aufglitten. Ohne hinzusehen preßte sie auf der Tastatur neben der Tür den Knopf für Deck Sieben, dann lehnte sie sich schwer gegen die Seitenwand der Kabine.

Die Reise dauerte nur wenige Sekunden. Als die Türen sich zischend öffneten, hatte sie einen Teil ihrer charakteristischen Gelassenheit wiedergewonnen. Sie bewegte sich schnell den verlassenen Korridor hinab, bis sie vor einer Stahlluke anhielt, auf der ein roter Schriftzug prangte. ›Grav-Deck I. Vorsicht bei Betreten.‹

Auf eine Berührung des Druckfelds neben der Luke hin glitt diese auf. Mit der Leichtigkeit langjähriger Erfahrung glitt Winston durch die Öffnung und machte einen seltsam verzogenen Salto. Plötzlich hatten sich die Magnetstiefel, die sie an den Füßen trug, um die Schwerelosigkeit des Raumschiffs zu neutralisieren, in eine Behinderung verwandelt.

Die beiden Grav-Decks der *Unsichtbare Wahrheit* waren die einzigen Bereiche an Bord des riesigen Raumschiffs, in denen dessen Besatzung ein spürbares Körpergewicht besaß. In den meisten Teilen des Schiffes zogen sich die Decks quer durch den Schiffsrumpf, so daß ›oben‹ in Bugrichtung lag. Die Grav-Decks jedoch waren große, ringförmige Sektionen, die um den Triebwerkskern des Schiffes drehbar waren, und sie bewegten sich mit ausreichender Geschwindigkeit, um durch die dabei entstehende Fliehkraft eine künstliche Schwerkraft zu simulieren. In diesen Bereichen war die Innenseite der äußeren Rumpfhülle der Boden, und ›oben‹ lag in Richtung des Zentralschachts. Die so aufrechterhaltene künstliche Schwerkraft entsprach ungefähr der Terranorm, was den Aufenthalt für die meisten Menschen angenehm machte.

Winston kletterte die kurze Leiter unter der Luke hinab und ließ sich auf das Deck fallen. Hastig öffnete sie die Magnetstiefel, eine Aktion, die ihr ein seltsam leichtes Gefühl vermittelte. Sie stopfte die Stiefel in ihre Tasche und wanderte barfuß den Gang entlang auf eine Tür mit der Aufschrift ›Umkleideraum Frauen‹ zu. Der Boden bewegte sich kaum merklich unter ihren Schritten und erinnerte sie daran, daß der Korridor auch als Laufstrecke für nicht im Dienst befindliche Besatzungsmitglieder fungierte. Aber sie hatte andere Pläne.

Ebenso wie der Aufzug und die Laufstrecke war auch der Umkleideraum menschenleer. Winston war froh, alleine zu sein. Um 06:50 Uhr waren die meisten Menschen an Bord der *Unsichtbare Wahrheit* entweder im Dienst, bereiteten sich auf ihre Dienstschicht vor oder schliefen. Sie wählte den erstbesten Spind und warf die Stiefel hinein. Schnell zog sie die Uniform aus und wechselte die mattolivfarbene Jacke und Hose gegen eine dunkelgrüne Trainingskombination mit einem verblaßten Wappen der Leichten Eridani-Reiterei auf der Brustpartie des Kapuzenhemds. Zerschlissene Trainingsschuhe komplettierten die Sportkleidung.

Winston trat schweigend durch eine Verbindungstür in eine der kleinen, aber bestens ausgestatteten Sporthallen des Schiffes. Auf der gegenüberliegenden Seite des Raums hing ein schwerer Segeltuchsack an einer Kette von der Hallendecke. Der anderthalb Meter hohe und einen halben Meter dicke Sack zeigte deutliche Benutzungsspuren. Unter ihm bedeckte eine dicke Gummimatte den Boden. Ariana durchquerte den Saal und zog, am Sandsack angekommen, ein Paar abgegriffener Lederhandschuhe aus der Bauchtasche ihres Sweatshirts. Die Handschuhe besaßen eine Polsterlage zum Schutz der Knöchel.

Winston stellte sich in Positur, den linken Fuß etwas vor dem rechten, die Schultern entspannt, den Körper aufrecht. Sie atmete durch den offenen Mund aus, brachte die Arme hoch, die linke Faust ein wenig voraus. Dann schlug sie plötzlich, wie auf ein nur für sie hörbares Zeichen, mit der Rechten zu. Der Schlag traf mit einem dumpfen Klatschen. Der Sandsack bewegte sich leicht. Ein zweiter Hieb folgte, ein dritter, dann ein kurzer, seitlicher Tritt, als sie einen halben Schritt zurückwich, um sich mehr Schwungraum zu verschaffen.

Immer neue Schläge regneten auf den Sandsack herab. Ihr Atem ging keuchend. Schweiß perlte über ihre Stirn und drohte ihr in die Augen zu rinnen. Sie schüttelte ihn mit einem verächtlichen Kopfschütteln ab. Ihr Gesicht, das zu Beginn der Übung noch ruhig und unbeteiligt gewesen war, verzerrte sich zu einer Maske wütender Anstrengung.

Nach wenigen Minuten beendete Winston ihren Angriff auf den Sandsack ebenso plötzlich, wie er begonnen hatte. Sie wischte sich mit dem Saum des Sweatshirts das Gesicht und war dankbar, daß sich niemand sonst in der Halle aufhielt.

Das Training hatte geholfen. Sie fühlte sich noch immer etwas verloren, aber das unüberwindliche Gefühl der Verzweiflung, das ihr den Schlaf geraubt hatte, war verschwunden. Sie sah auf die schocksichere Armbanduhr. Zwanzig nach sieben. Es hatte keinen Sinn, zurück in ihre Kabine zu gehen. Bis sie geduscht und umgezogen war, würde es Zeit zum Aufstehen sein. Mit einem kurzen Lachen und Schulterzucken machte sie sich auf den Weg zum Umkleideraum. Die körperliche Anstrengung des Trainings hatte ihr geholfen, die Lage realistisch einzuschätzen.

Dreißig Minuten später trat Ariana Winston durch die Türflügel einer Pneumoluke auf die Kommandobrücke der *Unsichtbare Wahrheit*. Der Schlachtkreuzer der *Cameron*-Klasse war das letzte Exemplar seines Typs in der Inneren Sphäre. Mit einer Rumpflänge von fast achthundertvierzig Metern und einer Masse von mehr als achthundertfünfzigtausend Tonnen war die *Unsichtbare Wahrheit* das größte Schiff der Einsatzgruppe. Ihr Rumpf war dick gepanzert und strotzte vor Waffen, und an den beiden dicken, verstärkten Dockkragen hingen zwei kugelförmige Landungsschiffe der *Union*-Klasse.

Winston hatte das gewaltige Raumschiff schon oft von außen gesehen, auf dem Brückensichtschirm der Fähre, die sie zwischen der *Gettysburg* und der *Unsichtbare Wahrheit* hin und her beförderte. Die Größe und Erscheinung verstärkten den Eindruck noch, es mit einem mächtigen Kriegsschiff zu tun zu haben, auch wenn ihre Masse keinen Hinweis auf die Geschwindigkeit und Beweglichkeit des Schiffes gab. Ein derart beeindruckendes Kampfschiff verdiente einen ebenso beeindruckenden Skipper, fand Ariana. Vom Aussehen her entsprach der Kommandeur der *Unsichtbare Wahrheit* diesem Anspruch keineswegs.

Sie hatte Alain Beresick auf Defiance kennengelernt, der VerCom-Welt, auf der die verschiedenen Einheiten von Einsatzgruppe Schlange sich gesammelt und vor dem Start der Mission miteinander trainiert hatten. Damals war sie nicht beeindruckt gewesen. Beresick war von unterdurchschnittlicher Größe, mit dünnem, stumpfbraunem Haar, das lustlos über eine hohe, den halben Schädel umfassende Stirn fiel. Er erinnerte sie eher an einen niederen Steuerbeamten als an den Kommandeur eines Kriegsschiffs.

Sie war nicht an Bord der *Unsichtbare Wahrheit* gewesen, als die Einsatzgruppe vor wenigen Wochen unerwartet auf eine kleine Raumschiffsflottille des Geisterbärenclans gestoßen war, aber Winston hatte trotzdem erfahren, wie sehr sie Beresicks Fähigkeit, eine Schlachtflotte zu leiten, unterschätzt hatte. In ihrem ersten Gefecht mit den Clans hatte die Einsatzgruppe den Geisterbären eine schockierende Niederlage zugefügt. Es war ihnen sogar gelungen, ein feindliches Kampfschiff, einen Zerstörer der *Wirbelwind*-Klasse namens *Feuerfang* relativ intakt zu erobern, und alles, ohne auch nur ein Schiff der Einsatzgruppe zu verlieren.

»Kommandeurin auf der Brücke«, rief ein Maat.

»Weitermachen«, antwortete Winston wie üblich. Der Gedanke dahinter war, zu verhindern, daß die Besatzungsmitglieder Haltung annahmen, obwohl sie aus langer Erfahrung wußte, daß niemand vom Brückenpersonal so etwas versuchen würde. Aber die Tradition reichte zurück bis in die Tage der Segelschiffflotten längstvergangener Tage auf Terra, und die Leichte Eridani-Reiterei hatte großen Respekt vor Traditionen. Falls irgend jemand auf der Brücke von ihrer Anwesenheit Notiz nahm, wußte er es gut zu verbergen.

»Morgen, General. Gut geschlafen?« Die dunklen Ringe unter Beresicks unauffällig braunen Augen zeigten, daß er keine gute Nacht gehabt hatte.

»Morgen, Kommodore«, antwortete sie. »Nein, ich habe nicht gut geschlafen, und Sie anscheinend auch nicht.«

Beresick brummte nur.

»Teufel auch. Ich hasse, was ich jetzt tun muß«, meinte Winston zögernd. Dann atmete sie tief durch und befahl: »Öffnen Sie einen Kanal zu allen Schiffen der Einsatzgruppe.«

»Leitung steht«, antwortete eine Tech.

Sie nahm sich einen Augenblick Zeit, ihre Gedanken zu ordnen, dann nickte sie und begann. »Achtung, an alle Einheiten. Hier spricht General Winston. Inzwischen haben Sie alle vom Tod Marshal Morgan Hasek-Davions gehört. Eine Untersuchung der Umstände seines Ablebens läuft.« Sie stockte und räusperte sich. »Entsprechend der Missionsbefehle übernehme ich hier und jetzt, um acht Uhr, am zehnten Januar Dreitausendsechzig den Befehl über Einsatzgruppe Schlange. Alle Schiffskapitäne und Einheitskommandeure halten dies in den Schiffs- und Einsatzunterlagen fest. Ein Gedenkgottesdienst für Marshal Hasek-Davion wird in ein, zwei Tagen hier an Bord der *Unsichtbare Wahrheit* stattfinden. Im Anschluß erwarte ich den Befehlsstab zur Wiederaufnahme der Operationsplanung. Das ist alles.«

Mit einem kurzen Nicken forderte sie die KommTech auf, den Kanal zu schließen.

Sie drehte sich zu Beresick um. »Kommodore? Bitte begleiten Sie mich zum Quartier des Marshals. Es wird Zeit, daß wir seinen Safe öffnen.«

Beresick nickte wenig begeistert. »Mister Lake, Sie übernehmen.«

»Aye-aye, Sir. Dritter Offizier übernimmt den Befehl.«

Beresick drehte sich mit trauriger Miene zu Winston um. »Bringen wir's hinter uns«, murmelte er.

* * *

Sekunden später standen Winston und Beresick im Korridor vor der verriegelten Luke von Morgans Kabine. Die kurze Fahrt im Aufzug hatten sie in unbehaglichem Schweigen verbracht.

»Wissen Sie«, meinte Winston, »ich bin wirklich nicht wild auf das alles. Ich habe das Gefühl, auf seinen Platz zu springen, noch bevor die Leiche kalt ist, wie man so sagt. Finden Sie, ich sollte bis nach dem Gedenkgottesdienst warten?«

»Ich bin ebensowenig darauf erpicht wie Sie, General«, stellte Beresick mit einem Kopfschütteln fest. »Aber die Einsatzgruppe braucht einen Kommandeur, und der Marshal hat Sie nun mal zu seiner Stellvertreterin gemacht. Sie müssen seinen Platz und den Befehl übernehmen.«

»Jaaa.« Winston dehnte das Wort. Ihr Widerwille entsprang nicht dem Versuch, sich der Verantwortung zu entziehen. Sie haßte nur den Gedanken, den Platz eines Mannes einzunehmen, den sie als Kamerad und Mitkrieger kennen und schätzen gelernt hatte. In ihren Augen schloß sie das Kapitel Morgan Hasek-Davion ab, indem sie die Leitung der Einsatzgruppe übernahm. Für Ariana Winston, die Frau, nicht die Söldnergeneralin, hatte es den Anschein, daß sie Morgan in dem Augenblick, in dem sie die Kabinenluke öffnete, für immer auf die kalten Seiten der Geschichtsbücher verbannte.

Dazu war sie noch nicht bereit. Aber Beresick hatte recht. Sie befanden sich keine zweihundert Lichtjahre vor ihrem Ziel, der Nebelparder-Heimatwelt Diana. Niemanden durfte jetzt der Mut verlassen, und sie erst recht nicht. Sie waren auf der wichtigsten Mission, die irgendeiner von den Tausenden von Männern und Frauen der Einsatzgruppe Schlange je übernommen hatte. Das Schicksal der Inneren Sphäre konnte davon abhängen, ob sie Erfolg hatten oder nicht. Jetzt, da sie nur noch wenige Wochen vor der Ankunft über dem Planeten standen, zu dem sie schon seit fast einem Jahr unterwegs waren, wurde es Zeit für sie, die Verantwortung, für die Morgan selbst sie ausgewählt hatte, auf sich zu nehmen.

Kopfschüttelnd gab Winston den vierstelligen Öffnungscode in das an der Wand neben der Luke gelegene Zahlenschloß ein. Die elektronische Tastatur knackte dreimal und ließ einen angenehm dunklen Signalton erklingen. Das rote Signallicht veränderte seine Farbe zu Grün, und die Luke glitt mit einem Zischen auf.

Das Büro sah nicht mehr ganz so aus, wie sie es verlassen hatten. Morgans Datenterminal war von den Tollwütigen Füchsen abgeholt worden, um den Inhalt der Speichereinheit auf Hinweise zu Identität und Motiv des Attentäters zu untersuchen. Auch ein Großteil der nicht der Geheimhaltung unterliegenden Ausdrucke war abtransportiert worden. Morgans Kabinensteward, ein ComStar-Besatzungsmitglied alter Schule, hatte für Ordnung gesorgt. Die Kaffeemaschine war gesäubert und ein neuer Behälter eingesetzt. Als Morgans Steward ihn tot auffand, hatte sich eine klebrige Masse verkochter Kaffee-Ersatzreste im Glasbehälter befunden, und es war einfacher gewesen, ihn insgesamt zu ersetzen, als eine Säuberung zu versuchen. Winston konnte den Gestank des verbrannten Kaffees noch immer wahrnehmen, auch wenn er inzwischen weitgehend verschwunden war.

Sie verdrängte den Geruch aus ihren Gedanken, schob sich vorsichtig hinter Morgans Schreibtisch und öffnete ein Wandpaneel in der Vorderseite der Anrichte unter der Kaffeemaschine. Dahinter befand sich ein schwerer Tresor aus gehärtetem Stahl. Bei der Durchsuchung der Suite nach Spuren hatten sowohl die Tollwütigen Füchse wie auch später die DESTler bestätigt, daß der Mörder, wer auch immer es gewesen war, keinen Versuch unternommen hatte, den Safe zu öffnen.

»Kennen Sie die Kombination?« fragte Beresick.

Winston nickte. »Morgan hat darauf bestanden, daß ich sie auswendig lerne.« Ihre Stimme war tonlos und matt. »Nur für den Fall, hat er gesagt. Das ist wohl jetzt dieser Fall.«

Der Tresor war aus demselben Material wie BattleMechpanzerung gefertigt, wenn auch nicht so dick. Er besaß ein altes Kombinationsschloß in Form eines Drehknopfes. Winston hatte der große, verchromte Knopf mit den winzigen schwarzen Emailziffern belustigt. Morgan hatte ihr erklärt, daß er sich ganz bewußt für einen Verschluß dieser Art entschieden hatte. In einer Zeit elektronischer Schlösser, die entweder durch einen Magnetstreifen oder die Eingabe einer Zahlenkombination über der Tastatur geöffnet wurden, war kaum noch ein Übeltäter in der Lage, ein solch archaisches Schloß zu knacken.

Das Schloß knackte kaum hörbar, als sie den Knopf mehrmals nach links und rechts drehte, bis sie die Kombination komplett eingegeben hatte.

Kein Wunder, daß Schlösser dieser Art aus der Mode gekommen sind. Es dauert ewig, den Zugangscode einzugeben.

Eine letzte Drehung des Knopfes und die gleichzeitige Betätigung des Griffs, und man konnte die Verschlußbolzen mit gedämpftem Wummern zurückgleiten hören. Es kostete eine gewisse Kraftanstrengung, die Tür aufzuziehen. Sie mußte eine Masse von rund zwanzig Kilo haben.

Im Innern des Tresors lag ein Stapel Datenchips und Ausdrucke. Sie enthielten die Operationsbefehle und Einheitsaufstellungen der Einsatzgruppe sowie eingehende Profile sämtlicher der Gruppe zugeteilter Einheitskommandeure. Als sie die Unterlagen aus dem Safe holte, unterdrückte sie den Drang, ihre Akte herauszusuchen und nachzulesen, was der Militärische Informationsdienst des Vereinigten Commonwealth und ComStars Geheimdienst ROM über sie geschrieben hatten. Statt dessen griff sie nach einer kleinen Plastikschachtel mit handgeschriebenem Etikett, auf dem stand: ›Für Ariana Winston‹. Ein paar Sekunden lang untersuchte sie die Schachtel und starrte den drei Zentimeter großen, quadratischen schwarzen Plastikchip in ihrem Innern an. Abgesehen von dem Etikett besaß das Chipetui keinerlei Markierungen. Schließlich schob sie die Schachtel in die rechte Brusttasche. Sie würde ihn später lesen.

Sie blätterte den Ausdruck der Datei ›Operationsbefehle‹ kurz durch, überflog mechanisch die Seiten mit Missionsbefehlen, strategischer Doktrin und taktischen Vorschlägen. Als sie wieder aufblickte, bemerkte sie, daß Beresick sie genau beobachtete.

»Ich weiß nicht, ob ich das schaffe«, stellte sie mit verängstigter Stimme fest.

»Unsinn«, erklärte Beresick entschieden. »Sie sind Ihr

ganzes Leben lang Soldatin und haben schon früher größere Feldzüge geplant, einschließlich der Aktionen der Leichten Reiterei innerhalb der Coventry-Operation.«

»Ja, und wie ist die ausgegangen? Das 71. Regiment wurde von den Jadefalken so durch die Mangel gedreht, daß wir es fast hätten auflösen müssen.«

»General ...« Beresick lächelte sie gütig an. »Ariana, Sie werden das schon machen. Morgan hätte Sie nicht zu seiner Stellvertreterin bestimmt, wenn er nicht überzeugt gewesen wäre, daß Sie der Aufgabe gewachsen sind. Sie fühlen sich jetzt nur ein wenig überfordert von seinem Tod. Das geht uns allen so. Sie schaffen das«, wiederholte er und stand auf. »Sie werden eine Weile allein sein wollen, um sich den Chip anzusehen.« Winston war überrascht, daß Beresick die krakelige Handschrift auf dem Etui hatte lesen können. »Ich werde mich zurückziehen.«

Ohne ein weiteres Wort drehte er sich um und verließ den Raum.

Winston beschäftigte sich noch eine Weile mit den allgemeinen Befehlen der Einsatzgruppe, in dem Versuch, den Moment hinauszuschieben, wenn sie den Chip lesen mußte. Schließlich entschied sie dann aber doch, es hinter sich zu bringen. Sie zog die Schachtel aus der Tasche und schob den Datenchip in das im Schreibtisch eingelassene Lesegerät.

Der Bildschirm flackerte kurz, dann zeigte er den verstorbenen Marshal Morgan Hasek-Davion. An der grauen Wand hinter ihm erkannte Winston, daß er die Botschaft in demselben Sessel aufgezeichnet hatte, in dem sie jetzt saß. Der Gedanke jagte ihr einen leichten Schauer über den Rücken.

»Hallo, Ariana.« Morgan lachte nervös. »Das ist wirklich seltsam. Ich weiß nicht recht, was ich sagen soll. ›Wenn du diese Nachricht siehst, muß ich tot sein‹, hört sich so abgegriffen an. Aber es stimmt. Wahrscheinlich bist du jetzt gerade ziemlich aufgewühlt, ganz zu schweigen von verwirrt, besorgt und mehr als nur ein wenig verängstigt. Das ist völlig in Ordnung. Egal, wie oft ich in die Schlacht gezogen bin, ob es alleine war oder an der Spitze einer ganzen Armee, ich hatte jedesmal wieder Angst. Angst, es zu verpatzen, Angst, meine Leute in den Tod zu führen, Angst, meinen Prinzen im Stich zu lassen. Die meisten guten Kommandeure haben Ängste dieser Art. Diejenigen, die keine Angst haben, sind es, auf die man aufpassen muß. Jedenfalls ist dies jetzt deine Einsatzgruppe.«

In den nächsten Minuten ging Morgan alle Einzelheiten durch, die Winston als Befehlshaberin der Einsatzgruppe wissen mußte: Zeitpläne, Truppenbewegungen, Nachrichtendienstberichte und so weiter. Zum Abschluß erinnerte er sie daran, daß all diese Informationen noch einmal als Datenchips und Ausdrucke in seinem Tresor lagen.

»Jetzt kommt der wirklich seltsame Teil. Falls meine Leiche geborgen werden kann, möchte ich, daß sie zur Beisetzung heim nach New Syrtis überführt wird. Ich habe im Tresor ein paar Anweisungen über eine Gedenkfeier hinterlegt. Ich möchte nichts Pompöses, nur ein einfaches Soldatengedenken.«

Er verstummte lange genug, um sie sich fragen zu lassen, ob die Aufzeichnung das Ende erreicht hatte, dann sprach er weiter.

»General Winston, falls Sie nicht allein sind, halten Sie diese Aufzeichnung bitte sofort an. Die folgenden Informationen sind nur für Sie allein bestimmt.« Morgan machte eine kurze Pause, wie um ihr Zeit zu geben, etwaige noch im Raum befindliche Personen hinauszukomplimentieren. »Hör mir jetzt genau zu. Kurz bevor ich New Syrtis in Richtung Defiance verließ, habe ich eine persönliche, vertrauliche Botschaft von Theodore Kurita erhalten. Er teilte mir darin mit, daß er mir als Kommandeur der Einsatzgruppe mit

Victors Zustimmung und zusätzlich zu den Draconis Elite-Sturmtruppen ein besonderes Geschenk schicke. Dieses Geschenk war ein Team von vier Nekekami-Agenten.«

Winston schlug mit der flachen Hand auf den Pause-Knopf des Lesegeräts und starrte mit offenem Mund auf den Bildschirm. Um sicherzugehen, daß sie sich nicht verhört hatte, spulte sie die Aufzeichnung ein paar Sekunden zurück. Kein Zweifel. Morgan hatte tatsächlich gesagt, daß Einsatzgruppe Schlange vier Nekekami-Agenten zugeteilt worden waren.

Die Nekekami waren die Erben der Techniken und Traditionen der Ninjas des feudalen Japans der terranischen Geschichte. Frei übersetzt bedeutete der Name ›Geisterkatze‹. Winston war auch mit den Legenden über die Nekekami vertraut. Es hieß, sie seien unsterblich und die Sendboten des leibhaftigen Todes. Man erzählte sich, sie könnten durch Wände gehen, sich nach Belieben unsichtbar machen und durch einen bloßen Blick töten. Sie waren gedungene Agenten, von Kindesbeinen an als Spione, Saboteure und Meuchelmörder ausgebildet. Ihr schauderte bei dem Gedanken, bezahlte Mörder unter ihrem Befehl zu haben. Sicher, sie selbst war eine Söldnerin, aber sie fühlte sich an einen strengen Ehrenkodex gebunden. In ihren Augen konnten Gestalten wie die Nekekami keinen Verhaltenskodex besitzen, der sie in ihrem Handeln leitete.

»Laut Theodore«, fuhr Morgan fort, »sind die Nekekami der Einsatzgruppe gegenüber absolut loyal und können auf jede Art und Weise eingesetzt werden, die dem Kommandeur angemessen erscheint. Ich hatte ursprünglich beabsichtigt, sie auf alle hochrangigen Parder-Offiziere anzusetzen, die sich zum Zeitpunkt der Invasion auf Diana befinden mochten. Trent hat uns genügend Informationen über diese Offiziere geliefert, um den Nekekami deren Ermordung zu ermöglichen. Leider werden diese Informationen schon zwei Jahre alt sein, wenn du Diana erreichst, und damit möglicherweise nutzlos. Theodore hat eine Liste mit Codewörtern und eine Art ›Signalgeber‹ mitgeschickt, der ausschließlich dazu dient, diese Codes zu übermitteln. Dieses Gerät war meine einzige Möglichkeit, mit den Nekekami zu kommunizieren. Ich bin ihnen nie direkt begegnet. Ich werde dir diese Codewörter jetzt mitteilen. Lerne Sie auswendig. Du darfst sie *auf keinen Fall* aufschreiben, auf gar keinen Fall. Wahrscheinlich ergeben sie für niemanden außer den Nekekami einen Sinn, aber es wäre unverantwortlich, das Risiko einzugehen.«

Mehrere Minuten wiederholte Morgan die Wörter und kurzen Sätze, zusammen mit der Bedeutung, die sie für die Geisterkatzen hatten. Nach jedem Code machte er eine Pause, damit sie sich alles einprägen konnte. Nachdem er die Liste siebenmal durchgegangen war, nahm er den Faden wieder auf. »Natürlich mußt du all das für dich behalten. Insbesondere Paul Masters oder Sharon Byran dürfen nichts davon erfahren. Sie würden ein Protestgeschrei anstimmen, das man bis nach Terra hören könnte.«

Wieder machte er eine Pause. Winston konnte sehen, wie Morgan um seine Beherrschung rang. Bis zu diesem Augenblick hatte sie sich nicht klargemacht, wie schwer es für ihn gewesen sein mußte, eine Nachricht für den Fall seines Todes aufzunehmen. »Ariana, ich habe vollstes Vertrauen zu dir. Sonst hätte ich dich nicht zu meiner Stellvertreterin ernannt. Du bist eine gute Soldatin und eine gute Offizierin. Heutzutage ist es nicht leicht, jemanden zu finden, auf den dies beides zutrifft. Vergiß das nicht, und du wirst es schaffen.«

Eine weitere Pause.

»Sag Andrew Lebewohl von mir. Sag ihm, niemand hatte je einen treueren Freund und daß es mir eine Ehre und eine große Freude war, ihn meinen Freund nennen zu dürfen.« Wieder drohte Morgans Stimme zu versagen. »Und, Ariana? Vorausgesetzt, du überlebst diese Mission, besuchst du bitte meine Frau und Familie, wenn ihr zurück in der Inneren Sphäre seid? In meinem Schreibtisch liegt ein Päckchen. Ich möchte dich bitten, es Kym persönlich auszuhändigen. Sag ihr, daß ich sie liebe und auf sie warte.«

Glücklicherweise war dies das Ende der Aufzeichnung. Mit tränenden Augen schaltete Ariana Winston das Lesegerät aus.

4

Schlachtkreuzer SBS *Unsichtbare Wahrheit*,
Einsatzgruppe Schlange
Namenloses Sonnensystem, Äußere Peripherie

11. Januar 3060

Ich hasse das. Der Gedanke zuckte so blitzartig und mit solcher Vehemenz durch Ariana Winstons Hirn, daß sie sich unwillkürlich umsah, aus Angst, ihn laut ausgesprochen zu haben. Aber niemand unter den Personen, die sich im großen Freizeitsaal auf Gravdeck Nummer Eins der *Unsichtbare Wahrheit* versammelt hatten, schien etwas gehört zu haben. Winston hob die Hand und zupfte am Stehkragen ihrer mattgrünen Uniformjacke. Die Geste fiel nicht so unauffällig aus, wie sie gehofft hatte. Edwin Amis, einer der Regimentskommandeure der Leichten Eridani-Reiterei, schien die Bewegung aus dem Augenwinkel bemerkt zu haben. Er drehte leicht den Kopf und schenkte ihr die Andeutung eines Lächelns, begleitet von einem winzigen Nicken. Die Geste schien zu sagen: ›Sie haben ganz recht, General. Ich wäre auch lieber irgendwo anders.‹

Der Freizeitsaal war trotz seiner Größe voll, aber nicht überfüllt. Die Kommandeure aller Gefechtseinheiten in Einsatzgruppe Schlange waren anwesend. Andrew Redburn stand mit verhärmtem Gesicht neben Major Michael Ryan von den Draconis Elite-Sturmtruppen. Redburns bodenlanges, dunkelblaues Uniformcape und die über den Stiefeln getragene blaue Steghose formten einen seltsamen Kontrast zu Ryans weißer Uniformjacke und der sich über dem Stiefelschaft bauschenden Hose seiner draconischen Ausgehuniform.

Es verwunderte Winston, daß ComStar – dessen Leitung sich so besorgt gezeigt hatte, daß diese Mission als eine solche angesehen wurde, die eine vereinte Innere Sphäre repräsentierte, einen neugeborenen Sternenbund – an die Männer und Frauen der Einsatzgruppe Schlange zwar Sternenbund-Gefechtsmonturen ausgegeben hatten, aber keine Ausgehuniformen. Dadurch bot sich hier ein Kaleidoskop der Farben und Uniformstile, das dem Zweck dieser Versammlung – jetzt, da sie darüber nachdachte – besser entsprach, als wenn sie alle in identischen Uniformen erschienen wären.

General Sharon Byran repräsentierte in makelloser hellblauer Jacke die 11. Garde der Lyranischen Allianz. Colonel Samuel Kingston, dessen graugrüner Uniformoverall seine capellanische Herkunft verkündete, stand neben Colonel William MacLeod von den Northwind Highlanders. Die Highlander-Uniform glich in weiten Teilen der mattgrünen Uniform der Leichten Eridani-Reiterei, was angesichts der engen Bindung beider Einheiten zum Sternenbund kaum verwunderlich war. Allerdings lockerten die Highlanders den gedämpften Charakter ihrer Uniform durch einen Kilt in einem der zahlreichen farbenfrohen Muster ihrer schottischen Vorfahren auf.

Alain Beresick und Regis Grandi, beide ComGuardisten, waren identisch im goldverzierten Blau gekleidet, das ihr Orden als Uniformfarben angenommen hatte. Den formellsten Eindruck machte wahrscheinlich Colonel Carl Sleipness aus der Freien Republik Rasalhaag. Seine Ausgehuniform mit dem gestärkten weißen Hemd und dem hohen Stehkragen am schwarzen Cape schien eher ins neunzehnte als ins einunddreißigste Jahrhundert zu passen. Seine Kleidung war von einer Eleganz, die an eine einfachere Zeit erinnerte. Colonel Paul Masters glänzte in der goldverzierten weißen Ausgehuniform der Ritter der Inneren Sphäre.

Während Winston sich noch im Saal umsah, trat ein älterer Mann in der schwarzgoldenen Uniform der Kathil-Ulanen an das Rednerpult, das für diese Feier an der Stirnwand des Raumes aufgestellt worden war. Die versammelten Männer und Frauen setzten sich.

»Freunde«, begann er. »Wir sind heute hier zusammengekommen, um das Leben und das Gedenken eines großen Mannes zu ehren: Morgan Hasek-Davion.« In den nächsten Minuten hielt Vater Jonas Pavlik eine ergreifende Grabrede, in der er Morgan für sein Leben als Soldat, Kommandeur, Ehemann und Vater lobte. Er sprach von Morgans zahlreichen Leistungen in Krieg und Frieden und von seiner von keinerlei Zweifeln getrübten Hingabe an die Davions und das Vereinigte Commonwealth, über das sie herrschten. Die Worte des Kaplans rührten Winston an, um so mehr, da seine Rede nicht nur ein hohler Tribut war, wie er so oft nach dem Tod eines großen Mannes wie Morgan erklang. Vater Pavlik hatte den Mann, den er hier zur letzten Ruhe bettete, gekannt und geliebt.

Als Pavlik das Rednerpult verließ und zu seinem Platz ging, trat Andrew Redburn nach vorne. Er hustete verlegen und fummelte mit den Papieren, die er aus der Uniformjacke gezogen hatte. Dann begann er, nach einem weiteren Hüsteln, zu sprechen.

»Ich kannte Morgan wahrscheinlich besser als irgendein anderer in diesem Raum, möglicherweise sogar besser als seine Frau, Kym. Viele von Ihnen kennen die Stationen seiner langen und hochdekorierten Militärlaufbahn. Die wichtigen Wegpunkte seiner Karriere als Soldat, General, Figur des öffentlichen Lebens. Ich selbst wußte zunächst nur von ihm, daß er Michael Hasek-Davions Sohn und Prinz Hanse Davions Neffe war. Aber im Laufe der Zeit erfuhr ich so viel mehr. Was kann man über einen Mann wie Morgan sagen, ohne in Klischees zu verfallen? Nicht viel, denn er *war* der Mann, über den die Priester bei einem Begräbnis immer reden. Morgan Hasek-Davion war zuerst und vor allem ein Mann, der voll und ganz für seine Familie lebte. Ich weiß, das klingt seltsam, wenn man bedenkt, wieviel Zeit er *fern* von ebendieser Familie verbrachte. Er hat mir einmal gesagt, daß die Zeit, die er fern von Kym und George verbrachte, keine verlorene Zeit war, sondern eine geopferte. Indem er seine Zeit und sein Können zur Verfügung stellte, seinen Schweiß und sein Blut für die Vereinigten Sonnen und später das Vereinigte Commonwealth einsetzte, sicherte er seiner Familie die Zukunft. Es war keine finanzielle Sicherheit. Er kam aus einer der reichsten Familien der Inneren Sphäre. Er war nicht auf die vergleichsweise kümmerliche Summe angewiesen, die er als Soldat verdiente. Nein, die Sicherheit, für die er focht, war weit kostbarer und weit weniger faßbar als Geld. Morgan kämpfte und blutete und starb für eine Zukunft – sicher vor der Bedrohung durch Tyrannei und Unterdrückung. Tief in meinem Herzen weiß ich, daß Morgan irgendwo im Himmel sitzt, wahrscheinlich unter einem der Bäume, die der Bibel zufolge die goldenen Straßen säumen, und auf uns herabblickt. Ich kann fast sein von Sorgen gezeichnetes Gesicht vor mir sehen, seine grünen Augen, das schiefe Lächeln. Ich kann ihn beinahe hören: ›Halte durch. Lauf weiter bis ins Ziel. Kämpfe für die gute Sache. Es ist das alles wert. Wenn auch nur ein Mensch auch nur eine Stunde dadurch frei leben kann, ist es das alles wert.‹ Was mich betrifft: Ich habe meinen besten Freund verloren, einen Mann, den ich mehr geliebt habe, als ich mir je klarmachen konnte. Adieu, Morgan. Ich ...«

Unfähig weiterzusprechen, schüttelte Andrew Redburn den Kopf und trat vom Rednerpult zurück. Winston trat in einem einzigen, weiten Schritt an seine Seite. Sie nahm seinen Arm und führte ihn sanft an seinen Platz.

»Es ist okay, Andrew«, murmelte sie so leise, daß nur er sie hören konnte. »Wir verstehen dich. Wir haben das alle schon selbst mitgemacht.«

»Ich bin in Ordnung.« Seine Stimme war ein gequältes Flüstern, aber langsam kehrte die Kraft in ihren Ton zurück. »Ich komme schon wieder in Ordnung.«

Winston warf ihm ein kurzes, aufmunterndes Lächeln zu und nickte. Dann trat sie selbst vor die Versammlung.

»Wir alle wissen, daß Morgan ein Soldat war, aber wer genießt letztendlich die Erfolge eines Soldatenlebens? Es sind die, die er zurückläßt: seine Familie, seine Freunde, seine Landsleute. Selbst jene, die ihn der Uniform wegen hassen, die er trägt, oder der Waffe wegen, die er führt, oder des Blutes wegen, das er vergießt, haben Teil an dem, was er gewinnt. Alle haben in gleichem Maße Teil an der Freiheit und dem Frieden, die nur ein Soldat liefern kann. Ich habe nicht die Gabe, so wunderschöne Reden zu schreiben wie Vater Pavlik, und ich kann mich auch nicht auf die lange Freundschaft berufen, die Andrew Redburn mit Morgan verband. Aber ich habe einen Sinn für Geschichte. Morgan Hasek-Davion war eine jener Seelen, die bei allen, mit denen sie in Kontakt kommen, einen dauerhaften Eindruck hinterlassen. Man sieht ihn nicht immer sofort, aber er existiert. Er war der letzte seiner Art, und die Welt ist ärmer, seit er von uns ging. Wir werden seinesgleichen nie wiedersehen.«

Als sie wieder Platz nahm, trat Captain D. C. Stockdale, der Kaplan der Leichten Reiterei, nach vorne. Er und Vater Pavlik hatten sich darauf verständigt, die Gedenkfeier gemeinsam abzuhalten. Stockdale öffnete ein kleines, in Leinen gebundenes Brevier und las daraus die seit über dreitausend Jahren unveränderten Worte der Beisetzung. »Ich weiß, mein Erlöser lebt, und er wird zurückkehren am Jüngsten Tag. Herr, wir übergeben Deiner Obhut die Seele von Morgan Hasek-Davion, in der sicheren Hoffnung, daß Du ihn eines Tages aus dem Grabe auferweckst. Asche zu Asche, Staub zu Staub. Der Herr gibt, der Herr nimmt. Gelobt sei der Herr.«

Als Stockdale zurücktrat, rief Ariana Winston die Versammlung zur Achtung. Beinahe wie ein Mann erhoben sich die versammelten Krieger von ihren Plätzen. Der Klang ihrer zusammenschlagenden Hacken knallte wie ein einzelner Pistolenschuß durch den Raum.

Von der Rückwand erklang ein hoher, dünner, heulender Ton. Von ihrer Position aus konnte Winston einen jungen Mann in der Uniform der Northwind Highlanders sehen, einen Dudelsack in rotgrünem Schottenmuster unter dem linken Arm. Sein offenes, junges Gesicht war tränenüberströmt. Einen Augenblick lang wußte sie die Melodie, die er spielte, nicht einzuordnen. Dann erinnerte sie sich aus ihrer Kindheit daran. *Almighty Father, Strong to Save.* Sie hatte sie schon Jahre nicht mehr gehört, aber es war eines der Lieblingskirchenlieder ihres Vaters gewesen.

Als der traurige Klang des Dudelsacks verhallte, sah sie einen anderen jungen Mann vortreten, diesmal im Schwarz und Gold der Kathil-Ulanen. In seiner Hand hielt er eine silberne Trompete. Er setzte das Mundstück an die Lippen. Sämtliche Krieger im Raum hoben die Hand zum letzten Salut für einen gefallenen Kameraden, als die gespenstischen Noten der uralten Melodie des Zapfenstreichs den Raum füllten.

Als die letzten Noten verklungen waren, bellte Winston »Zwo«, und die Arme senkten sich.

»Weg …« Winstons Stimme versagte. Sie räusperte sich, versuchte es noch einmal. »Wegtreten.«

Einen Augenblick bewegte sich niemand, als glaubten sie, Morgan vergessen zu müssen, wenn sie sich verteilten. Dann verließen sie den Saal langsam allein oder zu zweit.

Winston ging zurück zu ihrem Stuhl und setzte sich neben Andrew Redburn.

»Er ist weg, Ariana.«

»Ria«, sagte sie. Sie wollte Redburn trösten, dabei hatte sie selbst Trost nötig. »Ich weiß es, Andrew. Und ich weiß, daß es schmerzt. Möchtest du allein sein, um dich von ihm zu verabschieden? Oder soll ich hierbleiben?«

Bevor Redburn antworten konnte, erwachte der Interkom krachend zum Leben. »Brücke an General Winston.«

Ariana verfluchte das miserable Timing, das lausige Urteilsvermögen und das fehlende Mitgefühl des Brükkenoffiziers. Einen Augenblick lang wollte sie überhaupt nicht reagieren. Aber dann machte sie sich klar, daß der Dritte Offizier der *Unsichtbare Wahrheit*, der momentan die Wache hatte, die Gedenkfeier nicht unterbrochen hätte, wenn es keinen *ausgezeichneten* Grund dafür gegeben hatte.

Sie klopfte Redburn auf die Schulter. »Ich bin gleich zurück.«

»Brücke, Winston.« Sie ließ ihre Verärgerung im Klang ihrer Stimme durchscheinen. »Was ist los?«

»Generalin, Sie kommen vielleicht besser hier rauf«, antwortete der Decksoffizier. »Die Kommstation empfängt ein sehr seltsames Signal.«

»Können Sie es hierher durchstellen?«

»Ja, Ma'am.«

Beinahe augenblicklich zischte eine gespenstische Stimme aus dem Lautsprecher. Sie besaß etwas unangenehm Vertrautes, als hätte Winston sie schon einmal gehört.

»Allen Bürgern der Inneren Sphäre übersende ich, Aleksandr Kerensky, meine Grüße.«

Aleksandr Kerensky! Ein eiskalter Schauer lief ihr Rückgrat hinab. Daher kannte sie diese Stimme: Aus Dutzenden von Holobändern, die sie und jeder andere in der Galaxis von den Reden, Vorträgen und öffentlichen Auftritten des berühmten Generals gesehen hatte, allesamt aufgezeichnet lange bevor der Zusammenbruch des Sternenbunds ihn veranlaßt hatte, seine Armada in die Tiefen des Weltraums zu führen, weit über die Grenzen des erforschten Alls hinaus.

Kerenskys körperlose, rauhe Stimme sprach weiter.

»Ihr sollt wissen, daß ich den Rest der Sternenbund-Verteidigungsstreitkräfte, der ihrem Auftrag treu geblieben ist, aus der Inneren Sphäre und aus der Peripherie geführt habe. Ich tat dies weder aus Enttäuschung über die, die wir zurückließen, noch aus Trotz oder Verachtung, wie manche behaupten werden. Nein, wir haben die Innere Sphäre verlassen, weil wir sie zu sehr lieben, um ihrer Vernichtung zuzusehen. In den Nachwehen des Usurpatorenputsches und der langen, erbitterten Kämpfe, die ihm folgten, fürchte ich, daß meine Truppen unserer Gesellschaft unermeßlichen und möglicherweise irreparablen Schaden zufügen würden. Wir haben geschworen, den Sternenbund und seine Untertanen zu beschützen, nicht, ihn zu zerstören. Daher haben wir die einzige Heimat verlassen, die wir je kannten, um die Vernichtungskraft dieser Armada dem Zugriff jener zu entziehen, die sie nicht zur Verteidigung nutzen würden, sondern zu Eroberungszwecken. Vielleicht werden die untereinander streitenden Fürsten nun, da ihnen die Macht unserer Mechs und Schiffe nicht zur Verfügung steht, lernen, die Träume von der Unterwerfung ihrer Nachbarn aufzugeben und in Frieden mit ihnen zu leben. Vielleicht, sollte die Menschheit eines Tages vom Rande des Abgrunds zurücktreten, werden wir oder unsere Kinder oder deren Kinder zurückkehren, um den Sternenbund auf dem Weg der Menschheit zu den Sternen von neuem zu beschützen, ihm zu dienen und ihn zu leiten. Lebt wohl.«

5

**Schlachtkreuzer SBS *Unsichtbare Wahrheit*,
Einsatzgruppe Schlange
Namenloses Sonnensystem, Äußere Peripherie**

15. Januar 3060

Die Nachricht von der unirdischen Botschaft verbreitete sich in Windeseile über die gesamte Einsatzgruppe. Alle Schiffe Schlanges empfingen sie und zeichneten sie auf. Einige dieser Aufzeichnungen waren vervielfältigt worden und hatten den Weg in die Hände einzelner Soldaten gefunden, die teilweise versuchten, aus der ›Stimme Kerenskys‹ privaten Profit zu schlagen. Zum Glück war keiner der Einheitskommandeure bereit, diese Geschäftemacherei durchgehen zu lassen.

Für Ariana Winston stellte sich mit dem Auftauchen der Stimme eine Reihe ganz anderer Fragen.

»Was genau wollen Sie mir sagen, Kommodore?« fragte sie Alain Beresick von ihrem Platz am Tisch in der Mitte des Bereitschaftsraums der *Unsichtbare Wahrheit*. Wie die meisten großen Kampfschiffe besaß auch der Schlachtkreuzer einen relativ geräumigen, als Kombination aus Kabine, Büro und Salon fungierenden Raum neben der Hauptbrücke. Dieser sogenannte Bereitschaftsraum des Kapitäns war allein dem kommandierenden Offizier des Schiffes vorbehalten. Beresick hatte ihn zwar zunächst Morgan und später Winston angeboten, aber beide hatten aus demselben Grund abgelehnt. Morgan hatte sich – ebenso wie Winston nach ihm – als Kommandeur der Einsatzgruppe entschlossen, die Flaggsuite der *Wahrheit* ein Deck tiefer zu beziehen. Der Bereitschaftsraum war traditionell für den Schiffskapitän reserviert, und sie wollten Beresick dieses Privileg nicht streitig machen.

»Ich versuche Ihnen zu erklären, daß ich nicht sicher bin, General«, gab Beresick entnervt zurück. »Ich bin kein KommTech, ich bin ein Skipper. Ich könnte Ihnen nur in sehr groben Zügen erklären, wie die Hälfte der Systeme auf der Brücke funktioniert, ganz zu schweigen von denen auf dem Rest des Schiffes. Ich weiß schlicht und einfach nicht, wie die Hyperraumkommunikation im Vergleich zum Normalraumfunk arbeitet. Ich weiß, es besteht eine Verbindung zwischen HPG-Sendungen und dem Kearny-Fuchida-Sprungantrieb, aber damit hat es sich auch schon so ziemlich. Ich kann nur schätzen, daß dieselbe Technologie, die ein ›Tor‹ im Gefüge des Universums öffnet, damit ein Sprungschiff hindurchfliegen kann, auch in einem Hyperpulsgenerator zur Anwendung kommt, um interstellare Botschaften zu versenden. Wenn ein Schiff wieder in den Normalraum eintaucht, muß es auf dieselbe Technologie zurückgreifen, die im zwanzigsten Jahrhundert benutzt wurde, um Automatiksonden zur Luna und zurück zu schicken. Ich nehme einmal an, daß es mit Normalraumfunk genauso aussieht. Wir benutzen einen HPG, um Nachrichten zwischen Systemen zu übermitteln, aber systemintern sind wir auf Funk, Laser und Mikrowellenkommunikatoren angewiesen.

Ein Teil des Problems bei HPG-Nachrichten ist ihre begrenzte Reichweite. Sicher, das Signal wird praktisch in Nullzeit übermittelt, aber es hat eine Reichweitenbegrenzung von ungefähr fünfzig Lichtjahren. Deshalb hätte Kerenskys Botschaft ohne eine Serie von mit HPG ausgerüsteten Relaisschiffen die Innere Sphäre niemals erreicht. Ich nehme aber an, daß Kerensky noch einen anderen Grund hatte, seine ›Vielleicht komme ich irgendwann zurück‹-Botschaft durch den Normalraum zu senden, in diesem Falle über einen Breitband-Mikrowellensender. Hätte er eine Kette von Relaisstationen aufgebaut, wäre seine Nachricht kurz nach seiner Abreise in der Inneren Sphäre eingetroffen. Die Nachfolgerstaaten wären noch im Krieg miteinander gelegen, und der Sturm der Barbarei, dem er zu entkommen versuchte, hätte noch vollauf getobt. Welche Wirkung hätte seine Botschaft unter diesen Umständen gehabt? Wir können es nicht sicher sagen, aber eine sonderlich große wohl kaum. Einzelne kriegsführende Nationen hätten vielleicht versucht, Kapital aus ihr zu schlagen, und sie hier und da zu ihrem Vorteil manipuliert. Möglicherweise hätte jemand versucht, eine Suchexpedition hinter der Armada herzuschicken, um sie zu überreden, zurückzukommen und sich mit einer der Kriegsparteien zu verbünden. Wahrscheinlich hätte man die Nachricht entweder ignoriert oder sogar als Betrug hingestellt. Indem er seine Nachricht aber mit normalem Mikrowellenfunk abschickte, stellte er sicher, daß sie sich mit Unterlicht bewegte und erst nach langer, *langer* Zeit in der Inneren Sphäre einträfe. Natürlich ist das alles nur Spekulation. Ich nehme aber an, daß er hoffte, bis seine Nachricht die Innere Sphäre erreichte, würden die Kriege ausgestanden sein, die Vernichtungsorgien beendet und die Menschheit erkannt haben, was für ein Fehler es gewesen war, den Sternenbund zu zerschlagen.

Ihnen ist hoffentlich klar, daß wir ohne Morgans Tod dieses System verlassen hätten, lange bevor die ›Stimme‹ hier eintraf. Und es wird noch sehr lange dauern, bis dieses Signal den nächsten menschlichen Außenposten erreicht. Es war reines Glück, daß wir es empfangen haben.«

»O ja, ›Glück‹.«

Winstons Antwort offenbarte eine entmutigte Mattheit, die Beresick überraschte. »Stimmt etwas nicht, General?«

»Nein, Alain, nicht wirklich. Die Ereignisse der letzten Tage holen mich nur allmählich ein. Und jetzt das.« Sie tippte auf den Ausdruck der ›Stimme‹. »Daß wir unmittelbar nach Morgans Gedenkfeier die ›Stimme‹ aufgefangen haben, läßt mich erschaudern. Die Ähnlichkeiten sind einfach zu groß. Morgan und Kerensky haben beide eine Armada in den ›Leerraum‹ geführt, in der Hoffnung, zu bewahren, was von der Inneren Sphäre übrig war. Und hier sind wir, folgen sozusagen Kerenskys Spuren, und was hören wir? Die Stimme eines seit Jahrhunderten toten Generals, gerade, als wir uns von unserem eigenen soeben verstorbenen General verabschieden.« Winston zitterte. »Mir läuft es eiskalt den Rücken herab.«

Wieder erzitterte sie, diesmal jedoch mit der entschiedenen Bewegung eines Menschen, der sich eines unbequemen Kleidungsstücks entledigt. »Wann springen wir?«

Die plötzliche Veränderung in Winstons Haltung schien Beresick zu überraschen.

»Sobald Sie den Befehl geben, General. Die Triebwerke sind aufgeladen, und wir können jederzeit eintauchen.«

Winston atmete tief ein, dann stieß sie die Luft in einem langen Zug wieder aus.

»In Ordnung, dann los«, sagte sie. »Je eher wir dieses System verlassen, um so lieber ist es mir.«

* * *

In vielerlei Hinsicht war die Brücke der *Unsichtbare Wahrheit* identisch mit dem Kontrolldeck jedes anderen interstellaren Raumschiffs, auf dem Ariana Winston je gewesen war. Der Hauptunterschied bestand in der Größe. Während die Brücke eines durchschnittlichen Transportsprungschiffs wie der *Gettysburg* der Leichten Eridani-Reiterei, eines Schiffes der *Monolith*-Klasse, nur wenige Kontrollkonsolen beherbergte, verfügte die *Unsichtbare Wahrheit* über mehr als ein Dutzend. Die Mitte des weiträumigen Brückendecks wurde von einem hochauflösenden Holotank beherrscht. Kleinere Schiffe verfügten kaum über den Platz für ein solches Gerät. Das dreidimensionale, laserprojizierte Abbild der Einsatzgruppe, deren Schiffe reglos über der K2-Sonne des Systems im Raum hingen, hatte einen Durchmesser von gut sechs Metern.

Um die Empore, auf der sich der Tank befand, war eine Serie zwei- und dreidimensionaler Bildschirme aufgereiht, die alles von der momentanen taktischen Situation bis zum Status des Sprungsegels zeigten. Eine zweite Batterie von Instrumentenstationen verlief um die Außenwand des Brückendecks. Dort saßen weitere ComStar-Techs und gingen ihren Routineaufgaben nach. Die aufmerksamsten Mitglieder des Brückenpersonals hatten die Blicke auf die verschiedenen ›Kaskaden‹-Anzeigen der Schiffssensoren geheftet. Angesichts ihrer momentanen Position weit jenseits der Inneren Sphäre konnte die frühzeitige Entdeckung eines eintreffenden Sprungschiffs für die Männer und Frauen der Einsatzgruppe Schlange den Unterschied zwischen Leben und Tod bedeuten.

»Kommandeurin auf der Brücke. Kapitän auf der Brücke.«

Winston war die ankündigenden Rufe des neben dem Brückenluk stehenden Maats längst gewohnt. Aber bis vor wenigen Tagen hatte diese Ehre nur Morgan gegolten, nicht ihr.

Beresick schien den Salut gar nicht zu bemerken. Er machte sich sofort an die Arbeit.

»Ich übernehme den Befehl«, bellte er.

»Kapitän übernimmt den Befehl«, antwortete der 2. Offizier des Schiffes.

»Kontaktmeldungen.«

»Sir. Die einzigen Kontakte sind die übrigen Schiffe der Einsatzgruppe.« Der leitende SensorTech erstattete Meldung, ohne von seiner Konsole aufzusehen.

Auf Beresicks Anweisung öffnete ein anderer BrückenTech einen Kommunikatorkanal.

»Alle Einheiten von Kingpin. Gefechtspatrouillen zurückrufen und Sprung vorbereiten. Bereitschaftsmeldung.«

Nacheinander meldeten sich die Schiffe der Einsatzgruppe Schlange beim Flaggschiff. Als erste Einheit reagierte die *Haruna*, eine Fregatte der *Kyushu*-Klasse, die als Teil des draconischen Phönixprogramms unter strenger Geheimhaltung gebaut worden war. Dieses Kriegsschiff und die Elitesoldaten der DEST-Teams stellten die einzige Beteiligung des Kombinats an der Einsatzgruppe dar. Der größte Teil seiner militärischen Mittel war in Operation Bulldog geflossen, die in der Inneren Sphäre ablaufende Phase der Offensive.

Winston suchte sich einen Platz, von dem aus sie das Geschehen verfolgen konnte, ohne jemanden zu behindern. Obwohl sie die Vorbereitungen der Flotte für einen Hyperraumsprung schon oft miterlebt hatte, sowohl an Bord der *Unsichtbare Wahrheit* wie auf der *Gettysburg*, versetzte sie das organisierte Chaos dieses Unternehmens immer wieder in amüsiertes Erstaunen. Amüsant war es, weil die Unterhaltungsindustrie trotz des festen Platzes, den das Drama dieses Augenblicks in zahllosen Holovids hatte, unfähig schien, diese Situation korrekt wiederzugeben. Nirgends ließen sich die Männer und Frauen mit stählernem Blick entdekken, die angespannt vor ihren Konsolen saßen. Keine frenetischen Rufe hallten über die Brücke und meldeten die Bereitschaft verschiedener Systeme.

Auf einen zufälligen Beobachter hätte die Szenerie geradezu enttäuschend gewirkt. Ruhige, konzentrierte Profis erteilten mit leiser Stimme über die Bügelmikrophone ihrer Kommsets Bericht an ihre vorgesetzten Offiziere.

Was Winston an den Sprungvorbereitungen erstaunte, war die Tatsache, daß Kommodore Beresick und seine Offiziere in der Lage waren, bei den Dutzenden von Meldungen die Übersicht zu behalten, die ihnen nicht nur von den Männern und Frauen in ihrer unmittelbaren Umgebung übermittelt wurden, sondern auch von sämtlichen anderen Schiffen der Flotte. Ihr Erstaunen verwandelte sich in Ungläubigkeit, als sie bemerkte, wie selten Beresick auch nur einen kurzen Blick auf die Textmonitore an seinem Platz warf, über die alle eingehenden Meldungen zeitverzögert wiederholt wurden. Er schien alle, teilweise widersprüchlichen, Meldungen im Kopf zu behalten.

Als das letzte Schiff sich gemeldet hatte, drehte er sich zu Winston um. »Alle Stationen melden Sprungbereitschaft, Ma'am.«

»Gut. Bringen Sie uns hier weg.«

»Aye-aye, Ma'am.« Beresick nickte einmal kurz. Dann drehte er sich zu seiner Station um und bellte die Befehle, die in wenigen Sekunden das 859 000-Tonnen-Raumschiff unter seinem Kommando durch einen Riß im Raum-Zeit-Gefüge über eine Distanz von dreißig Lichtjahren schleudern würden.

»An alle Einheiten, Sprungsequenz initiieren. Mr. Hivlan, Kurs im Navigationscomputer festlegen. Mr. Ng, K-F-Triebwerke aktivieren.«

»Kurs festlegen, aye-aye, Sir. Kurs berechnet und eingegeben.«

»Triebwerke aktivieren, aye-aye. Triebwerke geladen und bereit, Sir.«

»Geben Sie das Signal.«

Als Antwort auf Beresicks Befehl heulte dreimal kurz eine Sirene durch das Schiff.

In der Miniaturwelt des Holotanks blühte für einen Sekundenbruchteil ein roter Lichtblitz auf und ließ Winston heftig blinzelnd zurück. Weitere rote Lichtblitze zuckten ringsum durch die Projektion, als die Computer die elektromagnetischen und Tachyonenimpulse der entmaterialisierenden Sprungschiffe in sichtbares Licht umwandelten.

»Wir sind bereit zum Sprung, Ma'am.«

Winston nickte scharf. »Sprung.«

»Aye-aye, Ma'am. Sprung«, wiederholte Beresick. Mit einer knappen Bewegung in Richtung des Bordingenieurs bellte er: »Mr. Ng, Feldinitiator aktivieren. Sprung.«

»Initiator aktiviert, Käpt'n.« Die Hände des Offiziers tanzten über die Kontrollen. »Sprung in fünf ... vier ... drei ... zwo ... eins ... Sprung!«

Ngs letzte Meldung klang verzerrt, als käme sie von einem Bandgerät, dessen Stromversorgung plötzlich ausgefallen war. Der Feldinitiator, ein riesiges, auf den Grundlagen der Quantenmechanik beruhendes Elektroniksystem tief im Rumpf der *Unsichtbare Wahrheit*, zog Energie aus dem Reaktor des Schiffes und fokussierte sie durch den Kearny-Fuchida-Antrieb in ein größer werdendes Energiefeld, das schon bald das gesamte Schiff einschloß. In einem Ausbruch von elektromagnetischer und Tachyonenstrahlung fiel das Tor zum Überraum zu, als das Kriegsschiff am Nadirsprungpunkt des Zielsystems, knappe dreißig Lichtjahre entfernt, wieder im Einsteinkontinuum materialisierte.

Winstons Sinne erholten sich schnell von der desorientierenden Erfahrung der Transition durch die Leere zwischen den Sternen. Der Holotank flackerte immer noch, aber diesmal kündeten die roten Lichtblitze vom Eintreffen der restlichen Einsatzgruppe.

Einsatzgruppe Schlange umfaßte fünfundfünzigtausend Männer und Frauen, über tausend Mechs, Luft/Raumjäger und Panzerfahrzeuge, zig Landungsschiffe und Dutzende interstellarer Raumschiffe. Sie stammten aus Tausenden von Welten in fünf Großmächten und zwei Kleinstaaten. Vier Regimenter, ihre eigene Leichte Eridani-Reiterei und die Northwind Highlanders, waren Söldner, aber Söldner mit alten Beziehungen, häufig selbst persönlichen Familienbindungen, bis zurück in die Zeiten des ersten Sternenbunds. Und dann waren da noch die ComGuards, der Kriegerarm ComStars. Jede einzelne Einheit in dieser Einsatzgruppe hatte ihre eigenen Traditionen, Gefechtsdoktrin und Ziele. Sie stammten aus unterschiedlichen Sprachräumen, zum Teil, etwa die DESTler, aus sehr verschiedenen Kulturen. All das brachte Probleme mit sich, die sie überwinden mußten.

Ein Teil dieser Schwierigkeiten war bereits vor dem Abflug der Einsatzgruppe von der Trainingsbasis auf Defiance zumindest gemildert worden, und auf dem langen, stetigen ›Flankenmarsch‹ durch den unerforschten Raum war die Integration der verschiedenen Einheiten weiter verbessert worden.

Winston dachte nicht allzu oft an die schreckliche Leere, durch die sich die Einsatzgruppe bis hierher bewegt hatte. Sie verstand, warum es nötig gewesen war, die Besatzungszonen der Clans so weiträumig zu umgehen. Es war derselbe Grund wie bei jedem strategischen Flankenmanöver: Es sollten so viele Truppen wie möglich hinter die feindlichen Frontlinien verbracht werden, ohne ein größeres Entdeckungsrisiko einzugehen als unbedingt nötig. Was ihr unterwegs immer wieder Anlaß zur Sorge gegeben hatte, war die Erkenntnis, daß sie keine andere Wahl haben würden, als ein beschädigtes Schiff aufzugeben, wenn unterwegs irgend etwas Größeres schiefging, etwa bei einem Triebwerksversagen.

Aber die meiste Angst machte ihr die Möglichkeit, Schlange könnte vor Erreichen des Ziels von den Clans entdeckt werden. Dieser Gefahr waren sie bereits einmal nur knapp entgangen. Die Einsatzgruppe war in ein System der Äußeren Peripherie gesprungen, in dem eine Raumschiffsflottille des Geisterbärenclans ihre Triebwerke aufgeladen hatte. Es war zu einem kurzen Flottengefecht gekommen, dem ersten in zweihundert Jahren Militärgeschichte der Inneren Sphäre.

Schlange hatte noch einmal Glück gehabt. In einem Gefecht, dem ein recht phantasieloser ComGuard-Offizier nach einer Schlacht zwischen Segelschiffen in der Vorgeschichte Terras den Namen ›Trafalgar‹ gegeben hatte, war es der Einsatzgruppe gelungen, die erfahrenere, aber zahlenmäßig unterlegene Clanstreitmacht zu besiegen. Die Schlacht hatte zum Verlust eines Sturm-Landungsschiffs und einer Handvoll Luft/Raumjäger geführt. Eines der Kampfraumschiffe der Flotte, ein Zerstörer der *Essex*-Klasse namens *Starlight*, hatte schwere, aber reparable Schäden erlitten. Die Geisterbären waren weniger glimpflich davongekommen. Zwei Kriegsschiffe und ein Transportsprungschiff waren zerstört oder schwer beschädigt worden. Ein Clan-Zerstörer, ein *Wirbelwind*, war zusammen mit einer Handvoll Jäger und Landungsschiffe erbeutet und von der Einsatzgruppe repariert worden, was deren Kampfschiffkontingent auf acht erhöhte.

Der Sieg bei Trafalgar hatte die Einsatzgruppe allerdings auch mit einem unvorhergesehenen Problem konfrontiert. Die Geisterbären hatten Zivilisten für die Besatzungszone ihres Clans in der Inneren Sphäre transportiert. Danach, was die wenigen gefangenen Clan-Offiziere ihren Bezwingern hatten verraten können, handelte es sich um einen Teil eines halboffiziellen Unternehmens ihres Khans Björn Jorgensson, in dessen Verlauf er große Teile seines Clans in Systeme der Inneren Sphäre umsiedeln wollte. Dadurch hatten sich an Bord der Clan-Schiffe über tausend Nonkombattanten befunden. Die Sternenbund-Streitmacht war nicht darauf eingerichtet, fernab ihres Angriffsziels eine so große Zahl von Gefangenen zu versorgen. Die einzige realistische Option hatte darin bestanden, die Clan-Gefangenen auf einem lebensfreundlichen Planeten auszusetzen und sie nach Abschluß der Operation abzuholen. Es war keine perfekte Lösung, aber akzeptabler als der ansonsten notwendig gewordene Mord an Hunderten hilfloser Zivilisten und den Kriegern, die sich geweigert hatten, einen Leibeigenenschwur auf ›Clan Schlange‹ abzulegen.

Das war bereits einmal zuvor geschehen, als die Einsatzgruppe auf eine Bande wildwütender Peripheriepiraten gestoßen war. Deren Anführer waren wegen Verbrechen gegen die Menschlichkeit verurteilt und hingerichtet worden. Winston verstand die Notwendigkeit einer Gerichtsbarkeit und war zum größten Teil auch mit dem Urteil einverstanden gewesen. Bei diesen Piraten hatte es sich um Verbrecher gehandelt. Sie hatten gemordet, vergewaltigt, geplündert und hilflose Zivilisten versklavt. Die Strafe war ihren Verbrechen angemessen ausgefallen. Was ihr Probleme gemacht hatte, war der Status der Piraten als Kriegsgefangene. Die Einsatzgruppe war eine Militärexpedition, keine Polizeioperation. Die Gefangenen hätten zur Aburteilung den ›Behörden‹ übergeben werden müssen. Natürlich war ihr klar, daß die Einsatzgruppe keine andere Wahl gehabt hatte, als selbst Gericht zu halten, die Anführer zu exekutieren und die übrigen Piraten auszusetzen. Diese erzwungene Kluft zwischen ihrer persönlichen Überzeugung und den militärischen Zwängen ihrer Lage machte ihr immer noch zu schaffen. Sie fragte sich, welche Belastungen ihrer Überzeugung noch bevorstanden, jetzt, da sie selbst das Kommando führte.

»General. Alle Einheiten melden die Ankunft im System. Die BGP ist gestartet, und der Ladevorgang wird eingeleitet.«

Winston zuckte zusammen. »Sehr schön, Kommodore.« Sie schien etwas verlegen, als habe Beresick sie bei einem Tagtraum ertappt. »Haben wir Unterlagen über dieses System?«

Der ComGuard-Offizier drückte verschiedene Tasten auf seiner Konsole. »Ja, haben wir. Explorercorpsmission Fünf-fünf-sechs-null-eins hat dieses System kartographiert. Es besitzt drei Planeten, alle unbewohnt, keiner davon für terranische Lebensformen geeignet. Denken Sie an eine Übung des taktischen Unterstützungsfeuers durch Flottenelemente?«

»Hm-hnh. Sieht irgendeiner der Felsbrocken da unten nach einem möglichen Testgebiet aus?«

»Moment.« Beresick ging die Daten auf dem Bildschirm vor sich durch. »Ja, Nummer Zwei. Er ist weit genug vom Zentralgestirn entfernt, um einem Feuerleitteam das Überleben zu ermöglichen. Natürlich müßten die Leute Raumanzüge tragen, aber das sollte kein allzu großes Problem bedeuten. Wie bald wollen Sie anfangen?«

Winston sah auf die Uhr. »Sagen wir: in zwei Stunden. Ich möchte allen die Möglichkeit geben, sich von dem Sprung zu erholen. Die TDS-Opfer sollen erst wieder auf die Beine kommen können. Ja, in zwei Stunden, das sollte früh genug sein.«

»Hmmm ...«, kam die Antwort des Kommodore.

TDS oder Transitions-Desorientierungs-Syndrom war ein hochtrabender medizinischer Name für Sprungkrankheit. Die meisten Ärzte hielten die Krankheit für eine Art psychosomatischer Reaktion auf den jähen und ganz und gar unnatürlichen Prozeß des Hyperraumsprungs, das Herausgerissenwerden aus dem eigenen Raum-Zeit-Gefüge, um in Nullzeit dreißig Lichtjahre entfernt wieder Gestalt anzunehmen. Viele Menschen erlebten nur ein kurzes Unwohlsein, ähnlich dem Gefühl, in einem Aufzug plötzlich ein, zwei Stockwerke tiefer zu fallen. Selbst vollkommen gesunde Personen, die noch nie an Reisekrankheit gelitten hatten, konnten von plötzlicher Übelkeit erfaßt werden, wenn das Raumschiff, auf dem sie sich befanden, durch das Jenseits des Hyperraums geschleudert wurde. Einige wenige wurden Opfer heftigerer Reaktionen. Schmerzhafte Magenkrämpfe, Migräneanfälle und tiefsitzende brennende Schmerzen in den Gelenken konnten ein TDS-Opfer bis zu dreißig Minuten nach einem Hyperraumsprung außer Gefecht setzen. In der Regel ließen sich diese Symptome durch entsprechende Medikamente kontrollieren oder zumindest abschwächen. Das bevorzugte Medikament war ein synthetisches Meklizin-Analogikum, aber leider wirkte sich die Medizin in mancher Hinsicht ebenso schlimm aus wie die Krankheit. Meklizin verursachte Benommenheit, und die meisten Krieger zogen die Effekte der Sprungkrankheit der dadurch verursachten Senkung ihrer Kampffähigkeit vor.

Winston wußte, daß nur etwa zwei Prozent der Einsatzgruppenmitglieder unter einer schweren Form von TDS litten. Aber zu diesen zwei Prozent gehörte Sandra Barclay, ihr jüngster Colonel, die Kommandeurin der 71. Leichten Reiterei.

»Lassen Sie mich wissen, wann Sie soweit sind, die Übung durchzuführen«, meinte Winston und setzte sich in Richtung Brückenluk in Bewegung. »Ich bin in Morgans … äh … in meinem Büro.«

* * *

Nicht zwei, sondern sechzig Stunden später riß ein fiepender Interkom Ariana Winstons Aufmerksamkeit von dem Papierkrieg los, der sich in den vergangenen Tagen auf ihrem Schreibtisch angesammelt hatte. Sie staunte, daß Morgan überhaupt etwas zustande gebracht hatte, wenn man die Menge an Berichten bedachte, die der Kommandeur der Einsatzgruppe lesen mußte. Eine alte Redewendung besagte, daß weniger ein gefüllter Magen als ein Meer aus Papier eine Armee auf den Beinen hielt, und sie stellte mehr und mehr fest, wie wahr dieser Spruch war.

»General Winston, wir sind jetzt bereit für die Unterstützungsfeuerübung«, erklärte Beresick.

»Okay, Kommodore, ich bin schon unterwegs«, antwortete sie, froh, einen legitimen Grund zu haben, die Berichte beiseite zu schieben. Auf dem kurzen Weg zur Brücke ging sie in Gedanken die Pläne für den Testbeschuß durch.

Der Befehlsstab hatte diese Aufgabe dem Zerstörer *Starlight* zugewiesen. Dessen Skipper war ein ziemlich erfahrener Offizier und hatte die Verfahrensregeln studiert, die sie durch Analyse der aus den bei Trafalgar erbeuteten Clan-Kriegsschiffen geborgenen Daten entwickelt hatten. Da sie über keinen Dockkragen verfügte, den schweren Ring aus Maschinen, Kupplungen und Dichtungen, mit denen ein Sprungschiff ein Landungsschiff aufnehmen konnte, mußte die *Starlight* Männer und Material mit Raumbooten auf die Planetenoberfläche transportieren. In diesem Fall waren die Männer, ein Feuerleitteam der 2. ComGuards, und das Material, ein *Wieselflink*-Scoutfahrzeug ihrer Gefechtssektion, an Bord einer *K-1*-Landefähre gepfercht.

Unter realen Gefechtsbedingungen wären die vorgeschobenen Beobachter mit einem größeren, besser bewaffneten Landungsschiff abgesetzt worden, aber für die Zwecke dieser Übung reichte die zweihundert Tonnen schwere Raumfähre aus.

Mit einer Beschleunigung von 1 g brauchte die *Starlight* etwa sechzig Stunden für den Flug vom Zenithsprungpunkt des Systems in eine synchrone Umlaufbahn um den Zielplaneten. Die ungewöhnlich kurze Flugzeit war möglich, weil der Zerstörer nur zum zweiten Planeten des Systems flog. Wäre die einzige Welt dieser Sonne, die möglicherweise geeignet gewesen wäre, Leben zu tragen, sein Ziel gewesen, hätte der Flug doppelt so lange gedauert.

Als der Eingang zur Brücke mit einem Zischen vor ihr aufglitt, sah Winston, daß Kommodore Beresick Gesellschaft hatte. Colonel Regis Grandi, der Kommandeur der Falkner, wie die 2. ComGuards auch genannt wurden, ging die Gefechtsverfahren für den Flottenoffizier noch einmal sorgfältig durch.

»Sobald es den *Wieselflink* ausgeladen und eine Verbindung aufgebaut hat, wird das Feuerleitteam ein Ziel suchen, wahrscheinlich einen Hügel oder größeren Felsen. Wir werden zwei Methoden ausprobieren, den Beschuß zu dirigieren: Zuerst die althergebrachte Weise, indem die Beobachter Zielkoordinaten in die Geschützzentrale des Schiffes durchgeben. Wenn es der *Starlight* gelingt, das Ziel in höchstens vier Durchgängen zu treffen, was mich sehr überraschen würde, sucht das Team ein zweites Ziel und versucht es noch einmal mit dem Zielsuchgerät und der Orbitalverbindung des *Wieselflink*.«

»Wie lange wird es dauern, bis sie in Position sind?« fragte Winston auf dem Weg zum Holotank, der für eine graphische Darstellung des Zielgebiets programmiert war.

»Etwa zehn Minuten«, antwortete Grandi. »Sie müssen den Scoutwagen plazieren und die Antenne ausrichten. Danach brauchen sie nur noch auf das Ziel zu zeigen und zu sagen: ›Mach das da weg.‹«

»Wie groß ist die Verzögerung in der Graphik?« Winston wußte genug über die zu überwindenden Entfernungen, um sich bewußt zu sein, daß sie keine Echtzeitbilder sehen würde.

»Da wir eine direkte, beiderseitige Kommunikatorverbindung benutzen und angesichts der Distanz zum zweiten Planeten – nicht allzu lang. Ungefähr fünfzehn Minuten«, erwiderte Beresick. »Von der *Starlight* zur *Unsichtbare Wahrheit*. Die Übertragung von der Planetenoberfläche in die Umlaufbahn nimmt keine erwähnenswerte Zeit in Anspruch.«

Das emotionslose Interesse an den Vorgängen beunruhigte Winston etwas. Falls diese Übung erfolgreich verlief, besaß die Einsatzgruppe eine weitere Waffe im Kampf gegen die Nebelparder. Bei einem Fehlschlag würden sie den Feldzug auf konventionellere Weise führen müssen. Sie war sich nicht sicher, auf welches Ergebnis sie hoffen sollte. Mit der Möglichkeit von Unterstützungsfeuer aus der Umlaufbahn konnte Einsatzgruppe Schlange möglicherweise eine drohende Niederlage noch in einen Sieg verwandeln. Andererseits hatte sie, wie die meisten Militärs, die Vids von Turtle Bay gesehen.

Im März 3050 hatten die Nebelparder Turtle Bay angegriffen, einen Hinterwäldlerplaneten im draconischen Militärdistrikt Pesht. Während der Kämpfe hatten die Clanner, ohne es zu wissen, Prinz Hohiro Kurita gefangengenommen, den Thronfolger des Draconis-Kombinats. Mitglieder der örtlichen Yakuza hatten die Rettung des Prinzen und seiner Begleiter auf sich genommen. Erzürnt über ein Vorgehen, in dem sie eine Beleidigung ihrer Ehre sahen, hatten die Parder ihre Truppen aus der planetaren Hauptstadt Edo abgezogen, die *Säbelkatze*, einen Zerstörer der *Essex*-Klasse, in eine synchrone Umlaufbahn über der Stadt gebracht, und diese mit einem Orbitalbombardement dem Erdboden gleichgemacht. Es war eine Tat von nie dagewesener Barbarei gewesen. Zehn-, wenn nicht sogar Hunderttausende waren bei diesem Bombardement ums Leben gekommen. Seuchen und Hungersnöte waren dem Beschuß gefolgt. Bis heute war nicht genau bekannt, wie hoch die Verluste wirklich waren.

Obwohl Winston klar war, daß die Einsatzgruppe die Schiffsgeschütze nur gegen genau festgelegte Ziele einzusetzen plante, und auch das nur als letzte Möglichkeit, konnte sie die Bilder der ausgebrannten Gebäude und kranken, verhungernden Zivilisten nicht aus ihren Gedanken verbannen.

»General?« Beresicks besorgte Stimme riß sie aus ihren Gedanken.

»O Verzeihung, Kommodore. Was haben Sie gesagt?« Sie schüttelte leicht den Kopf, um wieder klar zu werden.

»Ich sagte, das Beobachterteam ist in Position. Es hat eine Verbindung mit der *Starlight* und ist bereit anzufangen.«

»In Ordnung. Bringen wir's hinter uns.«

* * *

Einige Millionen Kilometer entfernt wählte ein Com-Guard-Lieutenant, der sich immer noch an seinen neuen Rang gewöhnen mußte, einen niedrigen Felshügel etwa drei Kilometer von der Stellung seines Feuerleitteams entfernt aus. Ein mit einem Laser-Entfernungsmesser und einem einfachen Magnetkompaß ausgerüstetes Fernglas lieferte ihm die benötigten Daten.

»Entfernung: Drei-null-fünnef-drei Meter. Seitenwinkel: Zwo-sechs-sieben.«

Ein Corporal im Heck des sechsrädrigen Scoutwagens wiederholte die Ziffern, während er sie weitergab. Ohne ein modernes Globales Positionssystem war das Feuerleitteam darauf angewiesen, den Beschuß auf die althergebrachte Weise mit Hilfe von Entfernungs- und Kompaßangaben einzuweisen.

»*Starlight* meldet Koordinaten empfangen, bereit zum Feuern«, gab der Unteroffizier einen Augenblick später durch.

»Feuer.«

Hoch über dem Scoutwagen gab der Zerstörer *Starlight* einen einzelnen Schuß aus dem Steuerbord-Schiffslaser ab.

Auf der Planetenoberfläche verdampfte ein blendend greller Lichtblitz ein Stück Felsboden fast hundert Meter neben der Kuppe des Zielhügels.

»Weit«, rief der Lieutenant und gab damit zu verstehen, daß der Schuß in seinem Sichtfeld eingeschlagen war. »Korrektur. Hoch dreißig, links fünnefundzwanzig, wiederholen.«

Wieder flammte ein grelles Feuer auf dem Hügel auf, diesmal nur wenige Meter neben dem Zielpunkt.

»Ich würde das einen Treffer nennen, meinen Sie nicht auch, Corporal?«

»Ja, Sir.«

»Gut.« Die Zufriedenheit in der Stimme des Lieutenants war nicht zu überhören. »Zielwechsel. Versuchen wir es einmal mit der Mikrowellen-Zielerfassung.«

Schon kurz nachdem der erste Laserschuß ins Übungsgebiet eingeschlagen war, konnte das Feuerleitteam seine Ausrüstung zusammenpacken und zurück zur *Starlight* fliegen. An Bord der *Unsichtbare Wahrheit* besprach der Befehlsstab die Ergebnisse.

»Zunächst einmal«, las Kommodore Beresick aus dem auf seinem Compblock gespeicherten Bericht vor, »meldet Lieutenant Bates, der Leiter des Feuerleitteams, Schwierigkeiten beim Aufbau der Orbitalverbindung zur *Starlight*. Das Problem war eine falsch justierte Antenne. Das Team konnte den Fehler schnell finden und beheben, aber trotzdem haben sie dadurch fast zehn Minuten verloren.«

»Das ist übel«, warf Ariana Winston ein.

»Allerdings, General«, bestätigte Beresick. »Im Gefecht sind zehn Minuten eine lange Zeit, besonders, wenn die Lage so verzweifelt ist, daß es nötig wird, Orbitalunterstützung anzufordern. Aber sobald dieses Problem behoben war, konnte das Team das Unterstützungsfeuer schnell und leicht einweisen und korrigieren. Das Team wechselte eilig die Ziele, forderte verschiedene Beschußarten an, unterschiedliche Beschußmuster und so weiter. In allen Fällen war der Feuerleitoffizier in der Lage, die Schiffskanoniere in höchstens drei Durchgängen ins Ziel zu führen.«

»Hm-hmh.« Winston betrachtete ihren Ausdruck des Berichts aus zusammengekniffenen Augen. »Was meint Ihr Beobachter? Könnte ein Feuerleitteam in einer Extremsituation akkurates Unterstützungsfeuer einweisen?«

»Er glaubt schon«, antwortete Beresick vorsichtig. »Er ist der Ansicht, jeder, der vertraut mit normalen Feuerleitverfahren ist, könnte das schaffen. Der Hauptunterschied besteht darin, woher das Feuer kommt. Zugegeben, angesichts der relativen Leistungskraft der Geschütze, mit denen wir es hier zu tun haben, existiert eine sehr viel kleinere Fehlermarge. Lieutenant Bates glaubt, und ich bin ebenfalls dieser Meinung, daß ein unerfahrener Vorgeschobener Beobachter echte Schwierigkeiten hätte, den Beschuß sicher zu koordinieren.«

»Kommodore, wie ich sehe, haben Sie Schiffslaser, S-PPKs und Schiffs-Autokanonen getestet«, mischte sich Major Marcus Polling, der Kommandeur der 2. St.-Ives-Lanciers, ein. »Was ist mit Ihren Raumraketen, Weißer Hai und anderen? Ließen die sich gegen Bodenziele einsetzen?«

»Sicher. Aber wozu?« fragte Beresick. »Raumraketen wie der Weiße Hai sind sehr viel treffsicherer als andere ballistische Waffen, aber wir haben von ihnen nur relativ geringe Vorräte. Bei Trafalgar haben wir bereits ein rundes Dutzend abgefeuert, und wir müssen davon ausgehen, daß das Diana-System zumindest von ein paar Kriegsschiffen bewacht wird. Greifen wir die Parder-Kriegsschiffe mit allem an, was wir haben, oder sollen wir einen Teil unserer Raketen für ein Bombardement zurückhalten? Und selbst wenn wir genügend Raketen hätten, sind sie für ein planetares Bombardement nicht geeignet. Die Gefechtsköpfe sind darauf ausgerichtet, schwere Panzerung zu durchschlagen, bevor sie detonieren. Sie hätten zwar eine Sprengwirkung, aber kaum Schrapnell.«

Beresick machte eine Pause, rieb sich das Kinn und rief eine Karte Dianas auf dem Holotisch des Konferenzraums auf. »Man könnte möglicherweise überlegen, ein paar Raketen auf eine wirklich große, gefährliche Bunkeranlage oder eine ausgedehnte Installation abzufeuern, etwa ... wie Mons Szabo.« Der Berg, in dem sich das Hauptquartier der Systemverteidigung befinden sollte, leuchtete rot auf der Hologrammkarte. »Gegen jedes andere Ziel wäre es, als wollten sie mit einem Vorschlaghammer auf Mücken losgehen.«

* * *

Zur gleichen Zeit fand eine andere Unterhaltung statt, sehr viel weniger formell, und die Teilnehmer waren einfache Raummatrosen. Im Zeitalter der terranischen Segelflotten hätte man diese Versammlung vielleicht einen ›Back-Rat‹ genannt. Die Tatsache, daß die *Unsichtbare Wahrheit* keine Back besaß, und daß ihre Besatzung, selbst wenn eine existiert hätte, nicht in einem großen Gemeinschaftsquartier untergebracht worden wäre, spielte dabei keine Rolle. Wie bei den einfachen Matrosen vorbehaltenen Konferenzen vergangener Zeiten ging es bei dieser hitzigen Diskussion als Hauptthema um die Schwächen der Schiffsoffiziere.

»Es ist mir gleich, was Old Berry sagt«, meinte Sprung-AsTech Lucas Penrose, der auf seiner Koje lag und leicht den Kopf hob, um seine Meinung zu verkünden. »Hier geht mehr vor, als man uns sagt.«

Penroses Kabinennachbar, ein Kanonier mit dem unwahrscheinlichen Namen John Smith, verzog bei der Erwähnung des Spitznamens des Kommodore ärgerlich das Gesicht. Aber seine Sympathien für den Kommandeur der *Unsichtbare Wahrheit* hielten ihn nicht davon ab, Penrose zuzustimmen.

»Genau das versuche ich dir die ganze Zeit klarzumachen, Luke. Immer, wenn die Messingständer ›offizielle Erklärungen‹ ausgeben, kannst du deinen letzten Credit darauf verwetten, daß die Wahrheit ›inoffiziell‹ bleibt.«

»Was willst du damit sagen? Daß Beresick uns angelogen hat?«

»Nein, das sicher nicht.« Smith lehnte sich zu Penrose hinüber. »Aber, weißt du, sie könnten aus Sicherheitsgründen etwas verschweigen.«

»Aus was für Sicherheitsgründen?« warf ein anderer Mann in der khaki-grauen Uniform eines Landungsschiffsmatrosen ein. »Soweit wir wissen, hatte der Marshal einen Herzanfall. Und selbst, wenn nicht, wem sollten wir hier draußen davon erzählen?«

»Phil, ich denke kaum, daß Smitty das gemeint hat. Oder, Smitty?« Penrose richtete sich in eine sitzende Position auf und sah die anderen an. »Er hat sich nur gefragt, ob sie irgend etwas anderes sagen würden, wenn es etwas anderes zu sagen gäbe.«

»So ungefähr«, bestätigte Smith.

»Wie ungefähr?«

»Also, zum Beispiel …« Penrose zögerte, sah sich um. Dann fragte er: »Was, wenn der Marshal keines natürlichen Todes gestorben ist? Richtig, Smitty?«

»Hn-hnh.« Smith nahm den Faden auf. »Ich meine damit, was wäre, wenn irgend jemand einen Haß auf den Marshal hatte und ihn umgebracht hat? Das würde man uns nicht sagen, oder?«

»Ganz sicher nicht«, unterstrich Penrose.

»Also, bitte!« rief Phil. »Wer sollte Marshal Hasek-Davion umbringen wollen?«

»Wer sollte Hasek-Davion umbringen wollen?« wiederholte Smith. »Fangen wir mit Sun-Tzu Liao an. Die Kathil-Ulanen haben seinen Opa im 4. Krieg ziemlich alt aussehen lassen, oder? Der Marshal war der Kommandeur der Ulanen, oder? Soweit wir das wissen, ist Sun-Tzu womöglich genauso durchgeknallt wie der Rest seiner Familie. Ist es so weit hergeholt, daß er aus reiner Boshaftigkeit versuchen könnte, sich am Marshal zu rächen? Und was ist mit Teddy Kurita, hä? Oder sogar mit Katrina Steiner? Es ist nicht gerade ein Geheimnis, daß keiner der beiden den Marshal je sonderlich gemocht hat. Wenn sie ihn hätten umbringen lassen, würden sie damit das Vereinigte Commonwealth und Prinz Victor schwächen.«

»Smitty, du leidest unter Verfolgungswahn.«

»Nein, tue ich nicht, Phil. Denk einfach mal 'ne Minute drüber nach. Was, wenn ich recht habe? Was, wenn hier eine ›unbekannte Macht‹ am Werk ist? Wie sicher ist diese Einsatzgruppe? Wie sicher sind wir? Wenn sie den Marshal selbst hier draußen umbringen können, wer sagt dann, daß sie uns nicht an die Clans verkaufen?«

Bevor Smitty weiterreden konnte, verließ Lucas Penrose seine Koje. »Also, Kumpels, so interessant das alles auch ist, in zwanzig Minuten fängt mein Dienst an, und ich will mich vorher noch frisch machen.«

Als Penrose die Kabine verließ, hörte er Smitty als Beweis seiner Verschwörungstheorie anführen, daß die Draconis Elite-Sturmtruppen sich ›in die Untersuchung eingeschlichen‹ hatten.

»Das ist ja wohl die perfekte Tarnung, oder nicht? Erst bringt man den Marshal um, und dann untersucht man selbst seinen Tod. Am Ende gibt es entweder keine schlüssigen Beweise, oder aber man hat irgendeinen armen Teufel beschuldigt, der nicht das geringste damit zu tun hatte.«

* * *

Nur wenige Stunden später kannte der größte Teil der Mannschaftsgrade in der Besatzung der *Unsichtbare Wahrheit* Kanonier Smiths Verschwörungstheorie. Die Gerüchteküche des Schlachtkreuzers arbeitete auf Hochtouren.

6

Schlachtkreuzer SBS *Unsichtbare Wahrheit*,
Einsatzgruppe Schlange
Namenloses Sonnensystem, Äußere Peripherie

19. Januar 3060

Die Untersuchung des Todes Marshal Morgan Hasek-Davions hatte einen derartigen Umfang angenommen, daß sie drohte, ein Eigenleben zu entwickeln. Captain Montjar, der ursprünglich mit den Nachforschungen über das Attentat betraute Offizier, hatte erst die Unterstützung der Draconis Elite-Sturmtruppen angefordert und dann dem erfahreneren DEST-Kommandeur, Major Michael Ryan, Platz gemacht. Insgeheim begrüßte Ariana Winston diesen Wechsel. Als Söldnerin kam sie ohne den Ballast an Vorurteilen aus, der in aller Regel fester Bestandteil des Lebens in einer Hauseinheit der Nachfolgerstaaten war. Sie respektierte Captain Montjar und betrachtete ihn als kompetenten Offizier, aber Ryan war ihr sympathischer.

Sie war sich allerdings nicht sicher, warum. Eigentlich fand sie draconische Offiziere reichlich steif und übertrieben formell, ein typisches Produkt ihrer recht monolithischen Kultur. Ryan jedoch wirkte anders. In der Öffentlichkeit hielt er sich streng an die Verhaltensregeln der Säule aus Teak, einer der fünf Disziplinen, auf denen das Draconis-Kombinat metaphorisch ruhte. Privat, in den seltenen Momenten der Entspannung, war Ryan ein echter Mensch im Körper eines ausgebildeten, eiskalten Killers.

Winston war überrascht gewesen zu erfahren, daß er Musik liebte und sogar die Shakuhachi spielte, die traditionelle japanische Bambusflöte. Daraufhin hatte Ryan seine kommandierende Generalin respektvoll darauf hingewiesen, daß der Bushido-Kodex jeden Krieger verpflichtete, neben den Kriegskünsten auch zumindest einzelne Schöne Künste zu erlernen.

Vielleicht war es diese erfreuliche, ganz und gar menschliche Seite Ryans, die Winston veranlaßte, Montjars Vorschlag anzunehmen und dem Draconier die Leitung der Untersuchung zu übertragen. Die Tatsache, daß die Tratschmäuler des Schiffes Ryan und seine Leute bis über beide Ohren in eine verzweigte Mordverschwörung verwickelt sahen, konnte ihren Glauben daran, die richtige Entscheidung getroffen zu haben, nicht ins Wanken bringen. Außerdem hatte Ariana Winston alles in ihrer Macht Stehende getan, um den wilden Gerüchten ein Ende zu bereiten, die aus dem brodelnden Sumpf der Mannschaftsquartiere an die Oberfläche stiegen.

Wie die meisten Soldaten hatte sie eine Antenne für jede, selbst die unscheinbarste Information entwickelt, mit der sie in Berührung kam. Als Kommandeurin haßte sie die haltlosen Gerüchte, die in jeder Militäreinheit die Runde machten. Als sie noch ein Lieutenant mit dem Befehl über ihre erste Lanze BattleMechs gewesen war, hatte dieses Paradox sie belustigt. Jetzt, als Kommandeurin einer ganzen Invasionsarmee in Form dieser Einsatzgruppe, waren die wilden und potentiell gefährlichen Spekulationen und Fehlschlüsse, die in den Einheiten der Einsatzgruppe Schlange kursierten, ihr absolut verhaßt. Dieser intensive Widerwille hatte inzwischen sogar Auswirkungen auf ihr sonst so ausgeglichenes Temperament.

Daher war Winstons Stimmung düsterer, als irgendein Mitglied der Leichten Eridani-Reiterei es je erlebt hatte, als sie unbehaglich hinter Morgans altem Schreibtisch saß und Major Ryan und Kommodore Beresick dabei zuhörte, wie sie Morgans Kabinensteward wohl schon zum fünften Mal verhörten. Andrew Redburn saß in einem Lehnstuhl in der entgegengesetzten Ecke des Zimmers. Er wirkte erschöpft. Winston hatte ihm vorgeschlagen, schlafen zu gehen und das Verhör dem Befehlsstab zu überlassen, aber dazu war er nicht zu bewegen gewesen. Statt dessen hockte er zombiegleich auf der Kante des mit Nyleder gepolsterten Stuhls.

»Sie sind sich sicher, was die Angewohnheit des Marshals betrifft, vor dem Schlafengehen einen Drink zu sich zu nehmen?« Ryan hatte sich vor den ComGuardisten gesetzt. Winston erkannte seine Taktik. Ryans Knie berührten fast die Beine des Stewards. Indem er in den Fluchtbereich des jungen Mannes eindrang, zwang der Kommandosoldat den Steward in die Defensive. Ryans Nähe hatte etwas implizit Bedrohliches. Die Miene des Stewards bewies, daß er die Drohung zumindest unbewußt verstand. »Sie sind sicher, daß er es jede Nacht tat.«

»Ich habe Ihnen schon gesagt, daß er *nicht* immer einen Schlaftrunk genommen hat.« Wenn auch nicht in seiner Haltung, dann doch zumindest in seinen Antworten leistete der Steward trotzig Widerstand. »Manchmal war er so müde, daß er sofort zu Bett ging. Es kam vor, daß er sich kaum noch ans Anschnallen erinnerte. Ich hatte immer Angst, daß er nachts aus der Koje treiben und irgend etwas rammen würde.«

Die Ängste des Stewards waren keineswegs unbegründet. Viele unerfahrene Raumpassagiere vergaßen, sich nachts in der Koje anzuschnallen, besonders, wenn sie wie an Bord der Einsatzgruppenschiffe im Wachzustand durch Magnetsohlen gegen die offensichtlichsten Probleme der Schwerelosigkeit geschützt waren. Schlafende, die nicht ausreichend gesichert waren, schleuderten sich häufig durch unbewußte Bewegungen quer durch ihre Kabine, verletzten sich, beschädigten die Einrichtung oder beides. Der Steward machte sich mehr Sorgen um erstere Gefahr als um letztere, soviel war Winston klar.

»So ka?« Ryans Tonfall kündete von Unglauben. Die japanische Redewendung verstärkte die implizite Drohung noch, indem sie den Steward daran erinnerte, wer und was Ryan war. »Aber was ist mit der Flasche, warum können wir sie nicht finden?«

»Woher soll ich das wissen?« knurrte der Steward, plötzlich verärgert. »Ich habe die Flasche zuletzt gesehen, als ich sie in das Nachtschränkchen stellte. Der Marshal ließ sie immer draußen.«

»Wann war das?« unterbrach Ryan.

Der Steward sah zu seinem Kommandeur hinüber, bevor er antwortete. Alain Beresick erwiderte den Blick reglos. Nur ein leises Spannen der Haut um seine Augen verriet seine Sympathie mit dem jungen Raummatrosen.

»Am Tag zuvor.« Der Tonfall des Mannes ließ keinen Zweifel daran, daß er vom Tag vor dem Mord sprach. »Ich kann mich deutlich daran erinnern, daß ich sie zurück in das Nachtschränkchen stellte. Das mußte ich häufig tun. Der Marshal hatte die Angewohnheit, sie draußen zu lassen. Manchmal hat er sie nicht einmal in die Halterung gestellt. Dann hing sie irgendwo in der Kabine in der Luft, und ich mußte mir Sorgen machen, daß sie möglicherweise irgendwo anschlägt und zerbricht. Er hat selbst das Drucktransfersystem und seine Trinkblase herumliegen lassen. Ich mußte dauernd hinterher sein und ihn bitten, Ordnung zu halten. Es ist wirklich seltsam. In seinem Büro war er so ordentlich, aber er schien völlig unfähig, seine Kabine sauberzuhalten.«

»Im Nachtschränkchen des Marshals stand eine volle, ungeöffnete Flasche Whisky. Sie sagten, die war am Tag vorher, als sie die offene wegstellten, bereits dort, ne?« Ryans Stimme klang scharf, und sein Blick ließ die Augen des Stewards nicht los, nicht einmal, während er die Antworten in seinen Compblock eintippte. »Was ist aus der offenen Flasche geworden?«

»Ich weiß es nicht.«

»Und Sie können uns nicht sagen, wie das Gift in das Umfüllgerät kam oder wo die Trinkblase geblieben ist?«

Ein Anfall rechtschaffenen Zorns verzerrte das Gesicht des Mannes.

»Ich weiß es nicht!« brüllte er. Er drehte sich auf seinem Stuhl herum und wandte sich mit gedämpfterer Stimme direkt an seinen Kommandeur. »Ehrlich, Präzentor, ich war es nicht. Ich weiß nicht, was mit der Flasche passiert ist oder wer den Marshal umgebracht hat.«

Beresick ließ sich außer einem winzigen Nicken, das dem Steward offensichtlich entging, keine Reaktion anmerken.

Der Steward sah Winston an. Der Schmerz und die Wut waren noch immer deutlich hörbar, als er sein Flehen verstärkte. »General, Sie glauben mir doch, nicht wahr?«

Zum ersten Mal, seit das Verhör begonnen hatte, ergriff Winston das Wort. Sie stand auf, ging durch den Raum und legte dem jungen Mann die Hand auf die Schulter. »Es geht nicht darum, was ich *glaube*, Sohn. Es geht darum, was wir *beweisen* können. Im Augenblick können wir nur beweisen, daß Morgan tot ist. Er wurde vergiftet, und das Gift befand sich in seinem Whisky. Wir versuchen herauszufinden, wie es dort hinein kam.«

Der Steward sackte zusammen. »Ich weiß nicht, was ich Ihnen noch sagen soll.« Dann riß er den Kopf hoch, und plötzlich loderten seine Augen. »Ich weiß auch überhaupt nicht, warum Sie mich das fragen. *Ihn* sollten Sie verhören.« Der ausgestreckte Zeigefinger des Stewards deutete genau zwischen Ryans Augen, fast, als wünschte er sich, es wäre eine Waffe. »Er ist ein *Drac*. Wahrscheinlich steckt er selbst mit drin.«

Winston war nahe daran, die Beherrschung zu verlieren. »Das reicht, Mister«, zischte sie mit gefletschten Zähnen. »Sie enttäuschen mich. Ihrer Akte nach sind Sie seit fast zehn Jahren im Dienst. Sie sollten es besser wissen. Sie sollten immun gegen Gerüchte sein. Mister

Ryan ist Major der neuen Sternenbund-Verteidigungsstreitkräfte, und als solcher verdient er allein deswegen schon Ihren Respekt, keine haltlosen Anschuldigungen. Was ist mit mir? Wollen Sie als nächstes mich beschuldigen?«

»Nein, Sir ... äh ... Ma'am«, stammelte der Matrose. »Sie haben natürlich recht. Tut mir leid, Major.«

»Shigata ga nai.« Winston bemerkte, aufmerksam wie immer, die Spur eines Lächelns, das um Ryans Lippen spielte, als er dem Steward in formellem Japanisch und mit einer leichten Verbeugung antwortete. Indem er dem Mann erklärte, daß dessen Worte keine Bedeutung hatten, der formelle Ausdruck für ›schon gut‹, entschuldigte er dessen schlechte Manieren. Gleichzeitig war Ryans ungewöhnlicher Einsatz japanischer Formalität ein keineswegs subtiler Spott über den Verdacht des Stewards.

»Äh ... ähm ... arigato.« Der junge Mann stolperte über die ungewohnte Antwort. Der Ausdruck in seinen Augen zeigte Winston, daß auch er den Spott erkannt hatte.

»Gibt es noch etwas, das Sie uns sagen möchten?« fragte Beresick.

»Ja, Sir.« Der Steward war sichtlich erleichtert, auf eine Frage antworten zu können, die ihm jemand anders als Major Ryan stellte. »In ... jener Nacht bin ich in die Kabine des Marshals gegangen, kurz, nachdem er sich zurückgezogen hatte. Ich habe die Tür selbst geöffnet. Das Büro war aufgeräumt, wie gesagt, er hat es immer in Ordnung gehalten. Ich habe leise an seine Kabinentür geklopft, aber er hat nicht geantwortet. Ich dachte, er wäre schon eingeschlafen. Vielleicht, wenn ich ein paar Minuten früher gekommen wäre ...« Seine Stimme stockte.

»Schon in Ordnung, Steward. Es war nicht Ihr Fehler«, meinte Winston, der keine andere Antwort einfiel. »Sie dürfen wegtreten.«

»Ich muß mich für sein Auftreten entschuldigen«, meinte Beresick, nachdem sich die Luke hinter dem Steward geschlossen hatte.

Ryan setzte zu einer Erwiderung an, anscheinend in der Absicht, die Entschuldigung abzuwehren.

»Nein, Major«, schnitt Winston ihn ab. »Es gab keinerlei Anlaß zu einem derartigen Ausbruch. Er ist ein erfahrener Mann und hätte es besser wissen müssen.« Ryan und sein Team hatten viel Arbeit darin investiert, ein gewisses Vertrauen zwischen sich und dem Rest der Einsatzgruppe aufzubauen. Der frustrierte Wutausbruch des Stewards hatte seine Wurzeln in einer langen Geschichte des Hasses, der Vorurteile und offener Kriegsführung zwischen dem Draconis-Kombinat und dem Vereinigten Commonwealth. Es war schwer, Erbfeindschaften innerhalb weniger Monate auszulöschen.

Winston hatte in Ryans Augen gesehen, daß die Bemerkung des Stewards ihn verletzt hatte, aber es gab nicht viel, was sie noch dagegen tun konnten, außer zu versuchen, gegen solche Ausbrüche blinden Hasses vorzugehen, wann immer sie ihre häßliche Fratze zeigten.

»Davon mal abgesehen«, erwiderte sie und steuerte das Gespräch zurück auf ein weniger schmerzhaftes Gebiet. »Können Sie uns irgend etwas Neues berichten?«

»Hai«, meinte Ryan, über den Themenwechsel sichtlich erleichtert. »Ich habe den Bordcomputer eine Datenüberprüfung ausführen lassen, wer das Türschloß des Marshals geöffnet hat und wann. Dabei bin ich auf einen Termin gestoßen, für den es keine Erklärung gab. Der Marshal befand sich zu diesem Zeitpunkt in einer Stabsbesprechung, und der Steward hatte dienstfrei. Ich habe das bereits überprüft, und etwa ein Dutzend Personen hat ihn gesehen. Eine Reihe von ihnen glaubte sogar, ich hätte sie in Verdacht, und sie haben mich an den Steward als ihr Alibi verwiesen. Ich fing schon an zu glauben, daß wir bei ihm auf der falschen Fährte wären. Dann habe ich mir das Schloß selbst angesehen. Die Abdrücke, die Montjar und seine Leute abnahmen, waren alle ziemlich gut. Wir haben jede Menge verschmierte Abdrücke und einige teilweise, aber auch zwei wundervolle Sets intakter Abdrücke.« Ryan machte eine Pause und schenkte Winston ein sanftes, verschmitztes Grinsen.

»Wessen Abdrücke sind das, Major?«

»Die Abdrücke gehören Marshal Hasek-Davion und seinem Kabinensteward. Sonst konnten wir nichts identifizieren. Die Abdrücke waren zu verwischt.«

»So, als habe jemand das Tastenfeld abgewischt, nachdem er fertig war?« fragte Beresick.

»Möglicherweise«, antwortete Ryan. »Aber hauptsächlich kommt es durch die Art und Weise, wie die Leute auf die Knöpfe drücken. Sie tippen sie nur mit den Fingerspitzen an. Das hinterläßt keinen guten, sauberen Abdruck, sondern nur einen unscharfen Fleck.«

»Also steckt der Steward mit drin?« Redburns Stimme klang monoton und kraftlos, als er zum ersten Mal das Wort ergriff.

»Nein, Sir«, stellte Ryan fest. »Zumindest glaube ich es nicht.«

»Und *was* glauben Sie, Major?« fragte Winston.

»Als wir keine Abdrücke auf der Tastatur des Schlosses finden konnten, hatte ich die plötzliche Eingebung, die Abdeckplatte abzuschrauben und mir das Innenleben des Lukenschlosses näher anzusehen. Als wir die Verdrahtung in Augenschein nahmen, fanden wir winzige, aber erkennbare Kratzer in der Isolation der Leitungen von der Tastatur zum Riegelmechanismus. Spuren dieser Art werden von festen, federgespannten Krokodilklemmen erzeugt, wie sie bei den meisten elektronischen Einbruchsets benutzt werden. Ich habe die Wartungsunterlagen überprüft und stellte fest, daß keinerlei Arbeiten am Lukenverschluß der Suite angeordnet oder durchgeführt worden sind. Daher kann ich nur schließen, daß der Attentäter, wahrscheinlich als WartungsTech verkleidet, die Abdeckung entfernt, einen elektronischen Codeknacker angeschlossen und eine Serie zufälliger Zahlenkombinationen durch das Schloß geschickt hat, bis sich der Zugang öffnete.«

»Wie lange würde er dafür benötigt haben?« Winston lehnte sich vor und stützte die Ellbogen auf die Schreibtischkante. Ein leises Ziehen über dem Schoß erinnerte sie daran, daß in der Schwerelosigkeit des Schiffsinnern schon eine so einfache Geste genügt hätte, sie unkontrolliert durch das Zimmer taumeln zu lassen, hätte der breite Haltegurt sie nicht auf dem Sessel gehalten.

»Wie lange?« wiederholte Ryan. »Das hängt davon ab.«

»Wovon?«

»Von vielerlei Faktoren. Ich gehe davon aus, daß wir es mit einem Schloß von derselben Art wie auf dem Rest des Schiffes zu tun haben. Es ist auf einen Öffnungscode aus fünf Ziffern eingestellt, richtig? Nun, bei einem Code aus fünf Ziffern gibt es hunderttausend mögliche Kombinationen. Es gibt einen Codeknacker, der eine Zufallsfolge von Zahlen durch das System jagt, in der Hoffnung, die richtige Kombination zu treffen.«

»Wir haben alle schon mal ein Vid gesehen, Major.«

Entweder hatte Ryan Beresicks beißenden Kommentar nicht gehört, oder er ignorierte ihn. Jedenfalls setzte er seinen Lehrvortrag über elektronische Einbruchswerkzeuge fort. »Die meisten Codeschlösser besitzen eine eingebaute Verzögerung, die dem System Zeit gibt, sich nach einer falschen Kombination in den Anfangszustand zurückzusetzen. Nehmen wir einmal an, daß sie bei zwei Sekunden liegt. Das bedeutet, um alle einhunderttausend möglichen Kombinationen auszuprobieren, benötigt man zweihunderttausend Sekunden, sprich rund sechsundfünfzig Stunden. Das Problem dabei ist allerdings, daß die meisten Codeschlösser nur zwei oder drei Fehlversuche zulassen, bevor sie blokkieren und Sicherheitsalarm auslösen. Wir wissen alle, daß es in der Nacht, in der der Marshal ums Leben kam, keinen derartigen Alarm gab.«

Winston starrte ihn ungläubig an. »Was soll das heißen? Entweder unser Knabe hat einen Codebrecher angesetzt und versagt, oder er hat die richtige aus einhunderttausend möglichen Kombinationen in nur drei Versuchen getroffen?«

»Nein, General. Das soll heißen, daß der Attentäter keinen ›normalen‹ Codebrecher benutzt hat. Es gibt noch ein etwas leistungsfähigeres Modell, das ...« Ryan stockte, als wäre er verlegen, es zugeben zu müssen. »... einigen der bekannteren Geheimdiensten zur Verfügung steht. Statt wahllos eine Kombination nach der anderen abzufragen und sich auf pure Geschwindigkeit zu verlassen, entlocken diese moderneren Geräte dem System den einprogrammierten Code. Sie arbeiten langsamer, aber weil sie nicht jede mögliche Kombination ausprobieren müssen, sind sie im Endeffekt schneller.«

»Wie meinen Sie das, Major, sie entlocken dem System dessen Code?«

»Ganz einfach, General. Statt eine Serie kompletter Fünf-Ziffern-Codesequenzen abzufragen, fragen sie fünf Ziffernsequenzen gleichzeitig ab, eine für jede Stelle des Codes. Sobald sie die richtige Ziffer für eine Stelle gefunden haben, brechen Sie diese Sequenz ab. Auf diese Weise finden sie den korrekten Öffnungscode in einem einzigen Durchgang.«

»Wie groß sind diese Codeknacker?« Auch Beresick war von Ryans grober Schilderung des modernen Einbruchsgeräts sichtlich beeindruckt.

»Etwa vierzehn mal acht mal zwei Zentimeter. Etwas kleiner als ein durchschnittlicher Taschencomputer.«

»Ich nehme an, daß diese Geräte selten sind?«

»Allerdings. Soweit ich weiß, existieren nur eine Handvoll innerhalb der Internen Sicherheitsagentur des Kombinats und dem Ministerium für Geheime Untersuchungen und Operationen Haus Davions. Die DEST-Teams haben sie erhalten, kurz bevor wir nach Defiance eingeschifft wurden. Die ISA läßt sie nicht aus der Hand. Soweit ich weiß, haben die Fox-Teams ein oder zwei, aber das dürfte es auch schon gewesen sein. Wie gesagt, sie sind brandneu, aus erbeuteter ClanTech geborgen oder direkt aus dem NAIW-Kernspeicher gezogen. Die einfachere Version ist auf dem Schwarzmarkt erhältlich. Innerhalb der Einsatzgruppe dürften schätzungsweise hundert davon irgendwo herumfliegen. Der einfache elektronische Codeknacker hat etwa die Größe einer Zigarettenschachtel. Wenn jemand auf diesem Schiff einen besitzt, kann er praktisch überall versteckt sein.«

Winston nickte langsam, um zu verbergen, daß sie erschreckend unbeleckt von den dunkleren Seiten moderner Kriegsführung war. Wie die meisten MechKrieger glaubte sie, über dem ›schmutzigen‹ Geschäft der Spionage, Sabotage und Attentate zu stehen, das so häufig Leuten wie Michael Ryan anvertraut wurde. Plötzlich und auf brutalste Weise mit dem letzten dieses unheiligen Trios konfrontiert, fehlte ihr der Referenzpunkt.

»Ist es möglich, daß außer Ihnen und Montjar noch jemand an Bord dieses Schiffes über einen solchen neueren Codebrecher verfügt?« fragte Beresick.

»Möglich? Ja. Wahrscheinlich? Nein.« Ryan schüttelte den Kopf. »Wie ich schon sagte, sind sie eigentlich nur im Geheimdienstbereich zu finden. Man könnte, man *könnte* vielleicht mit *sehr* viel Glück einen auf dem Schwarzmarkt ergattern, aber sicher nicht für unter fünfzig- oder sechzigtausend C-Noten. Und selbst dann hätte man keinerlei Garantie, daß er funktioniert.«

»Hmm«, grunzte Winston. Eine ganze Weile lehnte

sie auf den Ellbogen und sagte gar nichts. Dann kam sie zu einer Entscheidung und drehte sich zu Alain Beresick um. »Kommodore, wir müssen wohl Major Ryans Einschätzung akzeptieren, daß der Mörder sich an Bord dieses Schiffes befindet. Ich weiß nicht, wie er hierher gelangt ist, aber niemand auf einem der anderen Schiffe hätte sich sicher sein können, eine passende Gelegenheit für einen Anschlag zu erhalten.«

»Was schlagen Sie vor, General?« Beresicks Tonfall zeigte, daß er die Antwort bereits kannte und Winston die Worte nur aussprechen hören wollte.

»Ich schlage eine entschiedene Anstrengung vor, die beiden einzigen sicheren Verbindungen zwischen dem Attentäter und dem Mord aufzuspüren: das Gift und den Codebrecher. Es ist natürlich möglich, daß der Attentäter bei diesem einen Versuch seinen kompletten Vorrat an Fugu aufgebraucht hat, aber daran hege ich ernste Zweifel. Er mußte darauf vorbereitet sein, ein zweitesmal zuzuschlagen, wenn das nötig werden sollte. Oder er hätte das ganze Zeug nach dem Erfolg der Mission in die Abfallverwertung kippen können. Aber den Codebrecher hat er sicher noch. Das ist ein zu teures Gerät, um es einfach wegzuwerfen.« Sie atmete tief durch und fixierte Beresick. »Ich muß Sie bitten, eine Durchsuchung der gesamten *Unsichtbare Wahrheit* zu gestatten, einschließlich der Mannschafts- und Offiziersunterkünfte.«

»Hn-hn! Kommt überhaupt nicht in Frage!« brüllte Beresick förmlich. »Auf gar keinen Fall werde ich *wem auch immer* eine Durchsuchung der Besatzungsunterkünfte erlauben. Blakes Blut, General, haben Sie auch nur die geringste Vorstellung davon, welche Auswirkungen das auf die Moral hätte? Wenn Sie anfangen, die wenigen Privatsachen zu durchwühlen, die meine Leute an Bord bringen durften, erst recht, ohne ihnen zu sagen, wonach Sie suchen – und ich weiß wirklich nicht, wie Sie ihnen das sagen könnten –, dann haben

Sie es mit einer Menge extrem wütender Raumfahrer zu tun. Wenn ich die Erlaubnis für eine derartige Aktion gäbe, hieße das, ich vertraue meinen Leuten nicht. Wenn Sie das auf irgendeinem anderen Schiff versuchen, und damit meine ich, einem Schiff ohne ComStar-Besatzung, lösen Sie damit höchstwahrscheinlich eine offene Meuterei aus.«

»Kommodore, ein Mitglied Ihrer Besatzung könnte der Attentäter sein.« Winstons leise Ermahnung ließ den Kommodore verstummen. »Wir werden jeden Winkel des Schiffes absuchen. Nicht nur die Besatzungsquartiere, auch die Raumgarde-Unterkünfte, die Passagierkabinen, die Frachträume, alles. Wir werden sogar *mein* Quartier durchsuchen. Ja, wir werden mit meinem Quartier *beginnen*.«

Beresick starrte sie eine Weile an, dann gab er sich geschlagen. »Sie haben recht, General.« Seine Diktion war formell und etwas steif. »Sie dürfen Ihre Suche durchführen, aber nur wenn ich oder mein 1. O. die Suchmannschaften begleiten kann, und wenn sie im ›Offiziersbereich‹ mit der Durchsuchung beginnen.«

»Major Ryan?« Winston sah zu ihm hinüber.

»Soll mir recht sein, General.« Ryan stimmte mit einem Kopfnicken zu. »Wann können wir anfangen?«

»Nach dem Wachtwechsel wäre wahrscheinlich der beste Zeitpunkt«, erklärte Beresick. »Auf diese Weise haben Sie sechs Stunden Zeit für eine ungestörte Suche.«

»Dosihimasu. Das gibt mir die Zeit, meine Leute auf die *Unsichtbare Wahrheit* zu holen und zu instruieren.«

Ryan verabschiedete sich mit einem angedeuteten Salut in Richtung Winston und machte sich auf den Weg, um seine Suchtrupps zu rufen. Beresick folgte ihm auf dem Fuße. Nur Andrew Redburn blieb zurück.

»General Winston«, begann er, sobald sich die Luke hinter den beiden Offizieren geschlossen hatte. »Halten Sie es wirklich für eine gute Idee, die Untersuchung von den DEST-Teams durchführen zu lassen? Wäre es nicht besser, die Sache ›intern‹ zu regeln?«

»Wie meinen Sie das, Andrew?«

»Nun, nehmen wir mal an, nehmen wir nur an, daß Morgan tatsächlich auf Befehl Theodore Kuritas ermordet wurde. Falls Ryan oder einer seiner Leute dafür verantwortlich war, werden wir es nie erfahren. Sie werden das Verbrechen untersuchen, das sie selbst begangen haben.«

»Ich bin überrascht, so etwas von Ihnen zu hören.« Winstons düstere Miene paßte zu ihren Worten. »Sie klingen wie die Boulevardvids nach dem Mord an Melissa, mit ihren Behauptungen, Prinz Victor, Morgan Kell oder sogar Jaime Wolf wären darin verwickelt gewesen.« Sie lächelte, um ihren Worten die Schärfe zu nehmen. »Ich weiß, Sie sind erregt, das sind wir alle, aber Sie ganz besonders. Sie haben gerade Ihren besten Freund verloren, und wenn irgend jemand ein Recht hat, nicht mehr klar denken zu können, sind Sie es. Aber ich kann einfach nicht glauben, daß Ryan und seine Leute die Täter gewesen sein sollen. Sie wurden nicht nur für diese Mission vom Koordinator handverlesen, das Draconis-Kombinat würde bei einem Scheitern mehr verlieren als jeder andere. Vergiß nicht, daß die Parder einen beträchtlichen Sektor des Kombinats erobert haben, und die Offensive in der Inneren Sphäre zielt darauf ab, sie aus dem Kurita-Raum zu werfen.«

»Das weiß ich alles, General.« Redburns Stimme klang flach und tonlos. »Aber vergessen Sie auch nicht, daß Victor kurz vor unserem Abflug fast von ein paar Hardcore Dracs umgebracht worden wäre, die immer noch ihren pathologischen Haß auf die Davions schüren.«

Winston schüttelte langsam den Kopf. »Tut mir leid, Andrew, aber das ist zu glatt, zu perfekt. Bis die Untersuchung etwas Gegenteiliges ergibt, muß ich mich auf meinen Instinkt verlassen, und mein Instinkt sagt mir, daß Ryan und seine Leute nichts mit Morgans Tod zu tun hatten.«

»Ich hoffe nur, Sie haben recht, General«, bemerkte Redburn leise, als er aufstand und Winstons Büro verließ.

Während sie zusah, wie sich die Luke hinter ihm schloß, wanderten Winstons Gedanken zu den Schattengestalten aus Morgans persönlicher Botschaft. Allmählich fragte sie sich, ob diese handverlesenen Nekekami-Agenten ein doppeltes Spiel treiben konnten.

7

Schlachtkreuzer SBS *Unsichtbare Wahrheit*,
Einsatzgruppe Schlange
Tiefraum, 180 Lichtjahre vor Diana

22. Januar 3060

Die *Unsichtbare Wahrheit* hatte eine Masse von rund 859.000 Tonnen bei einer Gesamtrumpflänge von 839 und einem maximalen Durchmesser von 139 Metern. Mit neunundzwanzig Decks und einer Besatzung von fast dreihundert Mann, die Passagiere nicht eingerechnet, wie die Crew die dem Schiff zugeteilten Bodentruppen bezeichnete, war sie bei weitem das größte Kriegsschiff der Einsatzgruppe.

Major Ryans Suchtrupps brauchten fast drei Tage, um die Hangars, Unterkünfte und Frachträume des Schlachtkreuzers zu durchsuchen. Wie Alain Beresick vorhergesagt hatte, protestierten zahlreiche Mitglieder seiner Besatzung zum Teil vehement gegen die bloße Vorstellung, ihren Privatbesitz durchsuchen zu lassen, ganz abgesehen von den Reaktionen der ComGuard-MechKrieger und -Infanteristen auf den beiden Kasernendecks des Schiffes. Die Tatsache, daß die Durchsuchung von Fremden durchgeführt wurde, machte die Beleidigung noch gravierender. Beresicks Anwesenheit salbte die verletzten Gemüter ein wenig, aber die gesamte Episode hinterließ in der Besatzung der *Unsichtbare Wahrheit* ein äußerst angespanntes Verhältnis zu den ›Messingständern‹.

Angeführt von Ryans Stellvertreter und begleitet von Kommodore Beresick überprüfte die Suchmannschaft jeden Spind, Rucksack, Seesack und Staukasten, der ihr unter die Finger kam. Die Kommandosoldaten nahmen alle Hangars, Unterkünfte, Kombüsen, Freizeiträume und Frachträume des Schiffes auseinander. Sie öffneten selbst alle Cockpits, Munitionsmagazine und Wartungspaneele sämtlicher BattleMechs, Panzer und Luft/Raumjäger an Bord. Alles ohne Erfolg.

Als die Durchsuchung der *Unsichtbare Wahrheit* keine Spur des Codebrechers oder des Giftes erbrachte, richteten die Teams ihre Aufmerksamkeit auf die Landungsschiffe an den Dockkrägen des Schlachtkreuzers, und die gesamte Prozedur ging von vorne los.

Mit jedem geöffneten Spind und Mechcockpit nahm das Gefühl des Mißtrauens und verletzten Stolzes unter den früheren ComStar-Mitgliedern zu. Nur Beresicks Zusicherungen, daß die Suche aus einem wichtigen Grund stattfand, sowie seine persönliche Garantie, daß es keine Wiederholung dieses Einbruchs in ihre Privatsphäre geben würde, konnte die Gefühle der immer wütender werdenden Männer und Frauen an Bord beruhigen.

Beresick selbst wurde zunehmend übellauniger und jähzorniger. Bei verschiedenen Gelegenheiten fuhr er erst die Besatzung an, weil sie sich der Durchsuchung widersetzte, und anschließend die DESTler, weil sie in den Privatbereich von Männern und Frauen eindrangen, die doch wohl als unschuldig zu gelten hätten, solange ihre Schuld nicht bewiesen war. Er haßte die Polizeistaatstaktik einer Massendurchsuchung, aber zugleich war ihm klar, daß dies möglicherweise der einzige Weg war, irgendwelche Hinweise auf Morgans Mörder zu finden. Mit jedem Tag betete er intensiver um ein schnelles Ende dieser ganzen unangenehmen Affäre.

* * *

In den ersten Stunden der Durchsuchung hatte Ariana Winston die Suchtrupps begleitet. Sie war beeindruckt von ihrer Geschwindigkeit und Effizienz. Sie hatte erwartet, die Kommandosoldaten würden einfach Schubladen und Schränke öffnen und deren Inhalt in ihrem Eifer, den Codebrecher und damit Morgans Mörder zu finden, im Raum verteilen. Aber genau das Gegenteil war der Fall. Spinde und Schreibtische wurden mit äußerster Sorgfalt untersucht, und kein Teil blieb unbeachtet, aber dabei verhielten Major Ryans Soldaten sich ruhig und höflich und behandelten die wenigen persönlichen Effekten der Besatzungsmitglieder so respektvoll wie ihren eigenen Besitz.

Am Ende der zweiten Wache hatte sie genug gesehen. Winston überließ die Suchoperation den DESTlern und die Erklärungen Beresick und zog sich in ihr Büro zurück.

Drei Tage später meldete Ryan den Abschluß der Durchsuchungen. Winston lud ihn ein, ihr nach dem Abendessen in ihrem Büro Bericht zu erstatten. Um zu verhindern, daß jemand den DEST-Offizier auf dem Korridor vor ihrem Quartier warten sah, ließ sie sich ihr Essen in der Kabine servieren. Es kam selten vor, daß Ariana Winston die Privilegien ihres Ranges ausspielte. Wie die meisten Feldkommandeure zog sie es vor, mit ihren Offizieren zu essen und Interesse an ihrem Leben außerhalb des Schlachtfelds und der Strategiediskussionen zu zeigen.

Als die Luke hinter dem Messesteward, der ihr Geschirr abgeholt hatte, auf pneumatischen Schienen zuglitt, meldete sich mit einem gedämpften Fiepen der Interkom. Als sie den Antwortknopf drückte, blickte sie ins Gesicht des Chefquartiermeisters der *Unsichtbare Wahrheit*, der sie über die Ankunft ihrer persönlichen Besitztümer von der *Gettysburg* und ihre Einlagerung in Frachtraum Fünf des Schlachtkreuzers informierte.

»Wir warten nur auf Ihr Okay, um das Zeug inne Flaggsuite zu schaffen.« Die rauhe Stimme des Mannes war unsicher. Wie die meisten Unteroffiziere und Mannschaften, denen sie begegnet war, seit sie den Befehl über die Einsatzgruppe übernommen hatte, schien er nicht sicher zu sein, wie er sich der neuen Kommandeurin gegenüber verhalten sollte.

»Also, wenn es Ihnen nichts ausmacht, Chief, würde ich meine Sachen lieber eine Weile eingelagert lassen, jedenfalls bis wir die Untersuchungen über den Tod des Marshals abgeschlossen haben.«

Der Chief, ein stämmiger Bursche mit schütterem grauen Haar und leuchtend blauen Augen, sah sie skeptisch an. Er hatte sichtlich den Verdacht, daß mehr als nur eine routinemäßige ›offizielle Untersuchung‹ im Gange war, aber er war zu sehr Berufsraumfahrer, um es auszusprechen. »Is' mir recht, Gen'ral. Ge'm Sie halt Bescheid, wann Sie Ihr Zeug wollen, dann laß ich es raufschaffen.«

Als sie den Interkom ausschaltete, tönte vom Büroeingang ein Glockenton herüber. »Herein«, bellte sie dem vor der Luke Wartenden zu.

Wie sich herausstellte, waren es zwei Personen, die dort gewartet hatten: Major Michael Ryan und ein ziemlich verärgert wirkender Alain Beresick.

»General«, meldete letzterer mit förmlich steifer Stimme. »Die Einsatzgruppe hat den Aufladevorgang abgeschlossen und bereitet sich auf den Absprung vor. Wir sind in einer Stunde sprungbereit.«

»Danke, Kommodore. Springen Sie so bald wie möglich. Wir können uns nicht leisten, die Mission noch weiter zu verzögern.« Beresick versuchte mit der reichlich trivialen Meldung über die Sprungbereitschaft der Flotte offensichtlich, seine schwelende Wut zu überspielen. »Was hat die Durchsuchung erbracht?«

»Nun, General, Sie werden sich freuen zu hören, daß Ryans Jungs mit ihrer Arbeit fertig sind. Wir haben das Schiff vom Bugspriet bis zum Segelkasten durchgekämmt.« Während er noch sprach, reichte Beresick Winston einen Datenchip. Trotz der leichthin formulierten Antwort schwang in seiner Stimme ein unüberhörbares ›Ich habe es ja gleich gesagt‹ und ›Wir haben überhaupt nichts gefunden‹ mit.

»Also, Kommodore, genau genommen entspricht das

wohl nicht den Tatsachen«, kicherte Winston, als sie die Daten abrief.

»Wie Sie meinen, General«, schnappte Beresick auf für ihn durchaus untypische Weise. Er war übermüdet, denn er hatte den größten Teil der Durchsuchungen selbst begleitet, und sein Sinn für Humor, insbesondere auf seine Kosten, hatte erkennbar gelitten. »Wir haben siebenunddreißig Flaschen Alkohol gefunden, ein Dutzend eingeschmuggelte Porno-Simchips und drei Päckchen gezinkte Karten. Was wir nicht gefunden haben, waren irgendwelche Spuren von Gift oder einem Codebrecher. Wir verbrachten drei Tage damit, meine Besatzung und Passagiere beinahe zur Meuterei zu treiben, und wofür? Wir haben den Codebrecher nicht gefunden, und ich glaube auch nicht, daß wir ihn finden werden. Der Attentäter hat ihn entweder aus der Schleuse geworfen oder so gut versteckt, daß Ryans Leute ihn nicht finden konnten. Wir stecken in einer Sackgasse.«

Winston nickte nachdenklich. »Ich befürchte, Sie haben recht, Kommodore.« Sie drehte sich zu Ryan um. »Major, ich hege keine Zweifel, daß Ihr Team sein Bestes getan hat, aber ich glaube nicht, daß wir das Gerät noch finden werden.«

»Hai, General«, stimmte Ryan ihr mit einem bedauernden Kopfschütteln zu. »Wenn meine Leute es nach drei Tagen nicht gefunden haben, ist es nicht zu finden. Der Attentäter hat seine Spuren mit bewunderungswürdigem Können verwischt.«

»Also sind wir wieder genau da, wo wir angefangen haben.«

»Nicht ganz, General.« Beresick reichte einen zweiten Datenchip über Winstons Schreibtisch. »Während ich gezwungen war, meine Crew in Meuterstimmung zu bringen, hatte mein Erster Offizier eine Idee. Aus irgendeinem Grund hat er eine Computerüberprüfung der Schiffsbesatzung durchgeführt. Wir besitzen ziemlich umfangreiche Personaldateien über alle unsere

Leute. Bedenken Sie bitte, daß wir fast dreihundert Crewmitglieder an Bord haben, er mußte also ziemlich spezifische Suchparameter benutzen. Einer dieser Parameter war kriminelle oder zivile Probleme aus der Zeit *vor* dem Eintritt in ComStar. Der Computer hat fünf Dateien ausgespuckt. Nicht, weil die betreffenden Personen vor dem Eintritt in den Orden verhaftet, verklagt oder sonstwie auffällig geworden waren. Nein, sie wurden ausgeworfen, weil sie vor dem Eintritt in den Orden *nicht existierten*.«

»Was?«

»Sie haben richtig gehört, General.« Beresick trat neben Winstons Sessel, streckte die Hand aus und holte die Dateien, die er erwähnt hatte, auf den Bildschirm. »Für diese fünf Personen gibt es nicht ein Byte an Daten über die Zeit vor der Aufnahme in ComStar.«

»Cleary, Davis, Penrose, Ota und Yee.« Winston las die hervorgehobenen Namen in einem Ton, der an ein Selbstgespräch erinnerte. »Wissen wir irgend etwas über sie?«

»Nicht wirklich«, antwortete Beresick. »Den Unterlagen zufolge wurden sie alle kurz nach Tukayyid in den Flottenarm der ComGuards versetzt. Cleary und Ota sind Raumvollmatrosen, die Sorte Arbeiter, die Fracht ein- und auslädt, Material aus dem Lager holt, wenn es irgendwo benötigt wird, Reparaturen und allgemeine Wartungsarbeiten ausführt, so etwas. Davis ist Kanoniersgehilfin und dem Jägerkontingent zugeteilt. Penrose ist Sprungantriebs-AsTech. Yee war Raummatrose, wurde aber bei der Versetzung auf dieses Schiff fürs Krankenrevier eingeteilt. Doch ich glaube, daß wir ihn ausschließen können.«

»Warum das?« Ryan reckte den Hals, um von seiner Seite des Schreibtischs aus den Bildschirm zu sehen.

»Weil er bei den Männern war, die Morgans Leiche auf die Krankenstation gebracht haben«, antwortete Winston in einer plötzlichen Eingebung.

»Das stimmt, woher …«

»Ich bin den Bahrenträgern begegnet, als ich das Quartier des Marshals verließ. Ich erinnere mich, daß einer von ihnen Yee hieß. Er kam mir ungeheuer bekannt vor. Ich wünschte, ich könnte mich daran erinnern, wo ich ihn vorher schon gesehen habe.«

»Ich weiß, ehrlich gesagt, nicht, wo Sie irgendeinem von ihnen schon einmal hätten begegnet sein können, außer vielleicht Davis und Penrose. Die beiden waren als einzige von Beginn an auf der *Unsichtbare Wahrheit* eingeteilt. Die anderen wurden bei den Personalumstellungen nach Trafalgar von der *Banbridge* hierher versetzt.«

»Alle drei vom selben Schiff?«

»Ja, zusammen mit einem halben Dutzend anderer. Wir mußten unsere Gefechtsverluste ausgleichen, deshalb haben wir Crewmitglieder von allen ComStar-Schiffen der Flotte abgezogen.« Beresick rieb sich nachdenklich das Kinn. »Trotzdem muß ich zugeben, daß es etwas verdächtig ist, fünf Nichtexistente auf nur zwei Schiffen.«

»Dürfte ich mir die Dateien einmal ansehen, Kommodore?« Ryan streckte die Hand mit einer Geste aus, die erkennen ließ, daß er nicht einmal den Hauch einer Weigerung von Seiten des Flottenoffiziers erwartete.

Beresick zögerte zunächst – ein Ergebnis der langen Tradition ComStars, jede Art von Information zurückzuhalten. Dann jedoch legte er den Chip in Ryans Hand. Ohne auf Winstons Erlaubnis zu warten, schob der Draconier ihn in deren Lesegerät. Er verbrachte mehrere Minuten damit, die in den Dateien enthaltenen Informationen durchzusehen, bevor er wieder das Wort ergriff.

»Also, ich würde mich mit allen fünf unserer – wie haben Sie sie genannt, Nichtexistenten? – gerne mal unterhalten. Nur um sicherzugehen. Obwohl sie alle an Bord waren, als Morgan getötet wurde, können wir

Ota, Cleary und Yee wahrscheinlich ausschließen. Da sie ursprünglich nicht Teil der Besatzung dieses Schiffes waren, konnten sie nicht sicher sein, eine Gelegenheit zur Durchführung des Attentats zu erhalten. Aber wir sollten sie auf jeden Fall verhören. Ich glaube nur nicht, daß einer von ihnen etwas mit dem Mord zu tun hat.«

»Und mit wem fangen wir an?« fragte Winston.

»Mit unseren beiden Hauptverdächtigen.« Ryan tippte auf den Schirm. »Davis und Penrose.«

8

Schlachtkreuzer SBS *Unsichtbare Wahrheit*,
Einsatzgruppe Schlange
Tiefraum, 150 Lichtjahre vor Diana

23. Januar 3060

»Tut mir leid, Kommodore. Ich kann Ihnen nicht beweisen, wo ich war, als Marshal Hasek-Davion umgebracht wurde.« Die Frau, deren Name laut ComStar-Unterlagen Julia Davis lautete, erwiderte Beresicks Blick mit braunen, mandelförmigen Augen. Sie war ausgebildet, allen Verhörmethoden zu widerstehen, selbst körperlicher Folter und Drogenbehandlungen. Verglichen mit diesen Methoden, an Informationen zu gelangen, verdiente Kommodore Beresicks Befragung nicht einmal den Namen Verhör. »Sagt das allein nicht schon etwas aus? Meinen Sie nicht, jemand, der schlau genug war, den Marshal umzubringen, wäre auch schlau genug gewesen, sich ein Alibi zu besorgen?«

»Vielleicht«, gab Beresick zu. »Aber möglicherweise wäre jemand, der schlau genug war, den Marshal umzubringen, auch schlau genug, eben diese Überlegung anzustellen und bewußt auf ein Alibi zu verzichten. Wir könnten hier eine ganze Weile ein lustiges Tänzchen aufführen und ›Ich weiß, daß du weißt, daß ich weiß‹ spielen, aber das werden wir uns ersparen. Sind Sie sicher, daß es niemanden gibt, der Ihren Aufenthaltsort in der fraglichen Zeit bestätigen kann?«

Davis schüttelte den Kopf. »Tut mir leid.«

»Mir auch, Adeptin Davis.«

»Private Davis.« Zum erstenmal ergriff der andere Mann im Raum das Wort. »Haben Sie irgendeine Erklärung dafür, warum wir keinerlei Information über Ihre Existenz – bevor Sie zu ComStar kamen – gefunden haben?«

»Wie bitte?« Die junge Frau unterdrückte ein plötzliches Panikgefühl. Davis war natürlich nicht ihr wahrer Name, sondern der einer fiktiven ComGuard-Kanoniersgehilfin, der Rolle, die ihre Meister mit Genehmigung des unbekannten Auftraggebers, der sie angeheuert hatte, für sie geschaffen hatten. Als eine Kunoichi, eine weibliche Nekekami, war Rumiko Fox gezwungen gewesen, jedes Detail der Laufbahn Adeptin Julia Davis' auswendig zu lernen. Sie konnte sich fließend über ihre Zeit im militärischen Arm des Ordens unterhalten, bis hin zu bitteren Klagen darüber, daß ihre Einheit bei der Schlacht um Tukayyid nicht zum Einsatz gekommen war. Ihre Tarnung war ihr so perfekt erschienen, wie sie nur sein konnte. Und jetzt informierte dieser dunkelhaarige Mann mit dem Anstecker in Form eines stilisierten Drachenauges, der ihn als Mitglied der gefürchteten Draconis Elite-Sturmtruppen Haus Kuritas auswies, sie über eine furchtbare Lücke in dem für sie erstellten Hintergrund.

»Es gibt keine Unterlagen über ihre Existenz vor dem Tag, an dem Sie Mitglied ComStars wurden«, wiederholte Major Ryan. »Wie kommt das?«

»Keine Ahnung«, zuckte Fox/Davis die Achseln. Trotz der sorgfältig aus gleichen Teilen Unschuld und Ängstlichkeit zusammengestellten Geste rasten ihre Gedanken, als sie verzweifelt versuchte, die Kontrolle über das Geschehen zu behalten. »Vielleicht sind sie verlorengegangen, als Blakes Wort Terra einnahm.«

»Das kommt ja sehr gelegen, finden Sie nicht?« Ryan glaubte ihr offensichtlich kein Wort.

»So etwas kommt vor, Major.« In der Stimme der Kunoichi lag exakt die richtige Mischung von Frustration und Wut. »Es passiert immer wieder.«

»Hn-hnh.«

»Major, ich sage die Wahrheit. Wenn Sie mir nicht glauben, bin ich bereit, einen Lügendetektortest zu machen, Stimmanalyse, was immer Sie wollen.« Fox gestattete einem Anflug beleidigter Ehre, in ihrer Stimme durchzuscheinen.

Mehrere Minuten lang starrte Ryan Fox düster und regungslos in die Augen, als versuche er, ein tiefes, dunkles Geheimnis aus dem Tresor ihrer Gedanken zu reißen. Eine Weile erwiderte sie den Blick, dann flatterten ihre Lider, und sie wandte sich ab.

»General, Sie glauben mir doch?« Die Frage enthielt eine unausgesprochene Bitte von Frau zu Frau.

»Tut mir leid, Private. Hier geht es nicht darum, was ich glaube. Es geht darum, was sich beweisen läßt.« Winston seufzte schwer und zuckte die Schultern. »In Ordnung, Davis, Sie können gehen. Fürs erste. Leider muß ich Sie unter Arrest stellen, bis diese Angelegenheit geklärt ist.« Winston sah auf ihren Compblock, der vermutlich Julia Davis' Personaldatei zeigte. »Bis diese Untersuchung abgeschlossen ist, sind Sie von Ihren Pflichten entbunden. Sie werden in Ihrem Quartier bleiben. Sie dürfen sich für die Mahlzeiten in die Messe und zu den Ihnen zugeteilten Zeiten in den Freizeitraum begeben. Kurz gesagt, Private: Sie dürfen sich in Ihrer Unterkunft frei bewegen, aber Deck Fünfzehn nicht verlassen. Verstanden?«

»Ja, General.« Ihr Ton sprach von verletzter Unschuld, zu gleichen Teilen vermischt mit Angst und Depression. Als sie aufsah, warf sie Winston ein müdes Lächeln zu. »Ich weiß, Sie tun nur, was Sie für das Beste halten.«

»So ist es«, gab Winston zurück. »Wegtreten, Private.« Sie bedeutete dem DESTler, der an der Luke des Konferenzraums Posten stand, mit einer Geste, Julia Davis zu ihrer Unterkunft zu begleiten.

* * *

Als die Luke sich zischend hinter der Gefangenen und ihrer Wache schloß, sah Winston betont zu Ryan hinüber, der geschäftig auf seinem Compblock tippte. Als der Kommandotruppenoffizier auf ihre wortlose Frage nicht reagierte, wurde sie deutlicher. »Und, Major?«

»Und was?« fragte Ryan abgelenkt, immer noch ganz auf den Bildschirm des Geräts vor sich konzentriert. Winston hob den Blick entnervt zur Wand. Es war Ryans Idee gewesen, die ›Gespräche‹, wie er sie nannte, statt in ihrem Büro in dem großen, relativ bequemen Versammlungsraum auf Gravdeck Eins des Schlachtkreuzers abzuhalten. Er behauptete, die Dissonanz eines formellen Verhörs in informeller Umgebung würde helfen, die Befragten zu verwirren und unvorsichtig zu machen.

»Was sagt Ihnen Ihr großartiges kleines Spielzeug da über unsere Miss Davis?«

»Hrmf.« In Ryans Grunzen lag eine Spur vorsichtiger Überraschung. »Ich habe keine Ahnung.«

»Was soll das heißen, Sie haben keine Ahnung?« Beresick trat hinter Ryan und schaute über dessen Schulter auf die konfuse Serie gezackter Linien und Kurven auf dem Bildschirm des Compblocks. »Sie haben behauptet, dieses Ding könnte uns verraten, ob sie lügt.«

»Ich habe gesagt, es kann uns möglicherweise einen Hinweis geben, wenn sie nicht die ganze Wahrheit sagt, Kommodore.« Ryan stieß den Stuhl zurück und drehte ihn, bis er Beresick ins Gesicht blicken konnte. »So etwas wie einen echten Lügendetektor gibt es nicht, jedenfalls keinen, der jede kleine Halbwahrheit und Übertreibung entdecken kann. Die Stimmanalyse erfaßt in der Stimme des Subjekts winzige, fast unmerkliche Veränderungen, mikroskopisches Zittern und dergleichen, und vergleicht sie mit einer Grundlinie. Deshalb stellen wir zu Beginn immer erst Fragen, deren Antworten wir schon kennen, bevor wir mit dem echten Test beginnen, um diese Grundlinie zu etablieren. Aber bei Private Davis, oder wie immer sie in Wahrheit heißen mag, konnten wir nicht einmal diese Grundlinie finden. Ihre Stimme schießt über den ganzen Schirm. Sehen Sie hier«, meinte er und tippte mit dem rechten Zeigefinger auf den Bildschirm. »Hier haben Sie sie nach ihrem Namen und ihrer Dienstlaufbahn gefragt. Sehen Sie den Ausschlag? Wenn wir eine normale Grundlinie hätten, mit der wir ihn vergleichen könnten, würde ich sagen, die Dame lügt. Aber hier …« Ryan gab einen Befehl ein und rief eine andere Serie von Linien auf. »Das ist die Stelle, an der Sie sie gefragt haben, ob sie irgend etwas über den Tod des Marshals weiß. Sie hat es verneint, und die Linien sind ziemlich gleichmäßig geblieben, was bedeuten würde, daß sie die Wahrheit sagt.«

»Was soll das nun heißen?« fragte Winston, die Ryans Erklärung mit großem Interesse verfolgt hatte. »Hat sie Morgan umgebracht, oder lügt sie, wenn sie behauptet, zu ComStar zu gehören?«

»Beides. Weder noch. Ich weiß es nicht. Jedenfalls kann ich es nicht mit Gewißheit sagen.« Ryan zuckte die Achseln. »Wenn Sie mir befehlen sollten, mich festzulegen, müßte ich sagen, sie hat wahrscheinlich nichts mit dem Mord zu tun, aber sie ist in irgendeine ausgesprochen zwielichtige Sache verwickelt.«

»Könnte Sie zu ROM gehören?« Winston runzelte nachdenklich die Stirn. »Vielleicht Blakes-Wort-ROM?«

»Möglich.« Wieder hob Ryan die Schultern in Antwort auf die Spekulation, Julia Davis könnte der Geheimpolizei des ComStar-Ordens oder dessen Gegenorganisation Blakes Wort angehören. »Aber ich habe nicht den Eindruck. Ne, hier geht etwas anderes vor. Was es auch ist, General, ich bin mir ziemlich sicher, daß wir am falschen Ort suchen. Vorerst würde ich allerdings empfehlen, sie im Auge zu behalten. Selbst wenn sie mit dem Attentat auf den Marshal nichts zu tun hat, führt sie irgend etwas im Schilde.«

Winston nickte zustimmend. Während des gesamten Verhörs hatte eine namenlose Angst an ihr genagt.

Wenn die Frau, die sie als Julia Davis kannten, sie belog, wie Ryan es befürchtete: Was wollte sie verbergen? Warum gab es keine Unterlagen über ihre Existenz, bevor sie ComStar beigetreten war, und warum hatte sie über diese Dienstzeit nicht die Wahrheit gesagt? War Davis überhaupt Mitglied des Ordens? Als Winston über diese Fragen nachdachte, bewegten ihre Gedanken sich unwillkürlich zurück zu ihrer undefinierbaren Erinnerung an Chang Yee. Soweit sie wußte, hatte sie den Mann, der als Pfleger auf der Krankenstation arbeitete, zum ersten Mal im Korridor vor Morgans Kabine gesehen. Aber er war ihr so bekannt vorgekommen. Und dann herauszufinden, daß es für Yee, wie für Davis, keine Unterlagen aus der Zeit vor ComStar gab, machte dieses Déjà-vu noch bedenklicher. Ein eiskalter Schauder lief über ihren Körper.

»General? Sind Sie noch anwesend?«

»Tut mir leid, Kommodore. Gerade ist jemand über mein Grab gelaufen.« Sie lächelte über die abergläubische Erklärung ihres plötzlichen Zitterns. »Was haben Sie gesagt?«

»Ich fragte, ob Sie bereit für das Verhör von Adept Penrose seien.«

»Ja, wir sollten es wohl hinter uns bringen.«

Winston beugte sich über den Tisch zum Interkom und erteilte den ComGuard-Raumgardisten den Auftrag, Private Lucas Penrose aus seinem Quartier zu holen. Nachdem der Corporal der Garde die Anweisung bestätigt hatte, lehnte sie sich zurück.

»Also, mir gefällt diese ganze Situation nicht«, stellte sie fest und blickte von Beresick zu Ryan. »Ganz abgesehen von dem Attentat haben wir mindestens fünf Leute an Bord, die für sich genommen schon ein Rätsel sind. Wer sind sie, und wie haben sie es geschafft, dieser Einsatzgruppe zugeteilt zu werden?«

* * *

Sieben Decks tiefer traten zwei Raumgardisten in mattgrüner Uniform in die Unterkunft, die sich der als Lucas Penrose geführte Mann mit drei anderen Besatzungsmitgliedern teilte. Penrose war zeitweilig von seinem Dienst als Sprung-AsTech freigestellt worden, um vor dem Untersuchungsteam aussagen zu können. Auf den lautstarken Befehl des Corporals hin, der die Abteilung anführte, erhob er sich langsam aus seiner Koje. Jedes Detail seiner Bewegungen kündete von Besorgnis und reichlich Angst. Man hatte ihn nicht über den Zweck der Untersuchung in Kenntnis gesetzt, aber er konnte sich denken, worum es ging. Die Kommandeure der Einsatzgruppe durchleuchteten Morgan Hasek-Davions unerwarteten Tod. Die Anwesenheit der beiden Raumgardisten machte Penrose klar, daß die Offiziere die Umstände dieses Todesfalles nicht nur für verdächtig hielten, sondern ihn damit auch in Verbindung brachten.

Als er sich dem Ausgang näherte, traten die Gardisten vorsichtig zurück und gestatteten ihm, in dem kurzen Korridor zu den zentral gelegenen Aufzügen vorauszugehen. Als er an den Männern vorbeikam, warf er ihnen einen kurzen, nervösen Blick zu. Keiner der Raumgardisten trug einen Schutzpanzer, aber sie waren besorgt genug um ihre Sicherheit, um die Klappen der Holster mit ihren schweren Autopistolen offen zu tragen.

Es dauerte mehrere Sekunden, bis der Lift eintraf. Penrose nutzte die Zeit zu dem Versuch, die Raumgardisten in ein Gespräch zu verwickeln, und blitzte bei beiden ab. Keine Minute, nachdem die Aufzugskabine auf Deck Dreizehn angekommen war, traten die drei Männer bereits auf Gravdeck Eins hinaus. Die Aufzugstür schloß sich hinter ihnen. Ein Soldat ließ sich auf den Gravdeck-Korridor fallen, während sein Partner Penrose im Auge behielt. Ihr ›Gefangener‹ kam als nächster an die Reihe, gefolgt von dem zweiten Raumgardisten.

Plötzlich gaben Penroses Knie nach. Die Raumgarde-Wachen streckten die Arme aus, um den scheinbar verängstigten Mann zu stützen.

Ein knallender Schlag hallte durch die Luft. Der Raumgardist, der Penroses rechten Arm gefaßt hatte, keuchte und stürzte aufs Gesicht. Bevor sein Begleiter reagieren konnte, trieb ihm der plötzlich gar nicht mehr verängstigte Penrose den linken Ellbogen hart in die Magengrube. Mit einem keuchenden Husten knickte der Soldat ein und rang nach Luft. Penrose bewegte sich auf der linken Ferse weiter und ließ sich von der Wucht des Schlages um neunzig Grad drehen.

Der nach seiner Waffe greifende Raumgardist sah gerade noch rechtzeitig hoch, um den Doppellauf einer schwarzen Minigyrojetpistole zu erkennen, der auf seine Stirn zielte. Den zweiten Schuß und die kurz aufflammende Feuerzunge nahm er schon nicht mehr bewußt wahr.

* * *

»Was, zum Teufel, war das?«

»Schüsse!« Ryans Schrei war mehr das Ergebnis langer Jahre intensiven Trainings als eine Antwort auf Winstons überraschte Frage. Er riß die Waffe aus dem Holster, ohne die er keinen Schritt tat, und stürzte zur Tür, dichtgefolgt von Alain Beresick.

Winston preßte den Notrufknopf des Interkoms.

»Brücke! Hier General Winston. Schüsse im Korridor auf Deck Vier.« Sie wußte, daß der Wachoffizier auf der Brücke der *Unsichtbare Wahrheit* die dringende Nachricht erhalten hatte, und wartete nicht auf Antwort. Statt dessen zog sie ihre eigene Waffe und warf sich durch die offene Luke.

Im Korridor sah sie Ryan und Beresick über zwei blutverschmierten Körpern stehen, die auf halber Entfernung zwischen den Aufzügen und dem Verhörzimmer auf dem Deck lagen. Die mattolivgrünen Uniformjacken wiesen die Toten als Raumgardisten aus. Der Geruch von Treibgasen lag in der Luft.

»Was ist passiert?«

Ryan griff in die Jacke und holte einen Stift hervor, den er vorsichtig in den Lauf einer kleinen, schwarzen Pistole schob.

»Minipistole.« Er hob die Waffe in die Höhe. »Gyrojet. Beide Läufe sind abgefeuert worden. Sehen Sie? Beide Ladeanzeiger stehen auf leer. Die verdammten Dinger sind klein genug, um sie überall zu verstecken. Vermutlich hat er sie aus einer Geheimtasche gezogen und die erste Wache aus nächster Nähe erschossen. Der andere Mann wird ein paar Sekunden gebraucht haben, um zu reagieren, und das war mehr als genug Zeit. Diese Soldaten waren unvorsichtig, und er hat sie erschossen. Anscheinend hat er auch ihre Waffen mitgenommen. Sieht aus, als wollte er wirklich *nicht* mit uns reden.«

Winston sah auf die Leichen hinab und bemerkte erst jetzt, daß deren Holster offen und leer waren.

»Wo steckt er jetzt?«

»Keine Ahnung.« Ryan legte die Waffe dorthin zurück, wo er sie gefunden hatte. »Er ...«

Bevor er den Satz beenden konnte, unterbrach ihn ein plötzlicher Kugelhagel. Sein leiser Fluch erstickte in einem schmerzhaften Grunzen, unterstrichen vom dumpfen Schlag einer schweren Pistolenkugel, die in seinen Körper fuhr.

Beresick riß Ryans Waffe an sich, drehte sich in die Richtung der Schüsse und erwiderte das Feuer. Winston wirbelte auch herum und sah gerade noch, wie Penroses Blondschopf hinter der Luke eines nahen Freizeitraums verschwand.

»Feuer einstellen, zum Teufel«, bellte Winston und schlug Beresicks Waffe beiseite. »Ich will ihn lebend.«

Vorsichtig, um sich nicht weiteren Schüssen auszusetzen, die Penrose in ihre Richtung abgab, zogen die beiden Offiziere sich in das Verhörzimmer zurück und zogen den halb bewußtlosen Ryan zwischen sich mit. Von dort aus konnten sie das Versteck des Killers im Auge behalten und die Stahlschotten des Kriegsschiffs als Deckung benutzen. Zweimal prallten großkalibrige Kugeln singend von der Schottwand ab und hinterließen breite graue Kratzer. Es war nicht ganz klar, ob der Schütze versuchte, sie umzubringen, oder sie nur festhalten wollte, bis ein ihnen unbekannter Komplize eintraf.

»Das spielt keine Rolle«, knurrte Winston als Antwort auf Beresicks Frage. »So lange wir hinter dieser Wand bleiben, kann er uns nicht treffen. Und er sitzt genauso fest wie wir. Die Raumgarde muß jeden Moment hier sein.«

Wie auf ein Stichwort öffneten sich im selben Augenblick die Lifttüren, und ein Halbzug Raumgardisten stürzte in den Korridor, gekleidet in Schutzwesten mit Tarnmuster und bewaffnet mit Rorynex-Maschinenpistolen. Gleich hinter ihnen folgte eine Horde weißuniformierter MedTechs.

»Kommodore, General, alles in Ordnung?« Der Sergeant an der Spitze der Raumgardisten war geradezu schmerzhaft jung.

»Uns geht es gut, Sergeant.« Winston deutete auf den benommen auf dem Deck liegenden Michael Ryan. »Major Ryan braucht einen MedTech. Er hat eine Pistolenkugel in der Brust.«

Der Sergeant winkte einem MedTech und kniete sich neben Ryan, um vorsichtig das Loch in der Uniformjacke des Kommandosoldaten zu untersuchen. Nach ein paar Sekunden zog er seine bemerkenswert unblutigen Finger wieder hervor, zwischen denen ein kleines, verdrehtes Stück Kupfer steckte.

»Kugelsichere Weste«, beantwortete er die fragenden Blicke der Offiziere. »Die Kugel ist nicht durchgeschlagen. Er wird reichlich Schmerzen haben, wenn er aufwacht, und eine böse Prellung, vielleicht auch ein, zwei Rippenbrüche, aber er wird's überleben.«

Als der MedTech eintraf und die beiden Offiziere ebenso wegscheuchte wie den Sergeanten, nahm der Rest des Raumgardetrupps Positionen ein, von denen aus die Soldaten Penroses Versteck ins Visier nahmen.

»Wie wollen Sie das handhaben, General?« fragte der Sergeant.

Nach einem Blick auf Beresick antwortete Winston. »Ich will ihn lebend. Wir müssen herausfinden, wer ihn beauftragt hat. Und lassen Sie uns versuchen, das Schiff nicht zu schlimm zu beschädigen.«

Bevor der Raumgardist seinen Leuten neue Anweisungen geben konnte, erklang am anderen Ende des Korridors eine laute, befehlende Stimme. »Herhören! Ihr da draußen im Gang! Ich will mit Winston reden. Ich weiß, daß sie noch da ist. Ich will sie sehen. Sofort!«

Der Raumgardesergeant schüttelte den Kopf und riet Winston wortlos, nicht auf die Forderung des Schützen einzugehen.

»Lassen Sie sich auf nichts ein«, flüsterte Beresick. »Wenn Sie da hinausgehen, bringt er auch Sie um.«

»Keine Verzögerungstaktiken!« rief Penrose. »Ich weiß genau, daß Sie da draußen sind, General. Vielleicht ist Ihnen Ihr eigenes Leben egal, aber wenn Sie etwas darum geben, was aus diesem Schiff wird, sollten Sie mir besser antworten.«

»Was soll das heißen, ›was aus diesem Schiff wird‹?« Winston hatte das Gefühl, eine eisige Knochenhand bewegte ihre harten Finger über ihr Rückgrat.

»Ah. Sehen Sie? Ich wußte, daß Sie mit mir reden. Das habe ich an Ihnen immer gemocht, General. Sie haben sich stets Zeit für die kleinen Leute genommen.« Penrose lachte, ein kurzes, bitteres, häßliches Lachen. »Wenn Sie weiter Zeit für die kleinen Leute haben wollen, sollten Sie sich besser zeigen. Die Bombe, die ich in Magazin Drei der *Wahrheit* plaziert habe, ist so groß nicht, aber das ist auch gar nicht nötig. Eine kleine Bewegung und *Bumm*, wir singen alle im Chor der Engel.«

Winston warf Beresick einen fragenden Blick zu.

»S-AK-Granaten«, nickte er. »Wenn er die Wahrheit sagt, und es ist eine Bombe in diesem Magazin, und er hat eine Art Fernzünder, dann braucht er nur einen Knopf zu drücken, oder schlimmer noch, einen Toter-Mann-Zünder loszulassen, und die Granaten gehen hoch. Das könnte eine Kettenreaktion in den anderen Munitionslagern auslösen, die Brennstoffzellen erfassen, den Antrieb beschädigen. Ich würde es lieber nicht riskieren.«

»Komm schon, Generalin, ich werde ungeduldig!« schrie Penrose.

»Wir scheinen keine große Wahl zu haben.«

»Es gibt eine Möglichkeit, General«, erwiderte Beresick. »Wir isolieren den Raum und lassen die Luft ab. Das Saubermachen hinterher wird ziemlich übel werden, aber wenn wir die Atmosphäre schnell genug ablassen, hat er keine Zeit mehr, auf einen Auslöser zu drücken.«

»Kommodore, ich ziehe es vor, ihn lebend zu erwischen. Erinnern Sie sich?«

»Und, Sir«, unterstützte der Raumgardesergeant Winstons Einwand. »Was, wenn er die Sprengladung an einen Toter-Mann-Zünder gekoppelt hat? Bei einer Dekompression in der Kabine würde er den Schalter irgendwann loslassen.«

»Wollen Sie dieses Risiko eingehen, Alain?« fragte Ariana und fixierte Beresick. Als sie die zögernde Zustimmung in seinen Augen sah, nickte sie. »Gut. Ich auch nicht.«

Sie ließ die Laserpistole auf den Boden fallen und trat in den Gang hinaus. Über den Lauf einer gestohlenen Autopistole blickte sie durch die halbgeöffnete Luke des Freizeitraums das hübsche, blauäugige Gesicht des

Mannes an, der als Lucas Penrose auftrat. Seine rechte Hand war hinter dem Rahmen außer Sicht, aber die linke faßte die Waffe mit der gelassenen Zuversicht eines Meisterschützen. Auf eine Entfernung von nicht einmal zehn Metern hätte es keiner großen Schießkünste bedurft, um eine Kugel in ihre Stirn zu jagen, deshalb bewegte Winston sich langsam vorwärts und achtete darauf, beide Hände die ganze Zeit in Sicht zu halten.

»Sehr schön, General, immer schön weitergehen, treten Sie in mein Büro.« Penroses Stimme triefte vor Sarkasmus.

Winston hörte Beresick leise mahnen, sie solle nicht weitergehen, aber sie hatte keine Wahl. Wenn sie sich weigerte, konnte sie bestenfalls auf eine Kugel zwischen die Augen hoffen. Die schlimmste Konsequenz einer Weigerung war beinahe zu furchtbar, um sie sich vorzustellen, eine Explosion im Munitionslager, Detonation der Brennstoffzellen, über dreihundert Tote, nur weil sie nicht bereit gewesen war, durch eine Tür zu treten. Sie winkte Beresick, ruhig zu sein, und gehorchte Penroses Befehlen.

Sie brauchte ein paar Sekunden, um ihre Augen an den dunklen Raum zu gewöhnen. Penrose hatte die Deckenbeleuchtung der Kabine zerschlagen und das ganze Zimmer in ein düsteres Zwielicht getaucht. Zunächst war ihr nicht klar, welchen Grund es für diesen Vandalismus gab, aber dann erkannte sie die Antwort. Es war schwieriger, etwas in einem dunklen Raum zu erkennen, als in einem hellen, besonders von einem hellerleuchteten Korridor aus. Wie die meisten Systeme an Bord der *Unsichtbare Wahrheit* wurden auch die Lichter vom Zentralcomputer des Schiffes kontrolliert, so daß die Raumgarde die Lampen des Freizeitraums von außen hätte einschalten können. Durch das Zerschlagen der Leuchtstoffplatten hatte Penrose dafür gesorgt, daß sein Unterschlupf dunkel blieb.

Als ihre Pupillen sich öffneten, konnte sie mehr Einzelheiten der Einrichtung und des bewaffneten Mannes vor sich ausmachen oder zumindest erraten. Er war von durchschnittlicher Größe, blond, mit blauen Augen und auf eine unauffällige Weise gutaussehend. Seine Schiffsmontur war am rechten Arm stark blutverschmiert, und die Brustpartie schien aufgerissen, wo der Raumgardist im Todeskampf das Hemd gepackt hatte. Penrose hielt eine schwere Federated Autopistole in der ruhigen linken Hand. Eine zweite Waffe desselben Typs steckte vorne in seinem Gürtel, den Griff nach links gedreht. Die rechte Hand des Killers war außer Sicht hinter seinem Rücken.

»Was wollen Sie, Penrose, oder wie immer Sie heißen?«

»Oh, Penrose ist gut genug für den Augenblick, Generalin. Es sei denn, Sie ziehen es vor, mich Lucas zu nennen?« Die Stimme des Mannes klang angenehm, fast melodiös, mit der Spur eines Akzents, den Winston nicht unterbringen konnte. »Was ich will, ist ganz einfach. Ich will, daß Sie ein Sprungschiff abstellen, um mich zurück in die Innere Sphäre zu bringen. Sobald ich mich von der Flotte abgesetzt habe, darf die Einsatzgruppe ihre schwachsinnige Mission fortsetzen. Natürlich kann ich nicht riskieren, daß irgendein übereifriger Raumfahrer auf die Idee kommt, den Helden zu spielen und versucht, mich, wie sagt man, auszuschalten, bevor ich mein Ziel erreiche. Deshalb werde ich für den Flug um die Gunst *Ihrer* Begleitung bitten müssen.«

»Ist das alles?« fragte Winston beißend.

»Nun, da gibt es tatsächlich noch eine Kleinigkeit. Ich möchte, daß Sie alle Unterlagen löschen, die Sie möglicherweise über Ihren Verdacht einer Beteiligung meinerseits am Ableben von Morgan Hasek-Davion angelegt haben.«

Winstons Augen gewöhnten sich langsam an die

Dunkelheit des Freizeitraums und gestatteten ihr, mehr Einzelheiten wahrzunehmen.

»Sie waren es, nicht wahr?«

»Sie erwarten doch nicht wirklich von mir, daß ich ein Geständnis ablege?« Penrose lachte. »Meine liebe Ariana. Haben Sie etwas dagegen, wenn ich Sie so nenne? Immerhin werden wir eine lange Zeit miteinander verbringen. Ob ich irgend etwas mit dem Tod des Marshals zu tun hatte oder nicht, ist nicht die Frage. Die Frage hier lautet: Werden *Sie* verantwortlich für den Tod der Passagiere und Mannschaft der *Wahrheit* sein, von der Vernichtung des Schiffes selbst ganz zu schweigen, oder sind Sie bereit mitzuarbeiten?«

Winston starrte Penrose schweigend an, prägte sich jedes Detail seines Gesichts und seiner Kleidung ein. Der Mann wirkte in jeder Hinsicht so durchschnittlich wie ein Holonachrichtensprecher. Abgesehen von den Blutflecken und dem Riß im Hemd machte seine grau und khakifarbene Sternenbund-Uniform einen absolut alltäglichen Eindruck.

Ein sanftes Glitzern an der Wand hinter Penrose erregte ihre Aufmerksamkeit. Sie hob die Augen und erkannte, daß ein wenig des aus dem Korridor hereinfallenden Lichts vom Glas eines gerahmten Laserdrucks zurückgeworfen wurde, der ein Schlachtschiff der *McKenna*-Klasse in dramatischer Position vor einer halbverdunkelten Sonne zeigte. Sie hatte schon reichlich Bilder dieser Art in den Kabinen und Aufenthaltsräumen des Schiffes gesehen. Aber es war nicht die heroische Weltraumszene, die ihre Aufmerksamkeit bannte, sondern das sich im Glas spiegelnde Bild des Lucas Penrose. Die rechte Hand, die er so schüchtern hinter dem Rücken hielt, was den Eindruck erweckte, daß er damit den Fernzünder hielt, der die *Unsichtbare Wahrheit* in Stücke reißen konnte, war leer. Der Mann bluffte.

Den Bruchteil einer Sekunde wollte Winston sich auf

ihn stürzen, ihn mit bloßen Händen zu Tode prügeln. Aber dann schaltete sich ihr Verstand ein. Die Entfernung zu dem selbstgefällig grinsenden Attentäter betrug über drei Meter, und er würde den Abzug der bösartig glänzenden Waffe durchziehen, noch bevor sie die Hälfte der Distanz zurückgelegt hatte.

Weiterreden, ermahnte sie sich. *Ich muß ihn dazu bringen, unvorsichtig zu werden.*

»Na schön, Penrose. Nehmen wir an, ich lasse mich auf Ihren irrwitzigen Plan ein. Wie lange, glauben Sie, wird es dauern, bis die vereinten Geheimdienste aller fünf Nachfolgerstaaten brauchen, Sie aufzuspüren, wenn wir erst zurück sind?« Während sie sprach, wanderte Winston im Zimmer auf und ab und bewegte sich dabei unmerklich immer näher an den Killer heran. »Immerhin haben Sie Prinz Victors Vetter ermordet, eine hochrangige Offizierin entführt, ein verdammtes *Sprungschiff* gestohlen, das muß man sich mal vorstellen, und die bedeutendste Militäroffensive aller Zeiten gefährdet. Sie bilden sich doch wohl nicht ein, daß man Ihnen das durchgehen läßt?«

»Sind Sie sich so sicher, daß es alle fünf sein werden?« Penrose schien sich zu amüsieren. »Woher wollen Sie wissen, daß ich nicht für eines der Großen Häuser arbeite? Und was den Mord an Victors Vetter betrifft: Victor selbst hat seine Mutter umgebracht, nicht wahr?«

»Sie wissen genau, daß das nie bewiesen wurde.« Winston blieb stehen und fixierte den Schützen mit giftigem Blick. »Nach allem, was ich weiß, könnten ebensogut *Sie* damals die Bombe gelegt haben.«

»Ich?« Penrose schien von Winstons Beschuldigung ehrlich überrascht. Seine Stimme nahm den beleidigten, verletzten Ton eines Meisterhandwerkers an, dem jemand Nachlässigkeit vorgeworfen hatte. »Bomben sind krude, lärmende Geräte. Ihnen fehlt es an jeder Feinheit und Phantasie. Eine Bombe kann jeder legen.« Plötzlich verstummte er. Seine Miene verwandelte sich wieder in die unlesbare Maske, mit der er Winston bei ihrer Ankunft in dem abgedunkelten Freizeitraum begrüßt hatte. »Das war alles sehr amüsant, Ariana, aber ich fürchte, wir müssen dieses Gespräch fürs erste beenden. Wir können die Diskussion auf der Heimreise lang und breit führen. Aber im Augenblick muß ich darauf bestehen, daß Sie die Anweisungen für ... Au!«

Winston war durch ihr Auf-und-Ab-Gehen bis auf Armeslänge an Penrose herangekommen. Ein kurzer Schritt vor und nach rechts brachte sie aus seiner unmittelbaren Schußlinie. Mit der linken Handkante schlug sie nach seinem Arm. Es schepperte hart und metallisch, als die Waffe aus seinem plötzlich unsicheren Griff fiel und über eine Tischplatte flog. Die Generalin nutzte ihren Vorteil und schlug mit den Fingernägeln der rechten Hand nach seinen Augen.

Wieder schrie Penrose auf, zu gleichen Teilen aus Überraschung wie vor Schmerz durch den unfairen, aber äußerst effektiven Hieb gegen seine Augen. Blind um sich schlagend, erwischte er Winston am offenen Kragen der Uniformjacke. Sobald er sein Ziel gefunden hatte, trieb er ihr eine knochige Faust in den Leib. Durch seine brennenden Augen und Winstons ausweichendes Drehmanöver gelang es ihm nicht, ihre Magengrube zu treffen, aber der harte Hieb in die Rippen reichte aus, ihr die Luft aus den Lungen zu treiben.

Die beiden Kämpfer stürzten ineinander verkeilt zu Boden. Winston versuchte, ein Knie in den Unterleib des Attentäters zu stoßen, während er mit den Fäusten auf ihren Kopf und ihre Schultern einschlug. Ein Hieb mit der hohlen Hand traf ihr Ohr, und die Schmerzen schossen wie ein Dolchstoß durch ihren Schädel. Ihr Griff lockerte sich und erlaubte dem Mann, sie abzuschütteln. Er konnte sich auf ein Knie aufrichten, bevor sie zu ihm herumwirbelte. Winston spannte die Muskeln und warf sich wie eine mächtige, schwarze Raubkatze auf ihn. Penrose faßte sie im Sprung und rollte über das Deck, ihren Körper fest umklammert.

Sie konnte den Schweißgeruch von Wut, Anstrengung und Angst riechen, der von ihrem Gegner ausging, konnte seinen Atem röcheln hören. Die beiden Kontrahenten schlugen gegen die halboffene Luke, rollten hinaus in den Gang. Dumpf hörte Winston Beresick den Raumgardisten zurufen, erst zu feuern, wenn sie ein klares Schußfeld hatten.

Ein kurzer Rückhandschlag traf sie im Gesicht. Sie fühlte einen Zahn brechen. Der metallische Geschmack von Blut füllte ihren Mund. Sie packte Penroses Hemd mit beiden Händen, riß ihn vor und nach unten, während sie zugleich den Kopf hoch und nach vorne stieß. Ihr Schädel traf ihn an Nase und Kinn. Penrose wankte zurück und gab Winston genug Raum, mit dem rechten Fuß auszutreten.

Der Tritt war sauber plaziert. Hätte er sein Ziel wie geplant getroffen, hätte Penrose sich Sekunden später nach Atem ringend und mit gebrochenen Rippen vor Schmerzen auf dem Schiffsdeck gewunden. Aber Erschöpfung und Schmerz behinderten den Angriff. Statt dem Tritt auszuweichen oder ihn abzublocken, packte Penrose ihr Fußgelenk, zog sie aus der Balance und schleuderte sie zu Boden.

Einen Fluch auf den blutenden, geschwollenen Lippen, riß der Attentäter die zweite Pistole aus dem Gürtel, die er auf wundersame Weise während des Kampfes nicht verloren hatte.

So sterbe ich also, dachte Winston, als die Mündung sich auf ihr rechtes Auge richtete.

Statt eines harten, explosiven Knalls hörte sie ein hohes, dünnes Zischen, gefolgt von einem dumpfen Schlag. Penrose erstarrte. Die Waffe fiel aus seiner plötzlich kraftlosen Hand. Rein instinktiv griff Winston nach der Pistole, richtete sie auf seinen Leib und zog den Abzug durch.

Eine blutrote Rose blühte auf seinem Körper auf. Mit einem seltsam gurgelnden Geräusch brach er über ihren Beinen zusammen und preßte sie mit seinem Gewicht auf das Deck. Mit aus Wut und Widerwillen geborener Kraft hievte sie den Leichnam beiseite. Als die leblose Gestalt in Seitenlage blieb, bemerkte Winston einen kleinen, vierzackigen Stern zwischen Penroses Schulterblättern, der aus schwarzem Stahl gefertigt schien. Die drei sichtbaren Zacken glänzten ölig.

Plötzlich explodierte der Korridor in einem chaotischen Mahlstrom von Lärm und Aktivität. Die Raumgardisten sprangen vor und rollten den bereits steif werdenden Leichnam des Attentäters auf den Bauch. Sie zogen Penroses Arme nach vorne und legten zwei dicke Nylonfesseln um seine Handgelenke. Die schweren Plastikfesseln hatten kein Schloß, sondern wurden mit einem schweren Widerhakenmechanismus verschlossen. Um sie zu lösen, würde man sie später aufschneiden müssen. Nachdem der Gefangene auf diese Weise sichergestellt war, trat ein Raumgardist zurück, die Waffe auf den am Boden liegenden Mann gerichtet, während sein Partner mit den Händen über Penroses Arme und Beine fuhr und nach versteckten Waffen suchte.

Doktor Donati, der eingetroffen sein mußte, während Winston bei Lucas Penrose gewesen war, stürzte herbei, um ihre Verletzungen zu untersuchen und drückte sie sanft zurück auf den Boden. Eine schnelle, aber gründliche Untersuchung förderte nur leichte Verletzungen zu Tage. »Ich will Sie trotzdem runter in die Krankenstation schaffen, damit wir Sie gründlich in Augenschein nehmen können. Sie haben ein paar böse Treffer eingesteckt.«

»Ich bin in Ordnung«, protestierte Winston und schlug die hilfreich angebotene Hand des Arztes aus, während sie mit steifen Gliedern auf die Füße kam. Als sie endlich stand, wankte sie leicht und fühlte, wie das Blut ihr Gesicht verließ. »Andererseits …«

Die künstliche Schwerkraft des Gravdecks gewann die Oberhand, und plötzlich saß Winston wieder auf dem Deck, ohne irgend etwas dafür getan zu haben.

»Das reicht. Sie gehören auf die Krankenstation.« Donatis Tonfall machte deutlich, daß er keine weiteren Einwände akzeptieren würde.

Bevor Winston es dennoch versuchen konnte, hatte er zwei Pfleger zu sich gerufen. Vorsichtig, und sich durchaus bewußt, daß sie es nicht nur mit der Kommandeurin der Einsatzgruppe, sondern auch mit einer verletzten Frau zu tun hatten, hoben sie Winston in eine Null-g-Bahre.

»Beresick.«

»Ja, General.« Beresick beugte sich über die Bahre. »Ich bin hier.«

»Ich weiß, daß Sie hier sind, verdammt. Ich bin zusammengeschlagen worden. Ich liege nicht im Sterben.« Winstons Knurren war die Reaktion darauf, die Anweisungen des Arztes befolgen zu müssen. »Wer hat den Shuriken geworfen?«

»Welchen Shuriken?«

»Den in seinem Rücken. Sind Sie blind?« Winstons Stimme erstarb, als ein Pfleger Penroses Leichnam herumdrehte. Der schwarze Metallstern war verschwunden.

9

Schlachtkreuzer SBS *Unsichtbare Wahrheit*,
Einsatzgruppe Schlange
Tiefraum, 150 Lichtjahre vor Diana

23. Januar 3060

Es dauerte mehrere Stunden, bis Ariana Winston Gelegenheit hatte, Doktor Donati zu sehen. Der Bordarzt der *Unsichtbare Wahrheit* hatte einen seiner Untergebenen angewiesen, sich um ihre relativ leichten Verletzungen zu kümmern, während er den verwundeten Major Ryan behandelte. Der MedTech war durchaus geschickt, aber während der gesamten Behandlung redete er unablässig auf sie ein, eine Angewohnheit, die dadurch noch ärgerlicher wurde, daß er dieses einseitige Gespräch führte, während er sich um Arianas schlimmste Verletzung kümmerte, eine aufgerissene Oberlippe. Während er die Wunde vorsichtig vernähte, plauderte er erst höflich über die Verletzung und die Methode, wie er sie behandeln wollte, dann über die verschiedensten anderen Themen, deren Bedeutung nicht darüber hinausging, was er am Abend zuvor gegessen hatte. Bis er ihre letzte Wunde ausgewaschen, desinfiziert und verbunden hatte, war Winston kurz davor, ihn zu erwürgen.

Der bewußtlose Ryan und sie waren auf Null-g-Bahren ins Krankenrevier der *Unsichtbare Wahrheit* gebracht worden, während die Leiche des Mannes, der sich Lucas Penrose genannt hatte, in der Leichenkammer des Schiffes gelandet war. So ziemlich die einzige nützliche Information, die der redefreudige MedTech von sich gab, war die, daß Doktor Donati eine Autopsie plante, sobald er mit Ryan fertig war. Winston lächelte bei dem Gedanken an Ryans Reaktion, sollte er herausfinden, daß derselbe Arzt, der ihn zusammengeflickt hatte, eine Autopsie an dem Mann durchführen würde, der ihn angeschossen hatte. Wahrscheinlich würden die Gefühle des Majors irgendwo zwischen Abscheu und Befriedigung schwanken. Ihr Lächeln drohte sich zu einem breiten Grinsen auszudehnen, aber die Fäden, mit denen die zerfransten Ränder ihrer Lippe zusammengehalten wurden, erinnerten sie schmerzhaft daran, daß es sich dabei in ihrer Lage um keine wünschenswerte Geste handelte.

Als Donati schließlich auf der Szene erschien, wirkte sein Gesicht verhärmt. Dunkle Augenringe kündeten von der Erschöpfung, gegen die er ankämpfte. Alain Beresick folgte dem Doktor, und sein Gesichtsausdruck spiegelte den Streß auf Donatis Miene wider.

»Ich werde allmählich zu alt für diese kleinen Exkursionen«, erklärte der Arzt und sank in einen Stuhl neben Winstons Bett. Plötzlich verließ die Müdigkeit sein Gesicht und er wurde wieder zum Mediziner. Er nahm Winstons Kinn in die Rechte und drehte ihren Kopf sanft von einer Seite auf die andere, um die Arbeit seines Pflegers zu prüfen. »Nicht schlecht. In zwei Wochen holen wir die Fäden wieder raus, und Sie sind so gut wie neu. Wahrscheinlich bleibt nicht einmal eine Narbe.«

»Und wenn, macht es auch nichts«, zuckte Winston die Achseln. »Ich war noch nie eine große Schönheit.«

»Hrmf«, erwiderte Donati. Er mochte es sichtlich nicht, wenn seine Patienten etwas Negatives über sich äußerten. Sie fragte sich, ob er glaubte, das könne den Heilungsprozeß verzögern. Aber als er weiter nichts sagte, verzichtete sie darauf, nachzufragen.

»Tut das weh?«

»Au! Ja, allerdings!« schrie Winston auf, als Donati ihre geprellten Rippen abtastete. »Warum müßt ihr Ärzte immer fragen, ob etwas weh tut, wenn ihr ganz genau wißt, daß es so ist?«

Der Doktor ignorierte ihre wütende Frage. »Klingeln in den Ohren, Sehstörungen, Schwindelgefühle?«

»Nein, nein und nein. Nur mein rechtes Ohr schmerzt etwas, dort, wo Penrose mich getroffen hat«, schnappte Winston. »Hören Sie, das habe ich alles schon mit dem MedTech durchgekaut.«

»Ich weiß, ich will es nur noch einmal von Ihnen selbst hören.« Er tastete vorsichtig ihren Hinterkopf und Nacken ab. »Irgendwelche Versteifungen oder Schmerzen hier? Nein? Vielleicht ein taubes Gefühl?« Sie schüttelte den Kopf.

»Okay, General, Sie dürften es überleben. Sie haben ein paar hübsche Prellungen, einen abgebrochenen Zahn, eine böse Wunde an der Oberlippe und eine leichte Gehirnerschütterung. Nichts, was nicht verheilen würde oder was wir nicht in Ordnung bringen könnten.«

»Wie geht es Ryan?«

»Er kommt auch in Ordnung.« Donati lehnte sich zurück und schlug die Beine übereinander. »Er hat eine schwere Prellung am rechten Brustkorb und ein paar gebrochene Rippen. Ein Glück, daß diese DESTler unter leichtem Verfolgungswahn neigen. Die schußsichere Weste hat ihm wahrscheinlich das Leben gerettet. Möglicherweise hat er zusätzlich noch eine Gehirnerschütterung. Er ist wach und beschwert sich, wie nicht anders zu erwarten war. Wir haben ihm erzählt, was Sie getan haben, und jetzt überlegt er sich wohl noch, ob er sie anbrüllen sollte, wie Sie so dumm sein konnten, oder Ihnen einen Posten in seinem Team anbietet.« Donati lachte, als er sich losschnallte und aufstand. »Ich soll Ihnen von ihm sagen, und ich zitiere: ›Sie sind ein furchtbares Risiko eingegangen. Wenn Penrose tatsächlich einen Detonator gehabt hätte, möglicherweise an einen Herzschlagmonitor gekoppelt, hätten Sie uns alle ins Jenseits befördern können. Und Sie können mir glauben, wenn das geschehen wäre, hätte ich nie wieder ein Wort mit Ihnen geredet.‹«

»Aus der Tatsache, daß hier alle fröhlich und entspannt grinsen, entnehme ich allerdings, daß es keine Sprengladung gab?«

»Jedenfalls haben wir keine gefunden.« Beresick schüttelte den Kopf. »Seit zwei Stunden durchsuchen die Munitionshelfer und einige von Ryans Sprengstoffexperten die Munitionslager für die vorderen Schiffs-Autokanonen nach Bomben. Bis jetzt haben sie sich dabei nur verflucht dreckig gemacht.«

»Nicht ganz. Zwei von ihnen haben sich auch einen Hautausschlag geholt«, korrigierte Donati grinsend.

»Was? Wie?«

»Anscheinend ist ein Team soweit gegangen, auch die Zuleitungen von den Magazindepots zu den Geschützen zu untersuchen.« Beresick schüttelte amüsiert den Kopf. »Die Leitungen haben einen Durchmesser von nicht einmal einem Meter, deshalb mußten sie auf Knien und Ellbogen hindurchkriechen. Und die Schienen sind mit dem Staub der Treibsätze bedeckt. Der ist zum Teil leicht giftig. Die nächsten Tage werden wir zwei äußerst gereizte Kommandosoldaten ertragen müssen.«

»Treffen sie denn sonst keine Vorkehrungen gegen so etwas?« fragte Winston mit leicht ungläubiger Stimme.

»Sicher. Aber wie ich schon sagte, die Leitungen messen nicht einmal einen Meter im Durchmesser. In einem Schutzanzug wäre es reichlich schwierig geworden, sich in dieser Enge zu bewegen.« Beresick zuckte die Achseln.

»Ich nehme an, sie haben nichts gefunden?«

»Nichts. Keine Bombe, kein gar nichts.« Beresick war offensichtlich erleichtert über das Ergebnis der Suche. »Ich lasse sie auch alle übrigen Magazine, die Brennstoffbunker, die Reaktoren und alles andere überprüfen, was Penrose sabotiert haben könnte. Aber ich bezweifle, daß sie etwas finden werden. Wahrscheinlich war der Kerl verzweifelt und hat nur versucht, sich Zeit zu erkaufen und sich frei zu bluffen.«

»Wozu? Er wußte, daß wir ihn haben und daß wir ihm ganz sicher kein Sprungschiff geben und ihn seines Weges ziehen lassen würden, mit einer Generalin als Geisel.«

»Genau das macht mir Sorgen. Wenn er wirklich Zeit schinden wollte, dann stellt sich die Frage: für wen?« Beresick breitete verwirrt die Hände aus. »Ich nehme an, er könnte gewußt haben, daß wir ihn nicht entkommen lassen würden und einen letzten Rettungsversuch unternommen haben, aber das ist ein wenig zu perfekt. Was mir Sorgen macht: Was, wenn er einen Komplizen hatte? Was, wenn Julia Davis seine Mittäterin war? Oder jemand anders, den wir noch nicht gefunden haben? Wir könnten immer noch in bösen Schwierigkeiten stecken.«

»Ich weiß nicht«, meinte Winston. »Ich habe nicht das Gefühl. Mein Instinkt sagt mir, daß Penrose unser Mann war, und zwar als Einzeltäter.«

»Tja, General, ich kann nur hoffen, Sie haben recht.«

»Noch eine Frage, Kommodore. Die Suche nach Bomben an Bord wird uns nicht aufhalten, oder? Wir sind durch diese Angelegenheit ohnehin schon hinter dem Zeitplan.«

»Nein, General, dazu dürfte es nicht kommen«, beruhigte Beresick sie. »Wie Sie wissen, sind wir beim letzten Sprung in den Leerraum gelangt, nicht in ein Sonnensystem. Weder Agent Trents Aufzeichnungen noch die Karten des Explorercorps führen in diesem Gebiet ein geeignetes System auf. Es muß eines geben. Aber wir haben seine Koordinaten nicht. Wir laden die Triebwerke über die Fusionsreaktoren auf. Das dauert auch nicht länger als mit den Segeln. Wir sind in etwa einer Woche sprungbereit.«

Mehrere Minuten saßen die Offiziere schweigend beieinander und dachten über die Bedeutung der Ereignisse der letzten Tage nach.

»Ich will die Leiche sehen.« Winston zuckte selbst

zusammen, als sie die Worte aussprach. Sie hatte keine Ahnung, woher dieser plötzliche Wunsch kam, die Leiche des Attentäters zu sehen, aber die reichlich morbide Idee ließ selbst sie angewidert erschauern.

»Nichts da, General. Keine Chance.« Donati schüttelte den Kopf. Er beugte sich über die Gitter, die an Krankenbetten scheinbar Pflicht waren. Jedenfalls hatte Winston noch nie eines ohne sie gesehen. »Ryan hat genau dasselbe verlangt, und ich werde Ihnen exakt dasselbe antworten wie ihm: ›Frühestens, nachdem Sie wenigstens acht Stunden geschlafen haben.‹ Sie sind vielleicht nicht ganz so mitgenommen, aber das heißt nicht, daß Ihr Körper keine Ruhe und Erholung braucht. Wir sprechen morgen noch einmal darüber.«

Alain Beresick legte beruhigend die Hand auf Winstons Schulter. »Zwei der DESTler durchsuchen Penroses Unterkunft. Ich werde ein paar meiner Leute daransetzen, seinen Hintergrund zu durchleuchten, seine Kabinennachbarn und Arbeitskollegen zu verhören und so weiter. Irgendwo muß es einen Hinweis darauf geben, warum er Morgan getötet hat.«

»Wir wissen nicht sicher, daß er der Attentäter war«, erinnerte Winston ihn.

»Also wirklich, General«, gab der Kommodore zurück. »Warum sonst hätte er tun sollen, was er nun einmal nachweislich getan hat? Man ermordet nicht zwei Raumgardisten, entführt eine hohe Offizierin und versucht ein Sprungschiff zu stehlen, weil man gerade nichts Besseres vorhat. Wer hätte es sonst sein sollen?«

»Ich weiß es nicht.« Winston schüttelte den Kopf. »Wenn ich mein Geld darauf setzen müßte, würde ich sagen, es *war* Penrose, aber was ich sage, muß für die hohen Herren in der Heimat nicht viel bedeuten. Die werden stichhaltigere Beweise als meine Meinung verlangen. Deshalb müssen wir weitersuchen.«

»Nein, deshalb müssen *die* weitersuchen«, erklärte

Donati lächelnd. »Sie müssen gar nichts, außer sich zurücklegen und schlafen.«

»Zum Teufel.« Winston ließ zu, daß er sie sanft in die Kissen drückte. »Ich muß etwas wegen dieser verdammten Ärzte unternehmen. Sie geben dauernd Anweisungen, selbst wenn ihre Patienten Vorgesetzte sind.«

»Hier unten bin ich der Vorgesetzte. Selbst der Ihre.« Donati schenkte Winston sein bestes Patientenlächeln. »Acht Stunden, dann sehen wir weiter.«

»Ja, Sir.« Winston salutierte sarkastisch, dann lehnte sie sich zurück in die Kissen und schloß die Augen. Plötzlich setzte sie sich kerzengerade auf. »Doktor! Was ist mit dem Shuriken? Haben Sie herausgefunden, wer ihn warf?«

Die Offiziere tauschten fragende Blicke aus. Donati zuckte die Schultern. »Was für ein Shuriken?«

»Als ich Penrose von mir hinuntergewälzt habe, steckte ein Shuriken in seinem Rücken, ein schwarzer Metallstern.« Winston konnte nicht fassen, daß ihr Gegenüber nicht zu wissen schien, wovon sie sprach. »Erzählen Sie mir nicht, daß keiner von Ihnen den gesehen hat.«

Donati zuckte wieder die Schultern und sah verwirrt zu Beresick hinüber.

»General, niemand hat einen Shuriken gesehen.« Beresicks Stimme klang väterlich, beruhigend. »Sie haben ein paar harte Schläge gegen den Kopf bekommen. Sind Sie sicher, daß Sie sich das nicht nur eingebildet haben?«

»Verdammt, Alain!« bellte sie ihn an. »Haben Sie in der ganzen Zeit, die wir uns kennen, je erlebt, daß ich mir irgend etwas eingebildet hätte?«

»Nein«, antwortete der Schiffskapitän. »Aber ein Schlag auf den Kopf und eine Gehirnerschütterung können die Wahrnehmung beeinflussen, oder, Doktor?«

»Nun ... Ja«, bestätigte Donati zögernd.

»Sie haben Penrose untersucht.« Winston richtete ihre Aufmerksamkeit wieder auf den Arzt. »Wollen Sie mir erzählen, Sie hätten keine Verletzung an seinem Rücken gefunden?«

»Nein, ich sage nichts dergleichen. Ich hatte überhaupt noch keine Zeit, mir den Leichnam anzusehen, abgesehen von einer flüchtigen Untersuchung, um sicherzustellen, daß er tot war. Alles, was ich dabei bemerkt habe, war eine große Schußwunde in seiner Brust und mehrere noch nicht voll ausgebildete Prellungen im Gesicht. Ich gehe davon aus, daß es sich dabei in allen Fällen um Ihre Arbeit handelte. Aber ich bin sicher, daß ich keine schwarzen Metallsterne aus seinem Rücken ragen sah.« Er unterbrach sich und hielt die Hände mit nach außen gedrehter Innenseite vor sich, wie um den giftigen Strom von Verwünschungen abzuwehren, der sich auf Winstons Lippen sammelte. »Ich sage nicht, daß es keinen Shuriken *gab*. Ich sage nur, ich habe ihn nicht gesehen. Vergessen Sie nicht, daß ich mit Major Ryan beschäftigt war, während Sie und Penrose ihr Tänzchen aufgeführt haben. Danach habe ich Sie untersucht. Die Raumgardisten waren als erste bei Penroses Leichnam. Vielleicht hat einer von denen ihn entfernt.«

»Ich habe auch nichts gesehen.« Beresicks Stimme war nachdenklicher geworden. »Geben Sie mir eine Minute. Ich werde nachfragen.«

Während er in Richtung des am Rezeptionsschreibtisch montierten Interkoms davonging, beugte Donati sich dichter zu Winston hin. »General, sind Sie sich ganz sicher, was Sie gesehen haben?«

»Natürlich bin ich mir sicher.«

»Warum erzählen Sie mir dann nicht genau, was geschehen ist. Fangen Sie an, kurz bevor Sie Penrose erschossen.«

»Okay. Es ist alles ein wenig verschwommen, aber ich will es versuchen.« Winston atmete tief und seufzend durch. Sie versuchte, ihre Gedanken zu sammeln. »Als ich sah, daß Penrose keinen Zünder in der Hand hielt, sprang ich ihn an. Wir haben in der Kabine eine Weile miteinander gerungen, und er ließ eine der Waffen fallen. Wir stürzten durch die Luke auf den Korridor. Ich erinnere mich, daß ich ihm einen Kopfstoß verpaßte. Ich wollte ihm einen Tritt versetzen, aber er blockte ab. Ich fiel um. Er griff nach der anderen Pistole ... Moment. Das ist es! Er griff nach der Pistole, ließ sie aber fallen. In dem Augenblick fiel es mir nicht auf, aber plötzlich versteifte er sich. Sie wissen schon, wie wenn man verletzt wird und sich gegen den Schmerz aufbäumt? So war es.« Winstons Worte verrieten ihre Erregung, als die Erinnerung wie eine Flutwelle über sie hereinbrach. »Er ließ die Waffe fallen und stand nur da, völlig erstarrt. Es drang nicht sofort zu mir durch, weil ich mich auf die Pistole warf. Im nächsten Augenblick lag er auf mir. Tot. Ich stieß ihn von mir runter. Dabei habe ich den Shuriken gesehen. Dann sind Sie alle angerannt gekommen und haben mich in die Bahre gestopft.«

»Haben Sie gesehen, was mit Penrose geschehen ist?«

»Ja. Er lag auf der Seite, Gesicht zu mir. Zwei ComGuard-Raumgardisten kamen angerannt, drehten ihn auf den Bauch und fesselten ihn. Sie klopften ihn kurz nach weiteren Waffen ab, oder einem Zünder oder irgendwas, nehme ich an. Dann ließen sie ihn von zwei Krankenpflegern wegschaffen. Wissen Sie was, Doc?« Winston fixierte Donati. In ihrer Stimme lag eine Art aus Erschöpfung geborener Übelkeit. »Ich werde seine Augen, nachdem ich ihn erschossen hatte, wohl nie vergessen. Leuchtend blau, aber völlig kalt, starr und tot. Wenn man in einem BattleMech kämpft, kann man so viele Gegner ausschalten wie man will, ohne daß jemand ›stirbt‹. Verstehen Sie, was ich meine? Man zerstört nur diese großen, gewaltigen Maschinen, und es ist, als säße niemand darin. Ich weiß, daß ich schon

Menschen getötet habe, aber das war auf dem Schlachtfeld. Ich habe ihre Mechs explodieren oder ihre Jäger abstürzen sehen. Ich habe sogar schon Infanteristen fallen sehen. Aber das ist wahrscheinlich das erste Mal gewesen, daß ich wirklich jemanden von meiner Hand *sterben* gesehen habe.« Winston zitterte vor Entsetzen. »Es war fast, als könnte ich *sehen*, wie das Leben ihn verließ. Ich konnte es beinahe in seinen Augen sehen. Es war wie ein Licht, das erlosch, einfach langsam schwächer wurde, bis es ganz verschwunden war.« Es schauderte sie.

»General ... Ariana.« Donatis Stimme war sanft und mitfühlend, und er sprach erkennbar als Arzt zu seiner Patientin, nicht als Untergebener zu seiner Vorgesetzten. »Ich weiß nicht, was Sie in Penroses Augen gesehen haben. Das ist etwas, was wir Ärzte nicht gerne zugeben. Wir verstehen nicht genau, was mit einem Menschen geschieht, wenn er stirbt. Ein Kaplan würde Ihnen vermutlich erklären, daß Sie seine Seele den Körper verlassen sahen. Ich weiß es nicht. Aber ich kann Ihnen sagen, mit Hinblick auf die Lage der Wunde und den wahrscheinlichen Weg, den die Kugel genommen hat, daß Penrose wohl schon tot war, als er auf das Deck aufschlug.«

»Und das soll mir helfen?«

Donati seufzte und schüttelte leicht den Kopf.

»General?« Beresick kehrte an das Bett zurück. »Ich habe gerade mit den Raumgardisten gesprochen, die sich um Penroses Leiche gekümmert haben. Keiner von ihnen erinnert sich an irgend etwas wie einen Shuriken. Einer, ein Private Fitchell, will etwas Blut auf dem Hemdrücken des Mannes gesehen haben, knapp unterhalb des Kragens. Er sagt, er habe angenommen, es wäre dorthin gelangt, als Sie ihn von Ihren Beinen gewälzt haben.«

»Haben Sie sich bei meinen Pflegern erkundigt?« fragte Donati.

»Hn-hnh. Keiner der Männer, die Penrose in die Leichenkammer brachten, erinnert sich an etwas, das wie ein Shuriken aussah, und keiner hat irgendwelches Blut an seinem Rücken erwähnt.«

»Wissen Sie, was das bedeutet, meine Herren?« In Winstons Stimme lag frische Besorgnis. »Diese Verschwörung könnte weiter reichen, als wir befürchtet haben.«

10

Schlachtkreuzer SBS *Unsichtbare Wahrheit*,
Einsatzgruppe Schlange
Tiefraum, 150 Lichtjahre vor Diana

24. Januar 3060

Ariana Winston gab es nur ungern zu, aber Doktor Donati hatte recht gehabt. Die acht Stunden Schlaf, zu denen der Bordarzt der *Unsichtbare Wahrheit* sie gezwungen hatte, hatten Wunder gewirkt. Die Schnitt-, Schürf- und Prellwunden schmerzten zwar noch immer genug, um sie ständig an deren Anwesenheit zu erinnern, aber die Schmerzen hatten zumindest so weit nachgelassen, daß sie weiterarbeiten konnte, ohne bei jeder Bewegung das Gesicht zu verziehen. Nur die Lippenverletzung behinderte sie noch. Sie sprach mit einer Art Lispeln und mußte darauf achten, den Mund nicht weiter zu öffnen als unbedingt nötig, weil die Fäden ansonsten spannten und Schmerzpfeile über ihr ganzes Gesicht jagten. Winston fand es nötig, sich von Edwin Amis und Charles Antonescu ganz fernzuhalten. Die gewohnten Scherze und Sticheleien zwischen den beiden dienstältesten Regimentsführern der Leichten Eridani-Reiterei brachten sie regelmäßig zum Grinsen, aber jetzt konnte das in einem schmerzhaften Aufschrei enden.

Sobald sie Doktor Donatis Erlaubnis bekommen hatte, die Krankenstation zu verlassen, stattete Winston Major Ryan einen Besuch ab.

»Hallo, Major. Soweit ich gehört habe, spielen Sie mit dem Gedanken, mir einen Job anzubieten.«

Bei Winstons Erscheinen setzte Ryan sich vorsichtig auf. Er hatte seine Farbe weitgehend wieder, konnte sich aber noch immer nur langsam bewegen.

»Ich habe daran gedacht, aber dann bin ich zur Vernunft gekommen.« Ryan lächelte, doch der Ausdruck verblaßte schnell. »Um Gottes Willen, General, was haben Sie sich dabei gedacht? Bei allem gebotenen Respekt, Sie haben sämtliche Regeln gebrochen. Sie haben den Forderungen eines Terroristen nachgegeben. Sie haben Ihr Leben in Gefahr gebracht, indem Sie zu ihm in einen geschlossenen Raum gegangen sind. Sie haben das Leben aller gefährdet, indem Sie ihn angegriffen haben. Was, wenn er einen Zünder gehabt hätte, den Sie nicht sehen konnten? Was, wenn er ihn mit einem Pulsmesser oder etwas Ähnlichem verbunden gehabt hätte? Sie brauchten nur dazusitzen, ihn isoliert zu halten und auf die Ankunft der Profis zu warten, und was haben Sie statt dessen getan? Sie sind losmarschiert und haben den *Unsterblichen Krieger* gespielt. Wenn einer von meinen Leuten jemals einen derartig hirnrissigen, reißerischen Auftritt hinlegen sollte, könnte er froh sein, nicht erschossen zu werden.«

Winston, die insgeheim stolz darauf gewesen war, wie sie die Lage gemeistert hatte, brachte Ryans beißende Zurechtweisung sichtlich in Rage.

»Ich hatte nicht den Eindruck, daß Zeit blieb, auf Ihre ›Profis‹ zu warten«, schoß sie zurück, um etwas von ihrer Würde zurückzugewinnen. »Penrose drohte, das Schiff zu sprengen. Ich konnte das Risiko nicht eingehen, daß er Ernst machte. Außerdem hat sich das ja wohl alles als leeres Gerede herausgestellt, nicht wahr?«

»Ja, hat es«, gab Ryan zu. »Diesmal.«

»Nun, wir wollen hoffen, daß es ein nächstes Mal nicht geben wird.«

»Hai, General.«

Mehrere Sekunden herrschte Schweigen zwischen ihnen.

»Also. Donati sagt, Ihr Zustand bessert sich.«

»Doktor Donati ist ein Quacksalber«, raunzte Ryan. »Er sagt, ich hätte drei gebrochene Rippen und eine leichte Gehirnerschütterung. Er behauptet, damit müßte ich hier noch drei, vier Tage liegenbleiben. Ich habe versucht, ihm klarzumachen, daß ich schon öfter gebrochene Rippen hatte, aber mit dem Mann ist nicht zu reden. Ich kann nicht einfach hier rumliegen und die Arbeit euch Amateuren überlassen.« Den letzten Satz sagte er mit trockenem Humor.

»Ach? Amateure, ja? Vielleicht sollte ich Doktor Donati anweisen, Sie noch ein paar Tage länger hierzubehalten. Vielleicht laß ich ihn noch ein Klistier drauflegen, auf meine Rechnung.« Winston stemmte die Fäuste in die Hüften und versuchte verzweifelt, ein Lächeln zu unterdrücken. »Wie geht es Ihnen wirklich?«

»Nicht zu schlecht.« Ryan wurde etwas ernster. »Es fühlt sich an, als hätte mir jemand einen Hammer in die Seite geschlagen, und ich wage nicht zu lachen. Ansonsten ganz gut.«

»In Ordnung, Major. Sie bleiben da liegen und hören auf den Arzt. Ich will keine Widerworte hören, verstanden? Hier unten hat er das Sagen, selbst über mich.«

»Hai, wakarimasu«, antwortete Ryan und stimmte Winstons Einschätzung der Rangordnung innerhalb der Krankenstation zu. »Aber Doktor Donati gibt mir keinerlei Informationen. Und er hat auch meinen Männern verboten, mir etwas zu sagen. Wie läuft die Untersuchung?«

»Beresick hat die Nachforschungen übernommen. Ihre Leute setzen die Arbeit fort. Leider haben sie bis jetzt noch nichts gefunden. Er hat Ihre Spezialisten auf der Suche nach Sabotagespuren durch die Munitionslager gescheucht. Dabei haben Sie glücklicherweise nichts gefunden. Sieht aus, als hätte Penrose wirklich nur geblufft.«

»Was ist mit Penrose?«

»Nichts. Bis jetzt ist der Kerl ein unbeschriebenes Blatt.«

»Suchen Sie weiter.«

»Darauf können Sie sich verlassen.«

Als Winston sich umdrehte, um zu gehen, öffnete sich zischend die Luke hinter ihr.

»General, ich fürchte, ich muß mich bei Ihnen entschuldigen«, stellte Donati ohne Vorrede fest, als er ins Zimmer trat.

»Wie das?« Winston bemerkte Alain Beresick, der unmittelbar hinter dem Arzt die Krankenstation betrat. Offenbar hatte Donati neue Informationen zu den Nachforschungen, wahrscheinlich den Autopsiebericht über Lucas Penrose. Sie hob die Hand, um seine Erklärungen aufzuhalten und sah sich mißtrauisch im ganzen Raum um, bevor sie Donati einen bedeutsamen Blick zuwarf.

»Keine Sorge, General«, reagierte Beresick auf ihre mißtrauische Musterung der Kabine. »Kurz nach ihrem Büro habe ich einen von Ryans Leuten Doktor Donatis Büro und die Krankenstation überprüfen lassen, und meines auch gleich. Hier gibt es keine Wanzen.«

Winston nickte zufrieden. »In Ordnung, Doktor. Was wollten Sie sagen?«

»Ja, ich schulde Ihnen wohl eine Entschuldigung.« Donati reichte ihr einen Formularausdruck. Als Winston das Papier überflog, erkannte sie einen vorläufigen Autopsiebefund. Ihre einzige Berührung mit Autopsien hatte sie bis jetzt beim Betrachten der Krimi-Holovids gehabt, die sie heimlich verschlang. Aus diesen Filmen wußte sie, daß ein Arzt den Bericht während der Autopsie in ein Gerät diktierte, das ihn mit Hilfe von Spracherkennungsprogrammen elektronisch speicherte. Das Blatt in ihrer Hand war der Ausdruck einer derartigen Datei.

»Ich habe die Autopsie an Penrose letzte Nacht abgeschlossen.« Donati schaltete seinen Compblock ein und las die Daten auf dem Schirm nach. »Der Mann, den wir als Lucas Penrose kannten, war ein männlicher Kaukasier, einhundertfünfundsiebzig Zentimeter groß,

Gewicht einundachtzig Kilogramm. Blonde Haare, blaue Augen. Eine erste Untersuchung zeigte, daß Penrose an einer einzelnen Schußverletzung im Torso starb. Die Kugel trat in spitzem Winkel knapp unterhalb des Brustbeins in den Körper ein. Es waren keine Pulverspuren oder Flecken an Eintrittsöffnung oder Kleidung festzustellen, was auf einen aus einer Entfernung von über fünfzig Zentimetern abgegebenen Schuß schließen läßt. Das Geschoß durchquerte den Brustkorb und zerfetzte auf diesem Weg Herz und Aorta. Es zerschmetterte den dritten Brustwirbel, wurde dabei abgelenkt und kam unmittelbar unter der Haut der rechten Schulter zur Ruhe, in sieben Zentimetern Abstand von der Wirbelsäule. Das Projektil war durch den Aufprall auf die Wirbelsäule stark deformiert, aber ansonsten weitgehend intakt. Die Verletzung war auf jeden Fall tödlich, meiner Einschätzung nach wahrscheinlich sofort.«

»Alles gut und schön, Doktor«, meinte Winston. »Aber was läßt sie annehmen, sich bei mir entschuldigen zu müssen?«

»Versuchen Sie es damit. Die erste äußere Untersuchung des Körpers ergab eine einzelne kleine Verletzung im oberen linken Rückenquadranten des Subjekts, in etwa drei Zentimeter Entfernung links des Rückgrats. Korrespondierende Schnitte fanden sich in Uniformhemd und -jacke des Subjekts. Zunächst hielt ich es für mögliche Austrittswunden, verursacht durch Knochensplitter des zerschmetterten Wirbels. Eine nähere Untersuchung wies die Verletzung jedoch als Eintrittswunde aus, die in eine Tiefe von etwa zweieinhalb Zentimetern in den Rücken des Subjekts reicht. Die Wunde wurde verursacht durch eine einzelne, geschärfte, dreieckige Klinge, die am breitesten Punkt etwa fünf Millimeter dick war. Die Wunde zeigte kaum Spuren ausgetretenen Blutes, daher muß ich annehmen, daß der Tod eintrat, kurz nachdem sie entstand. Die Wunde selbst war in keinster Weise tief genug, um den Tod zu verursachen und hatte auch keinerlei Auswirkungen auf lebenswichtige Funktionen. Aber jetzt wird es interessant. Toxikologische Bluttests erbrachten keine Spuren körperfremder Substanzen im Kreislauf des Subjekts. Ähnliche Tests des Gewebes um die Rückenwunde erbrachten jedoch eine hohe Konzentration puren Giftes der eniffianischen Gremlinviper. Kurz gesagt, General, hat sich eine kurze, schwere Klinge in den Rücken des Mannes gebohrt und sein Rückgrat nur knapp verfehlt. Diese Klinge war mit einer hochkonzentrierten Form eines der stärksten natürlichen Nervengifte bestrichen, die der Menschheit bekannt sind. Ganz gleich, ob Sie ihn erschossen hätten oder nicht, Penrose wäre innerhalb von Sekunden tot gewesen.«

Winston starrte Donati nach subjektivem Empfinden mehrere Minuten lang an, während sie versuchte, die Neuigkeit zu verdauen, die er ihr gerade mitgeteilt hatte. »Sie wollen sagen, wahrscheinlich gab es den Shuriken.«

»Das habe ich nicht gesagt. Ich habe gesagt, die Wunde wurde durch eine kurze, relativ dicke Klinge verursacht, die mit einem sehr starken Gift bestrichen war.« Er zuckte die Schultern. »Wenn ich raten müßte, würde ich einen Shuriken für durchaus möglich halten.«

»Ich wußte es«, stellte Winston mit einer Mischung aus Zufriedenheit und Erleichterung fest. »Ich wußte, daß ein Stern in seinem Rücken steckte. Ich wußte, daß ich mir das alles nicht bloß eingebildet habe.« Dann wich die Zufriedenheit der Besorgnis.

»Moment mal. Wenn es einen Shuriken gab, wo ist er jetzt? Wer hat ihn geworfen, und warum? Hat man versucht, Penrose aufzuhalten oder ihn zum Schweigen zu bringen?«

»Gute Fragen, General«, stellte Donati fest. »Vielleicht können wir damit beginnen, wer Zugriff auf diese Art von Waffe gehabt haben könnte.«

»So ziemlich jeder«, antwortete Winston mit einem Kopfschütteln. »Jede Stadt mittlerer Größe besitzt wenigstens ein Dutzend Kampfsportstudios, und die meisten davon verkaufen Wurfsterne. Sie kosten etwa eine C-Note das Stück.«

»Wir sprechen hier nicht von billigem Schrott, General«, unterbrach Ryan. »Danach, was Doktor Donati uns erzählt hat, wurde Penrose von einem guten, schweren ›Profi‹-Modell getroffen. Waffen wie diese sind relativ teuer. Der durchschnittliche Soldat kauft sie sich nicht aus einer Laune heraus, selbst wenn er einen Laden findet, der sie anbietet.«

»Was uns zurück zur Anfangsfrage bringt: Wer in der Einsatzgruppe könnte Zugriff auf einen Stern dieser Art haben?«

»Spontan müßte ich sagen, die DEST-Teams«, stellte Beresick fest. »Wir wissen alle, daß Shuriken eine traditionelle japanische Waffe sind, und DEST setzen sie regelmäßig ein, besonders mit Nervengift bestrichen.«

»Das stimmt, die DESTler sind mit Shuriken ausgerüstet. Aber das gilt inzwischen für eine ganze Menge von Leuten.« Winstons amüsiertes Kichern verwandelte sich in ein schmerzhaftes Zischen, als ihre genähte Oberlippe sie daran erinnerte, warum sie sich das Lachen besser verkniff. »Ich besitze selbst ein paar von den verdammten Dingern. Sie wissen doch, wie Soldaten sind. ›Was für eine Ausrüstung hat der? Wie funktioniert sie? Wie unterscheidet sie sich von meiner?‹ Einige unter uns tauschen jetzt schon seit Monaten kleinere Ausrüstungsteile hin und her. Es ist derselbe Punkt, über den wir schon die ganze Zeit diskutieren. Theodore Kurita hat sich die Mühe gemacht, bei der Aufstellung dieser Einsatzgruppe zu helfen, hat uns einen kompletten DEST-Zug und eine brandneue Fregatte der *Kyushu*-Klasse mitgegeben. Ich hege ernste Zweifel, daß er in einen Versuch verwickelt sein könnte, einen Kommandeur aus dem Weg zu räumen, dem er so wichtige Ressourcen anvertraut hat. Nein, die Wahrheit liegt irgendwo anders.«

»Gab es Shuriken bei Penroses Privatsachen?« fragte Donati.

»Wir haben keine gefunden«, schüttelte Beresick den Kopf. »Ryans Leute haben seine Habe zur Untersuchung beschlagnahmt. Sie haben mir eine detaillierte Aufstellung gegeben. Das meiste von dem Zeug war die übliche Raumfahrerausstattung, Uniformen, Werkzeugsets, dergleichen. Es ist schon seltsam. Sie haben wenig Privatsachen gefunden. Das ist ein großes Schiff. Wir können jedem Crewmitglied ansehnlich Platz bieten, jedenfalls mehr, als er auf den meisten anderen Schiffen hätte. Die meisten Raummatrosen bringen einen kleinen Hort an persönlichen Effekten an Bord. Sachen wie Chipleser, persönliche Trideogeräte, sogar kleine Musikinstrumente. Penrose hatte nur ein paar Briefausdrucke einer ›Schwester‹, einen Musikchipspieler und ein paar Dutzend Musikchips, vor allem klassische und neoklassische Stücke. Es stand kein Shuriken auf der Liste, und auch keine Giftampullen oder Codebrecher.«

»Also stehen wir wieder am Anfang?«

»Nicht ganz, General.« Diesmal war Beresick an der Reihe, auf seinen Compblock zu sehen. »Wir haben uns einmal diskret über Mister Penroses Aktivitäten in den letzten Wochen informiert. Er war zum Zeitpunkt des vermuteten Einbruchs in die Flaggsuite des Marshals nicht im Dienst, und es gibt keine Informationen darüber, wo er sich aufgehalten hat. Das ist für sich genommen natürlich noch kein eindeutiger Beweis, aber gekoppelt mit dem Fehlen eines Hintergrunds für die Zeit vor dem ComStar-Beitritt und Penroses Aktionen kurz vor seinem Ableben ist es recht bedeutsam. Ein paar gründlichere Nachforschungen haben ergeben, daß Penrose wenige Stunden nach dem Mord gesehen wurde, wie er die Kombüse auf Deck Sechzehn betrat.

Das ist aus mehreren Gründen ungewöhnlich. Zum ersten ist der Zeitpunkt reichlich verdächtig. Zweitens war Penrose auf Dreizehn einquartiert, was wollte er also auf Sechzehn? Und drittens: Als SprungTech hatte er keinerlei Anlaß, die Kombüse zu betreten. Die Messe, ja, die Kombüse, nein.«

»Weiß irgend jemand, was er dort getan hat?« Winstons Verstand filterte geschäftig die Informationen, die Beresick ihr geliefert hatte.

»Wie vorauszusehen, nein«, stellte Beresick gepreßt fest. »Es passierte zwischen den Schichten, die Kombüse war leer. Vielleicht hatte er nur Hunger und wollte sich kurz etwas zu Essen machen, aber irgendwie glaube ich nicht daran.«

»Was hat er dann dort gemacht?«

»Das ist natürlich nur eine Vermutung, aber ich würde sagen, er hat Beweise vernichtet.« Beresick strich sich nachdenklich übers Kinn. »Die Abfälle an Bord eines Sprungschiffs werden in Spritzguß-›Mülltonnen‹ gesammelt. Die werden, wenn sie voll sind, durch eine Luke im Maschinenraum ausgestoßen und im Schweif der Schubtriebwerke desintegriert. Penrose kann den Besuch in der Kombüse mit der Abfallentsorgung abgestimmt haben, indem er die Dienstpläne einsah oder einfach jemanden vom Kombüsenpersonal gefragt hat.«

Ryan, der sich die Seite hielt, um die Schmerzen der Rippenbrüche zu lindern, schlug Beresick vor, einen der Tollwütigen Füchse daranzusetzen, die Abfalleinheiten auf Deck Sechzehn nach Penroses Fingerabdrücken abzusuchen.

»Ist schon geschehen«, meinte Beresick lächelnd. »Ihr Master Sergeant Raiko hat aber nicht allzuviel Hoffnung, irgend etwas von Wert zu finden. Er meinte, angesichts der Menge von Personen, die diese Einheit benutzen, kann er bestenfalls auf eine teilweise Übereinstimmung hoffen.«

Winston zuckte die Schultern. »Na ja, das muß eben reichen.«

»Da ist noch etwas. Ich würde es seltsam nennen, aber so wie sich die Dinge bei dieser Mission entwickeln, wird das Seltsame rapide zum Alltäglichen. An dem Tag, als wir nach dem Kampf mit den Geisterbären von Trafalgar abgesprungen sind, haben die Sensoren der *Unsichtbare Wahrheit* unmittelbar vor dem Eintauchen eine anormale Ortung verzeichnet. Der diensthabende SensorTech hielt es für ein ankommendes Sprungschiff. Aber da es keine Möglichkeit für ein Sprungschiff gibt, ein anderes durch den Hyperraum zu verfolgen, hat Fregattenkapitän Karabin, mein 4. Offizier, die Ortung einfach als abnormalen EM-Impuls mit unsicherer Sensorauswertung eingetragen und dann vergessen. Das war ein schwerer Verstoß gegen die Vorschriften. Ich habe ihm eine gehörige Standpauke gehalten und den Zwischenfall dann selbst fast vergessen. Schließlich haben wir seit Trafalgar keine Spuren irgendwelcher fremden Schiffe mehr gesehen. Jetzt bin ich mir nicht mehr so sicher.«

»Verzeihung, Kommodore«, sagte Ryan. Auf seinem Gesicht mischte sich Besorgnis mit Verwirrung. »Soll das heißen, daß möglicherweise ein fremdes Sprungschiff diese Einsatzgruppe verfolgt? Daß Penrose vielleicht *nicht* geblufft hat?«

»Ich glaube nichts dergleichen, Major Ryan, und Sie tun es ebensowenig«, schnappte Beresick. »Sie wissen so gut wie ich, daß es unmöglich ist, eine Flotte durch den Hyperraum zu verfolgen. Das können nicht einmal die Clans. Die einzige Möglichkeit dazu bestünde, wenn sie Kopien unserer Sternkarten und des Missionsplans besäßen. Und die einzige Möglichkeit, wie sie daran kommen könnten, wäre durch einen von uns, Prinz Victor oder den Präzentor Martialum, und das kann ich nicht glauben.«

»Was wollen Sie dann damit sagen, Kommodore?« fragte Winston. »Was war diese ›abnormale Sichtung‹?«

»Ich will sagen, daß ich es nicht weiß. Ich habe mir die Sensoraufzeichnungen angesehen. Es könnte ein Sprungschiff gewesen sein oder auch nicht. Wenn ich raten müßte, würde ich es verneinen. Falls es ein Sprungschiff gewesen wäre, das diese Flotte verfolgt hätte, wäre es mitten zwischen unseren Schiffen aufgetaucht, während wir bei Trafalgar die Gefechtsschäden reparierten.«

»Warum erwähnen Sie es dann?«

»Ich habe es erwähnt, General, weil auf dieser Reise so viele seltsame Dinge vorgehen. Und in Anbetracht der jüngsten Ereignisse schlage ich vor, daß wir die Flotte bei jedem Sprung in höchste Alarmbereitschaft versetzen, nur zur Sicherheit.«

»In Ordnung.« Mit einem schweren Seufzer stand Winston auf. »Noch etwas, Gentlemen? Wenn Sie mich dann entschuldigen wollen, begebe ich mich zurück in mein Büro. Ich habe mit dieser Einsatzgruppe einiges an unangenehmer Arbeit geerbt, und ich bezweifle stark, daß die verschwunden ist, während ich auf der Krankenstation lag. Ich würde eher schätzen, daß ich heute das Doppelte an Problemen zu lösen habe wie noch vor drei Tagen.«

* * *

Zum Glück für Ariana Winston war sie der einzige Passagier des Aufzugs von der Krankenstation auf Deck Fünfzehn in ihr Büro. Sie war erschöpft, verspannt und emotional ausgelaugt, alles durch die traumatischen Ereignisse der letzten Wochen, und sie wollte für die nächsten Stunden niemanden sehen.

Mein Gott, waren es wirklich nur ein paar Wochen? Es fühlt sich an wie mindestens zwei Monate.

Sie wunderte sich, wieviel geschehen war, seit man Morgan tot in seiner Koje gefunden hatte. Zunächst hatte man nicht mehr als einen Verdacht gehegt, daß der plötzliche Tod des Marshals das Resultat eines Anschlags war, dann aber hatte dieser Verdacht sich bestätigt. Die darauf folgende Untersuchung hatte keine schlüssigen Beweise erbracht, nur Indizien, daß mehrere Mitglieder der ComStar-Besatzung nicht diejenigen zu sein schienen, als die sie sich ausgaben. Dann hatte der Mann, den sie unter dem Namen Lucas Penrose kannten, zwei Raumgardisten ermordet und mit der Androhung, die *Unsichtbare Wahrheit* zu zerstören, versucht, den Befehlsstab zur Herausgabe eines Sprungschiffs für seine Flucht zu zwingen.

Als sie den Schlüsselcode eintippte, der die Luke in ihr Büro öffnete, warf sie dem Zahlenfeld des Schlosses einen prüfenden, mißtrauischen Blick zu. Wenn Penrose, oder wie immer er wirklich geheißen hatte, einen Komplizen hatte, hatte dieser Mitverschwörer sich dann möglicherweise Zugang zu ihrem Büro verschafft und eine tödliche Überraschung für sie hinterlassen?

Schluß damit, Ria, herrschte sie sich an. *Du entwickelst Verfolgungswahn.*

»Licht, gedämpft.« In Reaktion auf ihren Befehl ließen die sprachgesteuerten Systeme die Leuchtstreifen an der Decke schwach aufglühen.

Winston ging durch die beruhigenden Schatten an ihren Schreibtisch und sackte in den Sessel. Sie bereute die heftige Bewegung sofort, denn ihr zerschlagener Körper protestierte schmerzhaft gegen die harte Berührung mit dem Sessel. Sie bemerkte eine Reihe Ausdrucke und Chipberichte auf ihrem Schreibtisch, um die sie sich kümmern mußte. Nachdem sie das Licht auf volle Leistung gebracht hatte, überflog sie sechs Seiten Statusbericht, der ursprünglich an Morgan gerichtet und an sie weitergeleitet worden war.

Ich will mich damit nicht abgeben. Schon machte sich der Streß der Kommandeursposition wieder bemerkbar. Sie lehnte sich zurück in den Sessel und schloß die Augen, hoffte auf ein paar Minuten Ruhe, um sich zu sammeln.

Ein schrilles Surren machte ihr einen Strich durch die Rechnung. Einen Augenblick lang spielte sie damit, sich nicht zu melden und den Anruf vom Antwortapparat des Interkoms aufzeichnen zu lassen. Aber ihr Pflicht- und Verantwortungsgefühl verhinderten diese allzu menschliche Reaktion. Sie streckte die Hand aus und drückte den Antwortknopf.

»Winston.«

Der Schirm flackerte hell auf, aber auf dem Flüssigkristallmonitor entstand kein Bild. Eine Serie wirbelnder Farbstreifen wurde von dem Text ›Videosignal von Gegenseite blockiert‹ überdeckt.

»General Winston.« Die Stimme des Anrufers klang sanft, höflich, ohne die Spur eines Akzents. Es gab keine Hinweise auf eine Verzerrung, was Ariana glauben ließ, die echte Stimme des Anrufers zu hören. »Mein Name ist Talisen. Ich war ein Freund Marshal Hasek-Davions, und auch wenn Sie das noch nicht wissen, bin ich auch Ihr Freund.«

Winstons Herz schlug bis zum Hals, als sie den Namen hörte, den der Anrufer nannte. Sie erkannte ihn als eines der vielen Codewörter auf der Liste in Morgans Safe, der Liste mit Schlüsselbegriffen für die Verständigung mit den Nekekami. Der Anrufer war eine der Geisterkatzen, wenn nicht sogar deren Anführer.

»Ich weiß, daß Sie das Attentat auf Marshal Hasek-Davion untersuchen und mehrere derzeit an Bord der *Unsichtbare Wahrheit* befindliche Personen verdächtigen. Ich möchte Ihnen versichern, daß es nur *einen* Attentäter gab und daß dieser Mann Lucas Penrose ist, oder eigentlich war. Penrose – das war, wie Sie wohl schon vermuten werden, nicht sein wahrer Name – ist ein hochrangiger Agent in der Haus-Steiner-Einheit gewesen – mit dem Namen Loki. Ich weiß dies, weil ich ihm bereits zweimal begegnet bin, während ich meine eigenen Pflichten erfüllte. Ich weiß mit Sicherheit, daß Penrose für drei frühere ungeklärte Attentate verantwortlich war, die er sowohl im als auch für das Lyranische Commonwealth – beziehungsweise später die Lyranische Allianz – durchführte. Zwei dieser Morde wurden an hochrangigen Agenten der draconischen Internen Sicherheitsagentur verübt. Im dritten Fall eliminierte er einen lyranischen Offizier, der seinen Vorgesetzten etwas zu Davion-freundlich war.«

»Das können Sie leicht behaupten«, antwortete Winston. »Aber können Sie beweisen ...«

»Ich werde jedes Wort beweisen, General«, unterbrach der mysteriöse Anrufer. »Ich werde Ihnen alles an Beweisen liefern, was Sie sich wünschen können, sobald diese bestätigt sind. In der Zwischenzeit halten Sie ein weibliches Mitglied der ComStar-Besatzung unter Arrest. Ich glaube, ihr Name ist Julia Davis. Vielleicht wäre es angebracht, ihren Arrest aufzuheben.«

Bevor die entgeisterte Winston auf diese reichlich unverfrorene Forderung reagieren konnte, wurde die Verbindung unterbrochen.

11

**Schlachtkreuzer SBS *Unsichtbare Wahrheit*,
Einsatzgruppe Schlange
Wegpunkt Mulberry, Tiefraum, 120 Lichtjahre vor Diana**

19. Februar 3060

Die Untersuchungen des Attentats an Morgan Hasek-Davion gingen noch einige Wochen über den dramatischen, fast theatralischen Tod Lucas Penroses hinaus weiter. Die DESTler verwüsteten Penroses Schlafplatz und erreichten damit insgesamt nichts. Das allein war an und für sich bereits von immensem Interesse für Major Ryan.

»Es ist, als hätte Penrose nie existiert«, meinte er bei seiner ersten Besprechung mit Winston nach seiner Entlassung aus der Krankenstation. »Wir haben nicht einen Menschen an Bord der *Unsichtbare Wahrheit* oder irgendeines anderen ComStar-Schiffes in dieser Einsatzgruppe gefunden, der ihn kannte, bevor er dieser Operation zugeteilt wurde. Seine Kabinennachbarn meinten, er sei ein ziemlich ruhiger Typ gewesen, der immer mehr an seiner Musik und seinen Büchern interessiert war als am Gruppenleben. Nur, seltsamerweise, wann immer irgendwo eine wirklich hitzige Debatte ablief, über Politik, Blakes Wort, sogar das Essen in der Messe, war Penrose immer dabei. Er hat nie viel gesagt, soweit die anderen sich erinnern können, er hing nur am Rand der Diskussion herum. Alle, mit denen meine Leute gesprochen haben, dachten, Penrose sei schüchtern oder unsicher. Seine Kabinennachbarn hielten ihn für einen ganz netten Kerl, der aber nie richtig dazugehörte. Als mein Team sein Quartier absuchte, haben sie nicht viel gefunden, nur eine Menge Musikchips, hauptsächlich klassisch und neoklassisch. Er hatte auch ein Dutzend Buchchips und ein sehr teures Lesegerät, auf dem er sie sich angesehen hat. Das ist weiter nicht ungewöhnlich.

Wir haben bestimmt hundert Chipspieler und -leser gefunden, als wir das Schiff zum erstenmal durchsuchten. Teilweise vom selben Hersteller und Modell wie das von Penrose. Meine Männer nehmen sich gerade die Chips und den Leser vor, nur um sicherzugehen, daß keine geheimen Botschaften in Katschaturians *Säbeltanz* versteckt sind.«

»Das ist nicht witzig, Major.« Winston starrte ihn wütend an. »Wir stehen nur wenige Sprünge vor dem Start der größten Invasion diesseits von Tukayyid, und unser ursprünglicher Kommandeur ist tot. In der Krankenstation liegt ein Leichnam, der vielleicht – vielleicht auch nicht – der unseres Attentäters ist, die Gerüchte darüber, wer Morgan umgebracht hat, werden immer drängender und von Tag zu Tag unglaublicher, und die Truppen haben begonnen einander mißtrauisch zu beäugen. Wenn das noch lange so weitergeht, startet diese Einsatzgruppe die Offensive nicht gegen die Nebelparder, sondern gegen sich selbst. Also sollten wir zusehen, daß wir diese Sache hier und jetzt geklärt bekommen und auf Witze verzichten, bis *nach* der Eroberung Dianas, verstanden?«

Ryan blinzelte überrascht, als er Winstons ungewöhnlich scharfe Zurechtweisung für eine seiner Ansicht nach minimale Verfehlung hörte.

Winston war selbst erstaunt.

»Tut mir leid, Major«, schüttelte sie seufzend den Kopf. »Ich könnte es wohl auf den Streß der letzten Tage schieben, aber das werde ich nicht tun. Ich bin zu weit gegangen.« Sie seufzte wieder. »Lassen Sie uns diese Angelegenheit einfach so schnell wie möglich zu einem Ende bringen.«

* * *

In den langen Wochen der Untersuchung bewegte Einsatzgruppe Schlange sich in paradox langsamer Geschwindigkeit entlang einer Route, die ungefähr der entsprach, die bei den Clans als der Weg zu den Heimatwelten bekannt war, jene halbmystische Raumstraße, entlang derer sich die Sternenbund-Armada bewegt haben sollte und die erst vor kurzem durch einen Nebelparder-Deserteur verraten worden war. Ariana Winston hatte nicht übertrieben, als sie ihre Mission mit der Schlacht um Tukayyid verglichen hatte. Wäre es den ComGuards dort nicht gelungen, die Clan-Invasion der Inneren Sphäre aufzuhalten, hätte die Menschheit sich einem Dunklen Zeitalter gegenübergesehen, das noch schrecklicher geworden wäre als das nach dem Zusammenbruch des ersten Sternenbunds. Mißlang diese Mission, starb der Traum von einem neuen Sternenbund, erst knapp ein Jahr alt, mit den Männern und Frauen der Einsatzgruppe Schlange.

* * *

Winston tat ihr Bestes, um dies den Mitgliedern des Befehlsstabs klar zu machen.

»Ladies und Gentlemen, wenn Sie sich die Missionsstatusberichte auf Ihren Plätzen anschauen, werden Sie bestätigt sehen, was Sie alle vermutet haben, seit wir in diesem System materialisiert sind.« Sie machte eine Pause, während die dicht an dicht im Besprechungsraum der *Unsichtbare Wahrheit* sitzenden Offiziere die Ausdrucke ansahen, die ein ComGuard-Signalmaat ihnen bei der Ankunft ausgehändigt hatte. »Wir haben Wegpunkt Mulberry erreicht. Unser nächster Sprung bringt uns in Reichweite des Ziels. Dies wird der letzte Kriegsrat vor Beginn von Operation Schlange. Ich möchte die Aufträge aller Einheiten für die Invasion durchgehen und mich vergewissern, daß alles bereit ist. Am besten fangen wir vorne an. Major Ryan?«

Michael Ryan stand auf und machte eine exakte, förmliche Verbeugung.

»Die erste Phase der Operation Schlange wird von den Draconis Elite-Sturmtruppen durchgeführt«, setzte er an. Während er sprach, erschien über dem Konferenztisch eine holographische Projektion des Planeten Diana. Das Bild wurde von einem kleinen, in den Tisch eingebauten Laserprojektor erzeugt, der von einem Signalmaat an einer Konsole in der hinteren Ecke des Raumes gesteuert wurde. Die Karte war den Mitgliedern des Befehlsstabs inzwischen so vertraut, daß jeder einzelne von ihnen rein aus dem Gedächtnis eine Freihandkarte Dianas hätte zeichnen können, auf der kein wichtiges Detail fehlte.

»Meine Teams springen an Bord der *Haruna* in das Diana-System, wobei wir IFF-Kennungen verwenden, die wir von Agent Trent erhalten haben. Diese Kennungen kennzeichnen die *Haruna*, Trents Angaben zufolge, als einen Nebelparder-Zerstörer/Träger der *York*-Klasse mit Routine-Transferauftrag. Wie Sie wissen, haben wir unseren ursprünglichen Plan geändert, der den Einsatz der *Bisan* als Truppentransporter vorsah. Statt dessen werden wir jetzt die *Stiletto* benutzen. Wir haben die Besatzung der *Bisan* auf dieses Schiff transferiert, um die Integrität meines Teams zu erhalten.«

Ryan konnte General Sharon Byrans Blicke beinahe wie Laserimpulse auf seiner Brust fühlen. Sie hatte vergeblich versucht, die *Stiletto*, ein Clan-Landungsschiff der *Breitschwert*-Klasse, für ihre Truppen zu ergattern oder zumindest aus den Händen der DEST-Teams zu halten. Die *Stiletto* war eine der Prisen von Trafalgar.

»Wie Sie alle wissen«, fuhr Ryan fort, ohne sich um Byrans giftigen Blick zu kümmern, »sah der Plan ursprünglich vor, daß meine Teams aus dem Orbit abspringen und die *Bisan* danach auf Dianas einzigem Mond, Sentinel, aufsetzt. Die *Bisan* ist ein Schiff der *Achilles*-Klasse und nicht atmosphärenflugtauglich. Der Gedanke, von unserem Schiff abgeschnitten zu sein, gefiel mir gar nicht, und die Besatzung der *Bisan* war nicht allzu glücklich darüber, auf Sentinel niedergehen zu müssen. Aber es gab keine andere Lösung. Kein anderes Schiff der Flotte war so schnell und so schwer bewaffnet und gepanzert wie die *Bisan*. Glücklicherweise besitzen wir jetzt ein echtes Clan-*Breitschwert*. Selbst wenn die Parder unsere IFF-Kennungen nicht akzeptieren, wird die *Stiletto* zumindest optisch durchgehen.«

»Haben Sie irgendwelche Bedenken bezüglich der Kennungen, Major?« Winston hatte einen seltsamen Unterton in Ryans sonst sicherer Stimme bemerkt.

»Hai, General. Betrachten Sie es als das Ergebnis eines tiefsitzenden Überlebensinstinkts. Und eines gesunden Respekts vor der Intelligenz unseres Feindes. Die *Haruna* ist eine Fregatte der *Kyushu*-Klasse mit einer Masse von rund sechshundertfünfundzwanzigtausend Tonnen. Das Schiff, als das wir uns ausgeben, soweit ich mich erinnere heißt es *Luchskönigin*, hat nur eine Masse von etwa fünfhundertfünfundneunzigtausend Tonnen. Das ist ein Unterschied von fünfunddreißigtausend Tonnen. Wenn man dazu noch berücksichtigt, daß eine *York* und eine *Kyushu* sich nicht einmal entfernt ähnlich sehen, wird die Gefahr, daß unsere Operation scheitert, noch bevor sie richtig begonnen hat, immer größer.«

»Wir sind das doch schon durchgegangen, Major«, mischte Alain Beresick sich ein. »Wenn man es mit einem Objekt von der Größe eines Sprungschiffs zu tun hat, machen dreißigtausend Tonnen nicht viel aus. Wahrscheinlich werden die Parder den Massenunterschied gar nicht bemerken. Und in dem Fall erwarte ich kaum, daß sie vorbeifliegen wollen, um sich das Schiff anzusehen.«

»So ka?« schoß Ryan zurück. »Ist das so? Und was, wenn sie doch nachsehen? Was dann? Sie werden nicht in einer Blechbüchse dreißig Lichtjahre von der nächsten Verstärkung entfernt sitzen, Kommodore.«

Der Befehlsstab wußte, daß Ryan seine Bedenken

nicht aus Angst um seine Sicherheit vortrug, sondern aus Sorge um seine Leute und den Erfolg der Operation.

»Auch das sind wir bereits durchgegangen, Major«, erinnerte Winston ihn. »Sie koppeln die *Stiletto* und stürzen mit Vollschub auf den Planeten zu. Die *Haruna* springt mit Hilfe ihrer Lithium-Fusionsbatterien aus dem System und kehrt zur Flotte zurück. Daraufhin greifen wir sofort an. Aber das wäre der schlimmste angenommene Fall. Der Präzentor Martialum und Agent Trent schienen beide davon auszugehen, daß diese Kennungen noch gültig sind, also wollen wir keine Schwierigkeiten beschreien. Außerdem hat Trent uns erklärt, daß die Parder extrem pedantisch sind. Wenn die Kennung des Identifikation:-Freund-Feind-Transponders ein Schiff als *York*-Zerstörer/Träger identifiziert, dann *ist* es für sie ein *York*-Zerstörer/Träger, ganz gleich, was ihre Instrumente anzeigen. So ziemlich das einzige, was sie vom Gegenteil überzeugen könnte, wäre, wenn Sie das Feuer auf sie eröffnen. Und wir wissen beide, daß Sie das nicht tun werden, richtig?«

»Richtig.« Ryans Ton machte deutlich, daß der Waffeneinsatz gegen irgendein Nebelparder-Schiff, dem die *Haruna* begegnete, das allerletzte war, was er vorhatte. »Na schön, machen wir weiter ... Vorausgesetzt, daß uns die Parder nicht zu Klump schießen, werden wir die *Stiletto* abkoppeln und ins Innere des Systems fliegen, während die *Haruna* wieder zurückspringt. Wir haben eine Anflugzeit von zweihundertvierzig Stunden berechnet.«

»Zehn Tage?« Beresick rechnete die Angaben fast unbewußt um. »Das ist zu lange.«

»Das ist es allerdings«, stimmte Ryan zu. »Das ist einer der Gründe für meine Besorgnis wegen der IFF-Kennungen. Wir haben daran gedacht, mit höherer Geschwindigkeit anzufliegen, sagen wir mit zwei oder zweieinhalb g, aber das würde die Flugzeit nur um zwei Tage verkürzen und meine Leute schwerer körperlicher Belastung aussetzen. Wir haben uns für die niedrigere Schubleistung entschieden, um nicht aufzufallen, und deshalb brauchen wir die IFF-Kennungen, um uns durchzumogeln. Wenn wir erst im System sind, springen wir aus dem Orbit in die Parderzähne ab, die an die planetare Hauptstadt Lutera grenzende Bergkette. Wir werden in einer niedrigen Umlaufbahn mit Standardschmelzkokons aussteigen, den Luftraum mit minimaler Gefahr einer Entdeckung passieren und die Schirme erst im letzten Moment öffnen. Nach unserem Absprung wird die *Stiletto* einen Notfall vortäuschen und melden, daß sie im Dhuansumpfgebiet abstürzt. In Wahrheit wird sie bis unter die Radargrenze der Parder sinken und dann in den Lunarbergen des Kontinents Trostlos aufsetzen. Die Parder werden den Kurs der *Stiletto* voraussichtlich entsprechend ihres letzten gemessenen Flugvektors weiterberechnen, sobald sie von den Schirmen verschwindet. Natürlich wird Captain Ge, der Kapitän des Schiffes, dafür sorgen, daß dieser ›letzte Vektor‹ geradewegs auf die Sümpfe zeigt.«

Während Ryan den Verlauf der Operation erläuterte, leuchteten die angesprochenen Geländemerkmale auf der Hologrammkarte sanft auf. Obwohl Winston die Karte und die Einzelheiten des Einsatzes ebenso genau kannte wie Ryan, beugte sie sich vor, um die Laserprojektion zu studieren.

Diana war ein abweisender Planet. Es war eine unfreundliche, stürmische Welt kahler, zerklüfteter Gebirge, dichter Dschungel und glutheißer Wüsten, die nur zwei Kontinente besaß, Parder Primo und Trostlos. Ein großer Teil des Planeten war unbewohnt, und was er an Bevölkerung besaß, drängte sich hauptsächlich um die fünf größeren Städte dieser Welt. Von den beiden Kontinenten war nur Parder Primo bewohnt. Trostlos trug seinen Namen zurecht. Die Hatyawüste war eine riesige Leere glühendheißen Sands und die Lunarberge eine unzugängliche Kette zum Teil noch aktiver Vulkane.

Das Wasser der beiden größten Meere, Sangram und Dhund, war salzig und hatte einen hohen Schwefelanteil.

Mons Szabo, das wußte sie, war ein Monument des enormen Stolzes der Nebelparder, oder vielleicht war Größenwahn das passendere Wort. Der Berg lag am Nordrand Luteras und ragte hoch über die planetare Hauptstadt auf. In seinen Südhang war ein gigantisches Nebelparderwappen gehauen. Tief im Innern dieses gewaltigen Granitkegels befand sich die planetare Verteidigungszentrale. Im Innern dieser Kommandozentrale lag die Steuerung für Dianas SDS-Raumverteidigungssystem. Diese Anlage war das Hauptangriffsziel der DEST.

»Ich habe eine Frage zu diesem ›Abtauchen unter das Radar‹«, unterbrach Colonel Kingston. »Soweit ich weiß, benutzen die meisten Radarsysteme Impuls-Doppler-Phalanxen, was immer das sein mag. Man hat mir erklärt, es sei unmöglich, ›unter‹ einem Impuls-Doppler wegzutauchen.«

Ryan kicherte leise. »Erst einmal ist der Begriff, ›unter dem Radar wegtauchen‹ eigentlich eine Fehlbezeichnung, Colonel. Theoretisch gibt es eine Zone von mehreren Grad Breite über dem Horizont, in der eine Radarüberwachung durch sogenannte ›Bodenstörungen‹ kein sauberes Bild einfangen kann. Bodenstörungen bezeichnen den ganzen Müll, der in der Mitte jedes konventionellen Radarschirms auftaucht. Der entsteht durch die Reflexion von Radarimpulsen durch Berge, Gebäude, Bäume und so weiter, die sich in diesem sogenannten toten Winkel des Radars befinden. Der reicht theoretisch bis in eine Höhe von fünfundvierzig Metern. Solange man also unterhalb dieser Linie bleibt, ist man ziemlich sicher vor einer Ortung ... im Idealfall. In der Wirklichkeit lassen intelligent plazierte Radaranlagen keinesfalls soviel toten Winkel. Ich persönlich säße nicht gerne in einem Gefährt von der Größe eines Landungsschiffes, das im Bodenflug versucht, im toten Radarwinkel zu bleiben. Tatsächlich gibt es aber einen Bereich, der von SensorTechs ›Anaprop‹ genannt wird. Das ist kurz für ›anormale Propagation‹. In dieser Zone pflanzen sich die Radarwellen bodengestützter Anlagen – aus welchem Grund auch immer, Wettereinfluß, atmosphärische Bedingungen – nur sehr schlecht fort. Das führt zu einem Loch in der Radarabschirmung. Anaprop existiert üblicherweise in etwa hundertfünfzig Meter Höhe über dem Boden. Das macht Tiefflüge sehr viel ungefährlicher. Das Problem dabei ist, daß sich die Anaprop-Bedingungen manchmal stündlich ändern, so daß wir keine bestimmte Radarlücke in bestimmter Höhe und zu bestimmter Zeit vorhersagen können. Glücklicherweise sind unsere Sensoren aber empfindlich genug, so daß wir eine Anaproplücke orten und in der Lage sind hineinzutauchen.

Impulsdopplerradar ist ziemlich gut, aber seine Hauptfunktion besteht darin, Objekte zu orten und zu verfolgen, die sich relativ zur Richtung des Impulses bewegen. Sie funktionieren, indem sie die Radarechos filtern und alles eliminieren, was sie nicht als ›Zielobjekt‹ einordnen. Das bedeutet, alle Objekte, die sich nicht zu bewegen scheinen. Die meisten Jäger sind inzwischen mit dieser Art Radar ausgerüstet, das auch manchmal ›Draufsicht-Draufschuß‹-Radar genannt wird, weil es erlaubt, fliegende Ziele unter der Maschine zu entdecken, die meist von Bodenmüll überdeckt sind. Mit Hilfe der ECM-Ausrüstung an Bord der meisten militärischen Landungsschiffe ist es kein Problem, Überwachungs- und Zielsuchradar zu orten, selbst wenn es sich um Impulsdopplersysteme handelt. Bei Radarsystemen mit stehender Welle oder nichtverdoppeltem Impuls können wir ins Anaprop oder sogar ›unter‹ den Radarhorizont tauchen. Dopplerimpulse sind etwas schwieriger zu täuschen. Dafür müssen wir einschwenken, sprich: neunzig Grad zur Impulsachse abdrehen, so daß wir uns mit dem Feindimpuls bewegen. Dadurch filtert der Radarcomputer uns, zumindest theoretisch, aus, weil er uns nicht mehr als bewegtes Ziel erkennt.

Einmal am Boden«, setzte Ryan fort, »machen wir uns auf den Weg zum Mons Szabo, greifen die Kommandozentrale in Lutera an und schalten das Reagan-Systemkontrollcenter aus. Mit etwas Glück haben wir das Überraschungsmoment auf unserer Seite. Trent zufolge sind die Parder arrogant genug zu glauben, ein Angriff auf ihre Heimatwelt sei unmöglich, deshalb müßten wir eine gute Chance haben. Ein Schlag gegen die Mons-Szabo-Installation könnte einen weiteren Vorteil haben. Nach den uns von Trent gelieferten Informationen beherbergt der Berg auch einen Teil der planetaren Verteidigungsstreitkräfte. Wenn wir viel Glück haben, sind wir möglicherweise in der Lage, einen beträchtlichen Teil der dort untergebrachten Einheiten zu beschädigen oder zu eliminieren. Nach Abschluß unseres Teils der Mission werden meine Teams sich nach Westen absetzen und im Gebirge verstecken. Dort warten wir, bis die nachfolgenden Einheiten ihre Landezonen gesichert haben, bevor wir versuchen, Kontakt aufzunehmen.«

»So ist es«, bestätigte Ariana Winston. »Sobald die DEST-Teams ihre Operation beginnen, verlieren wir den Kontakt zu ihnen. Ihre Phase der Operation läuft nach Zeitplan. Sie haben vom Verlassen der Flotte bis zum Eintreffen der Hauptinvasionsstreitmacht genau vierzehn Tage. Die *Haruna* lädt ihren Antrieb wieder auf, verläßt das Diana-System und kehrt zur Flotte zurück. Nach einer erneuten Ladeperiode springt sie dann mit dem Rest der Einsatzgruppe zurück nach Diana.« Winston winkte Kommodore Beresick zu, der die Leitung der Besprechung übernahm.

»Sobald die *Haruna* wieder aufgeladen ist, springt die gesamte Flotte ins Diana-System«, nahm der Kommodore den Faden erneut auf. »Die Invasion erfolgt in zwei Wellen. Die Kriegsschiffe springen voraus und materialisieren am Zenithpunkt. Sobald wir zurück im Einsteinkontinuum sind, stellen und vernichten wir alle im System angetroffenen Clan-Kriegsschiffe. Unseren Informationen zufolge können wir mit Widerstand rechnen. Trent sah zwei Korvetten und ein größeres Kampfraumschiff, möglicherweise einen Kreuzer. Leider konnte er nicht in Erfahrung bringen, ob diese Kriegsschiffe ein permanentes Verteidigungskontingent waren oder nur im Diana-System einen Zwischenstop einlegten. Wir gehen jedoch davon aus, daß es sich um eine permanente Systemverteidigungsflottille handelt. Im schlimmsten Fall erwarten wir, auf einen Kreuzer der *Befreier*-Klasse und zwei *Vincent*-Korvetten zu treffen. Unter Berücksichtigung dieses Risikos werden die *Unsichtbare Wahrheit* und die *Feuerfang* den Kreuzer stellen, während *Smaragd*, *Rostock*, *Antrim* und *Ranger* sich um die Korvetten kümmern. Die *Starlight* hat bei Trafalgar ein paar schwere Treffer einstecken müssen, deshalb haben wir sie als Geleitschutz für die Transporter eingeteilt. Unser Ziel muß die Vernichtung des Gegners sein. Ich wiederhole, die *Vernichtung*, nicht die Eroberung, denn eine Stunde nach unserer Ankunft werden uns die *Starlight* und die Transporter folgen. Sobald die Transporter im System eingetroffen sind, koppeln die Landungsschiffe ab, und die Sprungschiffe beginnen mit dem Ladevorgang. Jedes Kriegsschiff hat eine festgelegte Aufgabe. Die *Feuerfang* und die *Ranger* sind abgestellt, um die Landungsschiffe beim Anflug auf die Zielwelt zu eskortieren. Anschließend schwenken sie in eine stationäre Umlaufbahn ein, um Unterstützungsfeuer leisten zu können, falls das nötig wird.«

Beresicks letzter Nebensatz war ausdrücklich an die Kommandeure der Bodentruppen gerichtet. Die Debatte über den Einsatz der Kampfraumschiffe für orbitales Unterstützungsfeuer oder sogar ein Orbitalbombardement war recht erbittert gewesen. Einige der Offiziere, darunter Beresick, hatten den Gedanken vertreten, die Clan-Verteidiger vor der Landung der Haupttruppenkontingente durch Orbitalbeschuß ›weichzuklopfen‹.

Vor seinem Tod hatte Morgan noch eine Entscheidung darüber gefällt: Es würde kein planetares Bombardement geben. Die Nebelparder hatten diese Taktik selbst bei dem inzwischen berüchtigten Zwischenfall auf Turtle Bay eingesetzt. In einem Akt unerreichter Barbarei hatten die Parder einen Feuersturm von Geschützfeuer auf die hilflose und offiziell bereits an die Invasoren übergebene Großstadt Edo gerichtet. Zehntausende waren gestorben. Alle anderen Invasorenclans hatten diese Greueltat verurteilt und sich verpflichtet, bei zukünftigen Operationen ihre Kriegsschiffe wegzubieten.

Morgan und einige der übrigen Kommandeure hatten Holovids von der Vernichtung Edos und anderer großer Städte auf Turtle Bay gesehen. Danach hatte er entschieden erklärt, daß die Kriegsschiffe der Einsatzgruppe Schlange niemals in solche Tiefen der Grausamkeit und Barbarei sinken würden. Obwohl Winston ursprünglich ein Flottenbombardement unterstützt hatte, fühlte sie sich an Morgans Befehle gebunden. Die Tatsache, daß er tot war, spielte für sie dabei keine Rolle. Er hatte den Befehl gegeben, und sie würde als seine Nachfolgerin dafür sorgen, daß er eingehalten wurde.

»Danke, Kommodore.« Winston nickte zustimmend. »Der Operationsplan sieht gleichzeitige Angriffe auf verschiedene Zielobjekte vor. Wir wissen, daß auf Diana nur eine begrenzte Anzahl von Truppen stehen und daß es sich in der Hauptsache um ältere Solahma-Krieger handelt.«

Winston benutzte den Clannerbegriff für einen Krieger, der nach den rigiden Maßstäben der Clandoktrin als überaltert galt, aber in ihrer Stimme lag keine Spur der Verachtung, mit der eine Clannerin dieses Wort ausgesprochen hätte. Für Winston und die große Mehrheit ihrer Zeitgenossen in der Freien Inneren Sphäre bedeutete ein älterer Krieger auf Grund seiner harterkämpften Erfahrung und Weisheit einen respektierten, wenn nicht sogar gefürchteten Gegner.

»Aus Trents Bericht wissen wir, daß es auf Diana nur zwei organisierte Galaxien gibt, die Eiserne Garde und die Wächter, beides Solahma-Einheiten. Hinzukommen mehrere Ausbildungskader und ihre Geschkos. Wenn wir die Parder gleichzeitig an mehreren Punkten angreifen, können wir ihre Truppen zerfasern, hoffentlich soweit, daß sie auseinanderfallen. Wenn wir es schaffen, den Plan auch nur halbwegs durchzuhalten und noch etwas Glück dabei haben, sollte dieser Massenangriff helfen, die Verluste jeder einzelnen Einheit so gering wie möglich zu halten. Kommen wir zu den Einzelaufgaben. Die Ritter der Inneren Sphäre und Kingstons Legion greifen die Ausbildungslager bei New Andery an. Unseren Daten zufolge, aber vergessen Sie nicht, daß die zwei Jahre alt sind, werden Sie wenn, dann wahrscheinlich von den Mitgliedern einer Ausbildungsgeschko und deren Instrukteuren angegriffen. Die Kathil-Ulanen stürzen sich auf die Fabrikanlagen hier in Myer.«

Während Winston ihre Instruktionen gab, leuchtete auf der Hologrammkarte jeweils das entsprechende Ziel auf. »Die Lyranische Garde eliminiert das Ausbildungslager bei Bagera. Die Northwind Highlanders vernichten den Fabrikkomplex nordöstlich von Pahn City. Trents Bericht plaziert die Wächter als Garnison in Myer, knapp nördlich von dort. Wir müssen davon ausgehen, daß sich daran nichts geändert hat. Denken Sie daran, daß Solahma weder dumm noch unfähig bedeutet. Sie werden nicht kampflos die Waffen strecken. Die

St.-Ives-Lanciers und die 4. Drakøner sind zur Vernichtung des Trainingslagers auf Trostlos und zur Etablierung einer Landezone dort eingeteilt. Captain Montjar, Ihre Tollwütigen Füchse werden in den Bergen südöstlich von Lutera abgeworfen. Ihre Aufgabe besteht darin, den Falkenhorst im Auge zu behalten.«

Montjar beugte sich über die Holokarte, um sein Einsatzgebiet näher in Augenschein zu nehmen. Der Falkenhorst war ein kleiner Stützpunkt zwischen den höchsten Gipfeln der Östlichen Berge. Der geheimnisvolle Trent hatte zwar versprochen, daß die anderen Clans sich wahrscheinlich aus den Kämpfen heraushalten würden, aber das konnte Montjar nicht wirklich beruhigen. Trents Informationen über den Falkenhorst waren minimal und bereits zwei volle Jahre alt. Die Tollwütigen Füchse besaßen keinerlei solide Kenntnisse über die Qualität oder auch nur die Anzahl der Truppen in der Anlage, die sie überwachen sollten. Und angesichts des aggressiven Rufs der Jadefalken fiel es ihm schwer zu glauben, daß die Falken sich an den Kämpfen nicht beteiligen würden. Ebenso ging es General Winston, und vor ihr hatte für Marshal Hasek-Davion gleiches gegolten. Von Beginn an hatte der Einsatzplan vorgesehen, daß die Davion-Kommandoeinheiten die Falkenbasis beobachteten, nur für den Fall, daß die winzige, aber potentiell feindliche Garnison dort sich entschloß, in die Schlacht um Diana einzugreifen.

»Wenn es aussieht, als wollten die Falken sich einmischen«, fuhr Winston fort, »rufen Sie die Lanciers oder die Drakøner, um sie zu stoppen. Colonel Grandi?« Winston sah hinüber zum Bodentruppenkommandeur der ComGuards. »Sie bleiben in Reserve. Wenn die DEST-Teams Schwierigkeiten mit den Pardern im Mons Szabo haben, greifen Ihre Truppen die Anlage an und entsetzen sie. Wenn es Ryans Leuten glückt, die Kommandozentrale auszuschalten, setzen Sie bei der Trostlosbasis auf und halten sich bereit. Die Leichte Eridani-

Reiterei hat die härteste Nuß zu knacken. Wir werden im Nordwesten des Mons Szabo aufsetzen. Von dort aus werden 21. und 151. Regiment das große Ausbildungslager knapp außerhalb Luteras angreifen. Das 71. unter Colonel Barclay wird das Genetische Archiv der Parder am Mons Szabo erobern. Wenn alles gutgeht, sollten wir den gesamten Planeten in spätestens einer Woche in unserer Gewalt haben.

Aber wir sollten uns besser nicht darauf verlassen, daß alles nach Plan geht. Wir sollten auf den härtesten Häuserkampf vorbereitet sein. Ich möchte mir sicher sein können, daß jeder, vom kleinsten Infanteristen bis hoch zum Bataillonsführer nicht nur seine eigenen Aufgaben kennt, sondern auch die seines unmittelbaren Vorgesetzten. Ich will nicht einen Soldaten mehr verlieren als unbedingt notwendig. Sie und Ihre Leute sind die beste Eliteangriffstruppe, die wir zusammenstellen konnten. Wenn wir das hier gleich beim erstenmal richtig durchziehen, können wir eine Materialschlacht vermeiden, denn wenn es dazu kommt, sind wir auf der Verliererseite. Unsere Aufgabe ist es, hineinzuspringen, den Pardern die Möglichkeit der Kriegsführung zu nehmen und wieder zu verschwinden. Nichts anderes. In Ordnung, gehen wir die einzelnen Operationsphasen noch ein letztes Mal durch. Colonel Masters?«

* * *

Als der Kommandeur der Ritter der Inneren Sphäre seine Strategie für die Eroberung New Anderys vortrug, atmete Colonel Sandra Barclay, die Kommandeurin der 71. Leichten Reiterei, insgeheim erleichtert auf. Nicht, weil ihre ›Schimmel‹, die in der Schlacht um Coventry von den Jadefalken fast völlig aufgerieben worden waren, für die Erstürmung des Genetischen Archivs eingeteilt waren. Das hatte sie vom Beginn der Operation Schlange an gewußt. Ihre Erleichterung erklärte sich aus der Tatsache, daß sich an ihrer Einteilung für die Eroberung dieser leicht verteidigten Anlage nichts geändert hatte.

Sie war keineswegs feige. Ganz und gar nicht. Barclay hatte sich bei der blutigen Verteidigung Leitnertons, der letzten Festung der Freien Inneren Sphäre auf Coventry, brillant geschlagen. Nein, das war es nicht. Seit die Einsatzgruppe den vertrauten Raum der Inneren Sphäre verlassen hatte, verfolgte sie ein immer stärker werdendes Gefühl drohenden Untergangs. Zunächst hatte sie dieses Unbehagen auf ihre Begegnung mit einer Jadefalken-*Galeere* in jener letzten verzweifelten Schlacht geschoben. Aber je näher der tatsächliche Start der Invasion Dianas rückte, desto größer wurde ihre Angst.

Nein, verbesserte sie sich. *Angst ist das falsche Wort. Es ist mehr eine Vorahnung, eine Vorahnung des Todes.* Seit sie von dieser Mission erfahren hatte, nagte das Gefühl an ihr, keine Angst vor dem Tod, sondern Angst, daß sie ihren Teil der Operation vergeigen, ihr Regiment in den Untergang führen und dann gezwungen sein könnte, mit dieser Schuld weiterzuleben. Für Sandra Barclay war der Gedanke, mit den Geistern derer zu leben, die beim Befolgen ihrer Befehle gefallen waren, schlimmer als der Tod von Feindeshand.

12

Schlachtkreuzer SBS *Unsichtbare Wahrheit*,
Einsatzgruppe Schlange
Namenloses Sonnensystem, 30 Lichtjahre vor Diana,
Clan-Raum

19. Februar 3060

Für Ariana Winston war das Ende der letzten Strategiebesprechung möglicherweise der wichtigste Augenblick in ihrem Leben. Für den größten Teil ihrer siebenundvierzig Lebensjahre war sie sich der Bestimmung bewußt gewesen, die wie eine goldene Straße vor der Leichten Eridani-Reiterei lag. Und jetzt bereitete sie sich hier, fast fünfzehnhundert Lichtjahre jenseits der Grenzen der Inneren Sphäre, darauf vor, die letzten, schicksalhaften Schritte entlang dieser Straße zu tun.

Als die verschiedenen Einheitskommandeure auf ihre jeweiligen Kommandoschiffe zurückkehrten, begaben sich Winston und ihre Regimentsführer an Bord einer Hochgeschwindigkeitsfähre zurück zur *Gettysburg*, dem Führungsschiff der Leichten Reiterei. Die Colonels Edwin Amis und Charles Antonescu unterhielten sich lebhaft über den bevorstehenden Sturm auf Diana, aber Sandra Barclay blieb stumm.

Winston fiel das Schweigen ihres jüngsten Colonels auf. Barclay war zwar noch nie sonderlich redselig gewesen, aber diesmal schien mehr hinter ihrem eisigen Schweigen und dem gebeugten Kopf zu stecken als ihre übliche Reserviertheit. Wäre Ariana Winston abergläubisch gewesen, hätte sie glauben können, über Barclay läge der Schatten des bevorstehenden Todes. Sie fragte sich kurz, ob die jüngere Frau unter der Belastung zusammenzubrechen drohte.

Barclay mußte ihr Starren gespürt haben. Sie hob den dunkelblonden Kopf, und der Blick ihrer tiefblauen

Augen bohrte sich tief in Winstons Augen. In ihren Pupillen loderte ein heller, trotziger Funke.

Nein, beruhigte sich Winston. *Sie steht nicht vor dem Zusammenbruch. Aber irgend etwas macht ihr zu schaffen. Was immer es ist, wir müssen es klären, bevor wir Diana angreifen. Ich kann nicht riskieren, daß eine meiner Einheitsführerinnen nicht mit hundert Prozent bei der Sache ist.*

Als hätte sie Winstons Gedanken gelesen, lächelte Barclay. In dieser simplen Geste erkannte die Generalin die selbstbewußte junge Offizierin wieder, in der sie einmal eine mögliche Nachfolgerin auf dem Kommandeursposten der Leichten Eridani gesehen hatte. Das schmale Grinsen war von Müdigkeit und Sorge gezeichnet, aber das hatte nichts zu bedeuten. Sie waren alle müde, und in Anbetracht dessen, was sie erwartete, war Besorgnis eine natürliche Reaktion.

Vielleicht habe ich mich in ihr geirrt, dachte sie und erwiderte das Lächeln. *Was mache ich jetzt? Wenn ich Sandys Haltung falsch ausgelegt habe, könnte es aussehen, als vertraue ich ihr nicht, wenn ich ihr ein aufmunterndes Gespräch aufzwinge. Aber wenn ich mich irre und nicht mit ihr rede, könnte ich das ganze Regiment zum Tode verurteilen.*

Mit einem schweren Seufzer entschied Winston, die Entscheidung zurückzustellen. Immerhin würde noch eine volle Woche vergehen, bevor die Hauptinvasionsflotte nach Diana sprang. Das gab ihr reichlich Zeit, Barclay im Auge zu behalten und zu entscheiden, welche Maßnahmen erforderlich waren – wenn überhaupt.

Sie hatte den Entschluß kaum gefaßt, als der Raumfährenpilot seine Passagiere darüber in Kenntnis setzte, daß sie in Kürze an der *Gettysburg* anlegten. Die knappe Mitteilung genügte, Winston auf andere Gedanken zu bringen. Obwohl sie durch Morgans Tod den Befehl über die gesamte Operation übernommen hatte, blieb sie die Kommandeurin der Leichten Eridani-Reiterei. Es war schon immer ihre Gewohnheit gewesen, den generellen Schlachtplan für die ganze Einheit festzulegen und die operationalen Einzelheiten dann den Regiments- und Bataillonsführern zu überlassen. Trotz der Größe der Aufgabe, vor der sie diesmal standen, sah sie keinen Anlaß, mit dieser Tradition zu brechen.

»Danke, Lieutenant«, bestätigte sie die Meldung des Piloten. »Setzten Sie sich mit der Kommandozentrale der *Gettysburg* in Verbindung, und lassen Sie die Bataillonsführer im Konferenzraum antreten. Ich will so bald wie möglich eine Vorbesprechung abhalten.«

»Geht in Ordnung, General.«

* * *

Nur fünfunddreißig Minuten später schloß Winston ihre kurze Erklärung der Rolle ab, die ihre Leichte Reiterei in der bevorstehenden Operation spielen würde. Ein paar Zentimeter über dem Konferenztisch der *Gettysburg* hing eine Hologrammkarte in der Luft, die große Ähnlichkeit mit der hatte, um die sich der Befehlsstab an Bord der *Unsichtbare Wahrheit* versammelt hatte. Der Hologrammprojektor der Leichten Reiterei war jedoch kleiner und weniger leistungsstark als der an Bord des Flaggschiffs, so daß die Karte weniger Details enthielt. Aber das spielte kaum eine Rolle. Jeder Bataillonsführer besaß einen ausführlichen Kartenausdruck seines Operationsgebiets, und jeder Kompanieführer würde eine elektronische Kopie dieser Karte im Bordcomputer seines Mechs mitführen.

Alle Bataillonskommandeure kannten ihre Aufgaben und würden sie ohne weitere Befehle aus der oberen Befehlsriege der Leichten Reiterei ausführen können. Jeder von ihnen war ausführlich über die generellen Ziele seines Regiments informiert und konnte den Platz seines kommandierenden Colonels übernehmen, sofern das notwendig wurde. Winstons Bataillonsführer, sämtlich im Rang eines Majors, würden ihrerseits ihre jeweiligen Kompanieführer einweisen und darauf vorbereiten, das Bataillon zu übernehmen, sollten sie selbst verletzt oder getötet werden. Jeder Offizier kannte die exakte Rangordnung seines Bataillons oder Regiments. Es würde keine Streitereien über Dienstzeiten geben, während der Feind näherrückte. Das war eine Tradition der Leichten Eridani-Reiterei. Sie sicherte zugleich eine lückenlose Befehlskette und einen stetigen Nachschub an Offizieren.

Nachdem alle zehn Bataillonsführer bestätigt hatten, daß ihre Aufträge klar waren, lächelte Winston zufrieden. Aber es blieb ein Offizier übrig, der noch nicht gesprochen hatte. Sie preßte mit dem Daumen einen Knopf auf dem Computerterminal an ihrem Konferenztischplatz und öffnete eine Verbindung zur Zentrale der *Gettysburg*. »Brücke, hier General Winston. Öffnen Sie einen Kanal zum Rest der Leichten Reiterei.«

»Verbindung steht, General.« Die Schnelligkeit, mit der die Antwort kam, zeigte, daß der KommTech bereits auf diese Anweisung gewartet hatte. Sie sah ans andere Ende des Tisches und nickte dem Kaplan zu, der während der gesamten Besprechung still geblieben war.

Captain D. C. Stockdale, der Brigadekaplan der Leichten Reiterei, stand vorsichtig auf. Er faßte den Rand des Konferenztischs, um in der Schwerelosigkeit des Konferenzraums sein Gleichgewicht zu halten, neigte den Kopf und sprach die Worte, die fast so alt waren wie jene, die er bei Morgans Beisetzung intoniert hatte. »Dominus noster Jesus Christus vos absolvat.«

Obwohl er ein protestantischer Priester war, wußte Stockdale um die spirituellen Bedürfnisse aller seiner Obhut anvertrauten Truppen. Die Worte der Vergebung fielen ihm schwer, aber er wußte, welche Erleichterung sie für die katholischen Mitglieder der Einheit bedeuteten. »Tut eure Pflicht«, schloß er. »Und der Herr beschütze euch.«

Als er wieder Platz genommen hatte, räusperte Winston sich. »Leichte Eridani«, erklärte sie mit fester, deutlicher Stimme. »Heute stehen wir vor einem schicksalhaften Schritt. Wir erfüllen die Hoffnungen und Träume all jener, die vor uns die Uniform der Leichten Eridani-Reiterei trugen, von den Tagen des ersten Sternenbunds an bis heute. Es war mir immer eine Freude und ein Privileg, mit euch zu dienen. Jeder von euch, vom jüngsten Rekruten bis zum dienstältesten Veteranen, weiß, was von ihm erwartet wird. Ich habe vollstes Vertrauen in euren Kampfesmut, euren Freiheitsdrang und eure Hingabe an den Traum des Sternenbunds. Ich weiß, ihr werdet mich nicht enttäuschen. Viel Glück. Wir sehen uns auf Diana.«

Mit einer plötzlichen Bewegung trennte sie die Verbindung.

»Ladies und Gentlemen«, wandte sie sich an die Offiziere im Besprechungsraum. »Sie alle kennen Ihre Aufgabe. Ich muß auf die *Unsichtbare Wahrheit* zurückkehren, um die Operation zu leiten. Vor Beginn des Angriffs bin ich zurück. Viel Glück. Zeigt's ihnen.«

Edwin Amis lachte leise, als er die letzten Worte hörte, die Winston wie eine wütende Tigerin geknurrt hatte. Um seine Belustigung zu überspielen, riß er die rechte Hand zum auswärts gedrehten Salut der Leichten Reiterei hoch, und seine Kameraden taten es ihm nach.

Mit einem zufriedenen Grinsen erwiderte Winston die Geste und verließ den Raum.

* * *

Wenige Dutzend Kilometer entfernt spielte sich unter den Mitgliedern der Draconis Elite-Sturmtruppen eine ähnliche Szene ab. Nach der letzten Missionsbesprechung kehrten Michael Ryan und sein Stab auf die *Haruna* zurück, um die letzten Vorbereitungen zu treffen.

Das erbeutete Clan-Landungsschiff hatte an Dockkragen Nummer Drei der *Haruna* angelegt. Seine früheren Besitzer, die Geisterbären, hatten sie *Eispfeil* genannt, aber die Einsatzgruppe hatte den Namen in *Stiletto* umgeändert. Entsprechend der veränderten Einsatzplanung hatten die den DEST-Teams zugeteilten Techmannschaften die Ausrüstung der Kommandosoldaten von der *Bisan* auf die *Stiletto* transferiert. Die zusammen mit dem Landungsschiff erbeuteten OmniMechs waren auf die *Ericsson*, das Sprungschiff der Kathil-Ulanen, verbracht worden. Sharon Byran war alles andere als erfreut gewesen, als sie von diesem Transfer gehört hatte, weil sie darin einen Beweis dafür sah, daß Winston die erbeuteten Clan-Maschinen den VerCom-Truppen zugesprochen hatte. Winston hatte der kompromißlosen Steiner-Anhängerin mühselig erklärt, daß die Omnis irgendwo bleiben mußten und es schlichtweg die einfachste Lösung gewesen war, sie an Bord des Sprungschiffs zu lagern, an dem die *Stiletto* zu diesem Zeitpunkt angedockt gewesen war.

Die Ironie des neuen Namens ließ Ryan leise schmunzeln. Obwohl die DESTler die Kriegertradition des Draconis-Kombinats in hohen Ehren hielten, glichen sie eher Ninja als Samurai. Jetzt würde das eroberte Geisterbären-Landungsschiff, in den Farben der Nebelparder neu lackiert, zum schmalen Messer des Meuchelmörders an der Kehle der Clanner werden.

Im großen Mechhangar der *Stiletto*, der ohne die gepanzerten Riesen, zu deren Transport er gedacht war, wie eine riesenhaft metallene Höhle wirkte, bereiten sich die DEST-Krieger auf ihre Phase der Operation Schlange vor. Jeder DESTler überprüfte sorgfältig seine Ausrüstung. Kein Teil blieb ausgespart, von den *Kage*-Krötenpanzern bis zu den kleinen Shuriken, die jeder Kommandosoldat bei sich trug. Nachdem die Krieger mit der Inspektion ihrer Ausrüstung fertig waren, nahmen sie sich die ihres Partners vor. Auf diese Art wurde jedes einzelne Ausrüstungsteil zweimal überprüft, um sicherzugehen, daß auch die winzigsten Fehler, die sonst vielleicht den Erfolg der Mission hätten gefährden können, bemerkt und ausgeräumt wurden.

Selbst Michael Ryan war von diesem Ritual nicht ausgenommen. Langsam, mit unendlicher Sorgfalt, strich er mit den Händen über jedes Segment der schwarzen, nichtreflektierenden Oberfläche seines *Kage*-Panzers, suchte nach Beulen oder Kratzern in der Panzerung, möglichen Hinweisen auf versteckte Schäden, die im ungeeignetsten Augenblick akut werden konnten. Nachdem er sich vergewissert hatte, daß sein Panzer und dessen ›Tarn‹-Beschichtung intakt waren, ging er um den auf einem Ständer montierten Anzug herum, um die faltbaren Stummelflügel auf dem Rücken der Einheit zu inspizieren. Auch hier lieferte die gewissenhafte Überprüfung keinerlei Grund zu Bedenken. Die internen Mechanismen des Krötenanzugs funktionierten einwandfrei, genau wie der leistungsstarke Blasterkarabiner, den Ryan für Infiltrationsmissionen bevorzugte.

Nachdem er den *Kage,* seine Waffen und die übrige Ausrüstung durchgecheckt hatte, wechselte er den Platz mit Master Sergeant Raiko. Ihm war bewußt, daß viele Offiziere außerhalb der DEST-Teams die Vorstellung als beleidigend empfanden, ein Offizier könne gezwungen sein, sich einer Inspektion durch einen Mannschaftsgrad zu unterziehen. Ryan selbst hatte einmal eine ähnliche Einstellung besessen. Aber nur, bis er gehört hatte, wie ein Ausbilder am Internen Sicherheitskolleg auf New Samarkand die Geschichte eines Chu-i erzählt hatte, der sich weigerte, vor einem Übungssprung seinen Fallschirm von einem Mannschaftsgrad überprüfen zu lassen. Als es zum Sprung kam, hatte der Hauptfallschirm des Offiziers sich nicht geöffnet, und er hatte es kaum noch geschafft, den Reserveschirm auszulösen. Er war hart aufgeschlagen und hatte komplizierte Brüche an beiden Beinen davongetragen, genug, um seine militärische Laufbahn jäh zu beenden. Die Erinnerung an dieses Debakel genügte, Ryan dazu zu bringen, seine Ausrüstung durch einen Untergebenen ein zweitesmal überprüfen zu lassen, wenn auch widerwillig.

Wie üblich erwies sich die Inspektion als unnötig. Die gesamte Ausrüstung des DEST-Teams 6 war in nahezu perfektem Zustand. Ryan war ein Fanatiker, was die Wartung der Teamausrüstung betraf. Wenn die Mitglieder seiner Truppe die Ausrüstung nicht gerade benutzten, dann säuberten, inspizierten oder reparierten sie deren Bestandteile.

Nachdem auch das letzte Teil doppelt überprüft war, trug er die entsprechenden Daten in seinen Compblock ein und unterzeichnete sie mit einem Lichtgriffel. Er drehte sich zu dem in die innere Schottwand des Mechhangars eingelassenen Kommunikator um und drückte einen Knopf, der die Verbindung zu den anderen Hangars öffnete. »Alle Teams, Bereitschaft melden«, sprach er in das von einem Drahtkäfig geschützte Mikrophon.

»Team 4, bereit.« Captain Kenyu Yosuke mußte schon neben dem Gerät gestanden und darauf gewartet haben, sich zu melden. Captain William Culp, der Kommandeur von Team 5, gab seine Meldung Sekunden später durch.

»So ka«, bestätigte Ryan und schaltete um. »Brücke von Major Ryan. Alle Teams einsatzbereit und fertig.«

»Hai«, erklang die Stimme von Korvettenkapitän Randolph DeMoises, dem Skipper der *Haruna*. »Fertigmachen zum Sprung.«

* * *

An Bord der *Unsichtbare Wahrheit* trat Ariana Winston gerade auf die Brücke, als der Funkspruch vom Kapitän der *Haruna* eintraf.

»General, *Haruna* meldet, die DEST-Teams sind bereit zum Einsatz.«

»Danke«, nickte sie der KommTech zu. »Korvettenkapitän DeMoise soll sich bereithalten. Und öffnen Sie einen Kanal zur Flotte.«

»Verbindung steht.«

Winston atmete tief ein, hielt die Luft kurz an und ließ sie dann ruckartig entweichen. Sie trat in die Mitte des Holotanks und begann zu sprechen. »Achtung, alle Mitglieder der Einsatzgruppe, hier spricht General Ariana Winston. Meine Freunde, wir stehen am Anbruch eines neuen Tages. In wenigen Minuten werden wir die möglicherweise bedeutendste militärische Operation seit der Befreiung Terras aus den Klauen Stefans des Usurpators im Jahre 2777 einleiten. Der Augenblick, auf den wir seit fast einem Jahr hinarbeiten. Dies ist der Augenblick, für den Morgan Hasek-Davion sein Leben gab. Ich brauche sicher niemanden von Ihnen an seine Pflicht zu erinnern. Sie alle haben Ihre Pflicht getan, seit Sie auf Defiance eingetroffen sind. Jetzt wird all der Zeitaufwand, werden Blut, Schweiß und Tränen belohnt, die Sie vergossen haben. Jetzt werden wir unsere Heimat, unsere Völker, unsere Familien von der drohenden Tyrannei befreien.« Übermannt von der Bedeutung und den Gefühlen des Augenblicks, schlug sie mit geballter Faust auf das Messinggeländer um den Holotank. »Jetzt holen wir uns zurück, was unser ist!«

Ihre Worte hallten wie ein Glockenschlag über die Brücke der *Unsichtbare Wahrheit*, und Winston machte eine Pause. Einen Augenblick lang fühlte sie sich ein wenig lächerlich, wie einer jener Politiker, deren wortgewaltige, aber inhaltsleere Reden sie regelmäßig anwiderten. Als sie wieder das Wort ergriff, geschah es mit dem geschäftsmäßigen Tonfall eines hohen Offiziers. »Alle Einheiten, Sprungbereitschaft melden.«

Mit einem Winken signalisierte sie der KommTech, den Kanal zu schließen.

Eins nach dem anderen meldeten sich in schneller Folge alle Sprungschiffe der Einsatzgruppe Schlange beim Flaggschiff. Als auch das letzte Schiff, die *Bernlad* der Ritter der Inneren Sphäre, ihre Einsatzbereitschaft bestätigt hatte, nickte sie zufrieden. Ein Fingerzeig zur KommTech öffnete den Kanal wieder.

Winston stand mehrere Atemzüge schweigend im Innern des Holotanks und betrachtete in einer Mischung aus Stolz und Sorge die ringsum projizierte Flotte. »Verdammt, Morgan«, flüsterte sie. »Gerade, als wir dich am dringendsten gebraucht hätten …«

Sie atmete noch einmal tief ein und heftig aus. »Alle Einheiten von Ballerina«, verkündete sie unter Verwendung ihres Codenamens. »Operation Schlange beginnt … jetzt.«

13

Fregatte SBS *Haruna*, Einsatzgruppe Schlange
Namenloses Sonnensystem, 30 Lichtjahre vor Diana, Clan-Raum

19. Februar 3060

An Bord der *Haruna* öffnete Korvettenkapitän Randolph DeMoise durch Druck auf eine Taste in der Armlehne seines Kapitänssessels eine Interkomverbindung zum Mechhangar. »Major Ryan? Operation Schlange läuft.«

»Hai, Skipper, wann immer Sie soweit sind«, antwortete Ryan. DeMoise konnte den Stolz aus der Stimme des DEST-Kommandeurs heraushören. Und er fühlte ihn ebenfalls. Nachdem das Draconis-Kombinat nahezu ein Drittel seiner bewohnten Systeme an die Clans verloren hatte, nach fast einem Jahrzehnt des Abwartens, waren sie endlich soweit, sich an ihren Peinigern zu rächen. Seit dem versuchten Attentat auf den Koordinator stand im Kombinat jeder unter Verdacht, der auch nur entfernt Verbindungen zu den Elite-Sturmtruppen und der Internen Sicherheitsagentur unterhielt. Diejenigen, die den darauf folgenden Säuberungen entkommen waren, wie Ryan und DeMoise, fühlten tiefe Schande über den Verrat ihrer Kameraden und ihre eigene Unfähigkeit, den feigen Anschlag zu verhindern. Jetzt standen sie Hunderte von Lichtjahren von der Heimat entfernt am Beginn einer Operation, die versprach, diese Schande auszulöschen.

»Bordingenieur«, bellte DeMoise. »Triebwerke laden. Astrogator, Kurs in Navigationscomputer einspeisen.«

Die Befehle des Kapitäns wurden wiederholt, noch während seine Leute sie befolgten.

»Herr«, rief der Bordingenieur der *Haruna*. »Das Schiff ist bereit zum Sprung.«

»Sehr schön. Sprung.«

Innerhalb eines Augenblicks kehrte sich das Universum von innen nach außen, als die gewaltigen Energien des tief im gepanzerten Rumpf der Fregatte verborgenen Kearny-Fuchida-Antriebs ein Loch in das Raum-Zeit-Gefüge rissen, das Kriegsschiff und dessen zerbrechliche menschliche Fracht hindurchschleuderten und anschließend das Portal hinter ihnen zuschlugen. Lichter, Farben und Geräusche, für die es keine Beschreibung gab, stürmten auf die Sinne aller an Bord ein. Die Zeit dehnte sich um sie herum in die Unendlichkeit, bis DeMoise glaubte, innerhalb eines Herzschlags den Beginn der Schöpfung, das Ende Armageddons und alle möglichen Zukünfte und Vergangenheiten erkennen zu können.

Dann, gerade als es drohte, unter den Myriaden widersprüchlicher Eindrücke den Verstand zu verlieren, schnappte das Universum zurück in seine gewohnte Ordnung. Fremde Sterne strahlten im kleinen Holotank des Schiffes.

»Astrogator ...«, setzte DeMoise an.

»Herr, wir befinden uns exakt im Ziel. Zenithpunkt, Diana-System.«

»Kommunikation, unsere Clan-IFF-Kennung abstrahlen«, befahl er. Noch bevor er ausgesprochen hatte, antwortete der Tech an den Hauptkommkontrollen der *Haruna* bereits, daß die Fregatte das falsche Transpondersignal aussandte, das sie von Trent erhalten hatten.

»Volle Sensorabtastung. Meldung aller Kontakte. Ich will wissen, ob sich da draußen irgendwelche Kriegsschiffe aufhalten, die dort nichts zu suchen haben.«

»Hai, Sensorabtastung.« Sekunden später erreichte ihn das Ergebnis. »Skipper, unsere Sensoren zeichnen keine Kriegsschiffe, nur ein einzelnes Transportsprungschiff der *Händler*-Klasse. Sein Segel ist ausgebreitet, aber es sind keine Landungsschiffe angedockt.« Der Tech stockte. »Herr, es strahlt eine andere IFF-Kennung ab.«

»Was?« schnappte DeMoise.

»Herr«, wiederholte der Tech. »Der *Händler* strahlt ein Identifikation:-Freund-Feind-Signal aus, das sich von dem unterscheidet, das wir erhalten haben.«

»Anzeigen.«

In Reaktion auf DeMoises Befehl gab der Tech eine schnelle Serie von Befehlen in das Kontrollsystem des Holotanks ein. Beinahe sofort wurde die winzige graphische Darstellung des Diana-Systems durch eine in kleinerem Maßstab gehaltene Wiedergabe des Gebiets um den Zenithsprungpunkt ersetzt. Die *Haruna* hing mehrere Dutzend Zentimeter neben der schlanken, nadelförmigen Darstellung eines Clan-Sprungschiffs der *Händler*-Klasse. Trotz der groben Auflösung des Bildes konnte DeMoise deutlich erkennen, daß die Dockkrägen des Transporters leer waren. Wichtiger waren für ihn aber die alphanumerischen Angaben neben beiden Schiffen, die ihre jeweiligen Transponderkennungen anzeigten. Obwohl Präzentor Martialum Anastasius Focht, der an der Planung der Mission nach Diana beteiligt gewesen war, sein Vertrauen in die von seinem Spion gelieferten Daten zum Ausdruck gebracht hatte, war es DeMoise nie ganz gelungen, diese Haltung zu teilen.

Jetzt hatte er gerade erfahren, daß das Funksignal, mit dem sie die *Haruna* als Nebelparder-Zerstörer/Träger der *York*-Klasse ausgeben wollten, möglicherweise nicht korrekt funktionierte – und das allein und von jeder Hilfe abgeschnitten, im Heimatsystem des schlimmsten Feindes, dem das Draconis-Kombinat je gegenübergestanden hatte. Wenn die IFF-Kennung veraltet genug oder einfach falsch war, bestand die Gefahr, daß die Parder schon dabei waren, ihre Luft/Raumjäger und Gefechtslandungsschiffe zu starten. Schlimmer noch, wenn Trents Informationen stimmten und es ein funktionstüchtiges Raumverteidigungsnetz um Diana gab, hatte vielleicht schon ein Robotkampfschiff

Kurs auf die *Haruna* genommen, um sie abzufangen und zu vernichten.

»Sensorabtastung wiederholen«, befahl DeMoise. »Alle Kontakte melden.«

»Herr, mein einziger Kontakt bleibt der Clan-*Händler*.« Die Antwort hatte keine Minute auf sich warten lassen.

»Nichts aus dem Systeminneren? Nichts von Diana?«

»Nein, Herr. Nur der *Händler*, und der zeigt keine Anzeichen von Beunruhigung.«

DeMoise stieß einen japanischen Fluch aus, der in höflicher Gesellschaft für Schock und Empörung gesorgt hätte. Hier, auf der Brücke eines Kriegsschiffs mitten in feindlichem Gebiet, wurde er kaum zur Kenntnis genommen.

»Könnte es sein, daß die Clanner unterschiedliche IFF-Kennungen für Transporter und Kampfschiffe verwenden?« fragte er sich laut.

»Durchaus, Kapitän.« Der 1. Offizier der *Haruna* hatte das laute Nachdenken seines Vorgesetzten als Frage mißverstanden, die eine Antwort verlangte. »Bei uns ist es ebenso. Selbst im Fall von Militärtransporten unterscheidet sich die Kennung geringfügig von der eines Kampfraumschiffs. Es besteht kein Grund anzunehmen, daß es sich bei den Clannern anders verhalten sollte.«

»Ha«, schnaubte DeMoise. »Es besteht kein Grund anzunehmen, daß bei den Clannern irgend etwas genauso ist wie bei uns.« Er stieß einen erneuten Fluch aus und stieß den Finger auf den Interkomknopf. »Major Ryan, wir haben möglicherweise ein Problem.«

* * *

»Was ist los, Skipper?« Ryan runzelte die Stirn, als er die Besorgnis in DeMoises Stimme hörte.

In kurzen, knappen Worten erklärte der Kapitän der *Haruna* die Lage.

»Was mir die meisten Sorgen bereitet«, schloß er, »ist die Tatsache, daß die Clanner noch nie sonderlich gezögert haben, auf eine Situation zu reagieren, egal, ob die positiv oder negativ für sie war. Was, wenn sie schon dabei sind, ihre Jäger zu starten? Oder schlimmer noch, was wird, wenn sie ihr Reagan-Netz aktivieren? Wenn Sie jetzt abkoppeln, könnte es passieren, daß die Nebelparder die *Stiletto* auf halber Strecke zum Planeten abfangen, und ich könnte Ihnen nicht helfen. Das einzige, was ich tun könnte, ist davonspringen und zur Flotte zurückkehren. Wenn ich das tue, wenn es uns nicht gelingt, das Raumverteidigungssystem auszuschalten, bleiben der Flotte nur zwei Möglichkeiten. Sie kann die ganze Mission abschreiben und umdrehen, oder wir fallen mit feuernden Geschützen ein und versuchen, uns den Weg freizuschießen. So oder so gibt es ein Debakel.«

Ryan ließ die Eröffnung seines Gesprächspartners ein paar Sekunden auf sich wirken. Wenn DeMoises Angst sich als begründet erwies und die Nebelparder die falsche Transponderkennung als solche erkannt hatten, bestand in der Tat die Gefahr, daß ein Gegenschlag zur Vernichtung der Eindringlinge bereits eingeleitet war. In diesem Fall blieben den DEST-Teams keine größeren Optionen als Flucht, Kampf oder der Versuch eines Bluffs. Obwohl DeMoise an Bord seines Schiffes die oberste Instanz war, hatte Ryan den Oberbefehl über die Mission und war ihm vorgesetzt, bis sich die *Stiletto* von der *Haruna* löste. DeMoise konnte Ryans Anweisungen nur widerrufen, wenn diese das Kriegsschiff auf unverantwortliche Weise in Gefahr brachten. In diesem Stadium der Operation lag die Entscheidung über Weitermachen oder Abbruch bei Ryan.

Falls die Parder einen Gegenschlag starteten, würde die *Haruna* aller Wahrscheinlichkeit nach von deren Geschützen in Stücke gerissen werden. Hatten sie noch keinen Verdacht geschöpft, und das Sternenbund-Schiff sprang plötzlich mit Hilfe seiner Lithium-Fusions-Batterien zurück, würden die Parder wissen, daß etwas nicht stimmen konnte, und die Einsatzgruppe würde ihre Invasion gegen einen vorgewarnten Gegner starten müssen. Trotz DeMoises Feststellung, daß sie die Mission möglicherweise würden aufgeben müssen, war eine Umkehr realistischerweise nicht möglich. Blieb ein Bluff.

»Skipper«, entschied Ryan schließlich. »Wir bleiben. Wir müssen es einfach darauf ankommen lassen und uns darauf verlassen, daß die Nebelparder so unbeweglich sind wie es ihnen von allen Seiten nachgesagt wird. Wir müssen darauf vertrauen, daß sie auch ein Schiff, das eine alte Nebelparder-Kennung abstrahlt, als ein Nebelparder-Schiff akzeptieren.«

»Hai, Sho-sa Ryan-san.« DeMoises Tonfall machte deutlich, wie wenig ihm diese Antwort behagte. »Ich habe erwartet, daß Sie das sagen. Was wünschen Sie, soll ich als nächstes tun, Sir?«

Ryan schmunzelte über DeMoises formelle Frage. »Breiten Sie das Segel aus und beginnen Sie mit dem routinemäßigen Aufladeverfahren. Meine Leute machen sich für das Abkoppeln bereit. Wenn hier unten alles fertig ist, legen wir ab und stürzen zum Planeten.«

»Hai«, kam die Antwort. »Sprungsegel wird ausgebreitet. Melden Sie sich, wenn Sie bereit zum Ablegen sind.«

* * *

Dreißig Minuten später meldete Ryan über den Skipper der *Stiletto*, Maëda Ge, den Abschluß der Vorbereitungen. Als Antwort auf diese Mitteilung schob sich eine Serie schwerer Stahlbolzen zurück und gab die riesigen Klammern frei, die das Landungsschiff der *Breitschwert*-Klasse am gepanzerten Rumpf der *Haruna* festhielten. Als die Klammern sich lösten, ging ein leises Zittern durch beide Schiffe.

»Klammern entriegelt und zurückgezogen«, meldete ein Besatzungsmitglied. »*Stiletto* ist frei bei Schubantrieb.«

»Verstanden. *Stiletto* bestätigt, frei bei Schubantrieb«, antwortete Ge. Mit einer geschickten Bewegung an den Landungsschiffskontrollen verlieh der Pilot ihr gerade genug Schub, um sich vom Sprungschiff zu lösen. Ein dumpfes, tiefes Wummern lief durch das Schiff, das dessen Besatzung mehr fühlte als hörte. Auf den Sichtschirmen fiel die *Haruna* weg, als Ge das Schiff auf den weit entfernten Planeten ausrichtete.

»Abgekoppelt, abgekoppelt«, gab Ge durch. »*Stiletto* ist frei von Dockkragen. Wir nehmen Kurs ins System.«

»Verstanden, *Stiletto*«, erklärte DeMoise. »Viel Glück. Wir sehen Sie wieder, wenn alles vorbei ist.«

»Arigato«, antwortete Ge. »Sayonara.«

Mit dieser kurzen und äußerst prosaischen Mitteilung lief die Invasion Dianas an.

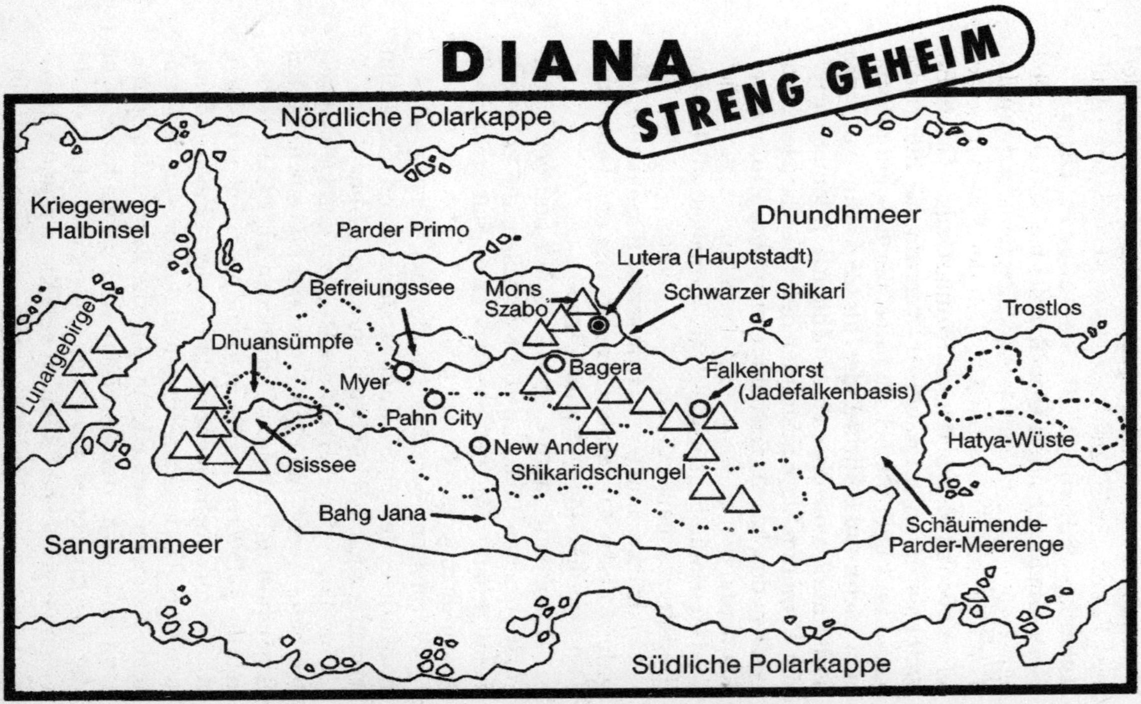
DIANA
STRENG GEHEIM
Nördliche Polarkappe
Kriegerweg-
Halbinsel
Parder Primo
Dhundhmeer
Lutera (Hauptstadt)
Mons
Szabo
Schwarzer Shikari
Befreiungssee
Trostlos
Lunargebirge
Dhuansümpfe
Myer
Bagera
Falkenhorst
(Jadefalkenbasis)
Pahn City
Hatya-Wüste
New Andery
Osissee
Shikaridschungel
Bahg Jana
Schäumende-
Parder-Meerenge
Sangrammeer
Südliche Polarkappe

14

Landungsschiff SBS *Stiletto*, im Anflug auf Diana Kerensky-Sternhaufen, Clan-Raum

19. Februar 3060

»Das wär's, Major. Wir sind unterwegs.« Ge drehte sich halb in seinem Sessel zu Ryan um, der hinter ihm stand und über die Schulter des Kapitäns auf den fernen Lichtpunkt blickte, der ihr Ziel war. Aus einer Entfernung von über einer Milliarde Kilometern war der Planet im Sternenhimmel, der den schmalen Sichtschirm des Landungsschiffes ausfüllte, kaum zu erkennen.

»Hai, Kapitän«, meinte Ryan. »Schalten wir unseren Transponder ein.«

Ge drückte auf einen schwarzen Plastikknopf, der sich in Ryans Augen durch nichts von den Dutzenden von Knöpfen ringsum unterschied.

»Transponder aktiv«, stellte Ge fest und warf einen mißtrauischen Blick auf die Kontrollen, die er gerade betätigt hatte. »Meinen Sie, dieser ComStar-Spion wußte wirklich, wovon er redet, Sir?«

»Shirimasen. Marshal Hasek-Davion fand schon«, antwortete der DEST-Kommandeur. »Und Generalin Winston auch. Ich bin bereit, ihnen zu glauben.«

Zusätzlich zum Verlauf des Wegs zu den Heimatwelten hatte Agent Trent der Einsatzgruppe einen wahren Schatzhort an Geheiminformationen über Clan Nebelparder geliefert: dessen Standardoperationsverfahren, Kommunikatorfrequenzen und Codes, Einheitsaufbauten, Transpondereinstellungen und mehr. Aus den Strategiesitzungen wußte Ryan, daß der Bericht des Spions lang und etwas desorganisiert war, so, als habe Trent die Informationen nebenbei gesammelt, statt sie in einen vorgegebenen Rahmen von Klassen und Kategorien einzugeben. Dadurch mußte man sich durch einiges an Spekulation und Halbinformationen wühlen, um zu finden, was Ryan als solide, zuverlässige Daten akzeptiert hätte.

Der Freund-Feind-Transponder der *Stiletto* war auf der Basis von Trents Bericht programmiert worden. Wenn jetzt irgendein Nebelparder-Pilot oder Sensor-Tech einer Bodenstation das betreffende Instrument abfragte, reagierte es, indem es die IFF-Kennung eines Parder-Landungsschiffs namens *Tracker* abstrahlte.

»Hrrmf.« Ge schüttelte den Kopf. »Wenn die Parder ihre ID-Kennungen geändert haben, fliegen wir in ein Wespennest.«

»Es könnte schlimmer sein«, erinnerte Ryan ihn. »Ursprünglich sollten wir einen Orbitalabwurf mit der *Bisan* durchführen, neh? Die Parder haben nichts, was auch nur annähernd an ein Landungsschiff der *Achilles*-Klasse erinnert. Stellen Sie sich mal vor, wir hätten dieses Clan-Schiff nicht erbeutet und irgendein neugieriger Parder-Pilot entschlösse sich zum Vorbeiflug mit visueller Inspektion, statt sich auf die Elektronik zu verlassen. Die ganze Operation wäre gescheitert, noch bevor meine Teams zum Abwurf kämen. Ich bin bereit, für den Drachen zu sterben. Es ist meine Pflicht, das zu tun, wenn es nötig wird, und es ist die höchste Ehre, die es für einen draconischen Krieger geben kann. Aber sinnlos zu sterben, nur weil irgendein Clan-Jagdpilot Initiative zeigt, ist etwas ganz anderes. Auf diese Weise sind wir zumindest an Bord eines Clan-Schiffes, selbst wenn unsere Kennung falsch sein sollte und man sich zu einem Vorbeiflug entschließt. Die Muen no Daineko dürften es sich zweimal überlegen, ein Clan-Schiff abzuschießen, nur weil es eine veraltete IFF-Kennung benutzt.«

»Und wenn sie uns doch abschießen?«

»Dann werden wir die Ehre haben, dem Drachen bis in den Tod treu gedient zu haben.«

Kapitän Maëda Ge antwortete nicht auf Ryans halb

stolz, halb scherzend vorgebrachte Feststellung. Er zuckte nur die Achseln und richtete seine Aufmerksamkeit wieder auf die Steuerung des Landungsschiffes.

* * *

Der Anflug auf Diana erwies sich als ereignislos, um nicht zu sagen langweilig. Nur zwei Ereignisse unterbrachen die Monotonie der langen Reise. Das erste trat ein, als nur noch drei Tage bis zum planmäßig flachen Eintritt der *Stiletto* in die stürmische Atmosphäre Dianas blieben. Am 16. Februar um etwa siebzehn Uhr meldete der SensorTech der *Stiletto* das Aufflammen und Verblassen einer großen elektromagnetischen Tachyonenwelle am Zenithsprungpunkt des Systems. Das Strahlungsprofil entsprach dem eines dematerialisierenden Kriegsschiffs der *Kyushu*-Klasse. Als er die Meldung erhielt, verspürte Ryan ein ungewohntes Schaudern. Die *Haruna* hatte das System verlassen. Jetzt waren die DESTler wirklich auf sich allein gestellt.

Das zweite Ereignis trat nur zwölf Stunden später ein, als eine bodengestützte Sensorabtastung den Transponder des Schiffes auslöste. Atemlose Spannung legte sich über die *Stiletto*, als Passagiere und Besatzung auf die Reaktion der Nebelparder warteten. Dies war der erste und entscheidende Test der von Trent gelieferten Informationen. War die Kennung korrekt? War ein zusätzlicher Sprechverkehr zur Unterstützung des elektronischen Paßworts notwendig? Konnten sie die Täuschung aufrechterhalten, wenn sie angerufen wurden?

Mehrere lange Minuten warteten sie angespannt auf eine Reaktion von Seiten des unter ihnen liegenden Planeten. Ryan spekulierte, daß die Parder möglicherweise damit beschäftigt waren zu diskutieren, was sie mit der *Stiletto/Tracker* machen sollten, falls die IFF-Kennung nicht hundertprozentig einwandfrei war. Während dieser gesamten Zeit war das einzige Geräusch, das auf der Brücke des Landungsschiffes zu hören war, das klagende und allmählich irritierend schrille Fiepen des Radarwarnsystems. Das unangenehme Geräusch bedeutete eine konstante Erinnerung, daß man ihr Schiff entdeckt hatte und es jetzt von feindlichen Radaranlagen ›gezeichnet‹ wurde.

Dann brach das Abfragesignal ebenso plötzlich ab, wie es begonnen hatte. Das Radar wurde abgeschaltet, und die Nebelparder schienen das Interesse an der *Stiletto* zu verlieren.

»Was ist passiert?« Ryans Stimme war ein drängendes Flüstern, als habe er Angst, zu laut zu werden, weil ihn die Parder sonst hören und sich wieder für das Schiff interessieren könnten.

»Keine Ahnung«, erwiderte Ge und starrte mit gerunzelter Stirn auf die Instrumente der *Stiletto*. »So etwas ist nicht üblich. Wenn man einmal vom Radar erfaßt ist, bleibt man bis zum Aufsetzen auf dem Radarschirm. Die Flugsicherung schaltet das Ortungssystem nicht einfach ab.«

»Vielleicht haben sie irgendeine Art von passivem System?« schlug Ges Kopilot vor.

»Könnte sein«, gab Ge zu. »Aber darauf würde ich mich nicht gerne verlassen. Passive Systeme sind viel zu unzuverlässig, wenn es darum geht, ein sich bewegendes Objekt erfaßt zu halten. Ich kann nur zwei Erklärungen finden. Entweder besitzen sie ein Ortungssystem, das unsere ECM-Ausrüstung nicht erkennen kann, oder sie haben auf Bereitschaft geschaltet und erfassen uns wieder, sobald wir in die Atmosphäre eintauchen. Zunächst sollten wir ersteres annehmen. Wir müssen davon ausgehen, daß sie uns auf irgendeiner Art Ortungsschirm haben, auch wenn wir nicht viel dagegen tun können.«

»Und was schlagen Sie vor?« Obwohl Ryan wie alle DESTler eine grundlegende Ausbildung in Landungsschiffsoperationen erhalten hatte, verstand er nur wenig von den technischeren Aspekten des Raumflugs.

»Zunächst halten wir uns an den Plan«, antwortete Ge. »Wir fliegen weiter an, wie es von uns erwartet wird. Wir sind ein nettes kleines Nebelparder-Landungsschiff, das Ersatzteile und Vorräte für die Fabriken von Pahn City transportiert. Erst wenn die Parder uns das nicht mehr glauben, müssen wir uns etwas anderes einfallen lassen.«

* * *

»Major? Atmosphärenkontakt in einer Minute.« Ges Stimme drang knisternd aus Ryans winzigen Kopfhörern. »Abwurf in fünf.«

Zum Glück für die DEST-Teams schienen die Nebelparder dem Transponder der *Stiletto* zu glauben, denn die Ortungsanlagen der Clanner beachteten die Eindringlinge nicht weiter, bis das Landungsschiff die Grenze zwischen der Leere des Weltalls und den obersten Luftschichten Dianas erreichte. Der Missionsplan sah vor, die Teams mitten in der Nacht, gegen 3 Uhr Ortszeit, über der Abwurfzone auszusetzen. Die Dunkelheit sollte den Kommandosoldaten als Deckung dienen, während die Uhrzeit des Abwurfs dafür sorgte, daß wer immer am Boden noch wach war, sich körperlich und geistig auf dem Tiefpunkt seiner Leistungsfähigkeit befand. Es war eine uralte Taktik, gegen die aber noch kein Mensch eine Abwehrtaktik gefunden hatte.

Einige Stunden zuvor waren Ryan und die Mitglieder der DEST-Teams Vier, Fünf und Sechs in den Mechhangar 2 der *Stiletto* gekommen. Im Innern der riesigen, kavernenartigen Halle befanden sich keine Kampfkolosse mehr. Statt dessen warteten zwei Dutzend Miniaturversionen der zig Tonnen schweren Kampfmaschinen schweigend in ihren Spezialhalterungen. Dies waren *Kage*-Rüstungen, persönliche Gefechtspanzer ähnlich denen der Elementare – riesenhafte, durch Genmanipulation herangezüchtete Clan-Infanteristen.

Die Hauptunterschiede zwischen Clan-Krötenpanzern und den *Kage*-Anzügen bestanden in Größe und Aufgabe. Während Elementarpanzer riesig waren und entsprechend schwerfällig wirkten, war ein *Kage* im Vergleich klein, beinahe zierlich. Der Elementaranzug war für den Kampfeinsatz auf dem Schlachtfeld ausgelegt und entsprechend gepanzert und bewaffnet. Im Gegensatz dazu war der *Kage* bewußt und unter Mithilfe der Draconis Elite-Sturmtruppen als Scoutanzug entwickelt worden. Statt leistungsstarker Waffen für den Einsatz gegen BattleMechs, besaß ein *Kage* Handfeuerwaffen für den Kampf gegen feindliche Infanterie, auch wenn die vollfunktionsfähigen mechanischen Hände der Anzüge dessen Träger durchaus gestatteten, eine breite Palette tragbarer schwerer Waffen zu benutzen, einschließlich des furchtbaren Infernowerfers. Zusätzlich besaß der *Kage* eine Außenhaut aus einem Mimetik-Kunststoff, die allgemein als Tarnbeschichtung bezeichnet wurde. Diese Hightech-Tarnschicht gestattete dem *Kage*-Träger, sich chamäleongleich der Umgebung anzupassen, in der er sich aufhielt. Die Anzüge waren mit modernsten Sensoren und Störsendern ausgerüstet, was sie für eine Kundschaftermission perfekt geeignet machte. Ein kleiner, aber leistungsstarker Sprungtornister und Stummelflügel erlaubten es den Kröten sogar, wie Heuschrecken über das Schlachtfeld zu hüpfen.

Aber trotz aller in die *Kage*-Panzer integrierten Militärtechnologie betrachteten die meisten Männer und Frauen, die sie trugen, eine Mission zumindest teilweise als fehlgeschlagen, wenn sie gezwungen waren, auch nur auf einen Bruchteil der vorhandenen Möglichkeiten zurückzufallen. Jeder DESTler sah seine Ausbildung als die beste Tarnung und effektivste Waffe seines Arsenals.

Ryan war sicher in den *Kage* geschnallt und brauchte nur noch den Helm aufzusetzen, als Maëda Ge ihn von dem bevorstehenden Abwurf informierte.

»Danke, Skipper«, antwortete er. Dann wechselte er den Kanal und wandte sich an die um ihn versammelten Soldaten. »Fünf Minuten. Fertigmachen zum Abwurf. Und denkt daran, ihr seid die ersten Truppen der Freien Inneren Sphäre, die den Kampf zum Feind tragen. Ihr seid hier, um für die Ehre des Drachen zu kämpfen, zu sterben und um unsere Welten aus den Klauen der Unterdrücker zu befreien. Ihr alle werdet eure Pflicht erfüllen. Das weiß ich. Banzai! Banzai! Banzai!« Der uralte Schlachtruf hallte durch den Mechhangar.

Als Ryan den Helm überstreifte, stürzten vier Mitglieder der Schiffscrew heran und schlossen ihn in einem Abwurfkokon ein. Das dicke, schwere Ei aus Keramik und Stahl würde ihn während des langen Falls durch Dianas obere Atmosphäreschichten beschützen. Um ihre Entdeckung durch feindliches Radar zu verhindern, waren die Kokons durch zwei Schichten radarabsorbierenden Materials geschützt. Theoretisch schirmte die äußere Schicht die Kapsel in Dianas Stratosphäre gegen Entdeckung ab. Die dicke, wie ein Farbanstrich aufgetragene Hightech-Beschichtung wurde dabei zusammen mit der Schmelzkapsel des Kokons von der Reibungshitze weggebrannt. Anschließend verhinderte die innere Schutzschicht die Entdeckung der Kapsel, bis diese tief in der Troposphäre Dianas aufbrach. Sofern alles nach Plan verlief, würden die DEST-Teams zu diesem Zeitpunkt bereits ›unter‹ dem Radarhorizont der Parder sein. Auf gewisse Weise handelte es sich um die ultimative Form des Hochausstieg-Spätabfang-Absprungs.

Die Kokons waren größer als alle, in denen die DESTler bisher abgeworfen worden waren. Das alte Modell war so klein gewesen, daß der Krieger in seinem Innern sich in Fötusstellung hatte zusammenrollen müssen. Die zusätzliche Masse des *Kage*-Krötenpanzers hatte den größeren Kokon notwendig gemacht. Glücklicherweise hatten die Konstrukteure diese Kokons so groß entworfen, daß die Krieger in ihnen zumindest aufrecht knien konnten, statt sich zu einem Ball einrollen zu müssen.

Um das Verschwinden des Landungsschiffes zu erklären, würde Kapitän Ge ein schwaches, bewußt unterbrochenes Notsignal abstrahlen, in dem er behauptete, Schwierigkeiten zu haben und zur Notlandung gezwungen zu sein. Dieses Täuschungsmanöver hatte die erfreuliche Nebenwirkung, alle etwaigen schwachen Signale zu erklären, die durch die abgeworfenen Kokons auf den Radarschirmen der Parder auftauchen konnten. Angesichts ihres minimalen Radardurchmessers für die Feindsensoren würde man die Kokons höchstwahrscheinlich für Trümmer halten, die von dem beschädigten Schiff zu Boden stürzten.

Im Rest des Hangars waren Techs damit beschäftigt, den Rest seiner Leute in Abwurfkokons zu verpacken. Das war der Teil eines Orbital- oder Hochausstieg-Abwurfs, den Ryan am meisten haßte. Um den Insassen effektiv schützen zu können, mußte der Kokon aus dickem, äußerst dichtem Material bestehen, so dicht, daß ein normaler Funkverkehr unmöglich wurde. Die größeren Abwurfkokons, wie sie für BattleMechs benutzt wurden, verfügten häufig über eine ›Nabelschnur‹, die es dem MechKrieger erlaubte, Kontakt mit der Außenwelt zu halten. Aber die von den DEST-Teams eingesetzten Abwurfkokons waren so viel kleiner als die enormen Mechkokons, daß eine derartige Kabelverbindung nicht praktikabel war. Deshalb hatte Ryan seine Techs angewiesen, mit dem Versiegeln seines Kokons bis zum letzten möglichen Augenblick zu warten. Trotzdem gab ihm dieser Befehl durch die für die Versiegelung des Kokons und die anschließende

Überprüfung aller Funktionen benötigte Zeit nur zwei Minuten mehr Freiheit als seinen Teamkameraden.

Jedes der DEST-Teams würde von einem unbemannten Kokon begleitet werden, in dem sich die Ausrüstung befand, die dessen Mitglieder nicht in ihren Kapseln unterbringen konnten. Dieser Kokon wurde von einem einfachen Computerleitsystem gesteuert. Obwohl dies theoretisch die beste Lösung war, hatte Ryan kein großes Vertrauen in diesen Drohnenkokon. Im Training der DESTler auf Defiance hatten die Kokons etwa einmal in zehn Versuchen versagt. In einer Operation von so entscheidender Bedeutung wie dieser wagte er es nicht, sich auf ein System mit einer zehnprozentigen Ausfallrate zu verlassen. Deshalb hatte er seine Leute angewiesen, sich mit soviel Material auszurüsten, wie sie nur in ihre Kokons zwängen konnten. Er selbst war so schwer beladen, daß er sich selbst in dem hydraulisch unterstützten *Kage*-Panzer nur mühsam bewegen konnte.

Sobald die letzte Kokonplatte verschraubt war, geriet der eiförmige Behälter heftig ins Schwanken. Ryan wußte, daß die Bewegung durch einen Tech in einem schweren industriellen Exoskelett ausgelöst wurde, der den Kokon aufhob und auf der Abwurfrutsche des Schiffs plazierte. Im Innern der Kokonkapsel eingeschlossen, versuchte Ryan, sich auf den Augenblick vorzubereiten, in dem Maëda Ge den Befehl zum Abwurf geben würde. Er wußte ungefähr, wie lange es dauerte, die Kokons zu verladen und die Rutschen zu schließen, und er beobachtete die auf das Sichtfenster des *Kage* projizierte Zeitanzeige, zählte die Sekunden bis …

Auf einmal fiel der Boden unter seinen Füßen weg. Er hatte sich um fast zehn Sekunden verzählt. Einige endlos lange Augenblicke stürzte die Kapsel in freiem Fall nach unten und wurde nur durch die Druckwelle der weiterfliegenden *Stiletto* erschüttert. Schwach drang das Donnern der Luftmassen durch die dicke

Außenhaut, durch die sich der Abwurfkokon wie eine Gewehrkugel eine Bahn brach. Trotz der schweren Isolationsschicht des Kokons und der Klimaanlage des Krötenpanzers wurden seine Beine und sein Rücken allmählich warm. Sein Kokon und mit ihm, so betete er zumindest, die seiner Leute drangen in Dianas obere Atmosphäreschichten ein, wo die Reibungshitze die Schmelzschicht der äußeren Kapsel auf solare Temperaturen aufheizte. Ryan konnte nur hoffen, daß alle Nebelparder, denen die Feuerspuren auffielen, die jetzt mit Sicherheit am Himmel Dianas aufleuchteten, sie für Meteoriten hielten.

Ich weiß, was ich mir wünschen würde, schnaubte Ryan mit bitterem Lachen. *Ich würde mir wünschen, daß die Parder fett, dumm und guter Dinge bleiben.*

Wieder sah Ryan auf die Uhr und versuchte, die Zeit abzuschätzen, die noch blieb, bis der Kokon die Troposphäre erreichte. Diesmal stimmte seine Berechnung exakt.

Gerade als er bei Null ankam, brach der Kokon in sechs schmale Sektionen auseinander und fiel davon. Ryan machte ein Hohlkreuz, soweit es der Krötenpanzer erlaubte, und kämpfte darum, seinen Sturz unter Kontrolle zu bringen. Als er die optimale Sprungposition erreicht hatte, wie sie für Abwürfe dieser Art vorgeschrieben war, mit Hohlkreuz und seitlich ausgestreckten Gliedmaßen, suchte er den Himmel nach dem Rest des Teams ab. Zunächst waren die schwarzgepanzerten Kommandosoldaten nicht zu finden. Erst, als er auf die in seinem Anzug eingebaute Infrarotsicht umschaltete, konnte er die übrigen DESTler als etwas hellere Flecken vor der kalten Dunkelheit des Nachthimmels ausmachen. Nicht weit entfernt fiel der robotgesteuerte Frachtkokon durch die Nacht. Zu seiner erheblichen Überraschung funktionierte das vermaledeite Ding diesmal einwandfrei.

Die Sturmtruppen manövrierten sich mit Arm- und

Beinbewegungen in eine grobe Sprungformation hinter ihrem Anführer. Mit Hilfe der Orientierungspunkte der Sichtprojektion seines Anzugs bestimmte Ryan seine Position und neigte seine Sturzbahn auf einen unsichtbaren Punkt der Planetenoberfläche unter ihnen. Wie ein Schwarm lautlos jagender Greifvögel folgten die dreiundzwanzig Männer und Frauen unter seinem Befehl seinem Beispiel.

Der Absprung selbst war nicht sonderlich schwierig. Aber das Auffinden der korrekten Abwurfzone war ein ganz anderes Problem. Ohne Navigationshilfen oder Peilbojen mußten die DESTler praktisch blind springen und sich ganz auf die in die Bordcomputer der Anzüge geladenen Daten verlassen, um die abgelegene Hochebene in den Bergen westlich der planetaren Hauptstadt Lutera zu finden. Ryan konnte nur beten, daß die Informationen des Spions sich als korrekt erwiesen. Wenn nicht, stand den Kommandosoldaten möglicherweise eine sehr harte Landung bevor.

Ryans Höhenmesser erreichte fünfhundert Meter. In der nächsten Sekunde öffnete sich die Schleppscheibe und bremste seinen Fall. In zweihundert Metern Höhe entfaltete sich mit einem gedämpften Ploppen der aus schwarzem Nylon genähte Hauptschirm. Ein vorsichtiger Blick nach oben bestätigte Ryan, daß der Schirm sich korrekt geöffnet hatte. Mit grimmiger Entschlossenheit steuerte er auf die inzwischen sichtbare Abwurfzone zu. Das relativ ebene Gebiet, das als seine Landefläche eingeteilt war, wirkte schmaler als er nach der Vorbesprechung erwartet hatte und schien von niedrigen Dornbüschen überwachsen.

Als der Boden ihm entgegenraste, drehte er sich in den Wind, um sanft und aufrecht aufzusetzen. Kaum hatte er den Boden berührt, als er schon auf das Gurtschloß schlug, um sich des schlaff herabsinkenden Fallschirms zu entledigen. Ringsum machte der Rest seiner Leute es ihm nach.

Lautlos meldete sich sein Team, mit Handzeichen. Alle hatten den Absprung sicher überstanden.

Während tief unter ihr die DEST ihren Einsatz organisierten, schwenkte hoch über ihnen die *Stiletto* ab und richtete den Bug auf ihre eigene Landezone in Trostlos.

* * *

»Was soll das heißen, sie sind verschwunden?« zischte Galaxiscommander Russou Howell den OrtungsTech an, als er in die Befehlszentrale schlich.

Howell war ganz und gar nicht erfreut darüber, mitten in der Nacht wegen einer Routineangelegenheit wie der unplanmäßigen Ankunft eines Landungsschiffs aufgeweckt zu werden. Er hatte nicht mehr als vielleicht eine Stunde – und dazu unruhig – geschlafen, als der Wachhabende Offizier ihn rief. Der Alkohol, den er am Vorabend zu sich genommen hatte, war noch nicht verarbeitet, und er litt unter hämmernden Kopfschmerzen, gepaart mit einem starken Übelkeitsgefühl. In letzter Zeit fühlte Russou Howell ein wachsendes Bedürfnis, seine Sinne und Emotionen zu ersäufen, um einschlafen zu können. Es war schlimm genug, daß man ihn zurück nach Diana geschickt hatte, um den Befehl über die Eiserne Garde und die Wächter zu übernehmen, Solahma-Krieger, deren beste Zeit längst vorbei war. Sein altersbedingtes Exil wurde noch dadurch verschlimmert, daß ihn der Tod seines einstigen und einzigen Freundes, Sterncaptain Trents, durch Howells eigene Hand noch immer verfolgte. Manchmal schien es, als könne nicht einmal ein Faß von Bruhahas, Russous bevorzugtem Drink, ihm den Schlaf bringen. Und natürlich mußte ausgerechnet in einer solchen Nacht irgendein triviales Problem seine persönliche Aufmerksamkeit erfordern.

Auf sein Fragen hin erklärte der Ortungstechniker Howell, daß das Schiff, ein *Breitschwert* mit dem Namen

Tracker vor einigen Tagen im System eingetroffen war, um Ersatzteile und technisches Personal für die Mechfertigungsanlagen bei Pahn City zu liefern. Nach dem Ausschiffen ihrer Fracht sollte die *Tracker* einen Stern OmniMechs zum Transport in die Besatzungszone aufnehmen. Die Ankunft eines unangekündigten Fluges war zwar ungewöhnlich, aber keineswegs unerhört. Der Kapitän des Schiffes würde einen Verweis für den Bruch normaler Operationsverfahren erhalten, ebenso wie der Verwalter aus der Händlerkaste, der die Benachrichtigung verschlampt hatte.

Nein, die Ankunft einer unerwarteten Fracht störte ihn nicht. Es war der zweite Teil der angeblichen Mission der *Tracker*, der Transport eines Mechsterns in die Besatzungszone. Er hatte geglaubt, mit den Lieferplänen vertraut zu sein, und nach seinem besten Wissen war für wenigstens einen Monat keine Lieferung von Mechs oder, was das betraf, irgendwelchen anderen Militärgerät, vorgesehen. Wenn die Auskunft des Piloten der *Tracker* korrekt war, erwartete irgendwen mehr als nur ein Verweis für ungenügende Buchführung.

Aber als Howell die Befehlszentrale erreichte, hatte sich bereits eine neue Lage ergeben.

»Es tut mir leid, Galaxiscommander.« Die Antwort des Techs war leise und respektvoll. »In der einen Minute war die *Tracker* auf meinem Schirm, wie es sich gehört, und in der nächsten war sie verschwunden.«

»Bestätige ihre Fracht und den Bestimmungsort.«

»Sofort, Galaxiscommander.«

Es dauerte ein paar Sekunden, bis der Tech die richtige Stelle des automatischen Kommunikationslogbuchs gefunden und überprüft hatte.

»Fracht und Bestimmungsort sind bestätigt, Galaxiscommander. Der Kapitän der *Tracker* hat uns mitgeteilt, daß er Ersatzteile und technisches Personal für Pahn City befördert und dort einen Stern OmniMechs für die Verschiffung in die Besatzungszone aufnehmen soll.«

Mehrere Minuten starrte Russou Howell auf die computergenerierte Karte Dianas, die an einem Ende der Kommzentrale in der Luft hing. Er wußte, die Sensor-Techs und Flugkontrolleure benutzten diese Karte, um den gesamten auf dem Planeten ankommenden und abfliegenden Verkehr zu dirigieren. Hochgeschwindigkeits-Computerverbindungen zu ähnlichen Ortungsstationen auf dem ganzen Planeten sorgten dafür, daß die Daten ständig aktualisiert wurden.

»Wo ist sie von deinem Schirm verschwunden?« fragte Howell. »Zeig es mir.«

Der Tech betätigte ein paar Kontrollen und zeichnete eine Leuchtspur über die Karte. Die Spur begann über dem Dhundhmeer, knapp westlich der Weg-des-Kriegers-Halbinsel. Von dort erstreckte sie sich über den Nordwesten des Kontinents Parder Primo und brach plötzlich ab, kurz bevor sie den Rand des Shikaridschungels erreichte.

Howell legte den rechten Ellbogen in die linke Hand und rieb sich das Kinn, während er nachdenklich den dunkelgrünen Regenwaldgürtel betrachtete, der sich leicht schräg über den größeren der beiden Kontinente zog, die Dianas Landmasse ausmachten. Am westlichen Rand des Dschungels befand sich ein Gebiet stinkenden, überschwemmten Marschlands, die Dhuansümpfe. Die Flugbahn der *Tracker* brach ein kurzes Stück nördlich dieses Marschgebiets ab. Wenn man den Flugweg des Schiffes entlang des letzten bekannten Kurses verlängerte, mußte es in diesem übelriechenden Brackwasser niedergegangen sein. »Hat sie irgendein Notsignal ausgesandt, bevor sie verschwanden?«

»Ja, Galaxiscommander, aber die Nachricht war so schwach und verstümmelt, daß sie kaum zu entziffern gewesen ist. Die Ortungsspuren legen den Schluß nahe, daß sie im Flug auseinanderbrach.«

»Das ist höchst merkwürdig«, bemerkte Howell und tippte sich mit dem Zeigefinger auf den rechten Wangenknochen. »Wirklich höchst merkwürdig. Na schön.« Er kam zu einer Entscheidung. »Wir können nur davon ausgehen, daß die *Tracker* abgestürzt ist, wahrscheinlich in der Nähe der Dhuansümpfe. Organisiere eine Suche. Wenn ihr sie gefunden habt, will ich den Kapitän, die Frachtpapiere und die Flugdatenrecorder sehen. Informiere mich, sobald es irgendwelche neuen Entwicklungen gibt.«

Howell hörte kaum die Bestätigung des Techs. Er fühlte ein seltsames Schaudern sein Rückgrat hinablaufen, ein Gefühl, wie er es seit Tukayyid nicht gekannt hatte. Hätte sein Nebelparderstolz es zugelassen, hätte er es die Vorahnung einer Katastrophe genannt.

Hör auf damit, herrschte er sich an. *Du klingst ja schon wie ein Novakatzen-Mystiker, und nicht wie ein Parder-Krieger.*

Russou Howell warf einen Blick auf die Uhr an der Nordwand des Raumes.

Freigeburt! fluchte er leise. *Ich muß in nicht einmal drei Stunden aufstehen. Es lohnt sich kaum noch, ins Bett zu gehen.*

Mit einem wortlosen, angewiderten Schnaufen marschierte er aus der Kommzentrale, um sich trotzdem zurück in sein Quartier zu begeben. Morgen erwartete ihn eine Menge Arbeit, und er würde alles an Schlaf brauchen, was er bekommen konnte.

15

Gebirgsmassiv Parderzähne, Diana
Kerensky-Sternhaufen, Clan-Raum

2. März 3060

Ein leises Schnalzen erklang in Ryans Kopfhörern, gefolgt von einer Pause. Eine Serie von Schnalzlauten folgte dem ersten in einem Muster von zunächst dreien und nach einer weiteren Pause noch einmal zwei. Ryan schnalzte mit der Zunge und gab das Antwortsignal. Zwei, zwei, eins. In Antwort auf sein Zeichen huschte eine Handvoll Schatten, schwärzer als die Nacht, in den kleinen Dornbuschhain, in dem er und seine Leute Unterschlupf gefunden hatten. Der Hain, sechs Kilometer südlich von der Abwurfzone seines Teams 6, war als primärer Treffpunkt für die drei Draconis Elite-Sturmtrupps unter seinem Befehl festgelegt worden.

Ryan war stolz auf seine Leute – und beeindruckt. Obwohl sie in so gut wie unbekanntem Gelände abgeworfen worden waren, nahezu ohne Orientierungshilfen, hatten alle vierundzwanzig es sicher ins Ziel geschafft. Seine Verwunderung nahm noch zu, als er erfuhr, daß alle drei Frachtkapseln intakt gelandet waren, und dazu noch relativ zielsicher, auch wenn zwei Mann von Team 5 gezwungen gewesen waren, auf einen der niedrigen Bäume zu klettern, um ihre Kapsel aus dessen Wipfel zu befreien.

Über Handzeichen bedeutete Ryan den beiden Captains Yosuke und Culp, die Helme zu öffnen, damit sie kurz die Lage erörtern konnten, ohne die Funkgeräte zu benutzen.

»Wir sind, glaube ich, etwas weiter westlich gelandet als vorgesehen«, eröffnete Ryan das Gespräch im Flüsterton. »Es ist ohne genaue Karten schwer zu sagen. Dadurch werden wir Tempo vorlegen müssen, um unser Ziel planmäßig zu erreichen.«

Die gedämpfte Stimme war nicht wirklich notwendig. Wahrscheinlich hielt sich in einem Dutzend Kilometer Umkreis kein einziger Clanner auf. Aber Geheimhaltung und Heimlichkeit waren den Kommandosoldaten dermaßen ins Blut übergegangen, daß sie aus purer Gewohnheit leise sprachen.

»Wir rücken in drei Gruppen vor, bei überwachtem Marsch in hundert Meter Distanz. Kenyu, dein Team übernimmt die Vorhut, dann komme ich. Bill? Du übernimmst die Nachhut. Ich erwarte keine Feindbegegnung, aber möglich ist alles, also achtet darauf, daß eure Leute die Augen offenhalten. Wenn ihr irgend jemanden seht, versucht – wenn möglich – einem Kontakt auszuweichen. Zieht euch zurück, wir versuchen, sie zu umgehen.«

Yosuke und Culp nickten. Die drei DEST-Teams würden sich in einer schmalen Marschkolonne bewegen, mit einer weiten Lücke zwischen den Einheiten. Diese Taktik, überwachter Marsch genannt, gestattete ein schnelles Vorwärtskommen bei großer taktischer Flexibilität. Formationen dieser Art kamen regelmäßig in Situationen zum Einsatz, in denen eine Feindberührung möglich, aber unwahrscheinlich war. Hätte Ryan tatsächlich erwartet, auf Parder zu treffen, hätte er eine überwachte Sprungbewegung befohlen, in der sich nur jeweils ein Team weiterbewegte, während die beiden anderen ihm Deckung gaben. Diese Taktik bot dem sich bewegenden – oder springenden – Team einen hohen Grad an Schutz, war aber schmerzhaft langsam.

Ryan blickte auf die Uhr. »Uhrenvergleich. Auf mein Zeichen ist es Null-vier-zwo-zwo. Und ... jetzt. Laut unseren Informationen setzt der Sonnenaufgang um sechs Uhr dreißig ein. Das gibt uns anderthalb Stunden Marschzeit. Sehen wir zu, daß wir in Bewegung kommen. Ich will die Abwurfzone bei Tagesanbruch weit hinter mir haben.«

Ryans Berechnung der Marschzeit mochte einem

Außenstehenden falsch erscheinen, aber bei Nachtmärschen war es üblich, vor Tagesanbruch anzuhalten. Die gute halbe Stunde Restzeit diente dazu, ein Versteck für die Soldaten zu suchen und die Position gegen Entdeckung zu sichern, bevor die Sonne aufging und ihre Anwesenheit verriet.

Ohne ein weiteres Wort kehrten Yosuke und Culp zu ihren Teams zurück, um die Befehle weiterzugeben. Ryan rief seine Leute zusammen und teilte ihnen mit, was er mit den anderen Teamchefs besprochen hatte. Sekunden später brach DEST-Team Vier auf und tauchte lautlos in der Dunkelheit unter. Die anderen Teams folgten entsprechend Ryans Befehlen und hinterließen kaum eine Spur ihrer Anwesenheit. Hätte irgend jemand die greulichen, schwarzgepanzerten Gestalten von einem Schatten zum nächsten huschen sehen, wäre er sicher versucht gewesen, sie eine Geisterlegion zu nennen, die auf der Suche nach übernatürlicher Vergeltung durch die Berge streifte.

* * *

»Da ist es«, flüsterte Ryan Master Sergeant Raiko ins Ohr.

Unter normalen Umständen hätten die DEST-Teams keinen Tag gebraucht, um von der Abwurfzone zu ihrer momentanen Position knapp nördlich des Mons Szabo zu marschieren. Aber nichts von dem, was die Draconis Elite-Sturmtruppen taten, ließ sich als normal beschreiben. Sich unbemerkt durch feindliches Territorium zu bewegen, war ein gefährlicher und schwieriger Prozeß. Auf Ryans Befehl war die Marschgeschwindigkeit auf wenige Kilometer pro Nacht reduziert worden. Alle hundert Meter ungefähr duckten die Kommandosoldaten sich in eine offene Verteidigungsformation und hielten Ausschau nach einer möglichen Gefahr für die Sicherheit ihrer Mission.

Auf diese Weise kamen sie nur furchtbar langsam voran, aber die dadurch gewonnene Sicherheit machte das wett. Die DESTler hatten dadurch drei Nächte gebraucht, um ihr Angriffsziel zu erreichen. Jetzt wurde es noch wichtiger, daß sie kein unnötiges Geräusch machten. Keine dreihundert Meter vor ihnen ragte Mons Szabo in den Himmel, der riesige Granitblock, in dem sich die primäre Gefechts- und Funkzentrale der Nebelparder befand, zusammen mit Ryans Hauptangriffsziel, dem Kontrollzentrum für Dianas Raumverteidigungssystem.

»Ihre Einschätzung, Sergeant?«

Raiko hob ein elektronisches Fernglas an die helmlosen Augen. Er nahm sich Zeit, die Szenerie zu betrachten. Ryan wußte aus langer gemeinsamer Dienstzeit, daß der Unteroffizier den zusätzlichen Schutz und die hydraulische Kraft des *Kage*-Panzers zwar zu schätzen wußte, ihm aber nicht völlig vertraute. Statt dessen zog er ältere, erprobtere Technologien vor, besonders, wenn es um Erkundungsaufgaben ging. Deshalb bestand Raiko immer darauf, ein altmodisches Entfernungsmesserfernglas mitzunehmen.

Nachdem er den Berg und dessen Umgebung eingehend abgesucht hatte, gab Raiko das Fernglas an seinen Kommandeur weiter. »Sehen Sie es sich selbst an.«

Ryan hob das Instrument ans Gesicht und justierte es, bis er ein scharfes Bild sah. Der Berg war exakt so, wie Trent ihn beschrieben hatte, ein öder, beinahe abweisender Anblick. Von ihrer Position unter einem von Schlingpflanzen überwachsenen umgestürzten Baum nordwestlich des Szabo aus war von der tief im Innern des Felsmassivs gelegenen Anlage nicht viel zu sehen. Ein drei Meter hoher Zaun, über dessen Oberkante Schneidedraht gespannt war, schloß den scheinbar einzigen Eingang der Basis ein, durchbrochen nur von einem einzelnen Tor. An diesem Tor standen zwei gepanzerte Elementare Wache. Er war zu weit entfernt, um es mit Sicherheit zu erkennen, aber Ryan vermutete, daß der Rest des Strahls und wahrscheinlich noch einige weitere Krieger unmittelbar hinter den gewaltigen, grauen Stahltoren stationiert waren, die direkt in den Fels des Berges eingelassen waren. Jedem, der versuchte, sich den Weg in die Befehlszentrale freizuschießen, stand ein kurzer, aber sehr blutiger Kampf und eine sichere Niederlage bevor.

Hinter dem Bergmassiv konnte Ryan auf der Unterseite der düsteren Wolkendecke den Widerschein des in die Südostwand des Mons Szabo gehauenen Clan-Nebelparder-Symbols sehen. Dicht hinter dem Berg leuchteten die allgegenwärtigen niedrigen Gewitterwolken in einem orangeroten Licht. Das schwache, häßliche Glänzen mußte von den Straßenlichtern Luteras stammen, der planetaren Hauptstadt und dem Sitz der Macht der Nebelparder.

Ein letztes Detail zog seine Aufmerksamkeit auf sich. Ein silberheller Laserstrahl stieß schnurgerade in den schwülen Nachthimmel. Er wußte, worum es sich dabei handelte, und betrachtete es als das närrischste Beispiel von Selbstbeweihräucherung, das er jemals gesehen hatte. Es war der ewige Laser der Nebelparder, ein dauerhafter Tribut an die gefallenen Krieger des Clans, der konstant in den Himmel über Lutera schoß. Die Idee war in Ordnung. Alle loyalen Krieger hatten eine Ehrung verdient. Aber der Standort des Monuments hätte schlechter nicht gewählt sein können. Ryan und seine Leute waren über das Gebiet um den Mons Szabo so eingehend informiert worden, daß er es deutlich vor sich sah.

Der gewaltige Lasergenerator stand am Fuß des Pyramidenbauwerks vor dem Mons Szabo. Das Gebäude lag am Feld der Helden, einem Paradeplatz steinerner Mechs, gewidmet den großen Helden der Parder und den Schlachten, die der Clan geschlagen hatte. Es war Herz und Seele der Nebelparder, das Erbe ihrer Vergangenheit und ihr Vermächtnis für die Zukunft, das genetische Archiv des Clans.

Ursprünglich hatte Ryan um die Erlaubnis gebeten, mit seinen Leuten das Archiv angreifen zu dürfen, war damit aber gescheitert. Ein solcher Angriff hätte im Grunde einen Terroranschlag bedeutete. Er hatte keinerlei moralische Bedenken, was das betraf, wußte aber gleichzeitig, daß Terrorakte immer ein zweischneidiges Schwert waren. Die Vernichtung des Genarchivs, oder schlimmer noch, seine Eroberung durch Feinde, die in den Augen der Clanner Barbaren waren, hätte eine erhebliche Auswirkung auf die Kampfmoral der Parder gehabt, und man hatte befürchtet, es könne sie zu einer derartigen Berserkerwut antreiben, daß sie vor nichts zurückschreckten, um ihr Generbe zurückzuerlangen. Nein, ein Einsatz gegen das Archiv mußte auf die Ankunft der BattleMech-Truppen warten.

»Und, was denken Sie?« Raikos drängendes Flüstern holte Ryan zurück in die Gegenwart.

»Sieht unmöglich aus, nicht wahr?«

»Hai«, nickte Raiko mit einem verschlagenen Kichern. »Aber Unmögliches wird sofort erledigt. Nur Wunder dauern etwas länger.«

Ryan grinste zurück. Vor ihren Trainingssitzungen mit den Tollwütigen Füchsen hatte Raiko Sprüche dieser Art nie gemacht. Jetzt entwickelten sich solche Aphorismen zu festen Bestandteilen seines Vokabulars.

Bevor einer der beiden noch etwas sagen konnte, zerschnitt ein schrilles Heulen die Nacht. Alle Gedanken an witzige Sprüche verflogen, als sie die Visierplatten ihrer Helme zuschlugen und versuchten, sich tiefer in den Waldboden einzugraben.

Ryan drehte vorsichtig den Kopf und sah den Ursprung des Lärms. Ein unförmiger, graulackierter Schwebelaster näherte sich den Toren der Anlage. Mit der Vergrößerung der Helmoptik konnte er zwei Personen in der Fahrerkabine des Lasters erkennen. Keiner der beiden trug einen Panzer, und beide schienen die Elementar-Posten mit großer Hochachtung zu behandeln. Einer der gewaltigen gepanzerten Krieger überprüfte etwas, das der Lasterfahrer ihm ausgehändigt hatte, dann winkte er seinem Kollegen zu. Das Tor hob sich mit einem scheppernden Klirren, das an der Position der Kommandosoldaten kaum wahrnehmbar war, und der Lastschweber fuhr ins Innere der Anlage.

»Wir haben gerade herausgefunden, wie wir hineinkommen«, flüsterte Ryan, während er seinem Sergeant auf den Arm tippte. »Du bleibst hier und behältst die Lage im Auge. Ich laß die anderen wissen, was wir entdeckt haben.«

* * *

»Ihr seid zu spät«, stellte der hünenhafte Elementar fest. »Ihr hättet um Punkt vierundzwanzig Uhr hier erscheinen müssen.«

Michael Ryan hatte noch nie zuvor mit einem gepanzerten Elementar gesprochen. Aus einer Entfernung von unter zwei Metern wirkte das dunkle, V-förmige Visier wie ein einziges, vor Haß und Mißtrauen verkniffenes Auge. Der metallische Klang des Lautsprechers im unteren Teil der Helmplatte verzerrte die Stimme des riesigen Kriegers und ließ ihn wie den Dämonen klingen, dem er in seinem Panzeranzug glich.

»Der Stravag-Lastschweber ist zusammengebrochen«, antwortete Ryan und reichte dem Krieger eine Plastikausweiskarte. Zur Bestätigung seiner Geschichte gab er Gas und löste damit kein gleichmäßiges Aufröhren des Motors aus, sondern ein hartes, keuchendes Husten. »Es hat uns zwei Stunden gekostet, ihn überhaupt wieder in Bewegung zu setzen.«

Der Antrieb des Lasters war von Private Kenichi Akida, dem Sprengstoffexperten des Teams, könnerhaft sabotiert worden. Die DESTler hatten das Fahrzeug zusammen mit den stumpfgrauen Uniformen, die Ryan und Master Sergeant Raiko trugen, wenige Kilometer östlich der Bergfestung in einem schnellen, lautlosen Hinterhalt in ihren Besitz gebracht. Die Kommandosoldaten hatten in einem exakt ausgeführten Handstreich einen Schwebelaster voller Nachschub und zwei Mitglieder der Wissenschaftlerkaste erobert, als er anhielt, um einem ›verletzten Fußgänger‹ zu helfen, der von Private Peter Wu überzeugend dargestellt worden war. Der Fahrer und dessen Begleiter waren nur Sekundenbruchteile nach dem Anhalten lautlos und ohne Blutvergießen gestorben, ein Beweis für die Schnelligkeit und skrupellose Effizienz der Draconis Elite-Sturmtruppen. Von den vierundzwanzig Kommandosoldaten der Gruppe besaßen nur Ryan und sein dienstältester Unteroffizier eine zumindest entfernte Ähnlichkeit mit den toten Techs. Ryan hatte angesichts des Ausgangs des Hinterhalts das Gesicht bedauernd verzogen und laut seiner Hoffnung Ausdruck verliehen, daß die Clanner kein Paßwortsystem benutzten.

Als er sich jetzt aus nächster Nähe dem riesenhaften Elementar gegenübersah, ging ihm ebendiese Hoffnung wieder durch den Kopf. Wenn doch, hatten sie keine Chance, sich an der Wache vorbeizumogeln. Die zwischen den Kisten auf der Ladefläche des Schwebelasters versteckten Mitglieder von Team Sechs würden aus ihren Verstecken springen und den Posten mit Gewalt erobern müssen. Ryan wußte, daß sein Team die Wachen leicht überwältigen konnte, aber dieses Wissen konnte ihn kaum beruhigen, denn er wußte ebensogut, daß er und Raiko bei einem derartigen Schußwechsel mit ziemlicher Sicherheit die ersten Opfer sein würden.

»Informiere uns das nächstemal, und wir schicken jemanden, der das Fahrzeug richtig repariert.« Der Elementar reichte Ryans gestohlenen Ausweis zurück und winkte den Laster in die schmale Absperrung. Als das schwere Stahltor, das die Berginstallation schützte, aufschwang, stotterte der Transportschwebermotor, das

Fahrzeug neigte sich spürbar, dann hob es sich wieder, als der vordere Hubpropeller beinahe zum Stillstand kam und dann auf maximale Drehzahl beschleunigte.

Als die Fahrerkabine auf gleicher Höhe mit dem breiten Torrahmen war, stoppte der Laster plötzlich ganz, was sich darauf zurückführen ließ, daß Ryan die Zündung abgeschaltet hatte. Das Luftkissenfahrzeug schlug mit einem hohlen Krachen auf dem Boden auf.

Die Elementare drehten sich um, wollten nachsehen, was geschehen war. Es war das letzte, was sie jemals taten. Viermal knallte es hart und dumpf. Ein Elementar fiel nach vorne, der andere brach wie eine Marionette zusammen, deren Fäden man durchtrennt hatte.

Schwarzgepanzerte Gestalten schwärmten von der Ladefläche des Lasters. Sie stürmten um das abgestellte Fahrzeug ins Innere des Berges. Zwischen den Felsen und Sträuchern entlang der schmalen Zugangsstraße tauchte der Rest der DEST-Teams auf. Die elektronische Tarnfunktion der *Kages* ließ ihre Umrisse so stark verschwimmen, daß es wie ein wildes Aufwirbeln der Nachtluft aussah. Vier dieser Soldaten hatten die Elementar-Wachen mit Tsunami-Gaussgewehren außer Gefecht gesetzt. Das Knallen, das Ryan gehört hatte, war entstanden, als die winzigen Geschosse die Schallmauer durchbrochen hatten. In der Stille der Nacht hatte es sich erschreckend laut angehört, aber er wußte, daß die Waffen nicht lauter als neunzig Dezibel waren und damit etwa beim Lärmpegel einer dichtbefahrenen Straße lagen.

Ryan startete die Hubpropeller des Lasters neu und stellte fest, daß sie bei dem absichtlich herbeigeführten Absturz schwere Schäden davongetragen hatten. Das Fahrzeug erhob sich zwar auf einem Luftpolster, war aber kaum zu steuern. Mit Mühe brachte er das seitlich ausbrechende Gefährt durch die Tore und setzte es im Innern eines riesigen Ladebereichs wieder ab.

Der Grund, aus dem er den Transporter mitten im

Tor hatte abstürzen lassen, war klar. Wäre es den Posten gelungen, Alarm zu schlagen und/oder einen Versuch zu unternehmen, den einzigen Eingang der Festung zu schließen, hätte der Laster sie aufgehalten, mindestens so lange, wie die DESTler gebraucht hätten, um ins Innere zu stürmen. Jetzt, nachdem sie die Wachen schnell und leise erledigt hatten, verlangte der Plan, den Schwebelaster zu entfernen, damit die Tore von innen geschlossen und verriegelt werden konnten, um die Kommandosoldaten gegen mögliche Verstärkungen des Gegners zu schützen.

Als die letzte Kröte durch den Eingang sprintete, schlug Captain Yosuke mit der Faust auf den großen, roten Schließknopf neben dem Tor. Es dauerte nur Sekunden, bis das Portal sich geschlossen hatte und mit einem Druck auf einen zweiten Knopf mit der Aufschrift ›Riegel‹ gesichert war.

Mit Hilfe zweier gepanzerter Kameraden zwängten Ryan und sein Master Sergeant sich in ihre *Kages*, die auf der Ladefläche des Lasters versteckt gewesen waren. Gewöhnlich erforderten diese Krötenpanzer ein komplexes Servicemodul zum An- und Ablegen. Aber die Konstrukteure hatten erkannt, daß es Gründe geben konnte, die es für einen Träger wünschenswert machten, den Gefechtspanzer während des Einsatzes abzulegen. Deshalb gab es ein Verfahren, durch das ein bereits gepanzerter Soldat einem anderen helfen konnte, auch ohne Servicemodul seinen Panzer an- oder auszuziehen. Währenddessen legte Private Akida den Lastschweber dauerhaft lahm, indem er, unterstützt von der hydraulisch verstärkten Muskelkraft des Krötenpanzers, die Benzinpumpe des Verbrennungsmotors herausriß.

»In Ordnung, jeder kennt sein Ziel«, stellte Ryan über die taktische Frequenz des Teams fest, sobald er den Helm hatte einrasten lassen. »Aufteilen. Angriff auf das zugeteilte Ziel, gefolgt von Rückkehr hierher. Wenn irgend etwas schiefgeht, Rückzug ins Freie, an den alternativen Sammelpunkt. Bewegung.«

Die DEST-Teams waren auf drei wichtige Einrichtungen im Innern des Befehlszentrums angesetzt. Team Vier sollte die Hauptortungszentrale des Planeten vernichten. Team Fünf war für den Angriff auf die Primäre Kommando-, Kommunikations- und Kontrollzentrale eingeteilt, während Team Sechs den Auftrag hatte, das Reagan-Raumverteidigungsnetz zu neutralisieren.

Die von Trent gelieferten kargen Beschreibungen gaben den Teams zwar eine ungefähre Vorstellung davon, wo sie ihre Ziele zu suchen hatten, aber von den Nebelpardern freundlich zur Verfügung gestellte Wandkarten und Wegweiser erwiesen sich als nützlicher. Zu Beginn fand Ryan die Idee, in einer angeblichen Hochsicherheitsanlage Grundrisse an den Wänden aufzuhängen, reichlich dumm. Aber nach einer Weile wurde ihm klar, daß diese Pläne natürlich nur solche Personen zu Gesicht bekamen, die ohnehin die Erlaubnis hatten, sich im Innern der Anlage aufzuhalten. In jeder ausreichend großen Installation konnte man sich verirren, und Trent zufolge war die Mons-Szabo-Anlage außergewöhnlich groß.

Die Kröten von Team Sechs huschten hastig durch die Korridore und Treppenhäuser des Parder-Befehlszentrums. Ihren Informationen zufolge waren die Sicherheitsvorkehrungen extern zwar recht streng, innerhalb der Anlage jedoch gab es keine Streifen. Gewöhnlich betrachtete Ryan alle Informationen, die er von einem Nachrichtendienstoffizier erhielt, mit beträchtlicher Skepsis. Aber allmählich entwickelte er einen großen Respekt vor Agent Trent, selbst wenn es sich bei dem Mann um einen Clanner und noch dazu einen Clanner-Renegaten handelte. Die Informationen des Spions waren beinahe perfekt. Abgesehen von einer leichten Verwirrung über die Lage einer Treppe, die sich laut Trents Angaben an einer anderen Stelle befand, als auf den Wandplänen angezeigt, konnte das Team die SDS-Zentrale ohne irgendwelche Schwierigkeiten finden.

Nur Sekunden später befand sich die Einrichtung in DEST-Hand. Ryans Team brach durch die einzige Tür des Raumes und erledigte fünf ungepanzerte Wachen, ohne Halt zu machen. Im Laufe des kurzen, blutigen Gefechts starben auch ein halbes Dutzend Techs. Nicht ein draconischer Kommandosoldat wurde verletzt.

»Sa«, bellte Ryan. »Stellt die Techs an der Rückwand auf, durchsucht sie nach Waffen und haltet sie ruhig. Akida, Nakamura, macht euch an die Arbeit. Wu, Tanabe, Gang beobachten. Carter, Sior, die Leichen aus dem Weg schaffen.«

»Los«, knurrte Master Sergeant Raiko die überlebenden Clan-Techs an. »Ihr habt gehört, was er gesagt hat. An die Wand, und daß mir keiner versucht, den Helden zu spielen, wakarimasu-ka?«

Einer der Techs mußte glauben, die Absichten der Soldaten, ihre Gefangenen betreffend, nur zu gut verstanden zu haben. Er schien Raikos Befehl zunächst eingeschüchtert Folge zu leisten, dann aber hechtete er, bevor einer der überraschten Draconier reagieren konnte, zurück zur Kontrollkonsole. Seine Faust schlug hart auf einen großen roten Knopf, gerade als er von einem Laserstoß niedergemäht wurde. Das Krachen von Raikos Blastergewehr ging im Kreischen einer Alarmsirene unter.

»Chicksho!« fluchte Ryan und stieß den noch zuckenden Leichnam beiseite. Er suchte die Konsole wild nach einer Möglichkeit ab, den Alarm auszuschalten, fand aber, wie er schon erwartet hatte, keine. »Wir sind aufgeflogen«, knurrte er. »Beeilung mit den Sprengladungen. Wir haben keine Zeit mehr für Feinheiten. Sorgt einfach nur dafür, daß sie diese Ausrüstung vernichten und dann raus hier.«

»Sho-sa.« In der Aufregung des Augenblicks fiel

Raiko zurück in die Rangordnung der VSDK, statt Ryan mit dessen neuem SBVS-Titel anzusprechen. »Was ist mit den Techs? Wir können sie nicht hierlassen, und mitnehmen können wir sie auch nicht.«

»Hai«, bestätigte Ryan. »Stimmt, das können wir nicht.« Er ruckte den gepanzerten Kopf in Richtung der verschreckt aufgereihten Techs.

In Antwort auf sein knappes Nicken feuerte Raiko je einen sauber gezielten Energiestoß aus seiner Laserwaffe in die Köpfe der Techs. In manchen Augen wäre diese Exekution hilfloser Gefangener sicher als ein sinnloser Akt der Barbarei erschienen, aber in der düsteren, blutbefleckten Umgebung, in der die Draconis Elite-Sturmtruppen regelmäßig agierten, war kein Platz für Gnade oder Mitgefühl. In ihrer Welt hieß es ›töten oder getötet werden‹, und Nonkombattanten gab es nicht.

»Tengu an Gruppe«, gab Ryan über Breitbandkanal an alle DESTler innerhalb des Komplexes durch. »Es hat Alarm gegeben. Wir können jeden Augenblick mit dem Eintreffen feindlicher Verstärkungen rechnen. Mission zum Abschluß bringen und zum Treffpunkt zurückkehren. Tengu Ende.«

»Wir sind hier fertig, Sir«, rief Akida, als er die letzte seiner Fünf-Kilo-Sprengladungen plazierte.

»So ka. Zünder einstellen und weg hier.«

Schnell, ohne unnötige Worte oder Bewegungen, zogen die Kommandosoldaten des DEST-Teams 6 sich in den Felsengang zurück. Private Kenichi Akida, der Sprengstoffexperte des Teams, war der letzte Mann, der das SDS-Kontrollzentrum verließ. Bevor er die Tür schloß, versah er sie mit einer kleinen Tandemsprengladung. Die mit einem Erschütterungszünder ausgestattete Ladung bestand aus einem zwei Kilogramm schweren Block Pentaglyzerin, gekoppelt mit einer serienmäßigen Handgranate. Sollte irgend jemand versuchen, die Tür zu öffnen, löste er damit die Granate aus deren Halterung, und drei Sekunden später würde sie explodieren. Gleichzeitig würde die Pentaglyzerinladung hochgehen und in einer Kettenreaktion sämtliche übrigen Sprengladungen im Innern des Kontrollzentrums auslösen. Machte sich niemand an der Tür zu schaffen, würden die Hauptsprengladungen in zwanzig Minuten automatisch detonieren.

Für den Fall, daß es den Pardern gelingen sollte, durch die so präparierte Tür zu kommen, ohne die Sprengung auszulösen, besaßen auch sämtliche in der SDS-Zentrale verteilten Sprengladungen zusätzliche Erschütterungszünder, die eine Detonation auslösten, wenn eine der Ladungen nicht mit äußerster Vorsicht behandelt wurde. Und als letzte Sicherung hatte Akida jeder Bombe außerdem noch einen Fernzünder verpaßt, den Michael Ryan jederzeit über die Funkanlage seines *Kage*-Anzugs auslösen konnte.

Plötzlich meldete sich sein Funkgerät.

»Tengu, Hammergruppe ist unter Beschuß!«

»Verstanden, Hammer. Wie ist die Lage?«

»Hammer ist unter schwerem Feindbeschuß. Feind besteht aus zehn, wiederhole eins-null, Echos«, antwortete Captain Yosuke vom Team Vier, Hammergruppe. ›Echos‹ war Code für Elementare. »Sind im Korridor zur Laderampe. Erste Verluste. Erbitten sofortige Unterstützung.«

»Durchhalten, Hammer. Tengu ist fast da.« Ryan machte eine Pause, um deutlich werden zu lassen, daß seine Mitteilung an Captain Yosuke beendet war. »Ronin, wie ist die Lage?«

»Tengu von Ronin«, dröhnte Captain Culps Stimme aus Ryans Kopfhörer. »Mission abgeschlossen, Sprengladungen aktiv. Befinden uns etwa drei Etagen über Hammer. Bewegen uns in seine Richtung.«

»Verstanden, Ronin. Hammer, haben Sie Ronin gehört?«

»Hai, Sho-sa. Ich habe Ronin gehört.« Der Feuerstoß

einer Automatikwaffe unterbrach Yosukes Antwort. »Schlage vor, daß Sie sich beeilen. Ich habe vier Verluste zu beklagen, darunter meinen Stellvertreter und Waffenspezialisten. Wenn Sie nicht bald kommen, ist keiner von uns übrig.«

»Wakarimasu.« Ryan fiel auf, wie zittrig seine Stimme klang. Selbst bei seiner erstklassigen körperlichen Verfassung und bei allen Hilfen durch den *Kage*-Panzer blieb es schwierig, im Rennen zu sprechen. Hinzu kam die Erregung des Augenblicks, und alles zusammen ließ seine Worte in kurzen, zerhackten Stößen kommen. »Wir sind fast da.«

Sekunden später konnte er das grelle Licht des Laserfeuers von den matten Steinwänden reflektieren sehen und das Knattern und Prasseln des Feuergefechts im Ladebereich der Anlage hören.

»Kontakt!« Peter Wus Meldung war ein Aufschrei der Kampflust.

Die DESTler stürmten mit der Präzision jahrelanger Praxis in den Ladehangar. Einige warfen sich nach links, andere nach rechts. Ryan trat als Kommandeur ein paar Meter rechts neben die Vormarschlinie, blieb jedoch in der Mitte der Formation. Er hob den leichten Laser, den er für diese Mission ausgewählt hatte, und schleuderte einen Pfeil aus gebündelter Lichtenergie quer durch die Halle. Der Treffer bohrte einen tiefen Krater in die Brustplatte eines Elementars. Der gepanzerte Krieger wankte, stürzte aber erst, nachdem Ryan zwei weitere Schüsse in seine breite Brust abgegeben hatte. Carlotta Sior brachte mit gewohnt eiskalter Präzision einen anderen gepanzerten Riesen mit einem einzigen Gaussgewehrschuß zur Strecke.

Als Corporal Frank Hollis, Ryans Kommunikatorspezialist, in eine bessere Schußposition lief, feuerte einer der Elementare eine einzelne Kurzstreckenrakete ab. Das für den Kampfeinsatz gegen BattleMechs gedachte Geschoß schlug in die rechte Flanke des Kommandosoldaten ein und explodierte. Die Detonation erschütterte den gesamten Ladebereich.

Der Elementar bezahlte teuer für Hollis' Tod. Waffenspezialist Teji Nakamura deckte den ClanKrieger mit einem langen, donnernden Feuerstoß aus dem schweren Maschinengewehr seines *Kage* ein. Der Aufprall der schweren MG-Kugeln ließ den wuchtigen Krieger erzittern. Der Elementar wirbelte herum und antwortete mit einem Laserschuß, der die Felswand in Nakamuras Rücken zertrümmerte. Der DESTler ließ sich nicht anmerken, daß er den Gegenangriff auch nur bemerkt hatte, sondern hielt seine feuerspeiende Waffe exakt auf die Mitte der gepanzerten Brustpartie des Clanners gerichtet. Schließlich brach der monströse Infanterist in sich zusammen. Die Brustplatte seiner Rüstung entsprach nur noch einer durchlöcherten Ruine aus Stahl und Plastik.

Eine Laserfeuersalve kündete vom Eintreffen Team Fünfs und dem bevorstehenden Untergang der Parder-Verteidiger.

»Das war's«, brüllte Ryan, als der letzte Elementar auf den Steinboden der Halle sank. »Abrücken. Zum Sammelpunkt.«

* * *

Fünfzehn Minuten später hörte Ryan ein leises Grollen wie fernen Donner. Die Sprengladungen, die sein Team im Befehlszentrum plaziert hatte, waren exakt nach Plan explodiert. Seine Mission, das erste Gefecht der Invasion Dianas, war erfolgreich, aber sie war kein voller Erfolg geworden. Die Parder wußten jetzt von der Anwesenheit der Invasoren. In ihrer Arroganz hätten die Nebelparder sich wohl niemals einen Angriff auf ihre Heimatwelt durch Einheiten der Freien Inneren Sphäre träumen lassen, aber die DEST-Teams hatten sechs Leichen zurücklassen müssen. Selbst die Parder waren nicht so verblendet, sechs tote draconische Kommandosoldaten zu ignorieren.

Verbittert fluchte Major Ryan auf ein Schicksal, das nicht nur das Leben eines Viertels seiner Leute gefordert hatte, sondern den Rest der Einsatzgruppe zwang, ein System anzugreifen, dessen Bewohner vor der drohenden Gefahr gewarnt waren.

16

Schlachtkreuzer SBS *Unsichtbare Wahrheit*,
Einsatzgruppe Schlange
Namenloses Sonnensystem, 30 Lichtjahre vor Diana,
Kerensky-Sternhaufen, Clan-Raum

5. März 3060

Im selben Augenblick, an dem die letzten von Ryans Kommandosoldaten den Sammelpunkt erreichten, sah General Ariana Winston wohl schon zum hundertsten Mal, seit sie hier angekommen war, auf die digitale Missionsuhr an der Steuerbordschottwand des Brükkendecks der *Unsichtbare Wahrheit*. Die leuchtendroten Ziffern zeigten unverändert Null-drei-sechs. Sofern die DEST-Teams den Zeitplan einhielten, hatten Ryans Leute das Diana-Raumverteidigungssystem inzwischen ausgeschaltet.

Stolz und Sorge ließen ihre Brust gleichermaßen anschwellen. Für diesen Augenblick war sie geboren worden, den ersten entscheidenden Schlag der Leichten Eridani-Reiterei bei der Wiederherstellung eines Traumes zu führen, den die meisten Menschen längst für tot hielten – der Rückkehr des Sternenbunds. Mit der Erfüllung dieses Schicksalsauftrags war jedoch auch das größte Risiko verbunden, das die Einsatzgruppe bei ihrer langen, gefahrvollen Mission eingehen sollte. Es war an der Zeit, die Invasion zu starten.

Sie sah durch den Holotank zu Andrew Redburn hinüber, der gegen das hüfthohe Messinggeländer gelehnt stand, das die Empore des Tanks umspannte. So, wie sie es getan hatte, als Morgan noch lebte, unternahm auch Redburn als ihr Stellvertreter jede Anstrengung, auf der Brücke der *Unsichtbare Wahrheit* zu sein, wann immer die Einsatzgruppe in eine neue Phase der Operation eintrat. In seiner Haltung lag noch immer eine Spur von matter Trauer, aber sie wurde rapide von der gespannten Erwartung verdrängt, wie sie alle Krieger am Vorabend einer Großoffensive kannten.

Redburn bemerkte ihren Blick und warf ihr ein Lächeln zu. Es bestand zu gleichen Teilen aus Stolz und Erwartung, enthielt aber auch eine Andeutung von hartnäckigem Schmerz. Obwohl das Lächeln nur ein Schatten dessen war, was er noch ein paar Monate vorher zustande gebracht hätte, nahm Winston seine verbesserte Laune als hoffnungsvolles Omen.

Sie bat einen KommunikatorTech, einen Kanal zum Rest der Flotte zu öffnen.

»Ballerina an alle Einheiten«, erklärte sie. »Es ist soweit. Kennwort ›Pyrit‹. Sprungsequenz einleiten. Viel Glück.«

Sie drehte sich zu Kommodore Beresick um und nickte einmal.

Ohne einen Augenblick zu zögern, gab Beresick die inzwischen wohlvertrauten Befehle. »Kurs in den Navigationscomputer eingeben. Alles für den Sprung sichern.« Beresicks Stimme knisterte vor Erregung. Sein Tonfall und seine Miene verrieten Winston, daß auch er sich der unfaßlichen Bedeutung dessen bewußt war, was sie taten. »Triebwerke aufladen.«

Nur Sekunden später hallte ein tiefer, harter Warnton durch das ganze Schiff und informierte alle an Bord darüber, daß die *Unsichtbare Wahrheit* kurz davor stand, sich durch die Schattenwelt des Hyperraums über dreißig Lichtjahre in ein System voller feindseliger ClanKrieger zu schleudern. Wahrscheinlich war niemand im Innern des gewaltigen Schlachtkreuzers in diesem Moment frei von Sorge, wenn nicht sogar Angst, aber keiner protestierte oder beschwerte sich. Jeder Mann, jede Frau an Bord war bereit, seine oder ihre Pflicht zu erfüllen, so gut es eben ging.

»Schiff ist bereit zum Sprung, Sir«, rief der Bordingenieur der *Unsichtbare Wahrheit* über die Brücke.

»Sehr schön.« Beresick starrte geradeaus, während er

es sagte, als blicke er über die Lichtjahre an ihr Ziel. In seiner Stimme lagen Stolz wie auch Ehrfurcht, als er befahl: »Sprung.«

Ein einfacher Knopfdruck löste aus, was jemand einmal als ›die größte einzelne physikalische Anomalie überhaupt‹ beschrieben hatte. Die enorme Energieladung, die sich in den riesigen Triebwerken der *Unsichtbare Wahrheit* aufgebaut hatte, flutete durch den Kearny-Fuchida-Antrieb. Das allen Naturgesetzen trotzende System strahlte ein Kraftfeld erstaunlicher Energien durch den Rumpf des Schiffes. Das Feld dehnte sich aus, bis sich auch die an den Dockkragen hängenden Landungsschiffe *Ehre* und *Integrität* in seinem Innern befanden. Kaum schloß das Kraftfeld das riesige Raumschiff komplett ein, als ein Loch in das grundlegende Gefüge des Raum-Zeit-Kontinuums gerissen wurde, ein unmögliches Loch im Stoff der Realität, durch das die *Unsichtbare Wahrheit* mitsamt den vierhundert Seelen im Innern ihrer Plaststahlhülle geschleudert wurde.

Um Ariana Winston drehte sich das Universum, bis es senkrecht auf sich selbst stand. Das übelkeiterregende Gefühl eines plötzlichen Absturzes erfaßte sie, gerade als eine Woge von Licht und Lärm über ihr zusammenschlug, die so intensiv war, daß sie körperlich spürbar wurde. Sekunden schienen sich zu Stunden auszudehnen. Einen Augenblick hatte sie Angst, schreien zu müssen, nicht aus Schmerz oder Furcht, sondern weil ihre Sinne überladen wurden. Dann herrschte Stille. Die *Unsichtbare Wahrheit* glitt zurück in den Normalraum, dreißig Lichtjahre von ihrem Ausgangspunkt entfernt. Schräg hinter und über dem laserprojizierten Miniaturabbild des Schlachtkreuzers im Holotank erstrahlte als leuchtendgelber Ball Dianas Sonne. Andere grellrote Funken flackerten ringsum auf, als der Rest der Invasionsflotte am Zenithsprungpunkt materialisierte.

»Blakes Blut!«

»Was ist?« bellte Beresick den SensorTech an, dessen erschreckter Aufschrei die Stille der Brücke zerschnitten hatte.

»Kommodore, ich zeichne mehrfache Kontakte bei Null-zwo-fünf Punkt acht-null. Entfernung siebenhundert Kilometer.«

Noch während der junge Mann seine Meldung machte, tauchten im Holotank der *Unsichtbare Wahrheit* eine Reihe neuer Bilder in einigem Abstand von Einsatzgruppe Schlange auf.

»Identifikation?«

»Nichts zu machen, Kommodore. Sie sind zu weit entfernt für eine positive ID.« Der Tech unterbrach sich, als seine Instrumente neue Informationen lieferten. »Sir, ich zeichne Triebwerksaktivität. Die Banditen nähern sich unserer Position.«

»Verdammt«, stieß Beresick aus. »An alle Einheiten: Klar zum Gefecht, alle Kampfpatrouillenjäger starten. Nachricht an *Starlight*. Sie soll bei den Transportern bleiben und sie schützen. Jetzt sind wir einmal hier, und kein Clanner wird uns wieder vertreiben.« Er drehte sich zu seinem Ersten Offizier um, und ein grimmiges Lächeln verzog Beresicks Lippen. »Geben Sie Alarm.«

»Gefechtsalarm, Gefechtsalarm. Alle Mann auf Kampfstation.« Der uralte Befehl hallte durch die *Unsichtbare Wahrheit* wie ein Trompetenstoß. Der 1. O. setzte durchaus unnötigerweise hinzu: »Dies ist keine Übung.«

»Kommodore, das ist Ihr Metier. Wo hätten Sie mich gerne?« fragte Winston.

Beresick warf ihr einen schnellen Blick zu. »Wenn Sie auf der Brücke bleiben wollen, ist das in Ordnung. Morgan schien den Holotank zu mögen. Er liefert Ihnen eine Vorstellung davon, was vorgeht. Kommen Sie mir nur nicht in den Weg. Ansonsten sollten Sie die Brücke räumen. General Redburn, das Gleiche gilt für Sie.«

»Was immer Sie sagen, Kommodore.« Winston salutierte und hastete die Stufen zum Holotank empor.

Inmitten der Laserprojektionen, von denen keine größer als ihre Hand war, bekam Winston allmählich einen Eindruck davon, was geschah. Links von ihr stießen die Kriegsschiffe der Einsatzgruppe Schlange mit hohem Schub auf die Clan-Schiffe zu. Kleinere Bilder kennzeichneten die Positionen von Landungsschiffen, die sich von ihren Trägern lösten. Die Landungsschiffe gingen entweder neben den größeren Kampfraumschiffen beim Angriff auf die Clan-Kriegsschiffe in Stellung oder blieben zurück, um Schlanges Transportschiffe zu verteidigen, je nachdem, für welche Rolle sie eingeteilt waren. Noch kleinere Symbole tauchten flackernd auf, als die Schiffe Luft/Raumjägerstaffeln ausschleusten, deren Aufgabe darin bestand, die größeren Schiffe gegen feindliche Jägerangriffe zu verteidigen.

Zunächst verwirrten die langen alphanumerischen Kennungen sie, die neben jedem Bild in der Luft hingen. Aber als sie die Eröffnungszüge des Raumgefechts beobachtete, erkannte sie schnell deren Bedeutung. Das Bild mit der Kennung CG-1957-UNWA stellte den ComGuard-Schlachtkreuzer *Unsichtbare Wahrheit*, Identifikationsnummer 1957, dar. Als sie die Ziffern und Buchstaben erst einmal verstanden hatte, fiel es nicht mehr schwer, die Bewegungen der größeren Kriegsschiffe der Einsatzgruppe zu verfolgen.

Von ihrer Position aus gesehen schräg von vorne und ein wenig oberhalb ihres Kopfes näherten sich drei Clan-Kriegsschiffe. Ihre Bilder waren weniger ausführlich gekennzeichnet. Das größte Schiff, das an der Spitze der Formation flog und inzwischen direkten Kurs auf die *Unsichtbare Wahrheit* genommen hatte, trug die Buchstaben CK-SWSJ. Seine Begleiter, viel kleiner, aber auch wesentlich schneller, schienen es auf die Ver-Com-Korvette *Rostock* und den ComGuard-Zerstörer

Smaragd abgesehen zu haben. Diese kleineren Parder-Schiffe waren als PL01-VNCT und PL02-VNCT identifiziert.

Winston konnte die Identität des großen Schiffes aus den Informationen neben der Projektion ermitteln: Es handelte sich um einen schweren Kreuzer der *Sowjetski Sojus*-Klasse, eine Konstruktion aus Sternenbund-Zeiten, die eine erstaunliche Menge an Schiffsgeschützen mitführte. Die beiden anderen waren ihr jedoch so rätselhaft, daß sie schließlich den HolotankTech bitten mußte, ihr die Identifikationskennungen zu erklären.

»PL«, antwortete der Mann, »ist ein alter Code für ›Patrouillenkorvette‹. Der Computer identifiziert die Ziele als *Vincent*-Klasse, wahrscheinlich Clan-Variante Mk42. Da es sich um zwei handelt, bezeichnen wir sie als PL01 und PL02, um sie auseinanderzuhalten.«

Während Winston der Erklärung des Techs lauschte, sah sie weitere Kontakte rund um die Clan-Schiffe auftauchen. Diesmal verstand sie die Kennungen, die diese neuen Symbole als Landungsschiffe und OmniJäger identifizierten.

Morgan hatte ihr einmal seine Faszination für die Lilliputwelt des Holotanks und das Gefühl extremer Frustration darüber gestanden, bei der Schlacht der Einsatzgruppe gegen die Geisterbären nicht mehr als ein Zuschauer gewesen zu sein. Jetzt entwickelte Winston ähnliche Gefühle. Dank der technischen Wunderwelt des Holotanks war sie in der Lage zu verfolgen, wie sich die Schlacht um sie herum entwickelte, aber weil ihr selbst die einfachsten Grundkenntnisse über Raumgefechte fehlten, konnte sie nicht einmal Vorschläge zu deren Führung machen.

Mit einem Seufzer fand sie sich damit ab, die Schlacht in Beresicks fähigen Händen lassen zu müssen und machte es sich auf ihrem Logenplatz bequem.

* * *

»Entfernung zum nächsten Ziel?« fragte Beresick den Tech an der Zielerfassung.

»Vier-null-drei Kilometer, sinkend.«

»Können wir es mit den Geschützen erfassen?«

»Ja, Sir. S-PPK und Raketenbatterien Bug und Frontal haben erfaßt«, antwortete der Chefarmierungsoffizier der *Unsichtbare Wahrheit*. »Wir warten nur auf Ihre Feuererlaubnis.«

Beresick sah zum Holotank und betrachtete die Lage. Die *Sowjetski Sojus* war viel dünner gepanzert als die *Unsichtbare Wahrheit*, dafür jedoch schwerer bewaffnet. Wenn er sie ausschalten konnte, bevor sie nahe genug heran war, um das Gefecht in einen offenen Schußwechsel zu verwandeln, bestand eine gute Chance auf einen relativ unblutigen Sieg, zumindest auf Seiten der Einsatzgruppe Schlange. »Armierung«, befahl er. »Raketen auf die *Sojus* ausrichten und Feuer. Geschützfeuer frei ab dreihundertsechzig Kilometer.«

»Aye-aye, Sir. Kraken haben Ziel erfaßt, und ... Feuer! Raketen gestartet!«

Die *Unsichtbare Wahrheit* erzitterte leicht, als sich zwei gigantische Raumraketen aus den Abschußrohren lösten. Beresick beobachtete, wie der Tech an der Leitstation den Kurs der schwarzlackierten Geschosse hinüber zu dem Clan-Kreuzer verfolgte. Zweimal regulierte er mit dem kleinen Joystick an seiner Konsole nach. Die schweren Raketen des Typs Krake waren eine Neuentwicklung, die der Einsatzgruppe erst kurz vor dem Abflug von Defiance geliefert worden war. Die leistungsstarken Waffen besaßen eine beidseitige Kommunikatorverbindung, die es ermöglichte, sie über die Ortung und Zielerfassung der *Unsichtbare Wahrheit* ins Ziel fernzusteuern. Die Flotte besaß nur einen begrenzten Vorrat an diesen Geschossen, daher hatte Beresick ihren Einsatz in der Schlacht bei Trafalgar nicht erlaubt.

»Raketen haben Ziel erfaßt. Zielanflug«, meldete der

Raketenkanonier. »Einschlag steht bevor. Fünf ... vier ... drei ... zwo ... eins ... Treffer!«

Im Holotank flammte innerhalb eines Herzschlags eine Explosion von der Größe einer Streichholzflamme auf und verblaßte wieder.

»Sensoren melden Schaden an der Panzerung des Clanners, aber keinen Hüllenbruch.«

»Schön.« Beresicks Reaktion war knapp gehalten. »Nachladen und Beschuß wiederholen. Entfernung zum Ziel?«

»Entfernung jetzt bei Drei-neun-null.«

»Alle Geschütze: Feuer frei!« Er bellte den KommTech an: »Nachricht an Flotte: Formation auflösen und Angriff.«

»Anflug, Anflug, Anflug!« rief ein SensorTech mit leicht panischer Stimme. »Sensoren zeichnen Raketenstarts bei allen drei Schiffen.«

Beresicks Kopf zuckte hoch. Ein kleiner Kontrollmonitor auf seiner Befehlskonsole zeigte den schlanken Zacken einer Raketenspur in den breiten Lichtzeilen der Kaskadenanzeige. Im Gegensatz zu den Grafikschirmen, die in den Holovids der Unterhaltungsindustrie so beliebt waren, wurden die Ortungsdaten des Schlachtkreuzers vom Computer in breite Streifen auf dem Bildschirm umgewandelt, um sichtbar zu machen, wo ein Kontakt stattgefunden hatte. Je größer der Streifen, desto größer das Signal. Ein kurzes Studium der rasiermesserdünnen Linie verriet, daß die anfliegende Rakete Kurs auf die *Unsichtbare Wahrheit* genommen hatte.

»Gegenmaßnahmen.«

Auch wenn sie den technologischen Neuerungen der Clans nicht das Wasser reichen konnten, führten alle Kriegsschiffe als Teil ihrer ECM-Störsenderausrüstungen Signalblocker und Ortungsablenker mit. Die Ausrüstung leistete nur selten das, was ihre Hersteller versprachen, aber selbst die spärliche Hoffnung, das Leitsystem einer anfliegenden Rakete verwirren zu können, war besser, als untätig auf den Einschlag zu warten.

Als die Rakete auftraf, war die Wirkung reichlich enttäuschend. Die schwere Panzerung der *Unsichtbare Wahrheit* absorbierte die Sprengwirkung des Schwertwals, ohne das Schiff auch nur zu erschüttern.

»Steuerbord drei-fünf Grad, abwärts Zehn.« Beresick wußte, daß er sein Schiff damit auf Kollisionskurs mit der *Sowjetski Sojus* brachte. Er wußte auch, daß der Nebelparder-Kapitän wahrscheinlich keine Ahnung davon hatte, daß man in der Inneren Sphäre ein ›Spiel‹ kannte, bei dem es darum ging, wer in einer derartigen Situation zuerst auswich. Aber er würde die Konzepte von Mut und Stolz kennen, und darauf zählte Beresick.

»Null-drei-fünf, Sir.«

»Aufkommen und abfangen.«

»Aufkommen und abfangen, aye-aye, Sir.« Der Mann am Ruder sang die Antwort förmlich.

Die Steuerung der *Unsichtbare Wahrheit* hätte ohne weiteres über einen kleinen Joystick oder sogar mehrere Knöpfe erfolgen können, aber ihre Konstrukteure hatten sich anders entschieden. Nicht nur Matrosen, ob nun bei der Marine oder auf dem Ozean der Leere, wie man Raumschiffer gelegentlich poetisch bezeichnete, auch Raumschiffskonstrukteure stellten eine traditionsbewußte Gattung Mensch dar. Die Ingenieure, die Jahrhunderte zuvor die Baupläne der *Cameron*-Klasse erstellten, hatten die Steuerfunktionen auf einen Knüppel ähnlich dem großer konventioneller Flugzeuge gelegt. Ein relativ einfaches Computerprogramm wandelte die Bewegungen des Knüppels in Schiffsmanöver um. Die Konstrukteure hatten sogar einen wachsenden Widerstand eingebaut, je weiter der Steuermann den Knüppel vom Mittelpunkt fortbewegte.

»Sir, wir sind auf Kollisionskurs mit der *Sojus*.« In der Stimme des SensorTechs lag eine Spur von Verwirrung.

»So ist es.« Beresick wirkte selbstsicher, beinahe gelassen.

»Kommodore, finden Sie nicht, wir sollten ausweichen?«

»Nein«, bellte Beresick. »Kurs halten. Wie reagiert der Clanner?«

»Sir. Kurs und Geschwindigkeit unverändert.«

»Gut.« Beresick lächelte. Alles verlief genau so, wie er es erhofft hatte. Der Clan-Kapitän hatte seinen direkten Kollisionskurs als Herausforderung gesehen, eine Herausforderung, der er nicht ausweichen konnte. Alles lief wie geplant. Der Parder schien geradeaus weiterfliegen zu wollen, selbst wenn er die *Unsichtbare Wahrheit* dadurch frontal rammte.

»Entfernung zur *Sowjetski Sojus*?«

»Entfernung jetzt Eins-neun-null Kilometer, sehr schnell sinkend.«

»Bug erfassen und alle Frontalgeschütze abfeuern.« Beresick wirkte so ruhig, daß der Befehl beinahe wie ein Vorschlag klang.

»Feuer.«

»Hart backbord.« Diesmal klang der Befehl ganz wie ein Befehl. »Alle Maschinen volle Kraft voraus. Alle Steuerbordbatterien, Feuer frei, sobald Ziel erfaßt ist.«

Als der riesige Schlachtkreuzer hart nach backbord auswich, erbebte er unter den Einschlägen schwerer Schiffs-Autokanonen und dreier Raumraketen.

Der *Sowjetski Sojus* erging es schlimmer. Die Breitseite zertrümmerte den größten Teil ihrer verbliebenen Bugpanzerung. An manchen Stellen waren dampfende Risse in ihrer dicken Hülle erkennbar. Energielecks aus zerfetzten Stromkabeln verursachten ein leuchtendes Blitzgewitter in der Bresche, wo einmal ihre vordere Backbordschiffslaserbatterie gewesen war.

Aber auch wenn es aussah, als hätte der schwere Clan-Kreuzer einen katastrophalen Schaden erlitten, war er noch längst nicht außer Gefecht. Während die

Unsichtbare Wahrheit eine Kehrtwendung einleitete, schoß die *Rostock* von oben herab, um das angeschlagene Kriegsschiff zu bedrängen. Kanonen- und Laserfeuer krachte in den Rumpf der *Sowjetski Sojus*, ohne größeren Schaden anzurichten. Der beschädigte Kreuzer schlug zurück, indem er sich auf die Steuerbordflanke wälzte und die verwundbare Unterseite der *Fox*-Klasse-Korvette mit einer vernichtenden Breitseite beschoß.

Das fingerhutförmige Kriegsschiff schüttelte sich heftig unter dem Einschlag der höllischen Kanonade. Als sie unter dem furchtbaren Angriff erzitterte, konnte Beresick nur noch ein klaffendes Loch erkennen, wo kurz zuvor ihre Backbordbughälfte gewesen war. Der dunkle Glanz supererhitzten Metalls, das sich in der Kälte des Alls rapide abkühlte, erinnerte an mattorangefarbene Augen in einer dunklen Höhle aus verbogenem Metall.

»Kommodore, Korvettenkapitän Floriano ist in der Leitung.«

»Verbinden Sie«, befahl Beresick.

Als der Kapitän der *Rostock* auf dem Sichtschirm erschien, erkannte Beresick ihn kaum wieder. Florianos Gesicht war blutüberströmt. Über seiner linken Schläfe klaffte eine tiefe Schnittwunde. Durch einen Riß in der Schulter der khakifarbenen SBVS-Uniform war eine handgroße Brandblase zu sehen. Hinter ihm bot die Brücke der *Rostock* ein erschreckendes Bild der Verwüstung. Drähte baumelten von der Decke. Dünner, blauer Rauch hing in der Luft. Aber am schlimmsten waren die verkrümmten Formen auf dem Deck, die man für Bündel farbverschmierter Lumpen hätte halten können, wenn man es nicht besser gewußt hätte.

»Kommodore.« Florianos Stimme war schwer, seine Aussprache undeutlich, das Resultat zerschnittener Lippen und mehrerer abgebrochener und ganz fehlender Zähne. »Die *Rostock* ist außer Gefecht. Wir haben die meisten Geschütze und die Panzerung an der Steuerbordseite verloren. Der größte Teil meiner Crew ist tot oder verletzt. Die Brücke gleicht einem Trümmerfeld, und der Reaktor ist beschädigt. Wir versuchen, uns zurückzuziehen. Können Sie uns Deckung geben?«

»In Ordnung.« Beresick hatte Mühe, seinen Abscheu zu unterdrücken. Die Schlacht bei Trafalgar war zwar nicht unblutig aber relativ sauber gewesen. In den meisten Fällen bekam ein Flottenoffizier menschliche Schlachtopfer nicht zu Gesicht, nur die Wracks zerstörter Schiffe und die eingefallenen, bleichen Gesichter der aus Rettungsbooten und -kapseln geborgenen Überlebenden. Zum erstenmal in seinem Leben mit dem Preis eines Raumgefechts, dem Verlust von Menschenleben konfrontiert, war Beresick geschockt. Eine leichte Übelkeit stieg in ihm auf. »Drehen Sie auf Zwo-siebennull relativ. Wir schwenken zwischen Sie und die *Sowjetski Sojus*.«

»Verstanden, *Unsichtbare Wahrheit*. Führen Ihre Anweisung durch.« Die Erleichterung in Florianos Stimme war mit Händen zu greifen. »Danke.« Er schaltete ab.

»Ruder, einschwenken«, rief Beresick. »Bringen Sie uns zwischen die *Rostock* und den Clanner.«

»Zu spät!« Beresick konnte nicht sagen, von wem der entsetzte Aufschrei kam, aber er war berechtigt.

Die *Sowjetski Sojus* schien entschlossen, die *Rostock* zur Strecke zu bringen, und schwenkte auf einen Verfolgungskurs hinter die kleinere Korvette ein. Von einer Position unter deren Backbordheck feuerte das Parder-Kriegsschiff eine zweite tödliche Breitseite ab.

Während die Brückenbesatzung der *Unsichtbare Wahrheit* in stummem Entsetzen zusah, brach das zerschossene Wrack, das kurz vorher noch ein Kriegsschiff gewesen war, auseinander. Die volle Breitseite des Nebelparder-Schiffs schien sich tief ins Innere der *Rostock* gefressen und deren Kiel zertrümmert zu haben, als wäre es eine rostzerfressene Eisenstange.

»Floriano, in die Boote!« brüllte Beresick zu dem sich auflösenden Schiff hinüber. »In die Boote!«

Ariana Winston, in der Hitze des Gefechts völlig vergessen, konnte nicht anders, als aus dem Holotank ebenfalls zu rufen: »Los, Leute, macht, daß ihr da rauskommt!«

Ein einzelnes Rettungsboot schoß aus dem tödlich getroffenen Schiff ins All. Das winzige Raumboot hatte sich kaum vom Rumpf der *Rostock* gelöst, als eine grellblitzende Explosion die Korvette in gespenstischer Lautlosigkeit zerfetzte.

Eine ganze Weile herrschte auf der Brücke der *Unsichtbare Wahrheit* tödliche Stille. Beresick war der erste, der sich wieder in den Griff bekam.

»Steuermann, Kehre umdrehen. Zur *Sojus* aufschließen. Fliegerboß, unsere Fähren ausschleusen und nach Überlebenden suchen. Armierung, alle Geschütze auf die *Sowjetski Sojus*. Ich werde das Fell dieses Clan-Bastards in meiner Kabine an die Wand nageln!«

Ein Chor von ›Aye-ayes‹ bestätigte seine Befehle.

Dadurch, daß sie der *Rostock* gefolgt war, als die angeschlagene Korvette versucht hatte, das Schlachtfeld zu verlassen, hatte die *Sowjetski Sojus* dem Schlachtkreuzer unbeabsichtigt genug Zeit gegeben, um in Position für einen zweiten Vorbeiflug vor dem Bug des Clan-Kreuzers zu gehen. Als die *Unsichtbare Wahrheit* den schwerbeschädigten Bug ihres Gegners passierte, deckte sie ihn mit einer Breitseite ein, die den Schlag gegen die *Rostock* wie einen Schuß aus einer Spielzeugpistole wirken ließ.

Der Angriff der *Unsichtbare Wahrheit* bohrte sich tief in die Panzerung der *Sowjetski Sojus* und schleuderte dampfende Metallklumpen wirbelnd ins All. Interne Bordsysteme zersprangen in Wolken von Schrapnell und lichtlosen Explosionen. Besatzungssektionen brachen auf, und fahle, glitzernde Fäden aus Eis und Dampf stiegen wie weiche, gefrorene Federn aus den tiefen Breschen in der Flanke des Clan-Schiffs.

»Noch mal!« brüllte Beresick, dessen Rachedurst noch nicht gestillt war.

Zwei Schiffs-PPK-Salven verwüsteten den bebenden Kreuzer, gefolgt von einer Salve S-AK-Granaten und zwei Raumraketen. Als deren Explosionen verblaßten, war die *Sowjetski Sojus* hart nach Steuerbord und bugabwärts geneigt. Der schwere Kreuzer war offensichtlich außer Gefecht.

»Wo sind die *Vincents*?« fragte Beresick.

»Kommodore. *Smaragd* meldet *Vincent* Eins vernichtet«, antwortete ein KommTech. »*Starlight* meldet, *Vincent* Zwo hat die Flotte umgangen und die Transporter angegriffen. Mehrere Sprungschiffe sind beschädigt. Die *Vincent* Zwo ist bewegungsunfähig und steht in Brand. Zwei Clan-Landungsschiffe und eine Handvoll Jäger setzen den Angriff fort, aber die *Starlight* wird mit ihnen fertig.«

»Wshhhhw«, ließ Beresick seinen Atem in einem langen Seufzer aus. »Schadensberichte?«

»Keiner der Transporter wurde ernsthaft beschädigt. *Smaragd* meldet Schäden an Hauptbrücke, Radar und Sprungsegeltakelage. Korvettenkapitän Cole schätzt die Reparaturzeit auf vier Stunden. Die Instandsetzung des Segels wird zwei Tage in Anspruch nehmen. *Starlight* wurde ziemlich schlimm zugerichtet. Sie hat die meisten Steuerbordgeschütze und das Gravdeck verloren. Fregattenkapitän O'Malley erwartet, in zehn Stunden wieder einsatzbereit zu sein. Und ...« Der Tech zögerte, als würde das Geschehene erst endgültig werden, wenn er es aussprach. »Die *Rostock* ist verloren. Raumfähre Eins meldet die Bergung von fünf Überlebenden in einem Rettungsboot, alle vom Flugdeck der *Rostock*. Es wurden keine weiteren Rettungsboote gesichtet.«

Beresick schüttelte traurig den Kopf. »In Ordnung. Rufen Sie die Landungsschiffe zurück. Die Jäger sollen die letzten Feindschiffe stellen. Ich will die Landungen nicht länger hinauszögern als nötig. *Feuerfang* und *Ranger* sollen sich bereithalten. Sie begleiten die Invasionsstreitmacht ins Systeminnere.« Zum erstenmal seit Beginn der Raumschlacht sah er zu Winston und Redburn hoch. »General, möchten Sie noch etwas hinzufügen?«

»Ja. Ich möchte, daß alle Einheitskommandeure mir einen Bericht über die Gefechtsbereitschaft ihrer Truppen zukommen lassen, und zwar innerhalb der nächsten Stunde.« Winston machte eine Pause und rieb sich die Augen. »Die Parder wissen, daß wir kommen, und ich will ihnen keine Zeit lassen, die Abwehr zu organisieren.«

* * *

Hunderte Millionen von Kilometern entfernt wurde ein anderer Kommandeur über den Ausgang der Raumschlacht informiert.

»Lüge mich nicht an, du Surat!« brüllte er den KommunikatorTech an. »Wie sollten Barbaren aus der Inneren Sphäre drei unserer Kriegsschiffe stellen und besiegen können? So viele Kampfraumschiffe besitzen sie nicht, und die wenigen, die sie haben, sind abgestellt, um ihre eigenen stinkenden Zentralwelten zu beschützen.«

»Galaxiscommander, die Wache meldet, daß die Nachfolgerstaaten seit einiger Zeit Kriegsschiffe bauen, und wir wissen, daß ComStar mehrere Schiffe aus Sternenbund-Zeiten eingemottet hat. Die Wache hält es für durchaus möglich, daß die Innere Sphäre eine derartige Invasionsflotte aufstellen könnte.«

Russou Howell fixierte den Mann, der es gewagt hatte, ihm zu widersprechen. Obwohl der Offizier die rotgold geviertelten Insignien eines Sterncaptains trug, schaffte Howell es nicht, einen Krieger in ihm zu sehen. In seinen Augen waren Agenten der Wache wenig mehr als Banditen, ehrlos und ohne echten Anspruch auf Legitimität in der Gesellschaft der Nebelparder.

Das war beinahe mehr, als er ertragen konnte. Erst der feige Anschlag auf den Mons Szabo, der das Haupt-Kommando-, Kontroll- und Kommunikations-Center des Planeten beschädigt und das Raumverteidigungsnetz zerstört hatte, mit dem sie diese Surats aus der Inneren Sphäre ein für allemal hätten zurückschlagen können. Der Tod der für diese Einrichtungen eingeteilten Techs war ohne größere Bedeutung, aber der Verlust dreier kompletter Elementarstrahlen brachte Howell in Rage. Und das Erscheinen einer Invasionsflotte der Inneren Sphäre und die Niederlage dreier Kriegsschiffe, hier, über Diana, im Bau des Parders, stellte seine rapide schwindende Geduld auf eine noch härtere Probe.

Als wäre das nicht schon genug, hatten diese stinkenden Innere-Sphäre-Surats auch noch die unglaubliche Frechheit zu behaupten, sie würden unter dem heiligen Banner des Sternenbunds agieren. Zu Anfang hatte Howell sich geweigert, den Berichten Glauben zu schenken, die von den das Diana-System verteidigenden Kriegsschiffen eingetroffen waren. Aber schließlich hatte er doch zugeben müssen, daß die Barbaren tatsächlich die kaum faßbare Unverfrorenheit besaßen, den Cameron-Stern und die Insignien der Sternenbund-Verteidigungsstreitkräfte auf ihre Kriegsschiffe und Jäger zu malen. Und als letzte Beleidigung mußte er sich jetzt von einem Stravag-Wachagenten über die Flottenkapazitäten der Inneren Sphäre belehren lassen. Er wirbelte zu dem Sterncaptain herum und überschüttete den Mann mit einem Strom von Beschimpfungen, den dieser ohne erkennbare Regung über sich ergehen ließ.

»Galaxiscommander?«

»Was?« schrie Howell den Tech an, der es gewagt hatte, ihn zu unterbrechen.

»G-Galaxiscommander«, stotterte der Mann. »Die Flotte aus der Inneren Sphäre formiert sich neu und dringt in unser System vor. Anscheinend plant sie eine Invasion Dianas.«

Mit einem wütenden Aufheulen, das besser zu einem Wolf als zu einem Parder paßte, ballte Russou Howell die Faust und schlug den unglückseligen Tech zu Boden. Über dem bewußtlosen Niederkastler stehend, die Fäuste noch immer in wilder Wut geballt, starrte Howell dessen Techkameraden an, die sich erschreckt vor ihm auf den Boden geworfen hatten.

In diesem Augenblick weißglühenden Zorns gingen alle Depressionen, alle Selbstvorwürfe, alle Wahnvorstellungen und der Drang, seine Verzweiflung im Alkohol zu ersäufen, wie dürres Laub in Rauch auf. An ihre Stelle trat etwas, das Russou Howell schon lange nicht mehr gespürt hatte: Stolz und die Freude auf die bevorstehende Schlacht. Er war wieder ein Nebelparder-Krieger.

»Gebt Alarm«, knurrte er. »Nicht eines dieses Freigeburts-Ungeziefers wird Diana lebend verlassen.«

17

Landungsschiff SBS *Langes Messer*,
im Anflug auf Landezone Leichte Eridani-Reiterei
Drei Kilometer nordwestlich des Mons Szabo, Diana
Kerensky-Sternhaufen, Clan-Raum

12. März 3060

Es ist lange her, seit ich das zum letztenmal tun mußte.

Generalin Ariana Winston saß an den Kontrollen ihres umgebauten *Zyklop* und betrachtete einen großen Sekundärmonitor an der linken Seite des vorderen Cockpits. Im Gegensatz zu einem gewöhnlichen ZP 11-A war ihr Mech auf ihren speziellen Wunsch modifiziert und mit einem zweiten Satz Kontrollen ausgestattet worden. Die Kurzstrecken-Raketenlafette und das zugehörige Munitionsmagazin hatten weichen müssen, um im vollgepackten Innenleben des Kampfkolosses den Platz für einen zweiten Piloten freizumachen. Aber das war es wert. Die Anwesenheit eines fähigen Kommunikations- und Ortungsspezialisten hinter ihr nahm einiges an Druck von Winston und gestattete ihr, sich auf die Leitung der Schlacht und die Steuerung der recht schwerfälligen 90-Tonnen-Maschine zu konzentrieren.

Der Monitor, der ihre Aufmerksamkeit so fesselte, war mit dem taktischen Computersystem des Landungsschiffs *Langes Messer* verbunden. Der Einspielung nach, die sie gerade erhielt, kam das Schiff der *Overlord*-Klasse in langsamem Sinkflug gerade über den Mons Szabo. Die Einspielung war notwendig, denn Winstons *Zyklop* war fest in einen Abwurfkokon aus Stahl und Keramik gezwängt, ähnlich denen, in denen die DEST-Teams über der Nebelparder-Heimatwelt abgeworfen worden waren.

Als Kommandeurin der Söldnereinheit Leichte Eridani-Reiterei war sie schon lange nicht mehr gezwungen gewesen, einen Gefechtsabwurf aus der Umlaufbahn in ein feindlich kontrolliertes Gebiet mitzumachen, im Kriegerjargon einen ›heißen‹ Abwurf. Aber angesichts der großen Zahl an Zielen, die sich die Einsatzgruppe gesetzt hatte, kam es auf jeden MechKrieger an, auch auf die kommandierenden Offiziere …

Nachdem die letzten feindlichen Jäger ausgeschaltet waren, hatte es nur wenige Stunden gedauert, bis die Landungsschiffe mit den Bodentruppen Einsatzgruppe Schlanges sich von den Sprungschiffen gelöst hatten. Den Planeten zu erreichen hatte allerdings auf einem anderen Blatt gestanden. Diana lag knapp über eine Milliarde Kilometer vom Sprungpunkt entfernt, was bei einer Beschleunigung von einer Normschwerkraft eine Flugzeit von siebeneinhalb Tagen erforderte. Die Leichte Reiterei und ihre Kameraden in den übrigen Einheiten der Einsatzgruppe hatten in den letzten Stunden des Anflugs noch den Angriff eines letzten Aufgebots an Clan-OmniJägern abwehren müssen. Wie OmniMechs ließen sich auch Clan-Luft/Raumjäger leicht an eine bestimmte Mission oder den Kampfstil eines bestimmten Piloten anpassen.

Obwohl die Parder-Piloten sich tapfer geschlagen hatten, war der Ausgang des Angriffs nie wirklich zweifelhaft gewesen. Die Clan-Jäger waren von den anfliegenden Landungsschiffen beiseite gewischt und von Schlanges Luft/Raumjägern zu Tode gehetzt worden. Trotzdem war es ihnen gelungen, Schaden anzurichten. Die *Avenger*, ein Landungsschiff der *Union*-Klasse der Kathil-Ulanen, hatte schweres Autokanonenfeuer eines fleckiggrauen *Jagatai*-A einstecken müssen, das eines ihrer Mechhangartore verklemmt hatte. Die *Avenger* war zwar noch einsatzfähig, aber einige der Ulanen würden sich jetzt anstellen müssen, um durch das verbliebene Tor des Hangars auszusteigen.

»General Winston?« Eine Stimme drang an ihr Ohr.

»Winston. Ich höre.«

»General, wir sind jetzt über der Abwurfzone. Bitte um Erlaubnis, die Brigade abzusetzen.«

Mit drei Gefechtsregimentern, einer HQ-Kompanie und Hilfsbataillonen, ganz zu schweigen von eigenen Luft/Raum- und Raumschiffkontingenten entsprach die Leichte Eridani-Reiterei in Wirklichkeit einer Leichten Division. Üblicherweise wurde sie jedoch als ›die Brigade‹ bezeichnet.

Mit einem Nicken, in dem zu gleichen Teilen Befriedigung und Sorge lagen, erklärte Winston: »Erlaubnis erteilt. Setzen Sie die Brigade ab.«

»Sehr schön.« Der Kapitän der *Langes Messer*, ein gewisser Jeremiah Lynch, klang erleichtert. Sobald die Bodentruppen abgeworfen waren, würden sich die Landungsschiffe zurückziehen und auf die Botschaft warten, daß ihre Landezone gesichert war. »*Langes Messer* an alle Leichten Reiterei-Einheiten. Abwurf in fünf … vier … drei … zwei … eins … Abwurf. Los, los, los!«

Im Augenblick, in dem Lynchs drittes ›Los‹ aus dem Ohrhörer schallte, brach die Leitung nach draußen zusammen. Durch den riesigen eiförmigen Kokon und die dicken Beine ihres *Zyklop* spürte Winston ein leichtes Zittern des gewaltigen Landungsschiffs, als der erste von sechsunddreißig BattleMechs aus dessen gepanzertem Rumpf stürzte. Obwohl sie es haßte, im silbergrauen, von der Außenwelt abgeschnittenen Inneren des Abwurfkokons eingesperrt zu sein, wartete sie, bis sie an der Reihe war. Als Kommandeurin der Leichten Reiterei und Oberkommandierende der Einsatzgruppe Schlange war ihr Platz in der Mitte des zweiten ›Pulks‹ aus zwölf Mechs, der abgeworfen wurde. Mit jedem kaum wahrnehmbaren Zittern des riesigen Schiffes rückte ihr Absprung näher.

»Aufgepaßt, Kip«, sagte sie zu ihrem FOS. »Wenn ich richtig gezählt habe, sind wir die nächsten.«

Techoffizier Ian ›Kip‹ Douglass, Winstons Funk- und Ortungs-Spezialist, gab keine Antwort. Sie wußte, daß er nicht absichtlich unhöflich war. Kip haßte es einfach, aus einem einwandfrei funktionierenden Raumschiff geworfen zu werden.

Bei dem Gedanken an ihren kampferprobten FOS, der die Armlehnen des Schleudersitzes so fest umklammert hielt, daß die Knöchel seiner Hände weiß hervorstanden, mußte sie kurz und bellend lachen. Das Lachen verwandelte sich in einen überraschten Schluckauf, als sie jäh ins Bodenlose stürzte.

Ein Orbitalabwurf war in mancher Hinsicht eine Studie in Kontrasten. Die MechKrieger erlebten einen plötzlichen Wechsel vom Gefühl der Bewegungslosigkeit an Bord des antriebslos treibenden Landungsschiffes zu der übelkeiterregenden Beschleunigung, wenn sie aus dem Abwurfschacht des Schiffes gestoßen wurden, und zurück zu dem Gefühl, frei im Raum zu treiben. Winston wußte es natürlich besser. Auch wenn sie den wolkenverhüllten Globus des Planeten nicht sehen konnte, auf den ihr Mech hinabstürzte, war sie sich doch sehr bewußt, daß sie in über hundert Tonnen gepanzertem BattleMech und schützendem Abwurfkokon eingeschlossen war und mit jeder Sekunde um etwa zehn Meter in der Sekunde schneller auf die Oberfläche Dianas zuraste.

Dann war da der Unterschied im Geräuschpegel. Im Mechhangar der *Langes Messer* war es relativ ruhig, abgesehen von den taktischen Einspielungen über die Daten-›Nabelschnur‹ ihres Mechs. Als diese Kabelverbindung getrennt wurde, war es zunächst tödlich still, abgesehen von Winstons kurzer Bemerkung zu Kip Douglass und dem Schlag ihres Herzens. Sobald der *Zyklop* in seinem Schutzkokon ins All gestoßen wurde, verdrängte ein leises Zischen die Stille. Daraus wurde schnell ein hohes Heulen und schließlich ein tiefes Donnern. Dieses Geräusch wurde dadurch verursacht, daß der große, eiförmige Kokon sich einen Weg durch Dianas obere Atmosphäreschichten bahnte. Die äußere

Keramikschicht des Kokons erhitzte sich unter der Reibung der Luftschichten rapide. Ohne die Schutzhülle wäre der Mech lange vor Erreichen der Oberfläche verglüht. Wenn sich plötzlich ein versteckter Fehler in der Hülle des Kokons manifestieren sollte, würde das Resultat nicht anders aussehen.

Winston sah auf eine Multifunktionsanzeige, die eine Abfolge rapide kleiner werdender Ziffern zeigte. Diese Anzeige stellte ihre *geschätzte* Höhe über der Planetenoberfläche dar. Ein Schätzwert, weil die Sensoren des Mechs nicht in der Lage waren, die dicke Außenhaut des Kokons zu durchdringen und die tatsächliche Höhe zu ermitteln.

Vielleicht ist das der Grund, warum Kip Orbitalabwürfe haßt.

Als der Kokon weiter stürzte und das Donnern immer lauter wurde, spürte Winston die Innentemperatur in der Pilotenkanzel steigen. Draußen fraß die immer größer werdende Reibungshitze die äußere Schmelzschicht des Kokons ab. Mit einem lauten Hämmern setzte die in die Pilotenliege eingebaute Pumpe ein und jagte Kühlflüssigkeit durch ihre Weste. Vor der Entdeckung des Gray-Death-Kernspeichers und der Freigabe moderner Technologien nach der Reformation des bis dahin fanatisch geheimniskrämerischen ComStars waren MechKrieger gezwungen gewesen, sperrige Kühlwesten, dicke Filzstiefel, einen schweren Neurohelm und ansonsten möglichst wenig zu tragen, wenn sie ihre Maschinen steuerten. Die erstaunliche Abwärme, die vom Reaktor und den Waffensystemen eines Mechs erzeugt wurde, konnte einen Krieger in kürzester Zeit gar kochen. Um diese unangenehme Nebenwirkung zu vermeiden, hatten die Mechkonstrukteure eine Reihe von Wärmetauschern eingebaut, um die hohen Temperaturen zu senken, bevor sie die Maschine stillegten, ihre Munition zur Explosion brachten, die elektronischen Steuer- und Feuerleitsysteme beeinträchtigten und dem Piloten das Bewußtsein oder sogar das Leben raubten.

Trotzdem konnten die Temperaturen im Innern eines Mechcockpits während eines heißen Gefechts bis auf sechsundvierzig Grad Celsius steigen. Um gegen diese erdrückende Hitze anzukämpfen, trugen MechKrieger Kühlwesten, in denen dieselbe Kühlflüssigkeit auf Äthylenglykolbasis zirkulierte wie in den Wärmetauschern.

Die technologischen Fortschritte der letzten Jahre hatten zur Einführung des MechKrieger-Gefechtsanzugs geführt. Dieses Kleidungsstück war aus ballistischem Tuch gefertigt und enthielt dieselben Kühlschläuche wie eine Kühlweste, bediente sich aber eines wirksameren Wärmetauschverfahrens und leistungsfähigerer Kühlmittel, so daß die Schläuche dünner ausfallen konnten, was das gesamte Kleidungsstück weniger sperrig machte. Außerdem gehörte zu jedem Anzug ein semiautonomer Mediter, ähnlich den Geräten in Clan-Elementarpanzern, der dem Träger bei Bedarf Schmerz- oder Aufputschmittel und ähnliche Medikamente injizieren konnte. Ein leichterer, effizienterer Neurohelm komplettierte die Ausrüstung. Obwohl diese Systeme noch recht selten waren, hatte Winston es geschafft, eine kleine Zahl dieser teuren Anzüge zu beschaffen, die sie an ihre Regimentsführer verteilt hatte. Zwei hatte sie für Kip Douglass und sich selbst behalten.

Winston fühlte eine Welle frischen Kühlmittels durch die Anzugschläuche fließen. Dem folgte eine Woge der Dankbarkeit für ComStar, der die Gefechtsanzüge zur Verfügung gestellt hatte, als sie auf dem Sekundärschirm die Temperaturanzeige weiter ansteigen sah.

Ein heller Summton drang an ihre Ohren.

»Durchhalten, Kip«, rief sie. »Das war die Ein-Minuten-Warnung.«

Sechzig Sekunden später brach das riesige graue

Stahlkeramikei auseinander, und Winstons wuchtig kantiger Kampfkoloß stürzte ungebremst auf die Planetenoberfläche hinab. Jetzt funktionierten die Sensoren und sie konnte exakt ablesen, wie hoch über dem Boden sie waren. Achtzehn Kilometer, immer noch hoch in der Atmosphäre, aber bei der Geschwindigkeit, mit der ihr *Zyklop* stürzte, würde es nicht lange dauern, bis diese Distanz auf Null zusammenschrumpfte, wenn nicht ...

Mit einem lauten Knall entfaltete sich über ihr eine fünfblättrige Fallschirmblüte. Der stürzende Mech wurde plötzlich gebremst, seine Füße jäh bodenwärts geschleudert. Die Fallschirme waren nicht dazu gedacht, die schwere Kampfmaschine sanft zu Boden zu tragen. Dafür war sie viel zu schwer und fiel auch schon viel zu schnell. Das fünffache Nylondach sollte den Sturz nur abbremsen und den Mech vor allem aufrichten. Erst danach konnten die angeflanschten Tornisterraketen des Abwurfpacks ausreichend Bremskraft entwickeln, um den *Zyklop* sicher aufsetzen zu lassen. Derartige Hilfsmittel waren bei allen BattleMechs notwendig, die keine eingebauten Sprungdüsen besaßen.

Zum erstenmal, seit sie in den Abwurfkokon gestiegen war, konnte Winston sich mit eigenen Augen umsehen. Soweit sie sah, schossen rotorangefarbene Lichtstreifen über den Nachthimmel. Es sah aus wie ein riesiger Meteorschauer, aber an der Spitze dieser leuchtenden Brandspuren befanden sich keine rapide schrumpfenden Nickel-Eisen-Klumpen, sondern viele Tonnen schwere Maschinen aus Keramik, Stahl und Vernichtung. Andere, kleinere, nicht ganz so helle Bahnen am Nachthimmel waren nicht weniger bedeutsam. Das waren die Spuren der Abwurfkokons, die sich bereits geöffnet und ihre tödliche Ladung in die Atmosphäre Dianas abgegeben hatten. Für je vier dieser mattroten Lichtstreifen befand sich ein weiterer Leichter Eridani-Mech auf dem Weg nach Diana.

»General, ich zeichne die Boje«, meldete Douglass mit einer Gelassenheit, die seine extreme, eingestandene Angst Lügen strafte. »Höhe derzeit acht Kilometer.«

Auf Winstons Sichtprojektion flammte ein Leitsignal auf. Der kleine grüne Kreis markierte den Punkt, auf den sie ihren stürzenden Mech zusteuern sollte. Ein leichtes Antippen der Tornisterkontrollen schwenkte den massigen *Zyklop* auf Kurs zur ›Boje‹. In Wirklichkeit war ihre Landezone ein breites, relativ flaches Stück Land drei Kilometer nordwestlich des Mons Szabo und deutlich außerhalb der planetaren Hauptstadt Lutera.

Das kleine, blinkende Licht auf der Sichtprojektion des Mechs lieferte Winston eine Markierung, an der sie den Kurs ihres Mechs ausrichten konnte. Theoretisch mußte sie ihre zugewiesene LZ problemlos erreichen, solange sie sich an das Leitsignal hielt. Die Theorie besagte auch, daß eine feste Landeboje die Chance erhöhte, die korrekte Landezone anzusteuern. In diesem Fall würde sich die Theorie wohl als richtig erweisen.

Am Nordende Luteras erhoben sich der Mons Szabo und das genetische Archiv der Nebelparder. Um die niedrige Pyramide des Archivs lag das Feld der Helden, ein breiter Paradeplatz, umringt von Statuen – als Erinnerung an die tapferen Krieger des Clans. Dort hatten die Parder ein Monument ihres Ruhms errichtet. Die Clanner nannten es den Ewigen Laser. Winston nannte es eine Dummheit.

Es war der Gipfel irrwitzigen Hochmuts, zur Ehre gefallener Kameraden ein mächtiges Signal zu errichten, das senkrecht in die Wolken strahlte, besonders, wenn dieses Monument von jeder Invasionsstreitmacht, die zufällig vorbeikam, schon aus der Umlaufbahn zu sehen war. Das Lasermonument lieferte der Leichten Eridani-Reiterei eine perfekte Landeboje. Das Feld der Helden konnte zwar nicht als Abwurfzone für die ganze Brigade dienen, aber die modernen Computersysteme ihrer Mechs hatten keine Schwierigkeiten, sich an dem Laser auszurichten und die exakte Lage ihrer Landezonen zu errechnen.

»Sechzig Sekunden«, stellte Winston fest, als der Höhenmesser auf viertausend Meter sank. Sie stieß die Hand fest auf die Kontrollen des Sprungtornisters und feuerte die Düsen in einem langen, zwanzig Sekunden dauernden Bremsstoß, um den *Zyklop* zu verlangsamen. Selbst wenn sie hart aufkam, stürzte sie jetzt zumindest in einer Geschwindigkeit, bei der sich ein Aufprall noch mehr oder weniger überleben ließ.

Bei zweitausend Metern löste Winston die Düsen noch einmal in einem langen Feuerstoß aus und bremste den Sturz weiter. Dann verengte sie in gerade mal fünfhundert Metern Höhe die Düsenöffnungen des Tornisters so weit es ging und schaltete die leistungsstarken Flüssigbrennstoffraketen zum letzten Bremsstoß ein. Der neunzig Tonnen schwere humanoide Mech erzitterte unter der unfaßbaren Menge kinetischer Energie, die eingesetzt wurde, um ihn sicher zu landen. Das Kreischen der Raketen peinigte Winstons Ohren, während sie versuchte, die entschieden kopflastige Maschine in aufrechter Landeposition zu halten.

Mit einem schweren, beide Piloten heftig durchschüttelnden Schlag setzte der *Zyklop* auf. Winston beugte die dicken, gepanzerten Knie des Mechs, um den Abwärtsschwung der Maschine aufzufangen. Als sie den Kampfkoloß wieder aufrichtete, warf sie einen abgedeckten Schalter um und wurde mit einer Knallfroschserie dumpfer Detonationen belohnt. Ein Dutzend Sprengbolzen wurde ausgelöst – sie warfen Bremsfallschirme und Sprungtornister zu Boden.

»LER von Ballerina. Meldung«, bellte sie in den Kommunikator.

»Ballerina von Ungar.« Wie sie es fast hätte vorhersagen können, war Colonel Charles Antonescu der erste ihrer Regimentsführer, der sich meldete. »Die Rappen sind gelandet und marschieren auf das Ziel.«

»Ballerina von Stonewall. Sind sicher gelandet.« Colonel Edwin Amis, der Veteranenkommandeur des 21. Einsatzregiments, war weit weniger formell als sein pedantischer Kollege. »Machen uns auf den Weg zum Zielobjekt.«

Winston sah auf einen Zweitmonitor, der so eingestellt war, daß er eine Karte des Operationsgebiets der Leichten Eridani zeigte. Das Ziel des 151. und 21., ein großes MechKrieger-Ausbildungslager, lag ein paar Kilometer westlich der Landezone. Amis und Antonescu sollten die Basis angreifen und dem Erdboden gleichmachen. Sandra Barclays 71. Leichte Reiterei sprang knapp nördlich von Lutera ab. Von dort aus würden Barclays Mechs auf das Feld der Helden vorstoßen, um das Gebäude zu erobern, das Agent Trent als das Herz und die Seele Clan Nebelparders bezeichnet hatte, die niedrige, steinerne Pyramide, in der sich das genetische Archiv des Clans befand. Winston hatte Barclay nachdrücklich eingeschärft, daß ihre Truppen sich nicht auf einen Häuserkampf um Lutera einlassen durften, solange es irgendeine Möglichkeit gab, das zu vermeiden. Aber jetzt hatte das Schicksal der Leichten Reiterei einen Joker untergemischt. Barclay meldete sich nicht beim Brigadekommando.

»Phantom von Ballerina, Ende?«

Winstons jüngste Regimentsführerin meldete sich nicht.

»Phantom von Ballerina, Ende. Phantom von Ballerina. Bitte melden.«

Immer noch keine Antwort. Es gab hundert relativ unbedeutende Gründe, die das erklären konnten: eine unglückliche Landung, bei der Barclays Funkgerät beschädigt worden war, ein verpatzter Abwurf, der das 71. Regiment über die gesamte Landezone und darüber hinaus verstreut hatte. Nur weil sich Barclay nicht meldete, brauchte sie noch nicht das Schlimmste zu befürchten.

* * *

»Phantom von Ballerina, bitte melden.« General Winstons Stimme krachte in Colonel Sandra Barclays Ohren, als sich ihre Sinne langsam wieder klärten. Ihr *Cerberus* war hart aufgeschlagen und hatte sie wie einen Würfel im Becher eines Spielers durch das Cockpit geschleudert. Eine subjektiv recht lange Zeit starrte sie verständnislos auf die bunten Lichter, die vor ihren Augen blinkten. Sie hielt die bunten Lichtflecken für die Nachwirkungen eines Schlags gegen die Schläfe, den Nebeneffekt einer harten Landung. Aber langsam wurde ihre Sicht schärfer, und Barclay erkannte, daß sie die Kontrollen und Sensoranzeigen ihrer Pilotenkanzel sah.

»Phantom von ...«

»Ballerina von Phantom«, unterbrach Barclay. »Tut mir leid, General, ich bin ziemlich hart aufgekommen und war eine Weile weggetreten. Einen Augenblick noch bitte.«

Sie überprüfte die Anzeige und stellte fest, daß ihr Regiment intakt war, auch wenn es beim Abwurf etwas auseinandergetrieben wurde. Sie teilte Winston die Lage mit. »Die Schimmel sind komplett am Boden, aber wir wurden beim Abwurf etwas verstreut. Wir sind über den Nordrand Luteras verteilt. Möglicherweise ist ein Teil meiner Truppen sogar in der Stadt gelandet. Sofern Sie nichts Gegenteiliges anordnen, lasse ich meine Einheit sich erst an meiner Position sammeln, bevor wir uns das Archiv vornehmen. Es macht keinen Sinn, das Regiment zersplittert in den Kampf zu führen.«

»In Ordnung, Colonel.« Barclay hörte eine gewisse Besorgnis aus Winstons Stimme heraus. Das war ein Ton, den die junge Offizierin gar nicht gerne hörte. Nicht, weil er der Besorgnis Ausdruck gab, daß Barclay der Aufgabe nicht gewachsen sein könnte, sondern weil sie selbst eine ähnliche Sorge spürte.

Seit den blutigen Kämpfen auf Coventry hielt Sandra Barclay ein übermächtiges Gefühl des Verderbens gefangen. Was sie auch tat, um es zu verhindern, sobald sie ins Cockpit eines Mechs stieg, fingen ihre Hände an unkontrolliert zu zittern.

»LER von Ballerina. Ausrücken und Zielobjekte angreifen.« In Winstons Stimme lag die Freude am Kampf, eine Freude, die Barclay nur zu gerne geteilt hätte. »Denkt daran, unsere Informationen lauten, daß die Parder erbeutete Mechs aus der Inneren Sphäre nach Diana importiert haben. Also überprüft die IFF-Kennung, bevor ihr angreift.«

Barclay packte die Kontrollknüppel des *Cerberus* mit einer wilden Entschlossenheit, die ihre Handknöchel weiß vortreten ließ, und nahm Verbindung zum Rest ihrer Einheit auf. »Achtung, alle Phantome, hier Reales Phantom.« Die Bezeichnung Real identifizierte die Regimentsführerin für die Mitglieder der 71. Leichten Reiterei. »Ich schalte mein Peilzeichen ein. Um meine Position zu formieren, und Beeilung. Ich will das Archiv angreifen, bevor die Parder Gelegenheit haben, es zu verstärken. Bewegung.«

* * *

»Im Anflug!«

Der Warnruf schnitt durch den Funkkanal der Schimmel wie ein Laser durch Papier. Sofort aktivierte Barclay die Raketenabwehr ihres Mechs. Das radargesteuerte Maschinengewehr in dem flachen Geschützturm über – und ein kurzes Stück hinter – dem vorragenden Cockpit des *Cerberus* suchte den Himmel nach Zielen ab. Es brauchte nicht lange zu warten. Ein Pulk Langstreckenraketen schoß durch die regenverhangene Luft. Die Zahl der heranjagenden Raketen war so hoch, daß Barclays Rakabwehr einen Moment stockte, weil der Computer sich nicht entscheiden konnte, auf welche Raketen er zuerst feuern sollte. Dann tat die Waffe mit einem von der dicken Ferrofibritpanzerung des Mechs gedämpften Stakkato ihre Arbeit.

Der dichte Metallhagel holte einen kompletten Raketenschwarm vom Himmel. Dann wechselte die automatische Waffe das Ziel und feuerte wieder, diesmal mit weniger Erfolg. Nur ein paar der panzerbrechenden Geschosse wurden von der Rakabwehr aufgehalten. Der Rest schlug in die tonnenförmige Brustpartie des *Cerberus* ein und explodierte.

Die Detonationen brachten die schwere Maschine leicht ins Wanken, aber der angerichtete Schaden war weit davon entfernt, gefährlich zu werden. Mit einer bewußten Willensanstrengung zwang Barclay die aufsteigende Panik nieder und schaltete auf die Infrarotoptik der Zielerfassung um. Sofort wurde das graue, verregnete Halbdunkel durch eine Szenerie ersetzt, die so unwirklich war wie die Welten eines Dante Alighieri. Mindestens zehn große, humanoide Gestalten leuchteten weiß vor dem grünschwarzen Hintergrund der wärmeempfindlichen IR-Darstellung. Die Identifikationsunterroutine des Bordcomputers erkannte den vordersten Gegner als *Verteidiger*.

»Was zum ...«, stieß Barclay aus, verwirrt über den scheinbaren Fehler des Programms. Dann dachte sie an Winstons Erinnerung. Den Informationen zufolge, die der Clan-Spion gesammelt hatte, waren einige erbeutete Mechs aus den Heeren der Freien Inneren Sphäre hier auf Diana gelandet, wo die Nebelparder sie an die Garnisons- und Solahmatruppen der beiden den Planeten verteidigenden Galaxien verteilt hatten.

Es erschien Barclay reichlich seltsam, daß die Parder nicht ihre besten Krieger dafür abgestellt hatten, den größten Reichtum zu beschützen, den sie besaßen, das genetische Erbe aller Parder-Krieger, die in der Vergangenheit ehrenhaft gefallen waren. Aber die Mechs, die ausgeschwärmt waren, um die 71. Leichte Reiterei zu stellen, als das Söldnerregiment auf das Feld der Helden kam, waren wirklich die Garnisonsklasse-Mechs und Beutemaschinen, von denen Trent berichtet hatte.

Ein PPK-Blitz schlug in ihren Mech ein und vertrieb alle Gedanken aus ihrem Kopf – außer dem einem, der das Ergebnis langer Stunden des Trainings und Drills war: Vernichte den Feind.

Barclay zog ein rotleuchtendes Fadenkreuz über den Schwerpunkt des feindlichen Mechs und wartete einen Herzschlag, bis das Zentrum der Zielmarkierung golden aufblitzte, bevor sie die Auslöser der beiden Gaussgeschütze ihrer Maschine niederdrückte. Ein greller Lichtblitz zuckte über die Sichtprojektion, einen Sekundenbruchteil später gefolgt von einem zweiten. Die Luftreibung hatte die Außenseite der überschallschnellen Nickel-Eisen-Geschosse so aufgeheizt, daß sie auf dem Infrarotbild lasergleiche Schußbahnen zogen.

Am anderen Ende dieser Schußbahnen fiel der Effekt spektakulärer und weit tödlicher aus. Die beiden basketballgroßen Metallkugeln bohrten sich in den Torso des Gegners. Durch schieres Glück trafen sie in weniger als einem Meter Abstand voneinander auf. Zerschmetterte Panzerung flog nach allen Seiten davon und hinterließ auf dem Schirm unbestimmte weiße Streifen. Der Mech schwankte heftig unter dem Aufprall, und sein Hitzebild leuchtete noch greller als zuvor.

Reaktortreffer, schätzte Barclay den Schaden ein, den sie bei ihrem Kontrahenten erzielt hatte.

Der heftig wankende Parder-Mech gewann seine Balance weit genug zurück, um eine Raketensalve abzufeuern. Die tödlich stählernen Insekten mit ihren hochexplosiven Stacheln zuckten mit einem Geräusch wie reißendes Segeltuch durch die regennasse Luft. Barclays Raketenabwehr schien mit jeder Salve, gegen die es zum Einsatz kam, an Wirkung zu verlieren. Nur eine einzige der anfliegenden Raketen fiel dem kreischenden Feuer des MGs zum Opfer, der Rest explodierte auf Beinen und Torso des *Cerberus*.

Obwohl der *Verteidiger* durch die von dem Reaktorschaden erzeugte Abwärme kurz vor der automatischen Stillegung stehen mußte, hob der Clan-Pilot die schwere PPK, die den rechten Unterarm seiner Maschine ersetzte. Der azurblaue Energiestrahl aus geladenen Atomteilchen ließ das Schlachtfeld wie ein Blitzschlag aufleuchten. Barclays Statusanzeige informierte sie über den Schaden am rechten Arm ihres Mechs, an dem die PPK fast zwei Drittel einer Tonne Panzerung abgeschält hatte.

Sie erwiderte den Angriff des *Verteidiger* mit zwei weiteren überschallschnellen Gausskugeln, verstärkt durch einen stotternden Feuerstoß aus den Impulslasern ihres Mechs. Der wilde Angriff verwüstete den leichteren Mech und ließ gewaltige, glühende Krater im rechten Arm und Torso der Maschine zurück. Erstaunlicherweise blieb der Kampfkoloß stehen. Barclay keuchte, als sie den zerschossenen *Verteidiger* ihrer überlegenen Feuerkraft scheinbar trotzen sah. Wut stieg in ihr auf.

Wenn dieser Clanner-Bastard unbedingt glorreich in der Schlacht fallen will, das kann er haben.

Sie richtete die mächtigen Gaussgeschütze ihres Mechs sorgfältig auf den zerschmetterten Torso des *Verteidiger* aus und preßte die Auslöser. Die superdichten Nickel-Eisen-Geschosse schlugen in die zerborstene, nutzlose Panzerung ein. Die dürre Maschine stolperte und stürzte. Ein kleines Gewitter tobte in dem klaffenden Loch, wo sich einmal die Panzerung befunden hatte. Der Clan-Pilot unternahm keinerlei Anstrengung, aus seinem am Boden liegenden Fahrzeug auszusteigen. Ob er tot, verletzt oder einfach nur zu stur und hochmütig war, um seinen Mech zu verlassen, interessierte Barclay nicht. Der *Verteidiger* war ausgeschaltet, und sie hatte andere Sorgen.

Der Kampf auf dem Feld der Helden tobte zwar noch, doch die Vorauselemente des 17. Kundschafterbataillons meldeten bereits, daß sie das genetische Archiv der Nebelparder erreicht hatten.

»Die Bewachung war der Rede nicht wert«, erklärte Lieutenant Ronald Boice. »Wir haben die Posten einfach überrannt. Wenig Verluste. Genaue Schlächterrechnung folgt. Verdammte Elementare. Meine Leute wollen einrücken und die Anlage abreißen. Wie lauten Ihre Befehle?«

»Abgelehnt!« brüllte Barclay fast über die Kommleitung. »Das Archiv nicht, ich wiederhole, nicht zerstören. Die Clanner sind empfindlich, was ihre Gensammlungen angeht. Wenn wir das Archiv zerstören, stürzen sich alle Parder auf uns, die Kerensky je hervorgebracht hat, um sich zu rächen. Sichert die Anlage nur, grabt euch ein und macht euch bereit, die Stellung zu halten. Ich glaube nicht daran, daß die Parder mit uns fertig sind, ganz und gar nicht.«

»Verstanden, Colonel«, kam Boices Antwort. »Sichern und halten. Wird gemacht.«

»Gut«, rief Barclay sich selbst zu, als sie den Kanal wechselte. »Ballerina von Phantom«, sprach sie ins Mikro ihres Kommsets und war selbst erstaunt darüber, wie ruhig ihre Stimme klang. »Einundsiebzigste Leichte Reiterei sicher gelandet. Primäres Zielobjekt gesichert, leichte Verluste. Phantom erwartet Anweisungen.«

»Phantom von Ballerina.« In General Winstons Stimme schien eine Spur von Erleichterung mitzuschwingen. »Vorpostenlinie etablieren und Landungsschiffe rufen. Feldreparaturen einleiten, aber achten Sie auf Sicherheitsvorkehrungen. Kundschafter erwarten einen massierten Gegenangriff der Parder. Halten Sie sich dafür bereit.«

»Verstanden, Ballerina. Wird gemacht.« Als Sandra Barclay Ariana Winstons Befehle an ihre Untergebenen weiterleitete, sah sie hinunter auf ihre Hände. Während des gesamten, relativ unbedeutenden Scharmützels mit den Nebelpardern hatten sie kaum gezuckt. Jetzt, nachdem die Schlacht geschlagen und das Ziel erobert war, zitterten sie wie Espenlaub in einem Herbststurm.

* * *

Zwölf Kilometer südwestlich lehnte General Ariana Winston sich im Cockpit ihres BefehlsMechs zurück. Obwohl die Nebelparder einige Stunden Zeit gehabt haben mußten, eine Verteidigungsstrategie zu entwickeln, war die Leichte Reiterei praktisch ungehindert gelandet. Nur wenige Trinärsterne Mechs waren ausgerückt, um die Landungen zu verhindern.

Was sie vor allem überrascht hatte, war die Zusammensetzung dieser Trinärsterne. Der größte Teil der Verteidiger war nicht in den modernen OmniMechs angetreten, wie sie die Leichte Reiterei erwartet hätte. Die meisten Verteidiger-Mechs waren erbeutete draconische Kampfkolosse gewesen, die anscheinend hierher nach Diana verschifft worden waren. Sie hatte alle Berichte darüber gelesen, wie die Parder Mechs aus der Inneren Sphäre einsetzten, aber sie war nicht darauf vorbereitet, auf so viele ›eigene‹ Mechs zu treffen.

»General, wir empfangen kodierten Funkverkehr auf der Frequenz für die Spezialeinheiten.«

Die lakonische Mitteilung Kip Douglass' unterbrach ihren Gedankengang.

»Laß hören.«

Einen Augenblick später hörte Winston die entschlüsselte Meldung. »Ballerina von Kobra, Ende.«

»Kobra« war die Kennung der DEST-Vorausmission.

»Kobra von Ballerina, sprechen Sie.«

»Ballerina, Kobra steht einhundert Meter nordöstlich Ihrer Position. Erbitte Erlaubnis, die Vorpostenkette zu passieren.«

Einhundert Meter? Teufel, diese DESTler sind gut. Unsere Posten hätten sie schon auf fünfhundert Meter entdecken müssen. Winston nahm sich vor, ein leises Wörtchen mit den Sicherheitsleuten der Brigade zu wechseln. »Sie wissen, was Sie zu tun haben, Kobra.«

»Verstanden, Ballerina. Kobra wirft Rauch.«

Ballerina hob den Kopf und sah auf dem Sichtschirm eine grüne Rauchwolke aus dem Steppengras aufsteigen, das die wogende Hügellandschaft westlich von Lutera bedeckte. Entsprechend dem vor dem Einsatz abgesprochenen Sicherheitsverfahren mußte Major Ryan sich, wenn die DEST-Teams nach den ersten Landungen zur Leichten Eridani-Reiterei aufschlossen, mit Kennung und einer farbigen Rauchgranate als sichtbarem Signal identifizieren. Die Farbe des Rauchs war von der Tageszeit abhängig. Winston sah auf die Liste, die an der Innenwand ihres *Zyklop*-Cockpits angeklebt war. Grüner Rauch war für den Spätnachmittag vorgesehen. Laut Zeitanzeige war es siebzehn Uhr.

»In Ordnung, Kobra, ich sehe grünen Rauch«, bestätigte sie. »Kommen Sie rein.«

Als die DEST-Truppen die innere Postenkette der BefehlsKompanie passierten, schalteten sie die Tarnfunktion ihrer *Kage*-Anzüge aus und wurden sichtbar.

Mit einem tiefen, befreienden Atemzug nickte Winston zufrieden. Die Leichte Reiterei war sicher auf dem Planeten und hatte Verbindung zu den Draconis Elite-Sturmtruppen. Ihre Ziele waren gesichert, und die Landungsschiffe der Brigade befanden sich im Anflug auf die ihnen zugewiesenen Landezonen. Phase Eins von Operation Schlange lief.

18

Landezone Tollwütige Füchse
In der Nähe des Falkenhorsts, Östliche Berge, Diana
Kerensky-Sternhaufen, Clan-Raum

12. März 3060

Ungefähr zum selben Zeitpunkt, als Ariana Winstons *Zyklop* aus dem Abwurfschacht der *Langes Messer* schoß, setzte das Landungsschiff der *Claymore*-Klasse *Marcinko* zu einem weiten, flachen Bogen an, der sie irgendwann durch die untersten Stratosphäreschichten Dianas führen würde. Die eleganten Linien des Schiffes täuschten über den tödlichen Zweck hinweg, für den es gebaut worden war. Die *Marcinko* war ein Sturmschiff, und ihre schwere Panzerung mit den starken Geschützen hätten sie zu einem harten Gegner für jeden Clan-Jäger gemacht, der sie abzufangen versuchte – aber dazu kam es nicht. Während des langen Anflugs auf den Planeten von der am Zenithsprungpunkt des Systems stationierten Flotte hatte es eine gewisse Gegenwehr gegeben, aber selbst die war zerstoben wie Rauchschwaden in einem Sturm.

Jetzt verlor das Raumschiff, das an einen Schwan im Flug erinnerte, Geschwindigkeit und Hitze, während es unter Schallgeschwindigkeit über die östliche Hälfte des Kontinents Parder Primo segelte. In seinem Innern trug es zwei Trupps von Elite-Kriegern. Obwohl jeder einzelne von ihnen als qualifiziert galt, einen BattleMech zu steuern, waren keine dieser riesigen Kampfmaschinen zu sehen. Statt dessen trugen sämtliche Krieger leichte Scoutkrötenpanzer, ähnlich den *Kage*-Anzügen der Draconis Elite-Sturmtruppen. Diese gepanzerten Infanteristen befanden sich nicht auf dem Weg in ein heißes Gefecht. Ihre Mission war strategischer Natur, ein Be- und Überwachungsauftrag.

Hoch in den Östlichen Bergen, keinen Tagesmarsch von der Hauptstadt Lutera entfernt, befand sich eine

Installation, auf die kein Angriff der schweren Mechkräfte Einsatzgruppe Schlanges vorgesehen war. Es handelte sich um den Stützpunkt Falkenhorst, eine Enklave des Clans Jadefalke.

Den Informationen nach, die Agent Trent geliefert hatte, war mit einer Einmischung der Jadefalken in Schlanges Kreuzzug gegen die Nebelparder kaum zu rechnen. Die Theorie, daß die Falken zögern würden, in einen Vorgang einzugreifen, der nur einen einzelnen Clan betraf, war für Captain Montjar schwer zu glauben. Aber als kommandierender Offizier des Einsatzgruppenkontingents der Tollwütigen Füchse war es seine Aufgabe, die Kommandosoldaten seiner Fox-Teams in die Mission zu führen, um ›die Jadefalken-Präsenz auf Diana zu isolieren und beobachten‹. Einfach ausgedrückt sollten sie die Falken im Auge behalten und sicherstellen, daß sie bei der Verteidigung der Nebelparder-Heimatwelt keine aktive Rolle spielten.

Zu diesem Zweck waren seine Teams mit der besten Ausrüstung versehen, die das Vereinigte Commonwealth anzubieten hatte. In ein Dutzend zylindrischer Abwurfkanister war eine atemberaubende Ansammlung von Fern- und Lenksensoren, digitalen Überwachungsapparaturen und den neuesten Infanteriewaffensystemen gezwängt, die bei den VCS verfügbar waren. Zusätzlich besaß jeder der Füchse das neueste Modell eines Scout-Krötenpanzers aus dem New-Avalon-Institut der Wissenschaften. Der leichte Scoutpanzer verfügte über einen integrierten Sprungtornister und eine Komplettausstattung an Ortungs- und Kommunikationsgeräten. Die Kombination aus Standardausrüstung und leichtem Krötenpanzer lieferte Montjars Leuten maximale Flexibilität bei der Durchführung ihres Auftrags.

Solange ich meine Leute nicht heil runter bekomme, nützt mir die ganze Flexibilität überhaupt nichts, fluchte Montjar, als er auf den Monitor an der dicken, stählernen Schottwand des Sturmhangars sah.

So eintönig der Anflug der *Marcinko* auf Diana auch gewesen war, ihre lange Flugbahn durch die stürmische Atmosphäre des Planeten war eine ganz andere Geschichte. Kaum war das elegante Landungsschiff in Dianas obere Atmosphäre eingetaucht, als es bereits auf ein schweres Sturmtief traf, dessen Zentrum sich unmittelbar über der Gebirgsbasis der Jadefalken zu befinden schien. Der Skipper des *Claymore* versuchte zwar, das Gewitter zu umfliegen, aber die Böen schleuderten das Schiff mit einer solchen Wildheit umher, daß Montjar beinahe einen Angriff schwerer OmniJäger dem Toben des Sturms vorgezogen hätte, das sich auf dem Monitor in seiner ganzen Wucht zur Schau stellte.

»Major, wir brauchen eine Entscheidung.« Die Stimme des Kapitäns der *Marcinko* verriet eine Anspannung, die man nach fünfzehn Jahren der Erfahrung bei der Beförderung von Kommandosoldaten in umkämpfte Landezonen und aus ihnen heraus nicht erwartet hätte. Bei der Rangbezeichnung Montjars hatte der Skipper jedoch keinen Fehler begangen, indem er ihn mit einem höheren Rang ansprach, als ihn dieser tatsächlich innehatte. Traditionell konnte es an Bord eines Raumschiffs nur einen Kapitän oder Captain geben, und alle anderen Offiziere dieses Rangs, insbesondere Bodenstampfer, wurden für diese zeitlich engbegrenzten Umstände ehrenhalber als Major bezeichnet.

»Einen Augenblick, Skipper«, bat Montjar und drehte sich zu der mit einem Overall bekleideten Frau neben sich um. »Was meinen Sie, Sal?«

»Es sieht nicht gut aus, Major«, antwortete Sally Royale, die Abwurfmeisterin der *Marcinko*. »Wir können sie planmäßig abwerfen. Das ist nicht das Problem. Das Missionsprofil sieht einen geheimen HALO-Abwurf vor. Aber angesichts der Wetterbedingungen würde ich das nicht empfehlen. Wenn Sie einen HALO versuchen, werden Sie sich mit einer Wahrscheinlichkeit von mehr als fünfzig Prozent entweder auf dem Weg nach unten oder beim Aufprall wenigstens verletzen. Ein Niedrigausstiegs-Abwurf wäre viel sicherer.«

»Hn-nh«, bestätigte Montjar. »Sicherer, aber auch viel schwerer geheimzuhalten. Ich glaube kaum, daß die Falken uns mit einem ungewöhnlich großen Vogel verwechseln, wenn wir mit diesem Schiff runterkommen. Was meinen Sie?«

»Also, die Ortung meldet, daß die Sekundärzone frei ist«, stellte Royale fest und schaltete den Monitor auf eine computeranimierte Darstellung laut den Sensorabtastungen des Landungsschiffs ein. »Wir könnten zur Ausweichzone fliegen und den Hochausstiegs-Abwurf durchziehen, aber dann müßten Sie ihre Ausrüstung über ziemlich unzugängliches Gelände schleppen. Die erste Angriffsphase ginge zu Ende, bevor Sie auch nur in Sensorreichweite des Falkenhorstes wären.«

»Jaaaaaa.« Montjar dehnte das Wort in einen Fluch. Mit einem Kopfschütteln – und offensichtlich mit keiner der sich ihm bietenden Alternativen allzu glücklich – traf er eine Entscheidung. »Na schön, wir bleiben bei der primären Abwurfzone und steigen aus niedrigerer Höhe aus. Skipper?«

»Ich höre«, reagierte der Pilot der *Marcinko*.

»Bringen Sie uns unter die Wolkendecke. Wir gehen flach rein.«

»Okay.« Montjar fühlte, wie sich das Landungsschiff nach vorne neigte, noch bevor die aus einem einzigen Wort bestehende Antwort krachend über den Interkom kam. »Radar meldet eine Wolkendecke in dreihundert Metern. Ich fliege so niedrig an, wie es möglich ist. Auf diese Weise haben die Falken weniger Gelegenheit, Sie auf dem Weg nach unten abzuschießen.«

»Vielen Dank.« Montjar sah zu Royale hin, die über seine sarkastische Antwort an ihren Vorgesetzten traurig grinste.

* * *

Minuten später jagte das Landungsschiff der *Claymore*-Klasse keine fünfhundert Meter über dem Felsengrat der Östlichen Berge durch die dichten grauen Wolken.

»Hoch!« brüllte Royale die gepanzerten Kommandosoldaten an.

Die in ihren Scout-Krötenpanzern nicht zu unterscheidenden zwanzig Männer und Frauen der Einheit standen auf und drehten sich zum Abwurfschott der *Marcinko*. Jeder von ihnen packte mit der Greifhand des Anzugs nach einem stählernen Schnapphaken. Von dieser federgeladenen Doppelklammer hing ein schwerer Nylongurt, dessen anderes Ende mit einem schweren Fallschirmtornister auf dem Rücken des Soldaten verbunden war.

»Einhaken!« schrie Royale, und zwanzig Schnapphaken wurden an einem Stahlkabel befestigt, das unter der Decke des Abwurfhangars verlief. »Reißleine prüfen.«

Die Kommandosoldaten kannten den Drill ebenso auswendig wie Abwurfmeisterin Royale, und für einen Außenstehenden mochte die Abfolge der gebrüllten Befehle und standardisierten Reaktionen etwas Lächerliches besitzen, aber es gab ernste und möglicherweise lebensbedrohliche Gründe für jede dieser Handlungen. Die Tollwütigen Füchse würden aus dreihundert Metern Höhe durch die stürmische Nacht über feindlichem Gebiet abspringen. Unter diesen Umständen gab es keinen Platz für Fehler. Deshalb wurden die uralten, noch aus den Zeiten überlieferten Rituale, in denen die Nationen Terras gegeneinander gekämpft hatten, gewissenhaft befolgt.

»Ausrüstung prüfen.«

Jeder der Füchse fuhr mit der Hand über die Nylonreißleine, die seinen Fallschirm mit dem Deckenkabel verband und vergewisserte sich, daß sie sicher eingehakt war. Dann kontrollierte er die Auslösevorrichtung und den Reserveschirm, um sicherzugehen, daß beide einwandfrei funktionierten, wenn es soweit war. Anschließend überprüfte er die Ausrüstung des Kameraden vor sich, die Reißleine ebenso wie den Fallschirm. Ein Schlag aufs Bein war das Zeichen, daß alles in Ordnung war. Danach drehten sich alle Soldaten um und wiederholten den Vorgang beim Hintermann.

»Abzählen für Ausrüstungscheck«, bellte Royale.

»Zwanzig okay«, brüllte der letzte Mann in der Reihe so laut er konnte.

»Neunzehn okay.«

»Achtzehn okay.«

Und so ging es weiter, bis schließlich Captain Montjar, der entgegen militärischer Tradition darauf bestanden hatte, als erster zu springen, rief: »Eins okay!«

»Ans Schott.«

Montjar schlurfte vorwärts, während sich das Hangarschott unter hellem, hydraulischem Winseln in die Decke schob. Augenblicklich erfüllte das dumpfe Tosen des Windes den Hangar, der zu gleichen Teilen von der Geschwindigkeit des Landungsschiffes und dem Gewitter gespeist wurde. Die Schottöffnung war zu breit, als daß er wie bei einem Absprung aus einem gewöhnlichen Flugzeug mit ausgestreckten Armen hätte an beiden Seiten den Rahmen fassen können, also legte er die Hände auf die gepanzerten Oberschenkel. Mit gebeugten Knien, die Augen starr in die regendurchtoste Dunkelheit vor sich gerichtet, bot er ein Bild gespannter Bereitschaft. Hinter ihm bewegte sich der Rest des Teams mit schlurfenden Schritten in Position, bereit, sich in die Nacht fallen zu lassen, sobald sie an der Reihe waren.

»Achtung.« Sally Royales Blicke zuckten zwischen dem an der Schottwand montierten Bildschirm, Montjar und den zwei traditionellen Lampen über dem Tor hin und her. Eines der Lichter leuchtete in einem dumpfen Rot, das im spärlich erleuchteten Abwurfhangar deutlich zu sehen war. Das andere blieb standhaft dunkel.

Erst als die *Marcinko* die Abwurfzone erreichte, flammte es auf, in einem steten, leuchtenden Grün.

»Grünes Licht. Und weg!«

Montjar wartete nicht, bis Royale den Befehl zu Ende brachte. Sobald er das Wort ›Grün‹ hörte, stieß er sich in den stürmischen Nachthimmel Dianas ab.

Im freien Fall auf die Planetenoberfläche verschränkte er die Arme über dem Reserveschirm und zählte laut vor sich hin. »Eintausendeins. Eintausendzwei. Eintausenddrei. Eintausendvier.«

Ein plötzlicher Ruck schien Montjar in der Luft zum Stillstand zu bringen. Er sah hoch und überprüfte den Schirm. Das schwarze Nylondach des Paragliders hatte sich perfekt entfaltet und reduzierte seine Fallgeschwindigkeit auf die vorgeschriebenen sechs Meter in der Sekunde. Ein zweiter Blick bestätigte ihm, daß der Rest des Teams das Landungsschiff verlassen hatte und ebenfalls an korrekt aufbauschenden Fallschirmen dem Boden entgegensank.

Montjar war fast hundert Meter gefallen, bevor sich sein Schirm geöffnet hatte. Bei einer Sprunghöhe von nicht einmal dreihundert Metern blieben ihm nur vierunddreißig Sekunden bis zum Aufprall. Möglicherweise hatte Royale recht: Die Falken konnten das Schiff vielleicht bemerken, aber sie hatten auf keinen Fall genug Zeit, um zu reagieren, bevor die Kommandotruppen am Boden waren.

In der gespenstischen Welt seines Nachtsichtgeräts erschien Montjar der rapide näherkommende Boden als eine höllische Negativlandschaft aus Grün- und Grautönen. Der Boden selbst wirkte wie eine fahlgrüne Ebene, weil er mehr von der Wärme des Tages gespeichert hatte. Die Bäume um die kleine Lichtung, die als Abwurfzone des Fox-Teams ausgewählt worden war, gaben weniger Wärme ab, so daß sie als schwarze Schatten am Rand des Graslands auftauchen. Hier und da waren kleine Büsche oder kühle Felsvorsprünge als dunklere Flecken erkennbar. Je tiefer er kam, desto mehr Einzelheiten erkannte Montjar. Die niedrigen Büsche auf der Lichtung verwandelten sich von dunklen Flecken in erkennbare Blattpflanzen. Er konnte die Wellen im hohen Gras sehen, als der Wind über die Lichtung fegte.

Captain Montjar sah auf den Höhenmesser an seinem Arm. Nur noch zwanzig Meter. Durch langes und intensives Training geschult, zog er den Schirm in den Wind, um seine Fallgeschwindigkeit zu senken und die Wucht des Aufpralls abzuschwächen. Er hob die mechanischen Arme des Krötenpanzers senkrecht über den Kopf und packte die Seile. Montjar zog Füße und Knie zusammen, beugte die letzteren etwas und richtete die Zehen auf den Boden. Er wußte aus dem Training, daß auch die zusätzliche Stärke und Festigkeit eines Krötenanzugs keinen absoluten Schutz vor Verletzungen bei einem Fallschirmabsprung darstellten. Einige Männer hatten sich bei der Erprobung der Anzüge, die er und seine Leute trugen, verletzt. Deshalb bestand er darauf, daß seine Füchse das etablierte Absprungverfahren einhielten.

Als die Zehen des Kommandosoldaten den rapide heranrasenden Boden berührten, drehte er den Körper nach rechts ab. Er senkte den bis dahin hocherhobenen Kopf auf die gepanzerte Brust, so weit es die Kupplung zwischen Helm und Brustplatte erlaubte, und zog Hände und Ellbogen vor den Leib. Mit einer flüssigen Abrollbewegung brach Montjar seinen Sturz. Sofort sprang er wieder hoch und zerrte an den Seilen, um den flatternden Fallschirm zusammenzuziehen, bevor er sich im tosenden Wind wieder neu entfalten konnte. Rings um ihn herum kamen die Männer und Frauen seines Teams ebenso sicher auf wie er.

Dann hallte ein lauter Aufschrei über die taktische Frequenz der Einheit.

»MELDUNG!« bellte Montjar.

»Captain, hier Lieutenant Fuentes.« Der Bericht ließ ein paar Sekunden auf sich warten. »Corporal Nye hatte einen Unfall. Er ist auf losen Schieferplatten aufgekommen, und das Knöchelgelenk des Anzugs scheint sich beim Aufprall verriegelt zu haben. Der MedTech hält's für eine böse Zerrung.«

»Machen Sie sich um mich keine Sorgen, Sir.« Eine andere, schmerzverzerrte Stimme unterbrach Fuentes' Meldung. »Wenn der MedTech mich fest genug bandagiert, schaffe ich es schon.«

Montjar brauchte eine Weile, diese Neuigkeit zu verkraften. Als Schwere-Waffen-Spezialist Team Dreis war Nye vorgesehen, eine wuchtige tragbare PPK zu schleppen. Größe und Gewicht der Waffe machten sie für Sturmtruppen eigentlich ungeeignet, aber mit der zusätzlichen Kraft der Krötenpanzer war sie bei einer Mission wie dieser durchaus nützlich.

»MedTech«, rief er schließlich. »Bandagieren Sie ihn so gut es geht, und halten Sie ein Auge auf ihn. Wenn sich die Verletzung zu einer Behinderung entwickelt, will ich sofort davon erfahren, und zwar beim ersten Anzeichen von Schwierigkeiten. Verstanden? In Ordnung, Truppführer Meldung. Irgendwelche anderen Probleme?«

»Captain, hier Sergeant Kramer. Die Hälfte meines Trupps ist außerhalb der LZ runtergekommen. Wir sind alle okay, nur Private Daltezze hat sich in einen Baum gehängt und mußte sich abseilen.« In der Stimme des gewöhnlich jovialen Sergeants lag ein ernster Unterton. »Unser Problem ist, daß auch ein paar der Ausrüstungskanister verstreut wurden. Drei haben wir wiedergefunden, und einer von ihnen ist aufgeplatzt. Etwa die Hälfte unserer Überwachungsgeräte ist Schrott. Kanister Nummer vier ist bis jetzt unauffindbar. In dem steckt unsere gesamte Verpflegung.«

»Verdammt«, zischte Montjar. »In Ordnung. Alle

Teams ausschwärmen. Wir suchen nach dem Kanister. Wenn er in fünfzehn Minuten nicht aufgetaucht ist, müssen wir ihn aufgeben. Wir werden uns mit den Rationen durchschlagen, die wir noch haben, sowie dem, was wir von den Pardern stehlen können. Bewegung.«

* * *

Eine Viertelstunde später drängten sich die Teamführer um Captain Montjar und meldeten, daß sie von dem vermißten Behälter keine Spur gefunden hatten.

»Daran läßt sich nichts ändern«, meinte Montjar. »Wir sind ohnehin schon hinter dem Zeitplan zurück. Okay, Missionsbefehle. Team Eins, das ist meine Gruppe, stößt nach Westen vor und verankert die Postenlinie am jenseitigen Rand der Falkenbasis. Zwo, das ist Sergeant Burkas, Sie bauen hier ihren BP auf.« Montjar tippte auf die elektronische Karte, um den für den Beobachtungsposten des zweiten Teams ausgewählten Punkt zu kennzeichnen, einen Felsausläufer, der die Jadefalken-Installation überblickte. »Drei, Lieutenant Fuentes, ein Kilometer weiter östlich. Und vier, Sergeant Kramer. Sie sind der östliche Anker, hier an dieser Kammlinie. Denken Sie daran: Wir sind nur als Beobachter hier. Unsere Informationen besagen, daß die Falken aus Gründen der Clanehre voraussichtlich nicht eingreifen werden. Aber denken Sie auch daran, daß unsere Informationen bestenfalls oberflächlich und zudem noch zwei Jahre alt sind. Wir können uns nicht wirklich darauf verlassen, daß sie sich von so etwas wie Clanehre stoppen lassen. Wenn sie sich doch entscheiden, bei den Kämpfen mitzumischen, besteht unsere Aufgabe darin, die Mechjockeys zu alarmieren und die Falken zu bremsen, bis die Kavallerie eintrifft. Haben das alle verstanden?«

Die Truppführer bestätigten mit einer Serie von Jas und Nickbewegungen.

»Gut. Dann verschwinden Sie zu Ihren Trupps. Überprüfen Sie die Ausrüstung. In fünf Minuten rücken wir aus.«

* * *

»Die ganze Nacht sind schon Berichte über anfliegende Landungsschiffe eingetroffen«, bellte Sterncolonel Nikolai Icaza den Tech an, der die kleine Primärkonsole des Falkenhorsts bediente. Als Forschungsstation besaß der Horst zahlreiche ›wissenschaftliche Instrumente‹, die sich auch als militärische Sensoren eigneten. »Bisher waren alle Kontakte gegen die Nebelparder gerichtet. Warum belästigst du mich jetzt mit diesem?«

»Weil dieses Schiff in niedriger Flughöhe genau über den Falkenhorst geflogen ist, Sterncolonel«, erwiderte der Tech. »Die Ortung deutet auf einen möglichen Truppenabwurf während des Überflugs hin.«

»Freigeburt!« knurrte Icaza. »Welche Art von Truppen?«

»Die Sensormeldungen deuten auf Infanterie hin, Sterncolonel, möglicherweise gepanzerte Truppen.«

»Aber keine Mechs?«

»Nein, Sterncolonel.«

Icaza trat von der Station des OrtungsTechs zurück und verschränkte die muskulösen Elementararme vor der nicht minder wuchtigen Brust. Seine dichten schwarzen Augenbrauen näherten sich einander, als er nachdenklich die Stirn runzelte.

Nach den besorgniserregenden Vorkommnissen des vergangenen Jahres, die ihren Höhepunkt in der Verletzung und Abberufung des früheren Falkenhorst-Kommandeurs gefunden hatten, war Nikolai Icaza der Befehl über die Station übertragen worden. Gleichzeitig hatte er die Anweisung erhalten, zwei Sterne Elementare nach Diana mitzubringen. Anscheinend hatte Khanin Marthe Pryde endlich begriffen, daß die Basis unter einer praktisch nicht vorhandenen Disziplin litt. Sein

Auftrag bestand darin, den für den Falkenhorst eingeteilten Kriegern ein gewisses Maß an Stolz und Selbstrespekt zurückzugeben.

Als er nach seinem Eintreffen gesehen hatte, wie wenig Disziplin die Truppen der Station besaßen, hätte er fast die gesamte Garnison erschießen lassen, um ganz von vorne anfangen zu können. Aber sein Jadefalken-Stolz hatte eine so extreme und einfache Lösung nicht zugelassen. An jenem Tag hatte er sich und dem Jadefalken geschworen, diese nachlässigen Freigeburten zur Räson zu bringen, und wenn er sie eigenhändig in Reih und Glied prügeln mußte.

Innerhalb von wenig mehr als einem Jahr hatte er eine Einheit aus wertlosem Abschaum in eine standhafte, wenn auch nicht sonderlich effektive Kampftruppe verwandelt. Seinen Kriegern fehlten noch immer die BattleMechs. Trotz mehrerer heftig formulierter Anfragen Icazas hatte die Khanin noch keinen der zig Tonnen schweren Kampfkolosse in die winzige Garnison geschickt.

Dadurch waren seine Truppen inmitten eines Sturms über den Planeten hereinbrechender Invasionsschiffe und Mechs nahezu hilflos. Gewiß, er befehligte zwei Sterne gutausgebildeter Elementare, aber zehn dieser riesigen gepanzerten Infanteristen allein würden einem entschiedenen Angriff der Invasoren nicht lange standhalten.

»Na schön«, stellte er schließlich fest. »Wir werden nichts gegen die Invasoren unternehmen, solange sie nicht gegen uns vorgehen.« Er drehte sich zu einem anderen Tech um und bellte: »Bereite den HPG vor. Ich will eine dringende Meldung nach Strana Metschty abschicken. Khanin Marthe Pryde muß sofort von dieser Situation erfahren.«

19

**Operationsgebiet Ritter der Inneren Sphäre
Nebelparder-Ausbildungsbasis, Shikaridschungel,
nahe New Andery, Diana
Kerensky-Sternhaufen, Clan-Raum**

12. März 3060

»Paladin, ich zeichne anrückende Mechs. Gitter Fünnef-fünnef-vier, drei-sieben-zwo. Greife an.«

»Verstanden, Rot Eins«, antwortete Colonel Paul Masters auf Dame Marie Yanikas knappe Meldung. »Stelle Gold Zwo und Blau Zwo zur Unterstützung ab. Blau Eins, Sie müssen Ihre Linie etwas strecken, um die Lücke zu schließen. Ich tue dasselbe.«

»Verstanden, Paladin«, bestätigte Sir Clovis Gainard.

Die Ritter der Inneren Sphäre waren erfolgreich auf der Kadettenausbildungsbasis der Nebelparder – wenige Kilometer östlich der Stadt – gelandet, die auf den von Trent gelieferten Karten den Namen New Andery trug. Der Anflug der Einsatzgruppe auf Diana war schon nur auf leichte Gegenwehr gestoßen, aber gegen die Landung der Ritter hatte es kaum eine wahrnehmbare Opposition gegeben. Ein einziger Vorbeiflug zweier zerbeulter *Avar*-OmniJäger hatte den einzigen Versuch der Parder dargestellt, die Marik-Truppen zu bremsen. Die leichten Luft/Raumjäger waren der überlegenen Feuerkraft der Ritter-Landungsschiffe nicht gewachsen gewesen.

Da ihnen vom Boden kein erkennbarer Widerstand entgegengeschlagen war, hatte Masters sich entschlossen, auf den riskanten Hochausstiegsabwurf zu verzichten, den die Missionsplanung vorsah, und seine Landungsschiffe aufzusetzen, ebenso wie die, auf denen sich Kingstons Legion befand, die zum Angriff auf New Andery eingeteilte capellanische Einheit. Als Landezone hatte Masters eine Dschungellichtung wenige Kilometer östlich ihres Angriffsziels ausgewählt.

Die Kampfgruppe der vereinten Ritter und Legionäre hatte sich trotz des dichten Tropendschungels, der das Ausbildungslager der Parder abschirmte, schnell von der Landezone bis auf Schußweite an ihr Ziel herangearbeitet. Zwei schwere ArtillerieMechs vom Typ *Galahad* hatten, unterstützt von drei leichteren Maschinen, Posten außerhalb der Clan-Anlage bezogen. Zum Pech der Parder-Krieger in den Cockpits dieser Maschinen hatten die Sternenbund-Truppen ihre Position rasch und ohne irgendwelche Verluste überrannt.

An derartigen Erfolgen konnten die Ritter und ihre capellanischen Verbündeten sich jedoch nicht lange erfreuen. Nur drei Minuten nach dem Angriff auf die Parder-Basis hatten die jungen Clan-Kadetten ihre Mechs in Gang gesetzt und weder sich noch den Angreifern etwas geschenkt. Fünfzehn Clan-Maschinen der Garnisonsklasse waren in einem kurzen, aber heftigen Gefecht vernichtet worden, das sich weitgehend auf kürzeste Distanz abspielte. Neun Maschinen der Einsatzgruppe waren ebenfalls außer Gefecht. Ob auf Dauer oder nicht, konnte Masters noch nicht sagen. Fünf weitere schienen so schwer beschädigt, daß Masters, der den Oberbefehl über diese Phase der Operation hatte, gezwungen gewesen war, sie zur Reparatur zurück zu den Landungsschiffen zu schicken.

Die kombinierte Gefechtsgruppe bekam wenig Zeit, sich auszuruhen oder die Maschinen zu reparieren. Nur dreißig Minuten, nachdem der letzte Parder-Kadett ausgeschaltet worden war, drang der scharfe Alarmruf eines Legionspostens aus Masters' Kommunikator. In der ersten Meldung sprach der capellanische Krieger von einer großen gemischten Truppe aus leichten OmniMechs und Elementaren, die sich den Stellungen der Freien Inneren Sphäre schnell von Westen näherte.

Als Antwort befahl Masters die Legionäre zurück in Positionen zwischen der Nebelparder-Entsatzeinheit und dem Ausbildungslager, die zur Verteidigung besser geeignet waren. Sein Plan, den er seinen Untergebenen nicht vorenthielt, sah vor, daß die kleinere capellanische Einheit auf die Clanner wartete. Masters hoffte, bei diesen den Eindruck erwecken zu können, die Sternenbund-Truppen wollten sich zurückziehen und aus festen Stellungen verteidigen. Währenddessen sollten die Ritter der Inneren Sphäre durch den Dschungel vorstoßen und sich in die Flanke der Legionsstellungen bewegen. Die nach der Eroberung des Lagers hastig aus dicken Baumstämmen und Erdwällen gebauten Barrikaden würden die capellanischen Truppen beschützen und den Parder-Kommandeur hoffentlich dazu verleiten, sich zu weit vorzuwagen.

Masters grinste zufrieden, als er sich vorstellte, wie die Nebelparder, versessen darauf, den Feind zu stellen, der es gewagt hatte, Diana zu entweihen, vorpreschten, so schnell ihre Mechs es zuließen. Die leichteren, schnelleren und dementsprechend leichter gepanzerten OmniMechs würden sich im massierten Geschützfeuer der Legionäre in ihre Bestandteile auflösen. Und sobald die anrückenden Truppen weit genug auseinandergezogen waren, würden die Ritter aus der Flanke zuschlagen, um die schwereren und langsameren Feindmaschinen zu vernichten.

Masters wußte, daß sein Trick funktionieren würde. Die Leichte Eridani-Reiterei hatte ihn bereits in der Schlacht um Coventry mit umwerfendem Erfolg gegen die Jadefalken eingesetzt. Der einzige Unterschied bestand hier darin, daß die Leichte Reiterei am Rand einer Stadt positioniert gewesen war und sich nur mit vereinzelten Wäldchen und Hügeln hatte herumschlagen müssen. Masters mußte einen anrückenden Gegner durch dichten, schlammigen Dschungel orten. Der Regenwald behinderte die Sensoren dermaßen, daß er gezwungen war, Infanterieposten aufzustellen. Die knapp einen Kilometer vor den Stellungen der Ritter und Legionäre positionierten Bodentruppen würden nach dem bevorstehenden Gegenangriff Ausschau halten, mit dem Masters sicher rechnete.

Er hatte keine Probleme damit, seine Feinde hinters Licht zu führen oder einen Schlachtplan der Söldner von der Leichten Reiterei zu borgen. Die Leichte Eridani kämpfte zwar für Geld, aber sie hatte eine stolze, verschlagene Kommandeurin, die es verdiente, daß man ihr nacheiferte. Die Nebelparder andererseits hatten sich als barbarische, skrupellose Gegner gezeigt, die Freude daran zu haben schienen, ihre Feinde bis zum letzten Mann auszurotten. Dadurch waren die Krieger des Clans Nebelparder in Masters Augen Ungeziefer, das vernichtet gehörte.

Trotz seines Widerstands gegen die gnadenlose Auslöschung des Parderclans sah er darin keinen Widerspruch. Soweit es ihn betraf, trugen die Anführer dieser Militokratie, dieser Kriegerherrschaft, die Verantwortung für die Clan-Invasion der Inneren Sphäre und das gesamte Leid, das damit einherging. Nach der Vernichtung der herrschenden Kaste, der Meister des Bösen, würden die überlebenden Parder relativ harmlos sein.

Aber bevor die Ritter dieses Ziel erreichen konnten, mußten sie erst einmal überleben.

Als die Hauptstreitmacht der Parder-Entsatztruppen vorstürmte, um die Legionäre zu stellen, löste sich Masters' sorgsam ausgearbeiteter Plan in Rauch auf, als seine Posten das Anrücken einer zweiten, größeren Parder-Streitmacht auf die Stellungen der Ritter meldeten. Die Kommandeurin seines 3. Bataillons, das die rechte Flanke der Ritter deckte, gab durch, daß sich eine große Zahl von Pardern, in der Hauptsache Garnisonsklasse-Mechs und Elementare, seiner Einheit näherte. Dadurch war Masters gezwungen, je eine Kompanie aus den beiden anderen Bataillonen abzuziehen, um das Dritte zu verstärken.

»Paladin von Rot Eins«, drang Yanikas Stimme aus

dem Funkgerät. »Es sieht nach zwei kompletten Trinärstern Truppen aus. Ich zähle mindestens dreißig BattleMechs und ebenso viele Elementare. Es ist schwer zu sagen, weil dieser vermaledeite Dschungel meine Ortung stört. Ich zeichne hauptsächlich schwere Mechs, mit verschiedenen mittelschweren und leichten Maschinen als Draufgabe.«

»Durchhalten, Rot Eins.« Trotz des Unbehagens, das sich in seiner Magengrube entwickelte, hielt Masters seine Stimme ruhig. Wenn die Parder zwei komplette Trinärsterne einsetzten, wo war der Rest des Sternhaufens? Und wo war die Galaxis, zu der er gehörte? »Blau Zwo und Gold Zwo sind unterwegs.«

»Danke, Sir.« Yanikas Stimme klang angespannt, und die Leitung wurde von einbrechender Statik gestört. »Sie sollen sich beeilen, ja?«

»Geht klar, Rot Eins.« Masters wechselte den Kanal. »Präfekt von Paladin. Bitte um Meldung.«

»Paladin, hier Präfekt.« Colonel Kingston brüllte ins Mikrofon, und Masters konnte sich den Gedanken nicht verkneifen, daß er bei dieser Lautstärke kaum noch ein Funkgerät brauchte. »Mein Erstes Bataillon liegt unter schwerem Beschuß. Meine Leute melden zahlreiche Omnis und Garnisonsklasse-Mechs und eine Menge Elementare. Augenblick.«

Masters warf einen Blick auf den Taktikschirm seines *Amboß*. Er studierte den flachen Bogen, in dem die Truppen unter seinem Befehl aufgestellt waren. Die Ritter standen rechts, die Legion links, und zusammen hatten sie den Südwestrand New Anderys und das nahegelegene Ausbildungslager halb eingekreist. Den Berichten zufolge, die stetig in seinen Taktikcomputer strömten, waren die Parder in zwei Gruppen aufgespalten. Eine davon attackierte seine rechte Flanke, wie um sie zu binden, während eine zweite, augenscheinlich größere Einheit, die Legionäre entlang ihrer gesamten Frontlinie angriff.

»Paladin, hier Präfekt. Sie kommen besser her und helfen uns, Masters. Wir stecken in echten Schwierigkeiten!« In Kingstons Gebrüll lag eine Spur von Panik. »Wir werden auf der ganzen Linie hart angegriffen. Wir kämpfen gegen Frontklasse-OmniMechs. Ich wiederhole: Frontklasse-OmniMechs. Drei komplette Trinärsterne, wenn nicht mehr.« Die Leitung wurde von heftigem Rauschen überlagert, als Kingston die Extremreichweiten-PPK seines *Cataphract* abfeuerte. »Gegen einen derartigen Ansturm können wir uns nicht halten.« Wieder eine durch lautes Krachen erzwungene Pause. »Um Gottes willen, beeilen Sie sich!«

Masters sah kaum eine Sekunde lang auf den Taktikschirm. »Rot Eins von Paladin. Können Sie mit den angekündigten Verstärkungen die Stellung halten?«

»Ich schätze schon«, lautete die lakonische Entgegnung.

»Gut.« Hastig formulierte Masters einen Schlachtplan und informierte seine Truppen. »Das Dritte Bataillon bleibt, wo es ist. Die Beta-Kompanien des Ersten und Zweiten Bataillons sind unterwegs, um es zu verstärken. Der Rest der Bataillone Gold und Blau unterstützt Colonel Kingston. Wir drehen schräg nach links und greifen die Parder staffelförmig an. Tut mir leid, Ritter, aber wir sind in Zeitnot. Etwas besseres ist mit unseren Mitteln nicht drin. Ausrücken!«

Mit einem Winken des linken Mecharms, einer Geste so alt wie die organisierte Kriegsführung, bedeutete Masters seiner BefehlsLanze, ihm zu folgen.

Sie kamen nur langsam voran. Der Shikaridschungel war voller Lianen und von Schlingpflanzen überwucherter Bäume. Die sorgfältig aufgebaute Formation der Retter ließ sich im dichten Regenwald nicht halten. Krieger wurden von ihren Lanzenkameraden getrennt, Lanzen verloren den Kontakt zu ihren Kompanieführern. Was Masters sich als eleganten Schwenkangriff zweier leichter Bataillone vorgestellt hatte, verwandelte sich in einen langsamen, schwerfälligen Überlandtreck vereinzelter Mechgrüppchen. Während des ganzen schlammigen, mühseligen, zugewachsenen Wegs hörte Masters das Krachen und Donnern der Schlacht unter Colonel Kingstons immer nachdrücklicheren Hilferufen.

Plötzlich drang eine neue Stimme aus dem Funkgerät.

»Kontakt! Kontakt! Blau Drei-Fünnef hat Feindkontakt. Gitter ... Wo, zum Teufel, bin ich? Gitter Acht-vier-sieben Sechs-fünnef-fünnef. Zeichne drei OmniMechs. Ein *Geier* und zwei *Schwarzfalken*. Himmelherrgott! Was, zur Hölle, ist denn das?«

Der leuchtendblaue Punkt, der Sir Jarvis Mutos *Dorn* symbolisierte, verschwand.

»Paladin, Paladin von Blau Drei.« Mutos Kompaniechef übernahm den Hilferuf. »Colonel, wir treffen auf schwere Gegenwehr, Omnis und Elementare. Und noch etwas. Etwas, das der Computer nicht identifizieren kann.« Krachen. »Beeilen Sie sich.«

»Masters an alle Ritter.« Jetzt waren Codenamen überflüssig geworden. Inzwischen wußten die Parder, mit wem sie es zu tun hatten. »Alle Mann vor und angreifen. Niemand hält sich zurück. Wir greifen gemeinsam an. Kingston?« Keine Antwort. »Kingston!«

»Schon gut, Masters. Hier bin ich.« Wie seiner Antwort zum Trotz klang Kingston, als wäre er bestenfalls zur Hälfte anwesend, als drifte der größere Teil seines Bewußtseins auf Wellen von Schock und Schmerz davon.

»Kingston, aktivieren Sie die Transponder«, bellte Masters. »Wir brauchen Ihre genauen Positionen.«

Zur Antwort flammte eine Serie leuchtendgrüner Lichtblitze auf dem Taktikschirm auf. Ein professioneller, losgelöster Teil von Masters' Verstand stellte fest, daß die Anzahl der Transpondersignale sich seit Beginn der Operation New Andery beträchtlich verringert hatte. Jedes fehlende Signal stand für einen ausgefallenen Mech und einen möglicherweise toten MechKrieger.

»Erkannt!« brüllte Masters in den Kommunikator. »Alle Ritter: alles, was keine Freundkennung ausstrahlt, ist ein Parder. Mäht sie nieder!«

Ohne die geringste Vorwarnung trat ein hell- und dunkelgrau gefleckter Mech aus dem dampfenden Dschungel. Masters drehte den Torso des *Amboß* und schleuderte der feindlichen Maschine eine doppelte Stakkatosalve Laserfeuer entgegen. Sein Gegner wankte unter dem Angriff, als Masters' Impulslaser über eine Tonne Panzerung von Torso und Beinen der Parder-Maschine brannten. Als er seine Balance zurückgewonnen hatte, schlug der Clanner-Pilot mit einer Autokanonensalve zurück.

Endlich identifizierte der Computer des *Amboß* den Angreifermech als *Grendel*, eine der neueren und selteneren Konstruktionen im Arsenal der Nebelparder. Das schwere Zwillingsgeschütz im rechten Arm des Kampfkolosses zeigte Masters, daß er es mit einer der Varianten zu tun hatte, denn in seiner Primärkonfiguration besaß dieser Mech keine derartige Waffe. Das Identprogramm seines Computers durchsuchte Trents Bericht und kennzeichnete die Insignien der Maschine schließlich als das Wappen der Goldfang-Geschko.

Masters warf seinen BattleMech nach vorne und hämmerte mit den schweren Impulslasern auf den leichteren Clan-Mech ein. Der *Grendel* allerdings stand dem nordischen Monster, dem er seinen Namen verdankte, an Wildheit und Zähigkeit nicht nach, steckte die Schäden ein und antwortete mit einem Donnerschlag aus Laser- und Kanonenfeuer. Masters senkte die Schulter des *Amboß* und stürmte geradewegs auf seinen Angreifer zu. Dann richtete er sich im letzten Moment auf und schleuderte den Mech in einer verdrehten Kurve zur Seite.

Der Parder-Pilot fiel auf die Finte herein. Er stemmte seinen Mech dem anstürmenden Feind entgegen und drehte den Torso des *Grendel* leicht seitlich, um die Wucht eines Angriffs abzulenken, der nie kam. Masters' keineswegs elegante Pirouette trug ihn schräg links hinter seinen Gegner. Obwohl die Hitze im Cockpit des *Amboß* ihm bereits schier den Atem raubte, preßte Masters alle Feuerknöpfe und löste eine Breitseite aller Geschütze aus, mit denen seine Maschine bestückt war. Die ungeheure Gewalt geballter Laserenergie fraß sich durch den leichtgepanzerten Mechtorso des *Grendel*. Ein flackernder Lichtblitz zuckte über dessen Rückgrat, als die eingelagerte Munition explodierte und die CASE-Luken davonfegte.

Ungerührt versuchte der Parder-Pilot, seine plötzlich ungelenke Maschine umzudrehen, um seinen Angreifer zu stellen. Masters gab ihm keine Gelegenheit. Er hob die kantigen Unterarme des *Amboß* hoch über den Mechkopf und ließ sie mit Wucht auf die Pilotenkanzel des Nebelparders fallen. Der *Grendel* klappte weg wie eine Marionette, deren Fäden durchtrennt waren.

Unter der erdrückenden Hitze des Cockpits keuchend, suchte Masters nach einem neuen Ziel.

Da. Was war das? Ein Elementar?

Der schockierende Einschlag zweier Clanlaser raubte Masters jede Illusion, er könnte es mit einem der genmanipulierten gepanzerten Infanteristen der Clans zu tun haben. Die graulackierte Gestalt huschte durch einen Mangrovenhain. Sie war schneller als jeder Elementar, den Masters je gesehen hatte. Vier weitere der sechs Meter hohen Maschinen folgten der ersten. Die flinken grauen Gestalten erinnerten ihn an Miniatur-BattleMechs.

Masters versuchte, die Waffen des *Amboß* auf den vordersten Gegner zu richten, aber die rote Zielmarkierung weigerte sich standhaft, das kleine, ständig in rasanter Bewegung befindliche Ziel zu erfassen.

Verdammt. Es ist, als wollte man Elementare anvisieren. Masters fluchte wild, während er mit den Kontrollen rang und verzweifelt versuchte, das Ziel zu erfassen. *Na schön, dann eben auf gut Glück.*

Er brachte den roten Hologrammpunkt so nahe an den umherhuschenden Feind, wie er konnte, und stieß die Auslöser durch.

Zwei Laserschüsse suchten nach der feindlichen Maschine und blitzten geisterhaft blutrot auf, als sie durch die dünnen Dampf- und Rauchvorhänge zuckten, die noch von seinem Gefecht mit dem *Grendel* stammten. Schlammiger Boden explodierte, als die Nässe unter der intensiven Hitzeentwicklung des Lichtwerferangriffs verdampfte. Die vorderste Maschine wurde von der Dampfexplosion von den gepanzerten Beinen gerissen und überschlug sich. Schnell kam der Parder wieder auf die Beine. Er ignorierte den zähen, braunen Schlamm, der an seiner Panzerung klebte.

Eine Salve aus Raketen und Laserfeuer schlug in Masters' *Amboß* ein. Die Wildheit dieses Angriffs schockierte ihn ebenso wie die Tatsache, daß alle fünf feindlichen Maschinen ihn gleichzeitig angriffen. Er wußte, daß der Ehrenkodex der Clans MechKriegern verbot, einen Gegner zu mehreren anzugreifen, und auch, daß die Nebelparder zu den striktesten Anhängern dieser Tradition gehörten. Für Elementare schien eine modifizierte Version dieser Regel zu gelten. Nicht mehr als fünf der riesigen gepanzerten Infanteristen durften einen einzelnen Mech, ein Fahrzeug oder einen Infanteriezug angreifen. Derartige Konventionen galten als ein Element der Clan-Kriegsführung, das diesem im Grunde häßlichen Geschäft für die Clanner eine sportliche Atmosphäre zu verleihen schien. Das war einer der Gründe, warum Einsatzgruppe Schlange nach Diana gekommen war, um den Clans klarzumachen, daß Krieg kein Sport war. Und ihnen den Preis vor Augen zu führen.

Wieder senkte Masters die Waffen auf ein einzelnes Ziel und löste den höllischen Feuerstoß aus. Diesmal hatte er mehr Glück. Ein blinkender Stakkatostoß gebündelter Lichtenergie schlug in die Brustpartie des vordersten Gegners ein. Die Maschine wankte, blieb aber aufrecht.

Gott im Himmel. Masters traute seinen Augen nicht. *Der Treffer hätte einen Elementar umgebracht, und dieses Ding schüttelt ihn ab wie einen Schlag mit einem Kissen.*

Wieder feuerten die Feindmaschinen eine Salve zurück. Laser, Autokanonengranaten und Raketen prasselten auf die Panzerung seines Mechs ein. Gelbe Warnlichter auf der Konsole meldeten ein beschädigtes Aktivatorpaket im linken Knie des *Amboß* und einen zertrümmerten Wärmetauscher. Wenn es ihm nicht bald gelang, diese Mini-BattleMechs aufzuhalten, würden sie ihn in Kürze zur Strecke bringen, wie ein Rudel Hyänen einen einzelnen Löwen.

Durch die Schalldämpfer über seinen Ohren hörte Masters leise das tiefe, dumpfe Krachen einer schweren Autokanone. Ein Strom orangerot glühender Leuchtspurmunition zuckte an seiner Kanzel vorbei in die Reihen der Clanner. Explodierende Granaten schleuderten Schlamm und Verderben über die winzige Dschungellichtung. Ohne den Autokanonenbeschuß einzustellen, trat ein seltsam verformt wirkender *Champion* neben ihn. Die schlammverschmierte goldschwarze Bemalung verriet ihm, daß die Maschine einem seiner Ritter gehörte. Der ein Schwert schwingende Löwe unter dem vorspringenden Cockpit identifizierte den Piloten als Sir Gavon Ellis, einen der ersten Ritter der Inneren Sphäre.

»Ich dachte mir, Sie könnten vielleicht Hilfe gebrauchen, Colonel.«

Ellis wartete nicht auf Antwort, sondern schleuderte den Miniaturmechs eine neue Salve Autokanonenfeuer entgegen. Die relativ kleinen Mehrfachsprengköpfe im

Innern jeder Bündelgranate sprühten über die dezimierten Ränge der Clan-Kampfmaschinen. Masters verstärkte den Feuersturm, der die feindliche Position verwüstete, mit seinen schweren Impulslasern. Als sich der Dampf und Qualm verzog, war außer den zerschmetterten Wracks abgeschossener Parder-Mechs nichts mehr zu sehen.

»Was, in Blakes Namen, waren das für Dinger?« fragte Ellis über Funk.

»Ich weiß es auch nicht«, erwiderte Masters. »Trent hat berichtet, daß die Nebelparder mit der Entwicklung neuer Waffensysteme beschäftigt seien. Ich nahm an, er würde von neuen Geschützen oder neuen OmniMechtypen reden. Aber das?« Masters deutete mit einem Arm auf die zerschlagenen Clanmaschinen, auch wenn Ellis diese Geste natürlich nicht sehen konnte. »Wir hatten keine Ahnung, daß die Parder an einer Art Super-Elementar arbeiteten.«

Ellis antwortete nicht.

»Na schön, Ellis.« Masters winkte mit dem rechten Mecharm in Richtung der letzten gemeldeten Feindpositionen. »Wir machen uns besser auf den Weg und holen Kingstons Kastanien aus dem Feuer.«

* * *

Colonel Kingstons Kastanien aus dem Feuer zu holen, erwies sich als weitaus schwieriger, als Paul Masters es sich vorgestellt hatte. Der plötzliche Flankenangriff der Ritter nahm dem Sturmangriff der Parder den Schwung und gestattete Kingston, sich von der Vorhut der Clanner zu lösen und seine schwer angeschlagenen Truppen auf eine vorbereitete Rückzugsposition zu ziehen. Die Ritter nutzten die Verwirrung, die ihr Angriff in den Parder-Reihen ausgelöst hatte, und trieben einen Keil aus Tod und Vernichtung in deren Mitte.

Aber dieser Vorteil ging schnell verloren. Die Parder-

Entsatzkräfte hatten aus einer Mischung aus Battle-Mechs der Garnisonsklasse und Elementaren bestanden, begleitet von einem kompletten Trinärstern der ›Super-Elementare‹, denen Masters den Codenamen Ozelote gegeben hatte, um im Raubkatzenbild zu bleiben. Trotz des kombinierten Gewichts der Ritter und der Legionäre war die Sternenbund-Truppe gnadenlos durch den dichten Dschungel zurückgetrieben worden. Masters und Kingston wehrten sich mit aller Entschiedenheit und ließen sich jeden Meter Boden teuer abkaufen. Doch die Ozelote waren so schwer zu treffen und ihre größeren Vettern so schlagkräftig, daß die plötzlich in die Verteidigerrolle gezwungenen Invasoren einen herben Blutzoll zahlen mußten.

Um 18:30 Uhr, nach vier Stunden Bewegungskampf eroberten die Parder das Ausbildungslager zurück. Aber selbst damit waren sie nicht zufrieden. Die Clanner trieben die Ritter und Legionäre weiter vor sich her, bis die Sternenbund-Krieger in die Außenbezirke New Anderys zurückgedrängt waren.

Das 3. Bataillon der Ritter, das zurückgeblieben war, um die nördliche Kolonne der Parder zu binden, hatte mehr Erfolg gehabt. Es hatte den größten Teil der Garnisonsklasse-Mechs in die Flucht geschlagen und diejenigen vernichtet, die versucht hatten, ihre Stellung zu halten und zu kämpfen. Aber Masters mußte die überlebenden Ritter anweisen, sich nach New Andery zurückzuziehen, um nicht abgeschnitten und aufgerieben zu werden.

Als sich Dunkelheit über den Dschungel senkte, kam es wie in gegenseitiger Übereinstimmung zwischen den Pardern und den Invasoren zu einer Feuerpause. Masters nutzte den momentanen, nicht erklärten Waffenstillstand zu einem Kriegsrat über Funk – mit den Bataillonsführern und Colonel Kingston. Im Innern des kleinen HQ-Mobils war es heiß, stickig und beengt, als sich Kingston, seine beiden überlebenden Majore und

Masters, nicht zu vergessen ein Signalmaat und ein KommTech dort drängten.

»Wir sind auf halbe Stärke reduziert, Gentlemen«, stellte Masters fest. »Die Legion hat fast achtundsechzig Prozent Verluste erlitten. Wir können die Landungsschiffe rufen und versuchen, unter Beschuß abzufliegen, wir können uns in den Dschungel zurückziehen und einen Guerillafeldzug starten, bis General Winston ein paar Entsatztruppen für uns entbehren kann, oder wir können hier bleiben und es ausfechten.«

»Ich sage, wir bleiben und fechten es aus«, knurrte Kingston. »Ich gebe mich nicht geschlagen, nicht, nachdem ich so viele Leute verloren habe. Wir können in die Stadt zurückweichen, Barrikaden errichten, um jeden Häuserblock kämpfen. Wenn nötig, können wir einen Luftangriff anfordern oder sogar Orbitalfeuer, aber ich rücke nicht ab.«

»Ich muß Colonel Kingston zustimmen, Sir«, erklärte Sir Gainard. »In allem außer dem Teil über den Häuserkampf. Wenn wir uns zurückziehen, muß es ein Rückzug in den Dschungel sein, nicht in die Stadt. Wenn wir das zu einem Häuserkampf machen, werden eine Menge Zivilisten ihr Leben verlieren.«

»Na und? Es sind Parder«, bellte Kingston.

»Auch das sind Menschen, Mister Kingston.« Gainards Stimme verwandelte sich in ein tiefes Knurren.

»Sir Gainard hat recht. Ich werde den Rittern nicht befehlen, einen Häuserkampf zu initiieren.« Masters sah, daß Kingston zu einer wilden Tirade gegen Gainard ansetzte und schnitt beiden Männern das Wort ab. »Und ich glaube auch nicht, daß wir genaues Flottenfeuer einweisen können. Der Dschungel ist hier viel zu dicht, und unsere Beobachter müßten viel zu nahe an das Ziel heran.«

»Dann bleibt uns nur der Rückzug in den Dschungel«, stellte Sir Gainard fest.

»Keineswegs«, unterbrach Dame Yanika. »Es gibt noch eine Alternative. Wir können Ballerina kontaktieren und Verstärkung anfordern.«

»Stimmt.« Masters nickte. »Wir können nicht abrücken, aber allein können wir uns auch nicht halten. Wir müssen Hilfe anfordern.«

Ohne auf die Zustimmung der anderen zu warten, drehte er sich zu dem KommTech um und forderte eine Direktleitung zu Generalin Winston an.

»Ballerina von Paladin.« Die Kennungen waren schon vor einem Jahr festgelegt worden, noch bevor die Einsatzgruppe von Defiance aufgebrochen war. »Gruppe Paladin und Gruppe Präfekt sind auf schwere Gegenwehr gestoßen. Wir haben extreme Verluste erlitten und sind in Gefahr, aus dem Zielgebiet getrieben zu werden. Erbitte sofortige Verstärkung. Ende.«

Einen Augenblick lang war sich Masters nicht sicher, ob seine verschlüsselte und komprimierte Nachricht angekommen war, aber dann drang Winstons tiefe Altstimme aus dem Kommunikator. »Paladin? Hier Ballerina. Schwert Eins und Zwo sind unterwegs und müßten bald bei Ihnen eintreffen. Können Sie die Stellung halten? Ende.«

»Ballerina, wir können halten, aber sagen Sie Schwert, sie sollen sich beeilen. Wenn die Parder es darauf ankommen lassen, müssen wir uns zurückziehen. Ende.«

»Verstanden, Paladin.« Masters konnte Winston fast vor sich sehen, wie sie langsam und nachdenklich mit dem Kopf nickte, eine Geste, die typisch für sie war, wenn sie sich mit einer ernsten Lage konfrontiert sah. »Ich richte ihnen aus, keine Anhalter mitzunehmen. Ballerina aus.«

»Das wär's dann, Gentlemen«, seufzte Masters und erhob sich von dem winzigen Besprechungstisch, wobei er sich vorsah, nicht mit dem Kopf gegen das Metalldach des HQ-Mobils zu stoßen. »Wir warten auf die ComGuards. Bis dahin sollten Sie nach Ihren Leuten sehen. Reparieren Sie, was Sie können. Soweit ich weiß, haben wir ein paar Vorräte – hauptsächlich Munition – aus der Ausbildungsbasis mitgehen lassen. Füllen Sie Ihre Magazine. Wenn möglich, versuchen Sie, die Köche den Herd anwerfen zu lassen, damit die Leute etwas Warmes in den Magen bekommen. Vermutlich können sie es gebrauchen. Außerdem möchte ich, daß Sie zweihundert Meter vor Ihren Stellungen und zweihundert Meter vor beiden Flanken Posten aufstellen. Das sollte uns etwa eine Minute Vorwarnung liefern, wenn die Parder zurückkommen. Und das werden sie bestimmt.«

* * *

Paul Masters Vorahnung, daß die Nebelparder den zerschlagenen Truppen unter seinem Befehl einen weiteren Besuch abstatten würden, erwies sich als korrekt. Keine Stunde nach Ariana Winstons Versprechen, Verstärkungen zu schicken, bevor der größte Teil seiner Leute die leeren Munitionsmagazine hatte nachladen oder mehr als ein paar Bissen hastig aufgewärmter Feldrationen hatte herunterschlingen können, gab ein Beobachtungsposten vor den Reihen des schwer mitgenommenen Ersten Ritter-Bataillons Alarm.

Masters ließ den braunen Plastikbeutel mit lauwarmem Hühnchen und Reis fallen und rannte zu seinem Mech. Der *Amboß* trug noch immer die tiefen, rußgeschwärzten Spuren der Ozelotattacken. An ein paar Stellen war der gehärtete Stahl so tief aufgerissen, daß ein schwerer Treffer ausreichte, die Hülle des Mechs zu durchstoßen und die empfindlichen Bauteile seines Innenlebens anzugreifen. Aber Sir Paul Masters verschwendete an die Schäden ebensowenig Gedanken wie an das verschüttete Essen. Der Feind rückte an, und der Schwur, den er geleistet hatte, als er ein Ritter der Inneren Sphäre wurde, verpflichtete ihn, sich dem Kampf zu stellen.

Durch die anbrechende Nacht sah Masters die schwachen Thermalsignaturen von drei Infanteristen, die hastig durch den dichten Dschungel hetzten. Das mußten die Posten sein, die den Alarm gegeben hatten und sich jetzt in die relative Sicherheit hinter den Sternenbund-Linien zurückzogen.

»Paladin an alle Einheiten«, gab er über Breitband durch. »Denkt daran: Wenn wir zum Rückzug gezwungen werden, findet dieser Rückzug nicht, ich wiederhole, nicht durch das Stadtgebiet statt. Wenn überhaupt möglich, umgeht die Stadt nach Osten oder Westen. Wir treffen uns am vorbestimmten Sammelpunkt. Und jetzt, drauf und dran!«

Masters stieß die Steuerknüppel nach vorne und warf das sechzig Tonnen schwere Metallmonster, in dessen Kopf er saß, in einen schwerfälligen Spurt. Ein kleiner Pulk heller Hitzequellen lockte ihn durch die Bäume. Er hielt kurz vorher an, richtete die Waffen auf die Thermalspuren, wartete einen Sekundenbruchteil und feuerte.

Augenblicklich verschwanden die leuchtenden Zielobjekte, durch den superheißen Dampf von einem verfehlten Laserschuß zerkochten Schlamms vor den Infrarotsensoren verborgen. Als die Wolke sich verzog, lag eines der kleinen Ziele auf dem Dschungelboden, wo es schnell abkühlte. Die anderen drehten um und schleuderten seinem Mech ein Bombardement an Kurzstreckenraketen entgegen. Die panzerbrechenden Sprengköpfe detonierten an den Beinen und der unteren Torsohälfte des *Amboß* und ließen ein weiteres Warnlämpchen auf der Statusanzeige aufflammen.

Noch ein Wärmetauscher weniger. Jetzt muß ich mich wirklich vorsehen.

Masters suchte sich ein zweites der kleinen Ziele, die sich in der geisterhaften schwarzgrünen Welt der Infrarotoptik jetzt als Elementare zu erkennen gaben. Maschinengewehrfeuer und Laserschüsse knallten und ratterten eine Antwort. Von rechts schlug eine Raketensalve in das Trio der verbliebenen Elementare ein und brachte sie dauerhaft zum Verstummen.

Bevor Masters sich bei dem Piloten der durch ein rotweißes Wappen identifizierten *Ballista* bedanken konnte, trat ein Nebelparder-*Quasimodo IIc* zwischen den Bäumen hervor und schoß die Raketenplattform der Ritter schrottreif.

Masters stieß einen unartikulierten Wutschrei aus und schleuderte zwei abgehackte Laserenergieströme in den tonnenförmigen Rumpf des Mechs. Der häßliche Kampfkoloß schien den Angriff kaum zu bemerken, als er sich zur Seite drehte und die riesigen, tödlich schweren Autokanonen auf den bereits beschädigten *Amboß* ausrichtete. Verzweifelt jagte Masters die gebündelte Lichtenergie in den Clan-*Quasimodo IIc*, ohne sich um die rotleuchtende Wärmeskala zu kümmern, gegen alle Hoffnung darauf bauend, daß es ihm gelingen mochte, das gepanzerte Ungetüm zur Strecke zu bringen, bevor es die klaffenden Mündungen der beiden Geschütze auf seinen Mech richten konnte.

Zu spät! Der Gedanke zuckte durch Masters Hirn, als die kantigen Autokanonen der Klasse 20 hinter grellem Mündungsfeuer verschwanden. Jeder dieser Rauch- und Flammenausbrüche hatte einen Durchmesser von mindestens drei Metern. Der *Quasimodo IIc* schien unter dem ungeheuren Rückstoß der Zwillingsgeschütze nach hinten zu kippen. Mit einem Krachen, das noch über dem Donnergrollen der explodierenden Granaten zu hören war, brach das rechte Bein des *Amboß* in Kniehöhe entzwei. Masters stählte sich für den betäubend harten Aufprall, als der Sechzig-Tonnen-Mech zu Boden stürzte. Der Schlag, mit dem die Maschine in den Schlamm knallte, schleuderte seinen vom Neurohelm eingeschlossenen Kopf gegen die rechte Instrumentenwand. Rotgoldene Sternchen tanzten vor seinen Augen. Sein ganzer Körper kreischte vor Schmerz.

Als er wieder etwas sehen konnte, stellte Masters mit Schrecken fest, daß sämtliche Warnlampen der Kanzel leuchteten. Im Zentrum der Hauptkonsole blinkte in sieben Zentimeter großen Lettern das Wort FEUER. Unter Schmerzen streckte er die Hand aus und schlug auf den Schaltknopf, der das Löschsystem des *Amboß* aktivierte. Das Warnzeichen blinkte ungerührt weiter. Wieder schlug er auf den pilzförmigen Schaltknopf. Auch jetzt tat sich nichts. Panik stieg in ihm auf, als er es ein drittes Mal versuchte und die Faust mit ausreichend Wucht auf die Kontrollen schlug, um den großen Plastikknopf zerspringen zu lassen. Diesmal wurde er mit dem leisen Zischen unter Druck stehenden Löschgases belohnt, das in die Reaktorsektion des Mechs flutete.

Gegen die Schmerzen und den Schock ankämpfend, der drohte, ihm das Bewußtsein zu rauben, hievte Masters sich aus der Pilotenliege. Er riß an den Riegeln, die den schweren Neurohelm auf dem gepolsterten Kragen der Kühlweste hielten und hob das Gerät von den Schultern. Die Anstrengung schien ihm den letzten Rest verbliebener Kraft zu kosten. Mehrere Sekunden starrte er in dumpfer Begriffsstutzigkeit auf die tiefe Delle in der dicken Metallhülle des Helms. Eine entsprechende Spur in der Hauptwaffenkonsole zeigte, wo sein Kopf gegen die Stahlarmaturen geschlagen war. Es war ein Wunder, daß er noch bei Bewußtsein war.

In einem harten Zweikampf mit seinem Körper, der sich nur zusammenrollen und schlafen wollte, entriegelte Masters die Cockpitluke des *Amboß*, fand aber nicht die Kraft, die schwere gepanzerte Luke aufzustoßen. Zu erschöpft und unter zu großen Schmerzen, um noch länger mit dem Verschluß zu ringen, schlug er mit der flachen Hand auf den Notschalter und sprengte die Luke weg.

Durch die Ausstiegsöffnung hörte er das ohrenbetäubende Donnern und Krachen von Geschützfeuer. Er ließ sich schwerfällig zu Boden fallen, drehte um, dorthin, wo er Norden vermutete, und setzte sich langsam und stolpernd in Bewegung. Er mußte es zurück zum Befehlsstand schaffen. Nicht, weil er Angst davor hatte, gefangen zu werden, sondern weil sein Pflichtgefühl von ihm verlangte, daß er die Leitung des erbitterten Kampfes seiner Ritter gegen die Parder übernahm.

Das schaffe ich nie. Masters unterdrückte den Gedanken, kaum daß er aufgetaucht war. *Ich muß es schaffen*, herrschte er sich an. *Ich muß.*

Ein dumpf wummerndes Dröhnen erfüllte das Schlachtfeld und übertönte selbst den Lärm des Gefechts. Masters sah hoch, suchte nach dem Ursprung des endlosen Donners. Wenige hundert Meter nordöstlich hing ein gewaltiger runder Schatten in der Luft, von unten erleuchtet durch die Flammenzungen riesiger Triebwerke. Kleinere Flammenzungen wurden sichtbar, als abgeworfene BattleMechs sich auf das Schlachtfeld senkten und teilweise geradewegs in die Parder-Stellungen fielen.

Die ComGuards waren da.

* * *

Fünfundvierzig Minuten später war alles vorbei. Unter dem Angriff der frischen ComGuardisten, verstärkt von ermatteten Rittern und Legionären, brach der Widerstand der Nebelparder zusammen.

Paul Masters wurde von einem Infanteriezug der Legion aufgegriffen und zurück zu seinem Kommandostand gebracht. Dort berichtete ihm Präzentor-Colonel Regis Grandi vom Ausgang der Schlacht, während die MedTechs ihm etwas gegen den Schock und die Erschöpfung gaben und an seinem Hinterkopf eine Beule von der Größe einer Kinderfaust behandelten.

»Als wir ankamen und absprangen, dachte ich, die Parder würden sich stellen und es bis zum bitteren Ende ausfechten. Eine Weile haben sie das auch getan. Aber irgend jemand muß die Koordinaten durcheinandergebracht haben, denn meine Zweite Sektion wurde direkt über der Parder-Frontlinie abgeworfen. Blake, was für ein Desaster! In den ersten Minuten gab es nur Nahkämpfe. Wir waren so dichtgepackt, daß niemand wagte, die Waffen einzusetzen, aus Angst, einen Kameraden zu treffen. Es hat eine Weile gedauert, bis wir das auf die Reihe brachten, aber schließlich konnten wir eine halbwegs akzeptable Schlachtreihe bilden und gegen die Parder vorrücken. Sektion Zwo kam mehr oder weniger auf den vorgesehenen Koordinaten runter und griff an der linken Flanke der Clanner an. Danach war eigentlich alles schnell vorbei. Ihre Ritter und Legionäre schwangen in die rechte Flanke der Parder ein und schnitten ihnen den Rückzug ab. Ihre einzige Fluchtmöglichkeit war in Richtung Süden, zum Fluß. Wir haben sie etwa zwei Kilometer weit gejagt, bis wir zu dem Schluß kamen, daß es reichte. Es dürften nicht mehr als ein Dutzend den Fluß lebendig erreicht haben.«

»Verluste?« fragte Masters und kämpfte gegen die Benommenheit der leichten Gehirnerschütterung an, die der leitende MedTech als Folge der Kollision mit der Waffenkonsole bei ihm diagnostiziert hatte.

»Üble Verluste«, antwortete ihm Sir Gainard. »Wir haben fünfzig Prozent. Das sind Totalverluste, einschließlich Ihres *Amboß* und Dame Yanikas. Sie hat beide Beine verloren, als ihr *Bombast* explodierte. Nach Auskunft der MedTechs wird sie es zwar überleben, aber nie wieder einen Mech steuern.« Gainard schluckte schwer über den Verlust seiner Kameradin, dann sprach er weiter. »Colonel Kingston lebt. Er ist verwundet, aber noch kampffähig. Sein *Fallbeil* scheint ziemlich verwüstet, aber die Techs behaupten, es ließe sich wieder herrichten, solange sie genug Zeit und Zugriff auf ausreichend Ersatzteile bekommen. Was sein Regiment betrifft, sieht die Sache weniger günstig aus. Die Legion ist auf dreißig, mit Glück fünfunddreißig Prozent Mannstärke reduziert, wenn seine Bergungstrupps ein paar Wunder wirken.«

»Was ist mit den ComGuards?«

»Machen Sie sich um uns keine Sorgen, Colonel.« Grandi setzte ein dünnes Lächeln auf. »Wir haben etwa ein halbes Dutzend Totalverluste. Eine Handvoll Mechs sind beschädigt, aber reparabel, und die meisten davon dürften in ein, zwei Stunden wieder einsatzbereit sein. Zwei meiner Piloten sind tot, fünf verwundet. Wir können die Stellung halten. Die gute Nachricht ist, daß wir die Parder aus dem Ausbildungslager scheuchen konnten, bevor sie Gelegenheit hatten, etwas zu zerstören oder zu sabotieren. Meine Infanteristen kämmen das Gelände gerade ab und suchen nach versteckten Feinden, aber ich erwarte keine Probleme. In New Andery gibt es nicht mehr genug Parder, um uns noch gefährlich zu werden.«

Masters seufzte erschöpft. »Sir Gainard, bitte setzen Sie sich mit General Winston in Verbindung. Melden Sie: New Andery ist gesichert.«

20

Operationsgebiet Northwind Highlanders
Fabrikgelände nahe Pahn City, Diana
Kerensky-Sternhaufen, Clan-Raum

12. *März 3060*

»Was ist das für ein Krach?« Sterncolonel Caras Stimme war ein wütendes Knurren, als sie mit der flachen Hand auf den Kommschalter ihrer *Sturmkrähe-B* schlug, um das unerträgliche Heulen abzustellen, das sich in ihr Gehirn zu bohren schien. Was immer es auch war, es handelte sich nicht um einen elektronischen Störsender. Der Computer ihres OmniMechs war darauf programmiert, nahezu jede Art von Störsignal, das die Truppen der Inneren Sphäre oder der Clans erzeugen konnten, zu erkennen und zu neutralisieren. Aber das schmerzhaft grelle Kreischen konnte auch kein natürliches Phänomen sein. Der Lärm variierte genügend in Tonhöhe, Kadenz und Lautstärke, um einen künstlichen Ursprung nahezulegen. Irgendwie hielt Cara es sogar für möglich, ihn als Musik bezeichnen zu können, allerdings müßten sowohl der Musikant wie auch seine Zuhörer vollkommen wahnsinnig sein und zudem bar jeder Spur musikalischen Gehörs, um das – an das Kreischen gefolterter Katzen erinnernde – Gejaule genießen zu können, das sämtliche Kommfrequenzen des Sternhaufens überlagerte.

Das Gekreische hatte mehr als eine Stunde vor Sonnenaufgang begonnen, gerade als die SensorTechs auf dem kleinen Raumhafen Pahn Citys auf ihrem Radar anfliegende Landungsschiffe geortet hatten. Und das wahnwitzige Heulen hatte sich fortgesetzt, war sogar noch lauter geworden, bis ihre Truppen gezwungen waren, sich durch Handzeichen und auf Sichtweite beschränkte Kommlaserverbindungen zu verständigen. Die Invasoren schienen keinerlei Wert darauf zu legen, ihre Anwesenheit oder ihren Kurs zu verbergen, der sie in direkter Linie zum Fabrikenkomplex Pahn Citys führte, was der Störung des Funkverkehrs jeden Sinn nahm.

Der Haupteffekt des nervenzerfetzenden Gejaules bestand darin, den Parder-Kriegern den letzten Nerv zu rauben.

»Ich will endlich wissen, was das für ein Stravag-Krach ist!«

»Sterncolonel, hier ist ScoutStern Eins-eins.« Die Nachricht mußte über einige Kurzstrecken-Kommlaser-relais weitergeleitet werden, um die Kommandozentrale des Sternhaufens zu erreichen. »Wir haben die feindliche Landezone erreicht. Sie laden Mechs aus. Freigeburt! Der Feind trägt das Wappen des Sternenbunds und der Roy ...«

Die Nachricht endete mitten im Wort mit einem krachenden Statikeinbruch.

»Scout Eins-eins, hier spricht Sterncolonel Cara. Wiederhole deine Meldung.«

Keine Antwort.

»Scout Eins-eins. Wiederhole deine Meldung.«

Das Schweigen des Funkgeräts schien ihre wütenden, frustrierten Versuche zu verspotten, mit dem ScoutSternführer in Verbindung zu treten.

»Sterncolonel, hier EinsatzStern Drei, Strahlcommander Rurik.« Eine neue Stimme drang aus ihren Helmlautsprechern, diesmal vor kaum beherrschter Wut gepreßt. »Wir haben Kontakt mit dem Gegner. Mein Computer identifiziert ihn als die Northwind Highlanders, aber da ist noch etwas. Alle Angreifer tragen auf ihren Mechs den Cameron-Stern und die Insignien der Sternenbund-Verteidigungsstreitkräfte.«

»Wie bitte?«

»Pos, Sterncolonel. Die Angreifer geben sich als die Sternenbund-Verteidigungsstreitkräfte aus.«

Diese Beleidigung war kaum zu ertragen. Sie hatte

Gerüchte darüber gehört, daß eine Streitmacht der Inneren Sphäre es geschafft hatte, in den Clan-Raum vorzustoßen, bis hierher nach Diana, und daß ein Teil dieser Kräfte sich ins Innere des Mons Szabo geschlichen und dort die Haupt-K^3-Zentrale des Planeten zerstört hatten. Was nicht viel ausmachte. Die Reserveanlage im Herzen der planetaren Hauptstadt Lutera war mehr als ausreichend, um die Verteidigung der Nebelparder-Heimatwelt zu koordinieren.

Andere Geschichten behaupteten, daß feindliche Truppen, die wahrscheinlich aus der Inneren Sphäre stammten, das Feld der Helden und das Genetische Archiv angegriffen und erobert hätten. Die Implikationen einer derartigen Behauptung waren zu furchtbar, um sie auch nur in Erwägung zu ziehen. Nicht einmal die dreckigen, ehrlosen Barbaren der Inneren Sphäre konnten so verkommen sein, die Zukunft der Parder-Kriegerblutlinien zu bedrohen. Und jetzt, als Cara gerade dachte, die letzte Beleidigung gehört zu haben, sanken die Invasoren zu einer noch schändlicheren, noch erbärmlicheren Perversion hinab: Die Mammonsoldaten der Northwind Highlanders behaupteten, den Sternenbund zu repräsentieren.

»Achtung, an alle Einheiten.« Caras Stimme wurde zu einem tiefen, drohenden Knurren. »Sammeln an EinsatzStern Eins' Position. Stellt und vernichtet die Invasoren. Nicht einer dieser Surats darf überleben. BefehlsStern zu mir.«

Mit einer Wucht, die drohte, ihn aus der Kupplung in der Armlehne zu reißen, schlug Cara den Steuerknüppel nach vorne und schleuderte ihre fünfundfünfzig Tonnen schwere Kampfmaschine in einen wankenden Sprint. Bei seiner Höchstgeschwindigkeit von fast einhundert Stundenkilometern fraß der seltsam mißgestaltige OmniMech den Boden mit zehn Meter weiten Schritten. Hinter ihr folgten vier Mechs der Garnisonsklasse. Leider waren auch deren Piloten nur zweite

Wahl. Sie hatten ihre Positionstests entweder so nahe der untersten Grenze ihrer Geschko absolviert, daß sie für einen Einsatz in der Inneren Sphäre nicht einmal als Garnisonstruppen in Frage kamen, oder sie waren Solahma.

Cara hatte den Namen ihrer Galaxis schon immer als schlechten Witz empfunden. ›Die Wächter‹ hießen sie. Aber gegen wen hätten sie Diana bewachen sollen? Jetzt allerdings schienen die Frontklasse-Krieger ihres Clans die Witzfiguren zu sein. Irgendwie war es den Barbaren gelungen, aus der Inneren Sphäre hierher zu kommen und die Parder-Heimatwelt anzugreifen, und jetzt war es an den Solahma-Truppen der Wächter und ihrer Schwestergalaxis, der Eisernen Garde, Diana zu verteidigen.

Aber selbst wenn ihre Leute nur unerprobte Unruhestifter aus den untersten Geschkorängen oder ausgelutschte Greise sein sollten, sie waren alles, was sie zur Verfügung hatte. Cara wußte, jeder einzelne von ihnen würde bis an die Grenzen seiner Möglichkeiten und vielleicht noch darüber hinaus kämpfen, um die Invasoren von Diana zu vertreiben.

Als ihre Truppen durch das dichte Gestrüpp des Dschungels brachen, der Pahn City umgab, hörte sie das Knattern und Krachen eines Mechgefechts lauter werden. Ein Blick auf die Taktikanzeige machte ihr klar, daß die Highlanders keinerlei Versuch unternommen hatten, die Ortung ihrer Gegner zu stören. Die einzige Interferenz bestand aus dem grauenhaft kreischenden Heulen, das alle Funkkanäle überlagerte.

Plötzlich ragte ein kurzer, kantiger BattleMech vor ihr auf, dessen Rumpf mit einem vor den Augen flimmernden grünblauen Schottenmuster bemalt war. Die Highlander-Maschine hob den rechten Arm in Richtung der *Sturmkrähe*, einen Arm, der nicht in einer Hand endete, sondern in der klaffenden Mündung einer schweren Autokanone. Das zylindrische Geschütz spie Rauch und Flammen, als panzerbrechende Explosivgranaten in das nach hinten abgeknickte Knie ihres OmniMechs schlugen.

Cara kämpfte mit der Steuerung ihres heftig wankenden Mechs und brachte ihn erst wenige Dutzend Meter vor dem Angreifer wieder in ihre Gewalt. Der Computer projizierte eine Kennung auf den Sichtschirm, die den Highlander-Mech als *Centurion* identifizierte, eine Konstruktion der Inneren Sphäre, die etwas leichter als ihre *Sturmkrähe* war, aber über eine Schnellfeuerautokanone und extrem treffsichere Zielsucherraketen verfügte. Cara nahm die Informationen kaum zur Kenntnis. Reflexartig zog sie ein Fadenkreuz über den Schwerpunkt des *Centurion* und stieß mit dem Daumen den Feuerknopf durch.

Ihr seltsam verbaut wirkendes Gefährt zitterte wie ein Mensch unter einem Fieberanfall, als die kurzläufige Autokanone, die seinen linken Unterarm ersetzte, eine Zunge von Flammen und Stahl ausspie. Die schweren Granaten schlugen in den rechten Arm des *Centurion* ein, knapp über dem Waffenansatz. Panzerung zerschellte unter den Hammerschlägen der AK-Munition. Um das Maß voll zu machen, löste Cara noch drei Laser aus dem Sechseckpulk von Geschützen aus, der im rechten Handgelenk ihres Mechs plaziert war. Ein Abfeuern aller mittelschweren Extremreichweitenlaser wollte sie nicht riskieren. Die von diesem Feuerstoß erzeugte Abwärme hätte ausreichen können, ihren Kampfkoloß stillzulegen. Schon jetzt trieb ihr die Hitzewelle, die durch das Cockpit der plötzlich schwerfälligen *Sturmkrähe* schlug, die Schweißperlen auf die Stirn.

Für den Highlander-*Centurion* waren die Auswirkungen der Salve noch schlimmer. Eine der hochenergetischen Lichtbahnen bohrte sich in den rechten Mecharm des Invasors, wo sie die letzten noch intakten Reste des durch den Kanonenbeschuß freigelegten und verwüsteten Endostahlknochens zerschmolz. Die schwere Autokanone der Schottenmustermaschine fiel mit einem hörbaren Wummern zu Boden.

Als die hocheffizienten Wärmetauscher der *Sturmkrähe* die unfaßbar hohen Innentemperaturen des Mech auf ein erträglicheres Maß gesenkt hatten, trat Cara näher an die verwüstete feindliche Maschine heran. Aus der in der Brustpartie montierten Langstrecken-Raketenlafette des *Centurion* stießen Flammen. Der größte Teil der Geschosse ging ins Blaue, und die wenigen, die ihr Ziel trafen, zerschellten nur an der Panzerung des OmniMechs. Der käufliche Krieger an den Kontrollen des *Centurion* hatte es darauf ankommen lassen, daß seine Raketen schon innerhalb ihrer Minimalreichweite von 180 Metern scharf wurden, und er hatte verloren. Trotzdem genügte der bloße Aufprall einer Salve nicht scharfgemachter Acht-Kilo-Raketen in den Torso der *Sturmkrähe*, um Caras Mech stolpern zu lassen.

Sie gewann das Gleichgewicht zurück und löste auf kurze Distanz einen Feuerstoß aus ihrer Autokanone aus, der sich in den laserzerschossenen Torso der Invasorenmaschine senkte. Unter dem Aufprall der schweren Granaten flog die Langstrecken-Raketenlafette in die Luft, und dem *Centurion* blieben nur zwei mittelschwere Laser, um den Kampf fortzusetzen. So tapfer der Highlander auch sein mochte, er war kein Narr. Cara sah den Kopf des Mechs aufbrechen, und auf einem grellen Feuerstrahl schoß der Mammonkrieger aus seinem abgeschossenen Gefährt.

Noch bevor der Fluchtfallschirm des Highlanders sich öffnen konnte, traf ein Hammerschlag die rechte Kopfseite der *Sturmkrähe*, der Cara die Ohren klingeln ließ. Sie riß die Augen von ihrem fliehenden Gegner und sah sich mit einem Anblick konfrontiert, dessen Obszönität kaum zu beschreiben war. Ein rundschultriger *Lindwurm*, im selben beißend grünblauen Plaid lackiert wie der eben erst ausgeschaltete *Centurion*, richtete seinen einzelnen Impulslaser auf ihre Maschine. Wie ihre Kundschafter es gemeldet hatten, trugen alle Mammonsoldaten den heiligen Cameron-Stern und die Insignien der Sternenbund-Verteidigungsstreitkräfte auf ihren Maschinen, Embleme, die kein Clan-Krieger, wie stolz er auch sein mochte, jemals auf seinen Mech zu malen gewagt hätte. Im Gegensatz zum *Centurion* war der *Lindwurm* ein altes Sternenbundmodell, das erst kürzlich von der Inneren Sphäre reaktiviert worden war.

Aber so arrogant das Tragen dieser Insignien gerade auf der Maschine eines barbarischen Mammonkämpfers auch wirken mochte, auf der linken Schulter des *Lindwurm* prangte ein drittes Emblem mit solcher Unverfrorenheit, daß es die Flamme der rechtschaffenen Wut, die in Cara loderte, zu einem Feuersturm entfachte. Die Kampfmaschine vor ihr und einige andere, die jetzt auf ihre Position zustürmten, trugen die Insignien der Royal Black Watch, der Leibgarde des Ersten Lords des Sternenbundes.

Nehmen die Beleidigungen nie ein Ende?

Unter einem Strom der schlimmsten Flüche, die sie kannte, schleuderte Cara ihren 55-t-Mech nach links und zwang den Söldnerpiloten, seine Maschine in einem vergeblichen Versuch, die Zielerfassung nicht zu verlieren, mitzuschwenken. Grüne Lichtwerferpfeile zuckten an der Kanzel ihres Mechs vorbei. Von unaussprechlichem Zorn getrieben, zielte sie mit der riesigen Autokanone der *Sturmkrähe* auf die Mitte des Invasorenmechs. Ein Druck auf den Auslöser jagte eine Salve Sprenggranaten in die dünnere Panzerung des *Lindwurm*. Der kleinere Mech wankte unter dem Aufprall der Geschosse.

Cara gab dem Soldkrieger keine Chance, sich zu erholen. Sie sprang mit einem Fauchen vor, das dem Totem ihres Clans Ehre gemacht hätte. Obwohl die

Arme der *Sturmkrähe* dünn, beinahe dürr schienen, besaßen sie eine beträchtliche Kraft. Sie ballte die stählerne rechte Faust ihres Mechs und trieb sie hart in die beschädigte Schulter der Highlander-Maschine. Der *Lindwurm* schwankte unter dem Schlag. Immer wieder schlug Cara auf die feindliche Maschine ein, bis diese vor ihr zusammenbrach.

Nach Luft schnappend, als hätte sie den vierzig Tonnen schweren BattleMech mit bloßen Händen zu Altmetall verarbeitet, starrte Cara auf den Taktikschirm und suchte mit wildem Blick nach einem neuen Gegner, an dem sie ihre Wut auslassen konnte. Die nächste feindliche Maschine war mehrere hundert Meter entfernt und in einen Faustkampf mit einem Mitglied ihres BefehlsSterns verwickelt. Rings um sie herum tobte die Schlacht.

Als sie das Bild auf dem Taktikschirm betrachtete, wurde ihr die Lage allmählich klar. Die Northwind Highlanders hatten genau gewußt, welche Wirkung ihre anstößige Zurschaustellung der Insignien der Sternenbund-Verteidigungsstreitkräfte und des Royal-Black-Watch-Regiments auf die Nebelparder haben würde. Bei dem Versuch, die Black-Watch-Mechs zu erreichen, hatten die Führungselemente ihrer Einheit andere, gefährlichere Gegner hinter sich gelassen, und auch der Rest ihrer Truppen schien von derselben fanatischen Entschlossenheit, die Barbaren aus nächster Nähe zu stellen und die Arroganz der Highlanders in deren Blut und Eingeweiden zu ersticken. Währenddessen hatte die Hauptstreitmacht der Highlanders freie Bahn ins Herz von Pahn City gehabt.

Cara brüllte Befehle in das Funkgerät und versuchte verzweifelt, die Lage wieder unter Kontrolle zu bringen, aber ihre Stimme wurde von dem wogenden Geheule, das alle taktischen Frequenzen der Einheit überlagerte, restlos verschluckt. Hastig programmierte sie ihr Kommlasersystem so um, daß es ihre Nachricht auf

Knopfdruck wiederholte, und richtete den störungsfreien Sichtlinienkommunikator reihum auf alle ihre Untergebenen. In allen Fällen war der Befehl derselbe: »Brich das Gefecht ab und zieh dich zurück.«

Der Gedanke, ihren Kriegern zu befehlen, sich von einem erkannten Feind zu lösen, war Cara so fremd, daß es ihr Mühe bereitete, ihn zu formulieren. Aber sie wußte, daß sie richtig handelte. Wenn ihre Truppen sich damit verausgabten, die Black Watch zu vernichten, würde der Rest der Northwind Highlanders ihre Einheit umgehen, nach Pahn City vorstoßen und ungehindert den Fabrikenkomplex vernichten können, zu deren Schutz sie abgestellt war.

»Sterncolonel«, drang es aus ihrem Funkgerät. Einen Augenblick lang glaubte Cara, die Überlagerung wäre beendet worden. Dann erkannte sie, daß die Nachricht über Kommlaser-Relais eintraf.

»Feindliche BattleMechs stehen keine drei Kilometer vor der Fabrik.« Die Stimme, die aus ihrem Kommunikator drang, gehörte Sterncaptain Ezra, dem Solahma-Offizier, dem sie den Befehl über die Anlage überlassen hatte. »Wir zählen mindestens ein komplettes Regiment, Sterncolonel. Einige der Techs hier bitten um Erlaubnis, zur Verteidigung des Komplexes und ihrer Heimatwelt in die Schlacht zu ziehen.«

Cara hätte nicht sagen können, was sie wütender machte, die Zurschaustellung alter, verehrungswürdiger Sternenbund-Embleme an den Maschinen barbarischer Söldner, oder der Gedanke an Techs und Arbeiter niederer Kasten, die es tatsächlich wagten, um die Erlaubnis zu bitten, ein Privileg auszuüben, das einzig und allein den Kriegern zustand: das Recht, einen vollbewaffneten, einsatzfähigen BattleMech zu steuern. Das erstere konnte sie im Augenblick nicht verhindern. Aber sie wäre eher gestorben, als das letztere zuzulassen. Die Beleidigung, die ein derartiges Vorgehen für ihre persönliche Ehre und die des Clans dargestellt hätte, wäre zu groß gewesen, um sie ertragen zu können, und diese überalterte Hülle eines Kriegers sollte verflucht sein, daß er es auch nur erwähnte.

»Neg!« raunzte sie zurück. »Der Fabrikenkomplex und Diana werden durch die Stärke unserer Krieger bestehen oder fallen. Ich werde beider Sicherheit niemals in die Hände niederer Kasten legen.«

»Darf ich dich daran erinnern, Sterncolonel Cara, daß einige Mitglieder dieser niederen Kasten ursprünglich zur Kriegerkaste gehörten?« Es dauerte ein paar Sekunden, Botschaft und Antwort über das Schlachtfeld weiterzuleiten. »Sie befinden sich nur in niederen Kasten, weil sie im Positionstest versagten.«

»*Ich sagte neg*, Sterncaptain!« schrie Cara, und vor Zorn überschlug sich ihre Stimme. »Wenn du es noch einmal *wagst*, meine Entscheidung anzuzweifeln, sehen wir uns im Kreis der Gleichen wieder, frapos?«

»Pos, Sterncolonel. Ich verstehe. Ich hoffe nur, deine Entscheidung verdammt uns nicht beide zum Tod in Schande.«

* * *

»Colonel, I' krriege hierrr ein gutes bit o'Störrungen. Ich wirrde sagen, die ganzen Lichterr un' Motorren un' Stahltrraiger un' Zeug lassen meine Sensorren duirrchdrrehen.«

Wenigstens brauchen wir den Funkverkehr nicht zu verschlüsseln, lachte Colonel William MacLeod bei sich, als er den schweren Akzent der eingehenden Meldung hörte. *Wir beiden verstehen einander zwar, aber ich habe doch große Zweifel, daß es noch irgendwer auf dieser Seite Glengarrys schafft.*

Tatsächlich hatten sich schon einige der Soldaten, die an der Seite der sturen Schotten der Northwind Highlanders kämpfen mußten, zum Teil mit Nachdruck darüber beschwert, kaum ein Wort von dem breiten, schnarrenden Akzent vieler Highlanders zu verstehen.

MacLeod selbst verfiel nur allzu leicht in denselben Dialekt, wenn er besonders erregt, wütend oder provoziert war.

»Tun Sie ihrr bestes, Sergeant. Denken Sie daran, unsere Informationen besagen, daß sich hier draußen der größte Teil eines Sternhaufens aufhält, un' bis jetzt haben wir nur ein paar Sterrne getroffen.« MacLeod sah auf den Taktikschirm und stellte fest, daß der Kommandeur der KundschafterLanze, mit dem er sich unterhielt, den Maschenzaun um die Fabrikanlage durchbrochen hatte, die das Angriffsziel der Highlanders war. »Halt die Augen offen, Boy. Ich trrau den Pardern nae weiter, als ich meinen Mech werfen kann. Die restlichen Sassenachs müssen hier noch irgendwo sein.«

William MacLeod war bis jetzt mit den Leistungen seiner Einheit sehr zufrieden. Sie waren exakt im Zeitplan angekommen, ohne einen heißen Abwurf riskieren zu müssen, und hatten den anfänglichen Clan-Widerstand vom Feld gefegt. Er grinste im Innern des Neurohelms, als er an die Parder-Kommandeure dachte, die versuchten, ihre Truppen zu koordinieren, ohne sich verständigen zu können, alles dank der einzigartigen Form der Störsendung seiner Highlanders. Dank Trent, der ihnen die taktischen Funkfrequenzen der Garnison Dianas verraten hatte, konnten die Nebelparder, die mit der Verteidigung der Fabriken beauftragt waren, nicht miteinander reden.

MacLeod hatte die Dudelsackspieler der Highlanders abgestellt, um die Frequenzen der Clanner mit den pfeifenden Klängen von *Sound the Pibroch* und *The Killicrankie* zu überlagern. Während die Highlander von dem Klang der Musik inspiriert wurden, konnte MacLeod sich gut vorstellen, daß die Parder-Kommandeure sich im wörtlichsten Sinne die Haare raufen mußten, weil die Dudelsackmusik jede Verständigung unmöglich machte.

»Dundee an alle Highlandereinheiten.« MacLeod

hatte als Kennung den Namen des Führers der ersten terranischen Jakobitenrebellion gewählt. »Gegen d'Fabrik vorrücken, aber haltet die Augen offen.«

»Kontakt! Kontakt!« Der aufgeregte Schrei hallte über die taktische Frequenz der Einheit wie das Knallen einer von einem Gerüst stürzenden Stahlplatte. »Dundee von Tartsche Eins. Ich habe Kontakt mit zahlreichen Feinden. Ich meine, jede Menge Feinde. Sie wachsen regelrecht aus dem bluidy Boden. Gruppe Tartsche greift an. Tartsche Eins bittet um sofortige Unterstützung.«

»Womit haben Sie zu tun, Tartsche Eins?« MacLeod sah wieder auf den Taktikschirm. Gruppe Tartsche, in Wahrheit eine Kompanie des 1. Bataillons seines Regiments, stand südwestlich der eigentlichen Fabrikanlage. Tartsche Eins war Captain Mitchell McClannaugh, der Kompaniechef. Die taktische Zuspielung von McClannaughs *Ballista* zeigte eine große Anzahl von Kontakten, die aus der großen Fertigungshalle schwärmte und die Söldner aus der Nähe attackierte.

Was für ein Schlamassel, dachte MacLeod. *Diese Kontakte sind zu klein für BattleMechs und zu groß für Elementare.*

»Dundee, ich habe Kontakt mit zwanzig oder mehr Feindeinheiten unbekannten Typs«, antwortete McClannaugh. »Ich kenn nae, was das ist. Zuerst dachte ich, es wären Elementare, aber sie sind größer als Kröten und schlagen härrter zu. Haen Sie Hilfe für uns?«

»Verstanden, Tartsche Eins, Hilfe ist unterwegs. Claymore, Sie sind am nächsten. Umschwenken auf Tartsches linke Flanke, dann habt ihr den Sassenach zwischen euch.«

Sassenach, eigentlich Sachse, war ursprünglich die Bezeichnung für die Engländer gewesen, die vor langer Zeit trotz der besten Bemühungen von Männern wie William Wallace und John Graham Claverhouse of Dundee Schottland in ihrem eisernen Griff gehalten hatten. Das Wort hatte inzwischen je nach Kontext die

Bedeutung Fremdweltler oder Feind, und auf die Nebelparder paßte es in beiderlei Hinsicht. Für die Highlander war es beinahe ein Schimpfwort.

»Dundee von Claymore Eins. Wir sind unterwegs, Sair.«

Bevor MacLeod antworten konnte, hallte erneut der Ruf »Kontakt!« in seinen Ohren. Diesmal war der Feind jedoch sehr viel näher. Genauer gesagt, unmittelbar vor ihm.

Es war ein Dutzend häßlicher Gestalten, zu groß und wuchtig für Elementare, aber gleichzeitig zu klein und schnell für BattleMechs. Sie wirkten wie Figuren aus einem Alptraum. Die gedrungene Maschine, die seinem *Hurone* am nächsten war, bewies, daß es kein schlechter Traum war, indem sie einen stummelförmigen Geschützlauf – so breit wie ihr Kopf – senkte und einen gewaltigen Stoß purer Energie auf MacLeods Mech abfeuerte. Der Laserschuß kochte einen beachtlichen Teil der Panzerung von der rechten Brustpartie des Stahlriesen.

Als Antwort richtete MacLeod den rechten Mecharm auf die davonhuschende Gestalt und löste das Grizzard-Gaussgeschütz im Unterarm aus. Die überschallschnelle Kugel zuckte auf den Angreifer zu, um ihn zu Staub zu zermalmen. Aber der pfeilschnelle Mini-Mech war nicht mehr da, als die Gausskugel eintraf. Er bewegte sich mit solcher Geschwindigkeit, daß MacLeod Mühe hatte, sein Ziel anzuvisieren. Der kopfgroße Nickel-Eisen-Ball krachte in das Stahlbetonpflaster des Fabrikgeländes und schleuderte graue Brocken stahlverstärkten Betons umher wie Schrapnell. Der Highlander-Colonel versuchte, die feindliche Maschine mit einer Impulslasersalve einzuholen, aber der Clanner war so schnell, daß die Torsodrehung des Kampfkolosses nicht mitkam. Die Lichtwerferimpulse schlugen in eines der Fabrikgebäude ein und hinterließen eine Serie qualmender Einschußlöcher.

Wieder feuerte der Miniatur-BattleMech. Diesmal arbeitete seine Geschwindigkeit gegen ihn, und der schlecht gezielte Laserstrahl zuckte mehrere Meter an MacLeods *Hurone* vorbei. Der Highlander wirbelte den Mech herum und gab eine Stakkatosalve aus dem Impulslaser ab. Die zuckenden Energieblitze, eigentlich unsichtbar, aber durch den Qualm und Staub in der Luft des Fabrikkomplexes sichtbar gemacht, schlugen in die Beine des kleinen Angreifers ein. Das Mechlein stolperte, stürzte aber nicht. Statt dessen feuerte der Pilot einen dritten Schuß aus seinem Laser ab.

Der schwere Energiestoß aus kohärentem Licht verwüstete das linke Bein des *Hurone* und ließ MacLeod in der Verfolgung seines winzigen, aber gefährlichen Gegners kurz stolpern. Gerade dieses Stolpern aber führte zur Vernichtung des Miniatur-Mechs. Während er sich bemühte, den heftig wankenden Mech auf den Beinen zu halten, löste MacLeod eine wilde Breitseite aus allen Geschützen des *Hurone* aus. Zwei Laserschüsse jagten an dem Clanner vorbei in die Wand einer Lagerhalle, aber die kaum gezielte Gausskugel traf ins Schwarze. Das schwere Metallgeschoß traf den Parder am Oberkörper und zerschmetterte die gegnerische Maschine, von der nur ein Schrottklumpen übrigblieb.

Tod und Teufel! MacLeod stand vor entsetztem Staunen der Mund offen. *Es hat eine verdammte Gausskugel gebraucht, diesen gepanzerten kleinen Boggart zu erledigen.*

Rings um ihn herum waren die Mitglieder seiner BefehlsKompanie in Nahgefechte mit den kleinen, mechähnlichen Maschinen verwickelt. Aber andere Parder-Einheiten waren im Anmarsch, und diese Neuankömmlinge steuerten die größeren, schlagkräftigeren Vettern der Verteidiger.

»Dundee an alle Einheiten, auf Position Gruppe Schiltron zurückfallen. Es sind Parder-Mechs im Anmarsch, und wir müssen uns neu gruppieren. Ich wiederhole, zurückfallen auf Position Gruppe Schiltron.«

* * *

Einige Stunden später legten sich die Kämpfe in und um Pahn City. MacLeod gruppierte seine Einheit erfolgreich neu und startete einen frischen Angriff auf den Fabrikenkomplex. Fünfzehn Nebelparder-MechKrieger wurden zu den Kerenskys geschickt, zusammen mit einem Dutzend der Miniatur-BattleMechs, die bei den Highlanders nach einer besonders widerlichen Art keltischen Kobolds den Namen Boggart bekommen hatten.

Die Piloten dieser halbgroßen Mechs waren dünn und drahtig. Sie ähnelten mehr den Clan-Luft/Raumpiloten als den riesenhaften Elementaren oder MechKriegern. Dunkelblaue geometrische Figuren zogen sich wie kantige Tätowierungen über ihre Arme, Beine und Gesichter. Für die Bergungsmannschaften war offensichtlich, daß zum Lenken der Miniaturmaschinen ein Neuralimplantat notwendig war, dessen subkutane Schaltkreise den Tätowiereffekt hervorriefen.

Als Colonel MacLeod von der Bergung der Boggarts erfuhr, gab er Anweisungen an alle Bergungsteams der Highlanders durch, von nun an so viele der kleinen Kampfmaschinen sicherzustellen, wie irgendwie machbar war. Die Teams von BattleMechs unterstützter Infanteristen, die den Fabrikkomplex von den letzten Widerstandsnestern der Nebelparder säuberten, erhielten entsprechend Order, den Komplex selbst so intakt wie möglich zu belassen. Sämtliche Baupläne, Datenmaterialien oder Steuerprogramme mit Bezug auf die Miniatur-BattleMechs sollten aufgespürt und sichergestellt werden. Schließlich wurden noch drei der Highlander-Landungsschiffe herunterbeordert, um die geborgenen Kampfmaschinen abzuholen.

In MacLeods Stimme lag kein Triumph über seinen Fischzug, als er die Befehle gab. Er reichte das Handmikro zurück an den KommTech und ließ sich schwer gegen die gepanzerte Seitenwand des Highlander-HQ-Mobils fallen. Auf der anderen Seite des schmalen

Stahlbetonstreifens, der die Grenze des Pahn-City-Fabrikgeländes markierte, sah er die dunklen Silhouetten eines Bestattungskommandos schwere Bündel zum Waldrand tragen, wo sie beigesetzt werden sollten. Mindestens dreißig der Körper in den Leichensäcken gehörten zu seinen Leuten. Er hatte keine genauen Zahlen darüber, wie viele Nebelparder bei dem Kampf um die Fabriken getötet worden waren.

Von seiner Position außerhalb des Hauptverwaltungsgebäudes der Anlage konnte MacLeod das ständige metallische Knallen und Scheppern aus einer der großen Mechfertigungshallen ein paar Dutzend Meter entfernt hören. Im Gegensatz zu Soldaten ließen sich Mechs reparieren.

MacLeods Bericht an General Winston enthielt die unbeschönigte Mitteilung, daß die Highlanders angesichts der Verluste an Menschen und Maschinen einem erneuten Vorstoß von Parder-BattleMechs standhalten konnten, den Komplex aber würden aufgeben müssen, sollte der Gegner mit einer größeren Streitmacht anrücken.

21

Operationsgebiet Tollwütige Füchse
In der Nähe des Falkenhorsts, Östliche Berge, Diana Kerensky-Sternhaufen, Clan-Raum

12. März 3060

Sicher zum zehnten Mal, seit er in dem von Felswänden eingerahmten Versteck über der Jadefalken-Installation namens Falkenhorst angekommen war, löste Sergeant Henry Kramer sich von den Okularen des leistungsstarken ›Big Eyes‹-Überwachungsfernglases. Die hochmoderne elektronische Einheit kombinierte alle Eigenschaften eines hochauflösenden Fernglases hoher Vergrößerung, Lichtverstärkers, Infrarotsichtgeräts und Holorecorders. Außerdem ließ sich das Gerät mit einem kleinen tragbaren Zielerfassungsgerät koppeln, ähnlich den Zielerfassungssystemen, die in BattleMechs und anderen Kampffahrzeugen benutzt wurden. Natürlich war dieses Gerät nicht so exakt wie die Mechsysteme, und seine Reichweite war deutlich eingeschränkt, aber das Tornister-ZES erweiterte das so schon beachtliche Arsenal der Tollwütigen Füchse um eine weitere Waffe.

Unglücklicherweise verursachte das Starren auf den winzigen Videobildschirm nach etwa zehn Minuten eine Ermüdung der Augen. Nach fünfzehn Minuten führte diese Ermüdung zu einem Verschwimmen der Sicht und scharfen, bohrenden Schmerzen hinter den Augen. Die Auswirkungen waren besonders unangenehm, wenn man die Lichtverstärkung oder Thermaloptik benutzte, wie Sergeant Kramer soeben feststellen mußte. Er und seine Teamkameraden waren seit über fünf Stunden auf Posten und beobachteten den Horst auf Anzeichen hin, daß die Jadefalken sich an der Verteidigung Dianas beteiligen wollten. Bis jetzt hatte Kramers angestrengte Überwachung der Basis ihm wenig mehr als juckende Augen und stechende Kopfschmerzen eingetragen. Das etablierte Anwendungsverfahren für ›Big Eyes‹ sah vor, daß man das Gerät mehrere Minuten benutzte und anschließend ebenso lange seine Augen ausruhte. Üblicherweise lösten sich Fünf-Mann-Überwachungsteams in Zehn-Minuten-Schichten ab, so daß jeder der Kommandosoldaten Gelegenheit hatte, sich von dem Starren auf den grellen Bildschirm wenige Zentimeter vor seinen Augen zu erholen.

Unglücklicherweise waren die Fox-Teams rund um den Falkenhorst so dünn gesät, daß die zu erwartende Dauer ihres Einsatzes ihnen einen solchen Luxus nicht gestattete. Daher mußte jedes Mitglied des aus fünf Mann bestehenden Überwachungsteams dreißig Minuten an den ›Big Eyes‹ durchhalten, indem er abwechselnd durch das Gerät starrte und seine Augen ausruhte, indem er das Gelände ohne die Hilfe des elektronischen Spions absuchte.

General Winston hatte auf den Rat des geheimnisvollen Trent hin entschieden, daß die Tollwütigen Füchse den Falkenhorst nur während der ersten vierundzwanzig Stunden der Invasion unter intensiver Überwachung zu halten hatten. Es schien allgemein akzeptiert zu sein, daß die Jadefalken sich außer auf Grund einer direkten Provokation – wenn überhaupt – nur innerhalb dieser Periode in die Verteidigung des Planeten einmischen würden.

Allerdings waren die Falken als einer der aggressiveren Clans bekannt, und dementsprechend konnten die Überwachungs- und Bewachungsteams von der Falkenhorstgarnison durchaus ein paar Demonstrationen erwarten. Winston hielt es für unwahrscheinlich, daß die Falken die Fox-Teams gezielt angreifen würden. Statt dessen ging sie davon aus, daß die Clanner ihre Truppen bis hart an die Außengrenze des Stützpunkts bewegen und möglicherweise sogar die Geschütze auf die Stellungen der Tollwütigen Füchse richten würden. Im Grunde war es das alte Spiel von Katz und Maus. Ein Spiel, daß verfeindete Kräfte seit Beginn der organisierten Kriegsführung miteinander spielten.

Bisher war die einzige Aktivität, die Kramers Leute im Innern des Horstes bemerkt hatten, eine gelegentliche Bewegung einzelner Clanner von einem Gebäude in ein anderes gewesen. Sie hatten ein paar gepanzerte Elementare und Trupps gewöhnlicher, ungepanzerter Infanteristen gesehen. Aber noch hatten die Tollwütigen Füchse nicht einen einzigen Jadefalken-OmniMech zu Gesicht bekommen.

* * *

»Dort, sehen Sie ihn?«

»Wo?«

»Dort unten, zwischen den Felsen, etwa fünf Meter links von der kleinen Gruppe Sträucher.« Die geflüsterte Unterhaltung trug keine drei Meter weit.

Ohne daß Sergeant Kramer es ahnte, *wurde* er von zwei Paar Augen beobachtet, wenn auch nicht aus dem Falkenhorst. Zwei Nebelparder-Wissenschaftler, die auf der Suche nach unentdeckten Erzvorkommen durch die Östlichen Berge zogen, hatten fünf lautlose schwarze Schatten bemerkt, die über eine Felslichtung schlichen. Ihre Neugierde hatte die Angst überwunden, und die Planetologen waren den dunklen Gestalten gefolgt, als sie sich durch das zerklüftete Gelände dem Falkenhorst näherten. Wissenschaftler Gary, der jüngere der beiden, war der Ansicht, den Testlauf einer neuen Art Elementarpanzer zu beobachten, der möglicherweise für die Wache entwickelt wurde.

Vito, der ältere des Paares, widersprach. Er war einst Mitglied der Kriegerkaste gewesen, bis er bei seinem Positionstest schwer verwundet worden war. Durch sein Versagen im Test und die Verletzung hatte er sich den Gesetzen des Clans zufolge als für die Kriegerkaste ungeeignet erwiesen. Aber obwohl er einer niederen

Kaste zugeteilt worden war, hatte er sich das Interesse an Militärbelangen bewahrt und war mit den meisten neuen Systemen vertraut, die der Clan entwickelte. Er hatte von einem Programm zur Entwicklung leichter Gefechtspanzer, die zum Ersatz oder der Verstärkung der Elementartruppen eingesetzt werden sollten, nichts gesehen oder gehört. Nein, schloß er, bei diesen schwarzgepanzerten Gestalten mußte es sich um etwas anderes handeln.

Zunächst nahm er an, daß die gepanzerten Krieger Jadefalken seien. Vielleicht arbeiteten *die* an neuen, leichten Elementarpanzern. Aber als die schattengleichen Gestalten Positionen *außerhalb* des Falkenhorstes bezogen, wurde ihm klar, wer sie waren. Diese Eindringlinge waren Fremde, die in Stellung gingen, um die Jadefalken zu beobachten. Aber um wen konnte es sich handeln? Mitglieder eines anderen Clans? Nein. Kein ClanKrieger hätte sich zu Heimlichtuerei und verdeckter Überwachung herabgelassen. Wenn irgendein Clan-Kommandeur hätte herausbekommen wollen, was die Falken taten, hätte er einen Besitztest erklärt und ein Batchall ausgesprochen.

Konnten es Mitglieder der Banditenkaste sein? Wieder lautete die Antwort nein. Banditen konnten kaum an Mechs kommen, geschweige denn an Gefechtspanzer mit Tarnfähigkeiten.

Ein Gefühl eisigen Schreckens durchzuckte Vito, als er die letzte mögliche Erklärung fand. Er hatte Gerüchte über dreckige Spione aus der Inneren Sphäre gehört, die auf dem Weg zu den Heimatwelten herumschlichen und den Weg zu den Clan-Heimatwelten ausspionierten. Dieses Ungeziefer konnte sich nicht unbemerkt bis nach Diana vorgearbeitet haben. Und selbst wenn doch, wären sie von der Kriegerkaste gestellt und ausgelöscht worden. Aber die Anwesenheit der kaum sichtbaren Gestalten dort unten im Schatten des Falkenhorstes strafte Vitos Argumentationskette Lügen. Wenn diese Eindringlinge keine Clanner waren, konnten sie nur aus der Inneren Sphäre stammen.

Er zog eine kleine Holokamera aus dem Rucksack und zeichnete die kaum erkennbaren Eindringlinge auf. Wenn er ihre Anwesenheit meldete, wollte er handfestere Beweise vorlegen können als das Wort eines durchgefallenen Kadetten. Vito haßte es, so von sich zu denken, aber ihm war klar, daß der Rest der Parder-Gesellschaft ihn exakt so sah. Er gab sich keinerlei Illusionen hin, daß diese Entdeckung und die Meldung der Eindringlinge irgend etwas an seinem Status ändern konnte. Sein Handeln war nicht mehr und nicht weniger, als sein Clan von ihm erwartete.

* * *

Fünf Stunden später erläuterte Vito ebendiesen Gedankengang Elementar-Sterncaptain Tullain. Wie Vito gehörte auch Tullain nicht gerade zur Elite der Parder-Gesellschaft. Der Offizier war einmal ein Elementar-Sterncolonel in vorderster Front gewesen, aber jetzt war er fast vierzig und gehörte längst zum alten Eisen. Als älterer Krieger war er nach der Schlacht um Tukayyid zu Solahma erklärt und zurück nach Diana versetzt worden, wo er den Rest seines Lebens in unbeachteter Nutzlosigkeit absitzen konnte, als bloßer Sterncaptain mit Befehl über andere Solahma-Elementare der Lutera-Garnison.

Als die Flotte der Inneren Sphäre über Diana erschien, betrachteten die Solahma-Krieger den Angriff mit gemischten Gefühlen. Ihre vorherrschende, selbstverständliche Reaktion war Zorn. Die zweite war ein seltsames Gefühl der Dankbarkeit. Durch den Barbarenangriff auf die Parder-Heimatwelt erhielten diese Krieger, die der übereinstimmenden Meinung ihres Clans zufolge ihre nutzbringende Zeit hinter sich hatten, eine letzte Chance, so zu sterben, wie es sich für einen Krieger geziemte, nämlich im Kampf. Aber zu Tullains Schande hatte Galaxiscommander Russou Howell seinen Stern als Reserve zurückgehalten, die nur zum Einsatz vorgesehen war, falls die MechKrieger, die Lutera verteidigten, Verstärkung brauchten oder die Barbaren die Hauptstadt in der Flankenbewegung von Süden oder Osten attackierten. So kam es, daß die Wissenschaftler des planetologischen Forschungsteams bei ihrer Rückkehr in die Parder-Hauptstadt zuerst auf Tullains Einheit traf.

Tullain hatte ein kleines Bürogebäude im südöstlichen Viertel der Stadt als Kommandostelle requiriert. Hier präsentierten die Wissenschaftler ihm ihre Informationen.

Im Gegensatz zu Wissenschaftler Vito war Tullain noch Mitglied der Kriegerkaste und verlangte dadurch untertänigen Respekt von Mitgliedern niederer Kasten. Seine Verachtung für Vito kam deutlich in Körpersprache und Tonfall zum Ausdruck, als er auf die winzigen dreidimensionalen Projektionen starrte, die dessen Holokamera erzeugte.

»Es scheint also, daß die Surats aus der Inneren Sphäre auch Interesse an den Jadefalken zeigen«, murmelte Tullain. Er mußte die Augen etwas zukneifen, um die Details des Hologramms zu erkennen, das Wissenschaftler Vito ihm gebracht hatte.

»Zu diesem Schluß bin ich ebenfalls gekommen, Sterncaptain Tullain«, nickte Vito zustimmend. »Die Truppen der Inneren Sphäre scheinen eine Art Sonderkommando zu sein. Sie hatten reichlich Beobachtungsgeräte dabei, aber kaum schwere Mechabwehrwaffen.«

Tullains Kopf zuckte in einer ärgerlichen Geste auf. Vito war kein Krieger. Er sollte aufhören zu versuchen, sich wie einer aufzuführen. Aber Tullain brachte sich schnell wieder unter Kontrolle. »Du hast Clan Nebelparder gut gedient, Wissenschaftler Vito. Ich werde dafür sorgen, daß deine Vorgesetzten einen vollen Bericht erhalten. Aber merke dir, daß ich nichts von bloßen Wissenschaftlern halte, die Krieger nachäffen, ebensowenig wie von deinem ungenehmigten Interesse an militärischen Angelegenheiten.«

»Pos, Sterncaptain«, nickte Vito. »Ich werde es mir merken.«

»Du kannst gehen.«

Als der Wissenschaftler die Tür hinter sich ins Schloß zog, winkte Tullain einem Tech, der in einer Ecke des Zimmers saß, einen Kommset auf dem Kopf. »Tech Jesse, verbinde mich mit Galaxiscommander Russou Howell. Anschließend rufst du Strahlen Alpha und Bravo an. Sie sollen sich für einen Abmarsch in fünf Minuten fertigmachen. Sag ihnen, wir ziehen in die Berge. Während die Surats aus der Inneren Sphäre damit beschäftigt sind, die Jadefalken zu beobachten, werden wir sie überraschen. Wir werden ihnen und dem Nebelparder beweisen, daß wir noch immer Krieger sind.«

* * *

Ein dumpfes Klopfen erregte Sergeant Kramers Aufmerksamkeit und riß ihn aus dem Halbschlaf. Kramers Schicht war seit fast einer Stunde vorbei, und ganz allmählich legten sich die Kopfschmerzen, die seinen Schädel nach der Arbeit an den ›Big Eyes‹ wie in einer Schraubpresse zu spalten gedroht hatten.

»Sarge, ich bin's«, flüsterte Private Luis Daltezze drängend. Das Geräusch, das Kramer aufgeweckt hatte, war das leise Klopfen des Privates auf die Brustplatte seines Krötenanzugs gewesen.

»Was?« Kramer senkte den Lauf der schallgedämpften Imperator-Maschinenpistole, die er in Anschlag gebracht hatte, noch bevor er ganz wach gewesen war.

»Gerade sind die Erschütterungsmelder angesprungen. Wir zeichnen Bewegung, und zwar eine Menge. Etwa fünfhundert Meter südöstlich.«

»Mechs?«

»Hn-nh«, verneinte Daltezze. An der minimalen Bewegung des Krötenpanzers erkannte Kramer, daß der Kommspezialist den Kopf schüttelte. »Dafür ist der Ausschlag zu klein, und es sind zu viele. Ich würde sagen Elementare, etwa zwei Strahlen. Sie scheinen hierher unterwegs zu sein.«

Kramer fluchte. Wenn der Erschütterungsmelder tatsächlich Elementare bemerkt hatte, bestand eine gute Chance, daß sie wußten, wo sich sein Beobachtungsteam befand – und kamen, um sie anzugreifen. In diesem Fall mußte sein Team abrücken, den Beobachtungsposten aufgeben und die riesenhaften Clan-Krieger vom Rest der Füchse weglocken. Um die Geheimhaltung der Mission nicht zu gefährden, konnte er nicht einmal riskieren, Captain Montjar oder Lieutenant Fuentes eine Warnung zukommen zu lassen. Er fluchte erneut.

»Zurück an die Sensoren, Daltezze. Laß es mich wissen, wenn die Kontakte näher kommen oder größer werden. Und schick Whitman rüber.«

Augenblicke später schob sich eine andere getarnte Gestalt in Kramers Versteck. Private Stacey Whitman war der Scout seines Teams und für die Aufgabe, die Kramer vorschwebte, am besten geeignet.

»Also«, setzte er an. »Wahrscheinlich hat man uns entdeckt. Daltezze hat mehrfache seismische Ortungen, schätzungsweise zwei Strahlen Elementare, und er glaubt, daß sie hierher kommen. Wir werden uns in Bewegung setzen müssen. Den Funk können wir nicht einsetzen, und über eine direkte Sichtverbindung zum Einsatz der Kommlaser verfügen wir nicht. Ich möchte, daß du rüber zu Lieutenant Fuentes gehst und ihn informierst, daß wir abziehen mußten. Sag ihm, wir locken die Elementare von seiner Position fort. Wenn wir sie erledigen können, schwenken wir hierher zurück und nehmen die Beobachtung wieder auf. Wenn nicht, versuchen wir uns zu der nächstgelegenen unserer Einheiten durchzuschlagen. Wie auch immer, ich melde mich, sobald es möglich ist. Verstanden?«

Whitman gab zu erkennen, daß sie die Situation begriffen hatte.

»Gut, ausrücken.«

Als Whitman aus der natürlichen Höhle in der Felswand rutschte und sich auf den Weg zum Befehlsposten von Team Vier machte, packte Kramer seine Waffe und ging hinüber zu dem Felsüberhang, unter dem Daltezze seine Ortungsgeräte aufgebaut hatte.

»Und?«

»Definitiv Kröten, Sarge«, meldete Daltezze. »Und sie bewegen sich in gerader Linie hierher. Ich zähle zehn Elementare, keine BattleMechs.«

»Wenigstens etwas.« Kramer stierte auf die zackigen Linien, die über den Monitorschirm liefen. Er kannte die Grundlagen der Ortungstechnik, das gehörte zur Grundausbildung aller Tollwütigen Füchse. Aber die Feinheiten der Deutung und Interpretation der Sensordaten waren ein Spezialgebiet. Als der KommTech des Teams war Daltezze mit den elektronischen Spürgeräten bestens vertraut. Wenn er sagte, daß die Spuren von gepanzerter Clan-Infanterie stammten, dann war es auch so. »Wie nahe?« fragte er.

»Nah«, antwortete Daltezze. »Nur noch dreihundert Meter. Und sie kommen immer noch näher.«

»Dann war es das. Länger können wir nicht warten«, entschied Kramer. »Dal, bereite deine Monitore zur Sprengung vor. Wir wollen nicht, daß die Clanner unsere Sensorsysteme in die Finger kriegen. Mach die Ladungen erst scharf, wenn wir abmarschbereit sind. Ich gehe runter zum Operationsposten, um Mitts und Santone zu holen.«

Es sprach für Privates Mitts und Santone, daß sie sich nicht von der natürlichen Reaktion leiten ließen, nach dem Wie und Warum zu fragen, als Sergeant Kramer ihnen mitteilte, daß ihr Beobachtungsteam die Zelte abbrechen mußte. Die Soldaten packten einfach zusammen, was sie tragen konnten, und brachten am gesamten Rest Thermitladungen an.

Als sie wieder an der Sensorstation ankamen, hatte Daltezze seine Systeme schon ausgeschaltet und zur Sprengung vorbereitet. Auf Kramers Zeichen riß der Elektronikspezialist die Sicherungsringe aus zwei M-95-Zündkapseln. Die kurzen graugrünen Lunten, die an den Gußmetallzylindern befestigt waren, brauchten dreißig Sekunden, um abzubrennen und ein Paar Thermitgranaten zu zünden, die mit ›1000-km/h-Band‹ an der Ortungskonsole befestigt waren. Jeder der Zylinder wog knapp unter einem Kilogramm, und bei seiner Detonation würde ein weißglühender Flammenstrahl aus dem Boden und in das Objekt schießen, zu dessen Vernichtung er verwendet wurde. Unter Idealbedingungen war nur eine Brandladung nötig, um die empfindliche Elektronik der Konsole zu zerschmelzen. Tollwütige Füchse waren jedoch darauf trainiert, sich nie auf ›Idealbedingungen‹ zu verlassen.

Zur Sicherheit hatte er zusätzlich noch eine der wenigen Richtminen des Teams als Hinterhalt gelegt. Falls die Thermitgranaten aus welchem Grund auch immer nicht zündeten und die ClanKrieger die Überwachungsstation fanden und sich daran zu schaffen machten, würde die kleine, leicht gekrümmte Plastikschachtel explodieren und den Felsüberhang mit Hunderten von Stahlpfeilen spicken. Es war zweifelhaft, ob die gehärteten Stahlpfeile es vermochten, durch die dicken Panzer der Elementare zu dringen. Aber die bloße Explosion der Mine auf so engem Raum würde den Menschen im Innern des Anzugs betäuben oder vielleicht sogar verletzen. Gleichzeitig würden die Hochgeschwindigkeits-›Nägel mit Stabilisatoren‹ die Helmfenster der Elementare zerkratzen und ihnen die Sicht erschweren. Außerdem würden sie in die Gelenke zwischen den beweglichen Teilen der Krötenpanzer eindringen und sie blockieren. Und vielleicht würde die Mine die Sensoreinheit sogar komplett zerstören.

Sobald Daltezze die qualmenden Zünder fallen ließ, hasteten die Sternenbund-Kommandosoldaten aus dem Versteck. Sie hielten sich geduckt und bewegten sich so schnell sie es wagten, wobei sie sich auf die elektronische Tarnvorrichtung und die IR-Unterdrückung der Anzüge verließen. Es gab nur einen möglichen Fluchtweg, nämlich genau nach Westen, zwischen den anrückenden Nebelpardern und den Felsgipfeln der Östlichen Berge hindurch. Sie bewegten sich im Gänsemarsch, mit einem Abstand von ungefähr fünf Metern zwischen den einzelnen Team-Mitgliedern, so daß eine einzelne Rakete oder ein Feuerstoß nicht mehr als einen von ihnen treffen konnte.

Private Mitts ging voraus, dann kam Sergeant Kramer. Santone folgte dem Teamchef. Er trug die einzige Mechabwehrwaffe des Teams, einen schweren KSR-Werfer. Der Waffenspezialist verfügte über vier Magazine für die wuchtige Waffe, davon ein Magazin mit zwei Raketen, deren Sprengköpfe mit Napalm gefüllt waren. Diese bei Infanterie und MechKriegern gleichermaßen als Inferno bekannten Geschosse fügten der Panzerung oder den internen Systemen eines Mechs keinen direkten Schaden zu, sondern überzogen die Maschine mit einer klebrigen Schicht lodernd brennenden Petroleumgelees. Das Prinzip dieser Waffe bestand nicht darin, die Maschine zu zerstören, sondern sie auszuschalten, indem ihre Betriebstemperatur dermaßen in die Höhe getrieben wurde, daß der Bordcomputer sie abschaltete.

Aus gutem Grund gehörten Infernos zu den gefürchtetsten Waffen auf dem Schlachtfeld. Ab und zu wurde ein MechKrieger durch Treffer mit Infernoraketen buchstäblich in seiner Pilotenkanzel gebraten. Und nicht nur Gewicht und Sperrigkeit verhinderten, daß

Infernos häufiger in den Munitionsmagazinen auftauchten. Ein x-beliebiger Zufallstreffer, der das Raketengehäuse durchschlug, konnte den Sprengkopf zünden und den Raketenschützen in eine lebende Fackel verwandeln. Trotzdem gab es Infanteristen wie Private Santone, in deren Auge die Effektivität von Infernogefechtsköpfen deren Gefahren aufwog.

Das Schlußlicht der Kolonne bildete Private Daltezze. Er blieb alle paar Meter stehen und drehte sich halb zurück, um das Gelände hinter der Gruppe abzusuchen. Als er keinen Hinweis auf Verfolger entdeckte, ging er weiter.

Dreißig Sekunden nach ihrem Aufbruch zerschnitten vier scharfe Knalle die Nachtluft. Obwohl sie die Explosionen erwartet hatten, warfen die Mitglieder des Zweiten Zugs, Fox-Team Vier, sich flach auf den Boden, als lägen sie unter plötzlichem Feindbeschuß. Sergeant Kramer richtete sich vorsichtig auf einen stahlummantelten Ellbogen auf und blickte zurück zum Beobachtungsposten des Teams. Auf dem elektronisch unterstützten Sichtschirm sah er den hellen Glanz des abbrennenden Thermits, als die Brandbomben die von den abziehenden Kommandosoldaten zurückgelassene Ausrüstung vernichteten. Sobald er sicher war, daß die Parder-Elementare ihre Aufmerksamkeit auf das brennende Versteck richteten und nicht Ausschau nach seinen flüchtenden Soldaten hielten, gab er das Zeichen weiterzumarschieren.

Sie kamen nur schmerzhaft langsam voran. Etwa alle zwölf Meter war das Team gezwungen, über große Felsbrocken zu klettern, die ein längst vergessener Steinschlag auf ihrem Weg deponiert hatte. Zweimal machten Kramers Leute eine Pause, um das Gelände hinter sich angestrengt abzusuchen. Beide Male entdeckten sie die schwachen Wärmesignaturen der riesigen feindlichen Krötenpanzer, die trübe vor dem schwarzen, kalten Hintergrund der felsigen Östlichen

Berge glänzten. Mit jedem Halt kamen die Elementare näher. Bei der Geschwindigkeit, mit der die gepanzerten Clanner aufholten, rechnete Kramer sich für sein Team zwei, maximal zweieinhalb Stunden aus, bis die Elementare so dicht heran waren, daß die gutgetarnten Kommandosoldaten ihnen nicht mehr entgehen konnten.

Kramer wollte, daß die Elementare die Spur seines Teams aufnahmen, damit er die Parder von den übrigen Tollwütigen Füchsen weglocken konnte. Er hatte sogar einen Plan ausgearbeitet, wie er die gepanzerten Riesen veranlassen konnte, sie zu verfolgen. Der erwies sich allerdings als überflüssig. Noch bevor der schwache Glanz der zerstörten, nachglühenden Überwachungsausrüstung verblaßt war, hatten die Elementare die Spur seines Teams schon entdeckt. Die Kommandosoldaten selbst hatten sie vermutlich nicht gesehen, weil die Tarnvorrichtungen der Krötenanzüge dafür viel zu gut waren. Vielmehr durfte einer der Parder-Krieger einen Fußabdruck, einen Kratzer an einem Felsen oder eine andere physische Spur entdeckt haben, die von der Passage des Trupps kündete. Kramer hatte seine Männer angewiesen, sich nicht allzusehr vorzusehen, keine Spuren zu hinterlassen. Er hatte allerdings auch nicht erwartet, daß der Gegner die Spur so schnell aufnehmen oder seinem Team so dicht auf den Fersen sitzen würde. Schweigend gab er Private Mitts ein Zeichen weiterzugehen.

Auf ihrem Weg über das Felsenplateau untersuchte Kramer den Boden, analysierte jeden Felsen, jeden Strauch, jede Lichtung. Beinahe automatisch formulierte, bewertete und verwarf sein Verstand Pläne für Hinterhalte, in denen sie den hartnäckigen Verfolgern auflauern konnten.

Schließlich schafften die Kommandosoldaten es nicht länger, einen ausreichenden Vorsprung vor den Clan-Infanteristen aufrechtzuerhalten. Sie waren erschöpft.

Wenn sie noch weiter marschierten, würden die Füchse nicht mehr in der Lage sein, einen effektiven Hinterhalt für ihre Verfolger zu legen.

In einem flachen, felsigen Engpaß gab Sergeant Kramer das Zeichen, und die vier gepanzerten Kommandosoldaten hielten an. Der von Ost nach West über den südlichsten Kamm der Östlichen Berge führende Paß war zu breit für Kramers Geschmack – und die Felsenhänge auf beiden Seiten zu flach –, aber er hatte keine Wahl. Die Elementare, die sie verfolgten, kamen zu schnell näher, als daß sein Team genug Zeit für die Suche nach einem geeigneteren Ort für einen Hinterhalt gehabt hätte.

Hastig legten sie die letzten ihrer Richtminen aus und plazierten sie so, daß sie ein möglichst großes Gebiet abdeckten. Danach lief das Team dreihundert Meter weiter, bevor es den Weg verließ – ohne jedoch anzuhalten. Statt dessen schlugen sie einen Haken und kehrten in eine Position zurück, aus der sie den Engpaß beobachten konnten, in dem sie ihre Minen ausgelegt hatten. Das Team verteilte sich. Jeder von ihnen suchte sich die seiner Meinung nach beste verfügbare Schußposition, wobei sie darauf achteten, mindestens fünf Meter Abstand zu den anderen zu halten. Dann warteten sie.

Es schienen Stunden zu vergehen, während die Kommandosoldaten schweigend dasaßen und darauf warteten, daß die Elementare den Engpaß betraten. Sie hatten schon den Eindruck, als wollte der Feind überhaupt nicht mehr auftauchen, und allmählich machte sich Unruhe breit. Insgeheim wünschte Sergeant Kramer sich, mehr Zeit zusammen mit den Draconis Elite-Sturmtruppen verbracht zu haben. Die draconischen Entsprechungen der Tollwütigen Füchse schienen über eine unendliche Geduld zu verfügen, die sich im Bruchteil einer Sekunde in wilder, tödlicher Aktion entladen konnte. Langsam glaubte er, die Elementare hätten die

Spur verloren oder den Hinterhalt irgendwie umgangen, ohne die Minen auszulösen oder von den wartenden Kommandosoldaten bemerkt zu werden.

Dann erregte eine winzige Bewegung seine Aufmerksamkeit.

Da. Am Rand der Feuerzone. Eine Stahlkralle hakte sich über einen Granitvorsprung. Langsam, vorsichtig, sah der Elementar, dem die Kralle gehörte, um den Felsen, als spüre er mit einer Art sechstem Sinn, daß er am Rande tödlicher Gefahr stand. Lange Sekunden suchte er das Gebiet vor sich ab. Das mehrläufige Maschinengewehr am linken Unterarm bewegte sich hin und her, strich den gesamten Paß ab.

Er fällt nicht drauf rein, dachte Kramer, als der gepanzerte ClanKrieger sich standhaft weigerte, die Deckung des Felsens zu verlassen. Er ignorierte die schallgedämpfte Maschinenpistole über der Schulter des Krötenanzugs und hob das Thunderstroke-Gaussgewehr, das er für den Kampf gegen Elementare bekommen hatte. Er stützte den Lauf der Waffe auf den breiten Felsen, hinter dem er in Deckung lag, und richtete das Hightechgewehr auf den Feind.

Das Thunderstroke kam zwar nicht an die Durchschlagskraft eines BattleMech-Gaussgeschützes heran, aber auch das Gewehr beschleunigte mit Hilfe einer Serie leistungsstarker Elektromagneten einen gehärteten Stahlpfeil auf mehr als doppelte Schallgeschwindigkeit. Das Geschoß konnte selbst Elementarpanzer durchschlagen, wenn der Treffer richtig plaziert war. Die Waffe war an die Zielschaltkreise des Krötenpanzers angepaßt, und automatisch erschien ein leuchtend rotes Fadenkreuz vor seinen Augen. Vorsichtig richtete er den Lauf auf den schmalen Winkel des Sichtfensters im Helm des Elementars und spannte den Finger um den Abzug.

Bevor er feuern konnte, setzte der Nebelparder sich in Bewegung. Kramer ließ den Abzug des Thunderstroke überrascht los. Immer noch mit äußerster Vorsicht trat der Elementar in den Engpaß. Das Maschinengewehr schwenkte von einer Seite zur anderen, und die gleichmäßige Bewegung verriet dem Sergeant, daß der gepanzerte Riese noch immer aktiv nach einer möglichen Gefahr Ausschau hielt. Wenige Sekunden später erschien ein zweiter Elementar ebenso wachsam im Schußfeld des Fox-Teams, dann ein dritter. Bald darauf schlich sich ein ganzer Strahl der gewaltigen genmanipulierten Infanteristen durch den Hohlweg. Wenn die Füchse noch länger warteten, würde der vorderste der ClanKrieger das Schußfeld verlassen.

Kramer zielte sorgfältig auf den dritten Elementar in der kurzen, gestaffelten Marschreihe. Sofern sich die Clanner an die typische Infanterie-Gefechtsdoktrin hielten, waren die beiden ersten Kröten einfache Soldaten. Der dritte Mann war aller Wahrscheinlichkeit nach der Strahlcommander. Er plazierte das leuchtende Fadenkreuz nur ein bis zwei Zentimeter vor dem hinteren Rand des Sichtfensters, dann atmete Kramer kurz ein und zog durch.

Ein lauter Knall krachte durch das Tal, als der schwere Stahlpfeil die Schallmauer durchbrach. Der Elementar wankte unter dem Aufprall, blieb jedoch auf den Beinen. Mit dem Lichtverstärker sah Kramer einen großen, fahlgrünen Fleck, wo die rechte Hälfte des Sichtfensters gewesen war. Das Gaussgeschoß hatte das harte Material geborsten, aber nicht durchschlagen. Wahrscheinlich hatte der Treffer auf der Innenseite einen Hagel harter Plastiksplitter in das ungeschützte Gesicht des Elementars geschleudert.

Bevor die überraschten Clanner reagieren konnten, explodierte um sie herum der Engpaß. Kramers Schuß war das Startzeichen für den Hinterhalt gewesen. Daltezze hatte seine Arbeit gut gemacht. Die Richtminen detonierten absolut gleichzeitig und füllten den flachen Felsgraben mit Rauch und Tausenden von Hochgeschwindigkeits-Stahlpfeilen.

Kramer visierte den vermutlichen Strahlcommander durch den Qualm und Staub weiter an, hielt das Fadenkreuz über dem wankenden Infrarotbild des Elementars. Ein zweiter Zug am Auslöser des Gaussgewehrs sandte ein weiteres Projektil in den Nebelparder, dann noch eines, und noch eines. Der gepanzerte Riese schwankte unter den Einschlägen, kämpfte sich nach jedem Hammerschlag aber wieder auf die Beine. Erst mit dem letzten Schuß im Fünfermagazin des Thunderstroke konnte Kramer den Hünen endlich erledigen.

Es war Kramers erster Elementarabschuß. Er hatte immer schon gewußt, daß diese Riesen schwer umzubringen waren, aber der hier hatte sich als noch zäher erwiesen, als er jemals erwartet hatte.

Kramer riß das leere Magazin aus dem Schacht an der Oberseite des Gewehrs und rammte ein frisches an seinen Platz. Als er das Gaussgewehr auf der Suche nach neuen Zielen wieder hob, hörte er das Krachen und Zischen eines tragbaren KSR-Werfers. Im Engpaß wurde einer der Elementarkrieger, dessen Panzer von den Richtminen bereits zernarbt und kraterübersät war, vom Einschlag des schweren Mechabwehrgeschosses geradezu pulverisiert.

Das donnernde Kreischen eines MGs gellte durch das Tal. Vom östlichen Rand des Engpasses zog Leuchtspurmunition durch die enorme Feuergeschwindigkeit der Waffe eine ungebrochene Linie den Hang hinauf. Der winzige, künstliche Meteoritensturm erreichte die flache Senke, in der Private Mitts ein frisches Magazin in sein Gaussgewehr steckte. Die panzerbrechenden Geschosse zerfetzten die leichte Panzerung, als wäre sie aus Pappe. Mitts wurde herumgeschleudert und bewegte sich nicht mehr.

Santone schwenkte den KSR-Werfer und feuerte in den Hinterhalt. Einen Augenblick verstummte das Maschinengewehr, dann feuerte es weiter, seine mörderische Wut schien ungebrochen.

Kramer starrte aus zusammengekniffenen Augen zum Ende des Hohlwegs, in der Hoffnung, einen Blick auf den Elementar zu erhaschen, dessen lange Feuerstöße, die den Lauf der Waffe zum Glühen bringen mußten, sein Team in Deckung zwangen, während der Rest der überlebenden ClanKrieger sich den Stellungen des Fox-Teams näherte. Eine Bewegung rechts von ihm lenkte ihn ab. Einer der Elementare, dessen rechter Arm nur noch an ein paar Myomer- und Muskelfasern hing, war dicht genug an die Position des Sergeants herangekrochen, um ihn anzugreifen.

Mit einem scheinbar von dem Geschehen völlig losgelösten Teil seines Verstandes, der die Szene wie in einer Aufzeichnung beobachtete, stellte Kramer fest, daß die Rüstung des Elementars von den Minenpfeilen tief zerfurcht war. Noch größere Löcher waren zu erkennen, an denen Raketenschrapnell durch die harte Panzerung und in das nachgiebigere Fleisch darunter geschlagen war. Die dreieckigen Raketenlafetten waren leer, und das stummelartige Gehäuse des Mechabwehrlasers wies genug Löcher und Beulen auf, um Kramer zu zeigen, daß die Waffe nicht mehr einsatzbereit war, selbst wenn es dem hünenhaften Krieger gelingen sollte, sie mit seinem verkrüppelten Arm noch zu heben.

Aber der gesamte Schaden schien sich auf die rechte Seite des Elementars zu konzentrieren. Der linke Arm der Krötenrüstung – mit der leichten Infanteriewaffe und der starken Greifklaue – war unversehrt. Der heranstürmende Clanner hob die kopfgroße Stahlklaue über den Helm seines Gefechtspanzers, offensichtlich, um sie auf den leichter gepanzerten Körper des Tollwütigen Fuchses fallen zu lassen.

Zu Kramers Glück ließ ihn dessen Ausbildung in dieser Lage nicht im Stich. Die Mündung des Thunderstroke war unwillkürlich seinem Blick gefolgt. Er zog den Abzug zweimal durch. Der Elementar wand sich und starb, als die Stahlpfeile in seinen bereits beschädigten Panzer fuhren. Aber zwei Gaussgeschosse reichten nicht aus, den Schwung seines Angriffs zu brechen. Noch während er in einer Drehung um seine eigene Achse zu Boden ging, pfiff die Kampfklaue in einem tödlichen Bogen herab. Durch pures Glück versetzte die tödliche Stahlfaust Kramer nur einen Streifschlag am Kopf und der linken Schulter. Hätte sie voll ins Ziel getroffen, wäre sein Helm wie eine reife Melone geplatzt, zusammen mit seinem Kopf. So brachte ihm der Schlag nur tosende Kopfschmerzen und ein verklemmtes Schultergelenk ein.

Der tote Krieger tat noch einen rein reflexartigen Schritt, bevor er endgültig zusammenbrach. Das gewaltige Gewicht des Toten und seiner plötzlich steuerlosen Rüstung fiel über Kramers Beine und hielt ihn am Boden. Während er sich noch bemühte freizukommen, hörte er eine weitere Raketensalve aus den Rohren schießen. Dann wurden noch zwei Raketen auf die Reise geschickt, und danach gleich wieder zwei. Vier laute Explosionen peinigten seine Trommelfelle trotz der Lärmfilter seines Anzugs. Explosivsprengköpfe, deren Detonation Felssplitter und glühende Metallfragmente über den Hang schleuderten. Als Antwort ertönte ein seltsames Wummern und Kramers Infrarotsicht schaltete sich überlastet ab.

Fluchend hievte er den gepanzerten Leichnam von seinen Beinen, während die Optik automatisch auf Normalsicht umschaltete. Als er sich auf die Knie aufrichtete, sah er am Westende des Engpasses Flammen wüten. Im Licht des petrochemischen Infernos konnte er nicht weniger als vier Elementare mit den Kompositstahlarmen auf ihre Panzer schlagen sehen, in einem zum Scheitern verurteilten Versuch, das Brandgel zu löschen, das sie bei lebendigem Leib röstete. Eine Gestalt von normaler Größe stolperte auf ihn zu, nur ein schwarzer Schattenriß vor dem gelborangeroten Feuerschein der Flammen.

»Los, Sarge, wir müssen weg. Sofort!« brüllte Daltezze über Funk.

»Was ist mit …«

»Santone hat's erwischt, genau wie Mitts«, bellte Daltezze und riß Kramer hoch. »Und uns wird's auch nicht anders gehen, wenn wir nicht machen, daß wir hier wegkommen. Ich bin sicher, die Kröten haben Freunde. Und denen wird nicht gefallen, was wir mit ihren Kumpels angestellt haben.«

»In Ordnung«, seufzte Kramer und nickte. Dann seufzte er noch einmal, während er in den tanzenden Schatten des Feuers nach seinem Gaussgewehr griff. »Hauen wir hier ab.«

»Gut. Wohin?«

»Westen«, antwortete Kramer mit trauriger Stimme, während er den Hohlweg hinabblickte, wo seine Männer noch so lagen, wie sie gestorben waren. Sie hatten keine Zeit, sie zu bestatten und konnten sich auch nicht mit ihren Leichen belasten. »Nach Westen. Wir müssen die bösen Buben vom Rest des Teams fortlocken.«

»Hn-hnh«, grunzte Daltezze und verschwand in der Dunkelheit, der Kompaßanzeige folgend, die in das Sichtfeld seines Krötenanzugs projiziert wurde.

Kramer warf einen letzten Blick auf den Bergpaß, in dem die Hälfte seines Trupps gefallen war. Leise versprach er den Privates Mitts und Santone, daß er zurückkommen und sie nach Hause holen würde. Dann wandte er den noch immer lodernden Flammen ohne ein weiteres Wort den Rücken zu und folgte Daltezze in die Nacht.

22

Operationsgebiet Lyranische Garde
Nahe Bagera, Diana
Kerensky-Sternhaufen, Clan-Raum

12. März 3060

Qualm trieb über das Schlachtfeld und verdeckte zumindest teilweise die häßlichen grauen Bauten und engen Straßen des Nordviertels der Nebelparder-Stadt Bagera. General Sharon Byran starrte wütend auf den Sichtschirm ihrer nachgerüsteten *Banshee*. Bei maximaler Vergrößerung konnte sie gerade noch die schwarzen Rechtecke der Fenster erkennen. Hier und da zeichneten die leistungsstarken Sensoren ihres fünfundneunzig Tonnen schweren Mechs die leuchtenden Hitzespuren noch aktiver Kampfkolosse. Viele dieser Spuren stammten von ihrem Gegner, den Nebelpardern.

Byrans 11. Lyranische Garde war eingeteilt worden, das Parder-Ausbildungslager bei Bagera anzugreifen und zu erobern. Insgeheim war Byran überzeugt, daß Ariana Winston der einzigen katrinafreundlichen Einheit der Einsatzgruppe bewußt die härteste Nuß der Parder-Heimatwelt überlassen hatte. Sie wußte zwar, daß sich die Leichte Eridani-Reiterei offiziell in einem Kontrakt mit der Lyranischen Allianz befand, aber Winstons offenkundige Sympathien für Morgan Hasek-Davion hatten Byran das unangenehme Gefühl vermittelt, die Generalin könnte die Seiten gewechselt haben.

Außerdem hatte Morgan Winston zu seiner Stellvertreterin ernannt, obwohl Byran eigentlich die ranghöhere Offizierin war. Sie mußte jedoch eingestehen, daß dies ein ziemlich pedantischer Einwand war. Die Leichte Eridani-Reiterei kannte als angeblich den ›Grundsätzen des ersten Sternenbunds‹ verhaftet keinen Marschallsrang, und auch sie selbst wurde innerhalb der SBVS nur als General geführt. Außerdem befehligte Winston eine verstärkte Brigade aus drei kompletten Kampfregimentern und einer riesigen Hilfs- und Transportsektion. Byran hingegen hatte nur den direkten Befehl über ihr St.-Georgs-Regiment.

Sharon Byran hatte Winston von Beginn an nicht leiden können, und die Art, wie sie an den Oberbefehl über die Einsatzgruppe gekommen war, hatte etwas entschieden Zweifelhaftes. Als loyale Steiner-Offizierin war Byran durch Eid und Ehre gebunden, die Interessen der Lyranischen Allianz und Archon Katrinas zu wahren. Gleichzeitig war sie als Offizierin der neugegründeten Sternenbund-Verteidigungsstreitkräfte verpflichtet, die rechtmäßigen Befehle der ihr vorgesetzten Offiziere auszuführen, ganz gleich, wie diese auf ihre Positionen gelangt waren.

Vielleicht leide ich auch nur unter Verfolgungswahn, dachte sie. *Vielleicht färbt das ganze politische Gerangel bei der Gründung des neuen Sternenbunds und der Einsatzgruppe Schlange auf mich ab. Schließlich hat es bisher nie einen Anlaß gegeben, an Winstons Loyalität zu zweifeln.* Sie schüttelte den Kopf und kam zu dem Schluß, daß ihr Verdacht unbegründet war.

Das Blitzgewitter einer Raketensalve holte sie zurück auf das Schlachtfeld. Die Lyranische Garde war bei Anflug auf die ihr zugewiesene Landezone auf schweren Widerstand gestoßen. Eines der Landungsschiffe des Regiments war beim Zielanflug von einem Schwarm Parder-Jäger schwer beschädigt worden. Mit nur notdürftig arbeitenden Schubtriebwerken war das riesige eiförmige Raumschiff der *Overlord*-Klasse schwer aufgeschlagen, und die Steuerbord-Landestützen waren eingeknickt. Zum Glück für die Garde hatte das Schiff trotzdem relativ sicher aufsetzen können, und die harte Landung hatte nur den Verlust von zwei leichten Mechs zur Folge gehabt.

Auch beim Rest der Landung und während der ersten Angriffsphasen der Operation schien Byran vom

Pech verfolgt. Die Nebelparder hatten durch ihre Luft/Raumpiloten reichlich Informationen über den Kurs und das wahrscheinliche Ziel der Garde erhalten. Dadurch hatten die Clan-Bodentruppen ihrerseits reichlich Zeit gehabt, eine gestaffelte Verteidigung vorzubereiten. Die letzten schweren und überschweren Kampfkolosse Byrans hatten die Hangars noch nicht verlassen, als bereits ein feindlicher Supernova-Trinärstern am Rand der LZ aufgetaucht war. Ohne ein Wort der Warnung oder eine Herausforderung waren die Parder geradewegs in die Landezone vorgestoßen.

Zu Beginn war der Kampf gegen die gemischten Angreiferkräfte für die Garde gut gelaufen. Es hatte ausreichend Distanz zwischen den Kräften bestanden, um beiden Seiten Zeit zu lassen, Freund und Feind auseinanderzuhalten, bevor sie ein Ziel attackierten. Aber als die Parder zu der Invasionsstreitmacht der Freien Inneren Sphäre aufschlossen, schrumpfte diese Zeit auf ein Nichts zusammen. Unter gewöhnlichen Umständen hätte die Geschwindigkeit des Kampfes nichts ausgemacht, nicht einmal gegen die Clans. Aber hier auf Diana, im Herzen Clan Nebelparders, arbeitete die zeitraffergleiche Komprimierung der Ereignisse gegen beide Seiten, denn beide traten mit Mechs der Inneren Sphäre an.

Nun war das keine Überraschung. Sie hatten schon auf Defiance gewußt, daß die Parder erbeutete Mechs benutzten, eine Tatsache, die auch durch die Berichte der anderen Kommandeure bestätigt wurde, die hier auf Diana schon in Kämpfe verwickelt worden waren.

Aber keiner der Einsatzgruppenkommandeure hatte die schiere Menge der ursprünglich aus der Inneren Sphäre stammenden Mechs vorausgesehen, mit denen die Parder operierten. Die Streitmacht, die sich zum Angriff auf die Landezone der Garde versammelt hatte, war eine ungleiche Mixtur aus Clan-Mechs der Garnisonsklasse, Elementaren und scheinbar nagelneuen

Modellen der Inneren Sphäre. Byrans Gardisten hatten die Parder zurückgeschlagen und die LZ gesäubert, aber nur unter hohen Kosten für beide Seiten. Das Sankt-Georgs-Regiment hatte einundfünfzig seiner einhundertzwanzig Mechs verloren. Sie waren entweder vernichtet oder zu schwer beschädigt, um den Kampf fortzusetzen.

»Handschuh Eins von Pirscher Eins«, kam krachend eine Meldung über Funk. »Wir zeichnen anrückende Mechs, eine Menge, fünnefundzwanzig oder mehr, plus zahlreiche Elementare. Ich wiederhole, zwo fünnef oder mehr feindliche Mechs, in der Hauptsache schwere und überschwere OmniMechs der Frontklasse, unterstützt von einer großen Zahl Elementare. Sie nähern sich meiner Position ...« Die Nachricht wurde von einem lauten Knistern überlagert, dann war die Stimme wieder zu verstehen. »... Pirscher Hilfe. Handschuh Eins, bitte melden.«

»Pirscher Eins von Handschuh Eins«, antwortete Byran. »Wiederholen Sie von ›nähern sich meiner Position‹.« Der Major, der die Kundschafterkompanie der 11. Garde befehligte, neigte weder zur Panik noch zur Übertreibung. Wenn er um Hilfe rief, mußte ganz gewiß etwas schiefgelaufen sein. Byran wollte hören, was von seiner Nachricht untergegangen war, um einschätzen zu können, was genau los sein mochte.

»Handschuh Eins von Pirscher Eins. Ich wiederhole: ›Sie nähern sich meiner Position. Wir liegen unter Langstreckenraketen- und PPK-Beschuß und drohen überrannt zu werden. Wenn wir die Position halten sollen, braucht Pirscher Hilfe.‹ Ende.«

»Verstanden, Pirscher Eins.« Noch während sie sprach, rief Byran die Taktische Karte auf. Kompanie Pirscher stand zwei Kilometer westlich ihrer Position, knapp innerhalb der Stadtgrenzen. »Durchhalten. Hilfe ist unterwegs.«

Hastig wechselte sie den Kanal und befahl dem Rest

des 1. Bataillons, Pirscher zu verstärken. Ein weiterer Frequenzwechsel, und derselbe Befehl ging an ihre BefehlsKompanie. Es war nicht ungewöhnlich, daß ein Kommandeur im Generalsrang sich persönlich am Gefecht beteiligte, aber es kam auch nicht jeden Tag vor. Schon zu viele Schlachten waren verlorengegangen, weil ein Kommandeur versucht hatte, seine Leute aus vorderster Reihe zu befehligen, statt aus der relativen Sicherheit eines Befehlsstands. Aber wenn Pirscher Eins' Bericht stimmte, brauchten sie jeden verfügbaren Mech, und damit auch die schweren und überschweren Maschinen ihrer BefehlsKompanie.

Ihre *Banshee* rollte und schlingerte wie eine Schaluppe im Orkan, aber die zehn Meter weiten Schritte trugen sie mit Höchstgeschwindigkeit über das Gelände. In der Ferne konnte sie Mündungsfeuer blitzen und Energieentladungen leuchten sehen. Pirscher schien schwer bedrängt. Auch der dichte Funkverkehr bestätigte diese Einschätzung.

»Handschuh Eins von Pirscher Drei. Pirscher Eins ist ausgefallen. Bitte beeilen Sie sich.«

»Nur die Ruhe, Jungchen.« Byran versuchte, ihre Stimme beruhigend klingen zu lassen, aber das war gar nicht so einfach, wenn man von einem rennenden überschweren Mech durchgeschüttelt wurde. »Hilfe ist unterwegs.«

Sie bekam keine Antwort.

Eine dunkle Gestalt tauchte vor der *Banshee* aus dem Qualm auf.

Ohne sich dessen bewußt zu werden, stellte sie fest, daß der Gegner nicht mit der elektronischen Freund-Feind-Kennung programmiert war, die jeder Mech der Einsatzgruppe abstrahlte. Instinktiv brachte sie den Mech sofort zum Stehen und zog das Fadenkreuz der Sichtprojektion über den Schwerpunkt des Ziels. Zwei azurblaue Energieblitze zuckten in die humanoide Gestalt vor ihr, gefolgt von einer überschallschnellen

Gausskugel. Der Feindmech, den ihr Bordcomputer soeben als *Loki Primär* identifiziert hatte, wurde von beiden PPK-Schüssen in den rechten Arm getroffen. Er fiel zerschmettert herab und hing nur noch an ein paar Myomersträngen und Metallstreben am Rumpf des schweren OmniMechs. Die Gausskugel schlug mit genügend Wucht in den Torso der Parder-Maschine ein, um den *Loki* ins Schwanken zu bringen.

Eine Hitzewelle schlug durch Byrans Cockpit und trieb ihr augenblicklich den Schweiß aus allen Poren. Unter ihren Füßen konnte sie fast spüren, wie die Hochleistungswärmetauscher sich abmühten, die Wärmeentwicklung der *Banshee* unter Kontrolle zu bringen.

Der *Loki* drehte sich und hob den intakten linken Arm in Byrans Richtung. Obwohl der Mech durch seine Größe und Masse relativ schwerfällig war, erinnerte die Bewegung Byran an einen Holofilm-Revolverhelden, der seinen Colt aus dem Holster zog. Sie dachte nicht daran, dem Clan-Piloten genug Zeit für eine gute Zielerfassung zu lassen. Statt dessen senkte sie das Fadenkreuz über den beschädigten linken Torso des Feindmechs und feuerte das Gaussgeschütz ein zweitesmal ab. Diesmal setzte sie noch eine Salve Kurzstreckenraketen und zwei Laserschüsse obendrauf.

Byrans Angriff war um ein Winziges zu langsam, um den Parder-Piloten daran zu hindern, ihre *Banshee* mit einem blendendgrellen künstlichen Blitzschlag und einem Hagel von Kurzstreckenraketen zu attackieren. Aber sein Angriff kam zu spät und zu schwach.

Die Raketenabwehr des Clanners holte die KSR automatisch aus dem Himmel, war aber machtlos gegen den basketballgroßen Klumpen aus Nickel und Eisen, der in den Torso des *Loki* schlug, und auch die Megajoule gebündelter Lichtenergie, unter deren Liebkosung die Panzerung des linken Beins sich verflüssigte, konnte sie nicht aufhalten. Der zweite Laserstrahl bohrte sich in den Riß, der in der rechten Torsohälfte des Omnis klaffte. Eine Flammenzunge schlug aus dem Rücken des Parder-Mechs und verstreute Schrapnell sowie zwei große Panzerklappen über das Schlachtfeld.

Der Lasertreffer muß seine Munition gezündet haben, stellte Byran mit grimmiger Genugtuung fest und grinste, als der Nebelparder-Pilot sich mit dem Schleudersitz aus seiner besiegten Maschine rettete. *Ich wette, er ist froh, daß sein* Loki *mit CASE ausgestattet war.* Nur die zellularen CASE-Munitionslager hatten verhindert, daß der Clan-Pilot zerrissen wurde, als Byrans Laser die im rechten Torso eingelagerte Munition zur Explosion gebracht hatte.

Aber sie hatte wenig Gelegenheit, sich über ihren Abschuß zu freuen. Eine Salve von Raketen schlug in Seite und Beine der *Banshee* ein und kündigte einen weiteren Gegner an. Als sie sich der neuen Bedrohung stellte, riß ein AK-Feuerstoß die ohnehin schon verwüstete Panzerung über der linken Brustpartie des überschweren Mechs ganz auf. Als sie die Gewalt über ihren schwankenden Kampfkoloß zurückgewonnen hatte, ließ der Anblick auf dem Sichtschirm ihr Blut gefrieren.

Dort vor ihr erhob sich die seltsam elegante, vogelähnliche Gestalt eines *Kampfdämon*, jenes unglaublich zähen Mechs, den die Nebelparder zum erstenmal gegen die Verteidiger Luthiens ins Feld geführt hatten.

Der Clan-Pilot brachte die Arme seiner Maschine hoch und schien direkt auf ihr Cockpit zu zielen. Ungerührt hob Byran ebenfalls die Mecharme. Beide Krieger feuerten im exakt selben Augenblick.

Für einen Sekundenbruchteil bestand General Sharon Byrans Welt nur aus Hitze und einem die Augäpfel versengendem Licht. Dann lag sie flach auf dem Rücken, in die Falten ihres Rettungsfallschirms gehüllt, und spürte einen dumpfen Schmerz im linken Arm. Sie versuchte, den Kopf zu heben, um sich den verletzten Körperteil anzusehen, aber es schien unmöglich. Der Fallschirm hatte sich nicht nur um ihren Körper, sondern auch um den Schleudersitz gewickelt. Sie war so sicher gefesselt, als hätte sie jemand bewußt festgeschnürt. Mit der Abgehobenheit des Schockzustands stellte sie fest, daß ihr Arm gebrochen war – wahrscheinlich mehrfach – und in ein paar Stunden höllisch schmerzen würde. Aus dem Augenwinkel konnte sie die qualmenden Trümmer ihrer *Banshee* sehen, die wie ein Standbild erstarrt auf dem Schlachtfeld stand. Der Angriff des *Kampfdämon* mußte die Munitionslager des überschweren Mechs getroffen und die Rettungsautomatik ausgelöst haben.

Sie stemmte sich mit ganzer Kraft gegen das Spinnennetz aus Nylonfasern, das sie fesselte, und hangelte nach dem Fahrtenmesser an ihrem rechten Unterschenkel. Nur mit Schwierigkeiten und unter so großen Schmerzen, daß sie befürchtete, in Ohnmacht zu fallen, noch bevor ihre Finger das graue Heft des Messers berührten, gelang es ihr schließlich, die Klinge aus der Plastikscheide zu ziehen.

Als sie an den nächsten erreichbaren Fallschirmseilen säbelte, hörte Byran plötzlich ein hohes, kreischendes Heulen, scheinbar unmittelbar neben sich. Von Schrekkensvisionen eines BattleMechs angetrieben, der sie unter seinen gepanzerten Füßen zerquetschte, hackte Byran verzweifelt auf die zähen Nylonkordeln ein. Das Messer prallte gegen die metallene Armstütze des Schleudersitzes und glitt ihr aus der Hand.

Dann tauchte ein Kopf in ihrem Gesichtsfeld auf, ein Kopf mit dem schweren Schutzhelm eines lyranischen Panzerfahrers. Die Panik, die sie so jäh erfaßt und in ihren Klauen geschüttelt hatte, verschwand so schnell wie sie gekommen war und ließ Byran kraftlos und vom Adrenalinschock ausgelaugt zurück. Das Heulen, das sie gehört hatte, war nicht das Aktivatorgeräusch eines näherkommenden Mechs gewesen, sondern das Kreischen der Hubpropeller eines Schwebepanzers.

»Marschallin«, brüllte der Mann. »Ganz ruhig. Ich hole Sie raus.« Ohne ein weiteres Wort zertrennte der Mann die verwickelten Stoffbahnen und hob seine verletzte Kommandeurin vorsichtig auf die Beine. Als sie aus den Fesseln befreit war, stellte Byran mit Erleichterung fest, daß ihr Arm zwar definitiv gebrochen war, es sich jedoch um eine einzelne, saubere Bruchstelle handelte.

»General«, kehrte der Panzerfahrer zur SBVS-Rangordnung zurück, die er im Eifer des Augenblicks zuvor vergessen hatte. »Können Sie gehen?«

»Gehen?« krächzte Byran unter Schmerzen. »Gib mir eine Minute, Jungchen, und ich kann sogar rennen.«

»Tut mir leid, gnä' Frau, wir haben keine Minute.« Der junge Soldat legte ihren unverletzten Arm über seine Schultern und trug sie halb zu einem wartenden schweren *Fulcrum*-Schwebepanzer. Der Panzerkommandeur stand in der offenen Geschützturmluke, winkte wütend und brüllte etwas, was Byran über dem Lärm der Schlacht nicht verstand.

Der junge Panzerfahrer hievte Byran auf den Rumpf des Panzers, dann schwang er sich hinterher. Noch bevor er ganz durch die Kanoniersluke gelangt war, hatte der Fahrer des *Fulcrum* den Antrieb bereits wieder gestartet und schwang das Fahrzeug durch eine übelkeiterregend enge Kehre, um sich anschließend aus der Schlacht zurückzuziehen, als wären alle Dämonen der Hölle hinter ihm her.

»General«, rief der Panzerkommandeur über das Röhren der Motoren, ein Kommset in der ausgestreckten Hand. »Colonel Price für Sie.«

»Price? Byran.« Byran setzte das Kommset nicht auf, sondern hielt es sich nur ans Ohr. »Was gibt's?«

»General, ich habe dem Regiment den Rückzug befohlen.« Falls Price sich freute, daß seine Kommandeurin noch lebte, ließ er es sich nicht anmerken. »Die Parder haben einen kompletten Trinärstern Frontklasse-

OmniMechs ins Gefecht geworfen. Pirscher ist ausradiert, und der Rest der Einheit ist schwer angeschlagen. Wir ziehen uns zurück, aber die Parder tun das nicht. Ich vermute, sie sammeln sich für einen erneuten Angriff.«

»In Ordnung, Price.« Allmählich klang der Schock ihrer Verletzung ab, und die Schmerzen in Byrans Arm machten sich bemerkbar. Aber noch konnte sie den Schmerzen nicht nachgeben. Sie hatte noch eine Aufgabe zu erledigen. »Können Sie mir eine Taktikeinspielung liefern und mich mit Ballerina verbinden?«

»Wird gemacht.«

Sekunden später erreichte sie die Einspielung, auch wenn die Darstellung weit weniger Einzelheiten zeigte, als sie es gewohnt war. Byran war klar, daß die körnige Darstellung des Taktikmonitors an Bord des *Fulcrum* darin begründet war, daß der Bordcomputer des Schwebepanzers nicht annähernd die Leistung des Geräts in ihrer zerstörten *Banshee* brachte.

»Ballerina von Handschuh.« Byran biß die Zähne zusammen. Ihr Arm schien in hellen Flammen zu stehen. »Handschuh hat schwere Verluste erlitten und ist in Gefahr, überrannt zu werden. Erbitte unterstützendes Flottenfeuer. Gitterkoordinaten: Mater-alpha-eins-acht-sieben-drei-vier-null. Handschuh Zwo liefert Korrekturdaten. Ende.«

»Handschuh, hier Ballerina.« Ariana Winstons Tonfall ließ Byran vermuten, daß sie die Schmerzen ihrer Verletzung nicht ganz so gekonnt überspielt hatte, wie sie glaubte. »Halten Sie sich bereit zur Übergabe an Verbindungsstelle Flottenbeschuß.«

»Verstanden. Handschuh hält sich bereit, aber machen Sie schnell. Ahhhhhh!« Byran keuchte erstickt, als die Knochenenden in ihrem Arm aneinander scheuerten.

»General, sind Sie in Ordnung?«

»Nur ein gebrochener Flügel, Ballerina«, keuchte

Byran. »Sehen Sie nur zu, daß Sie mir das Unterstützungsfeuer besorgen. Ich gebe ab an Colonel Price. Handschuh Eins, Ende und Aus.«

* * *

Hoch über dem Schlachtfeld drehte der erbeutete Zerstörer der *Wirbelwind*-Klasse *Feuerfang* sich um seine Längsachse und richtete die Backbordbatterien auf die Koordinaten aus, die das Schiff über den Verbindungsoffizier Flottenbeschuß in Ariana Winstons Befehlsstab erhalten hatte. Als der Armierungsoffizier der *Feuerfang* den Vollzug der Ausrichtung ihrer verbliebenen Schiffs-Gauss- und -PPK-Batterien meldete, erteilte der Kapitän den Feuerbefehl.

Im Vakuum des Alls war kaum etwas zu sehen. Ein heller Lichtblitz erhellte einen Sekundenbruchteil lang die Mündung des Gaussgeschützes. Dann zuckte ein grellerer, aber noch kürzerer Feuerschein aus der schweren Schiffs-PPK-Batterie. Alles in allem wäre es für jeden Beobachter ein enttäuschender Anblick gewesen.

* * *

Auf dem Schlachtfeld nördlich Bageras war die Wirkung dramatischer. Die auf eine unfaßbar hohe Geschwindigkeit beschleunigte Gausskugel schlug mit der Gewalt hundert konventioneller Artilleriegranaten in den rotbraunen Lehmboden ein. Keine Sekunde später verwüstete die S-PPK-Entladung die Stellungen der Parder und verwandelte den schlammigen Boden in Wolken von schmutzigem Dampf.

Colonel Timothy Price, General Byrans Stellvertreter, sah mit entsetzter Faszination zu, wie die Energiewellen des Bombardements die Clan-Mechs zerfetzten, die das Pech hatten, zu dicht am Einschlagspunkt zu stehen. Obwohl der Beschuß mehr als hundert Meter westlich des von Price durchgegebenen Zielpunkts einschlug, war die Wirkung auf die Parder entsetzlich. Neun der leichteren Feindmechs hörten einfach auf zu existieren. Sie wurden von den unglaublichen Energien, die aus den Geschützen der *Feuerfang* herabzuckten, buchstäblich verdampft. Von Elementaren, die das Pech hatten, direkt getroffen zu werden, blieb nicht einmal Dampf zurück. Die meisten restlichen Clan-Truppen waren so schwer beschädigt, daß sie sich kaum noch zum Ausschlachten für Ersatzteile eigneten, geschweige denn zu einem Kampfeinsatz.

»Ballerina von Handschuh Zwo.« Price stockte und mußte einen Kloß herunterschlucken, der in seiner Kehle steckte. Das waren Soldaten gewesen, und kein Soldat, ob Freund oder Feind, verdiente es, auf diese Weise zu sterben, ohne die geringste Chance, zurückzuschlagen oder sich zu schützen. »Ballerina, der Clan-Widerstand in Bagera ist gebrochen. Handschuh rückt ein, aber außer Aufräumarbeiten dürfte für uns nichts übrigbleiben.«

* * *

Dianas gelbe Sonne senkte sich zum Horizont und ließ die düstergrauen Wolken, die sie dort erwarteten, in einem brillanten Orangerot aufleuchten. Der kurze, plötzliche Regenschauer, der über dem Feld der Helden hereingebrochen war, hatte sich wieder verzogen und seichte Pfützen um die Füße der Handvoll Mechs hinterlassen, die schweigend im Schatten des Mons Szabo standen. Alle Maschinen trugen das ausschreitende braune Pferd der Leichten Eridani-Reiterei und das silberne Wappen der BefehlsKompanie Ariana Winstons. Winston selbst lehnte am Türrahmen ihres Mobilen HQs und staunte darüber, wie es der kurze, aber heftige Regen geschafft hatte, den Ruß und Schmier der Schlacht von den Maschinen der Kompanie zu waschen. Der Regen zog einen Schlußstrich unter den

Staub und Qualm der Schlacht und brachte eine trügerisch saubere Frische.

Am Feld der Helden war nichts sauber oder frisch. Nur wenige hundert Meter nördlich des Punktes, an dem ihr HQ-Fahrzeug jetzt auf seinen hydraulischen Ausgleichsstützen stand, hatten sich nur wenige Stunden zuvor Männer und Frauen in einem verzweifelten Kampf auf Leben und Tod um die Kontrolle über die sturmumtoste Heimatwelt des Clans Nebelparder gegenübergestanden. Der Regen mochte den Schmutz der Schlacht abgewaschen haben, aber die grünlackierten Mechs und Schwebepanzer der BefehlsKompanie trugen noch immer die von Lasern gebohrten und von Explosionen geschlagenen Spuren eines harten, blutigen Gefechts. Panzertrümmer und ölige Kühlmittelflecken verunzierten das einstmals saubere und glatte Pflaster des Paradeplatzes. Nicht weit entfernt durchsuchten Bergemannschaften, Medoteams und, das war sicherlich der bedrückendste Anblick, Bestattungstrupps die Trümmer der Schlacht nach weiterverwertbarer Ausrüstung, Verwundeten und Leichen.

Winston sah auf den Datenleser hinab, den sie locker in der Rechten hielt, und machte sich klar, daß auf ganz Diana ähnliche Szenen abliefen. Einsatzgruppe Schlange hatte in nicht einmal einem Tag erreicht, was der größte Teil ihrer Mitglieder noch vor einem Jahr für unmöglich gehalten hätte. Sie hatten die Heimatwelt des brutalsten und aggressivsten der Kreuzritter-Clans angegriffen und erobert. Aber der Preis dafür war furchtbar gewesen.

Alle elf Kampfeinheiten, die auf Diana zum Einsatz gekommen waren, hatten schweren Schaden hinnehmen müssen. Die schlimmsten Verluste schien die 11. Lyranische Garde erlitten zu haben. Fast ein Viertel aller Garde-MechKrieger war tot oder verkrüppelt und nicht mehr kampfeinsatzfähig. Die Verluste bei den Infanterie- und Panzerbataillonen der Garde waren noch höher. Die Hälfte der überlebenden Gardisten war ebenfalls verletzt, wenn auch nicht ganz so schwer. General Byran selbst hatte sich den linken Arm gebrochen. Vierzig der lyranischen BattleMechs waren verlorengegangen, darunter Byrans *Banshee*.

Die Nebelparder hatten, ohne daß es der Einsatzgruppe oder Agent Trent bekannt gewesen war, eine kampfstarke Einheit von beträchtlicher Größe, ausgerüstet mit den neuesten Clan-OmniMechs, nach Bagera verlegt. Obwohl sie von gerade erst qualifizierten Kriegern und ihren Ausbildern gesteuert wurden, hatten die von Garnisonsklasse-Maschinen der Clans und Elementaren unterstützten OmniMechs die lyranische Einheit überrannt und Byran gezwungen, unterstützendes Feuer des Flottenkontingents anzufordern. Der Feuersturm, den die *Feuerfang* entfacht hatte, war das Ende für die Parder gewesen. Byrans Truppen hatten danach ungehindert in Bagera einmarschieren und die kläglichen Reste des Widerstands niederschlagen können. Mit genügend Zeit konnte es den Hilfseinheiten gelingen, etwa die Hälfte der lyranischen Verluste soweit wiederherzurichten, daß sie einigermaßen einsatzfähig waren.

Am anderen Extrem der Skala lag der Angriff der St.-Ives-Lanciers und 4. Drakøner auf das Ausbildungslager auf Trostlos, der beinahe besser als erwartet verlaufen war. Ein Drakøner- und vier Lancier-Mechs waren in einem Nahkampfgefecht mit den wenigen Nebelparder-Verteidigern des Lagers vernichtet worden. Augenscheinlich handelte es sich bei der Installation um eine nur gelegentlich benutzte Einrichtung, die dazu diente, Truppen unterzubringen, die in der Wüstenkriegsführung unterrichtet wurden. Als die Lanciers und Drakøner angriffen, hatte die Basis keinerlei Kadetten beherbergt, nur den Ausbildungskader. Laut Major Poling, Kommandeur der Lanciers, hatten die Ausbilder versucht, sich so teuer wie möglich zu verkaufen, aber gegen die zahlenmäßig weit überlegenen Angreifer hatten sie von Anfang an keine Chance gehabt.

Die Bilanz der übrigen Invasionseinheiten Einsatzgruppe Schlanges lag irgendwo zwischen diesen beiden Polen. Alle waren auf harte Gegenwehr getroffen, hatten die Nebelparder aber schließlich besiegen und ihre Ziele einnehmen können.

Den ganzen Tag schon trafen Abschlußberichte ein. Die Kathil-Ulanen unter Andrew Redburn waren in Myer auf eine zu allem entschlossene Sicherheitsmannschaft getroffen, die sie jedoch überrannten, so daß die Fabrikanlagen kurz darauf fielen. Die 3. Sektion der ComGuards hatte keine Schwierigkeiten bei der Einnahme der Parder-Anlagen im Innern des Mons Szabo gehabt, hauptsächlich Dank der bereits zuvor von den DEST-Teams angerichteten Schäden. Die Northwind Highlanders waren bei ihrem Versuch, die Mechfabriken bei Pahn City einzunehmen, auf schwere Gegenwehr gestoßen, ebenso wie die Ritter der Inneren Sphäre und Kingstons Legion in New Andery.

In beiden Fällen hatten die Angriffskontingente Kontakt mit einer neuen, völlig unerwarteten Art von Mech gemeldet. Diese neuen ›ProtoMechs‹ waren kleiner, schneller und beweglicher als selbst der manövrierfähigste 20-t-ScoutMech, und sie hatten unter den Rittern und Legionären ein solches Chaos verursacht, daß Sir Paul Masters gezwungen gewesen war, die 1. und 2. Sektion der ComGuards als Verstärkung anzufordern. Auch MacLeod's Highlanders waren auf die ProtoMechs gestoßen, aber in Pahn City waren weitaus weniger dieser Maschinen aufgetaucht als in New Andery. Laut MacLeods Bericht war es den Söldnern gelungen, die Produktionsanlagen intakt in Besitz zu nehmen. Der größte Teil der zum Bau der ProtoMechs dienenden Maschinen war vernichtet und sämtliche Baupläne und Konstruktionsdaten der Miniaturmechs im Zentralcomputer der Anlage waren gelöscht worden. Es schien denkbar, daß die Parder über Sicherheitskopien der Software verfügten, aber es war keine Zeit gewesen, danach zu suchen.

Die ProtoMechs jagten Winston einen Schauer über den Rücken. In den meisten dieser schnellen, kleinen, schwer zu treffenden Mini-BattleMechs, auf die Einsatzgruppe Schlange getroffen war, hatten Kadetten oder Solahma-Krieger gesteckt, und trotzdem hatten sie den Rittern der Inneren Sphäre und Kingstons Legion schwere Verluste beigebracht. Sie schloß die Augen und erinnerte sich an den Schock, den sie bei ihrer ersten Begegnung mit Elementaren beim Start der Clan-Invasion zehn Jahre zuvor gefühlt hatte. Eine Menge erstklassiger MechKrieger hatte das Leben lassen müssen, bevor die Freie Innere Sphäre gelernt hatte, mit den schwergepanzerten genmanipulierten Clan-Infanteristen fertig zu werden. Und so zäh die Elementare waren, die Protos waren noch zäher. Wieder schauderte Winston. Diese ProtoMechs waren eine unbekannte und unerwartete Variable, und sie mochte gar nicht daran denken, was geschehen wäre, hätten die Parder größere Zahlen von ihnen in die Innere Sphäre verschifft, gesteuert von ausgebildeten Frontklassepiloten.

Alle Einheitskommandeure hatten ihre Operationsgebiete als gesichert gemeldet, aber sie wußte, daß dieser Begriff viel bedeuten konnte. Der Hauptwiderstand war gebrochen. Gleichzeitig war sie sich sicher, daß es Parder-Krieger gab, die vom Schlachtfeld entkommen waren. Natürlich erlaubte der komplexe und rigide Verhaltenskodex der Clan-Kriegsführung im Normalfall keine Guerilla-Aktionen gegen einen Angreifer, aber sie konnte sich nicht darauf verlassen, daß die überlebenden Nebelparder keine Überfälle auf die Einsatzgruppeneinheiten planten.

Einen ungeklärten Punkt gab es auf ihrer Liste der Gefechtsberichte. Sandra Barclays Scouts meldeten, eine Explosion und Feuer am Horizont gesehen zu haben, aus der Richtung Luteras. Die Kommandeurin der Schimmel hatte gewußt, daß sich in diesem Gebiet keine Einheiten Schlanges aufhielten, und gefragt, ob es denkbar war, daß entweder während des Clan-Kriegs aus der Inneren Sphäre verschleppte Leibeigene rebelliert und einen Sabotageakt verübt oder eventuell Nebelparder-Zivilisten das Feuer gelegt haben könnten.

Winston hatte Barclay versichert, daß sie weder den Grund für das Feuer noch dessen genaue Position kannte, hatte ihr aber die Erlaubnis erteilt, ein Kundschafterteam auszusenden, um nachzusehen. Die Lüge bereitete ihr Unbehagen. Zum erstenmal war sie gegen eine ihrer Untergebenen nicht ehrlich gewesen. Winston wußte sehr wohl, daß die Explosion und das Feuer das Werk der Nekekami gewesen waren. Die Anwesenheit der perfekt ausgebildeten Saboteure und Attentäter in ihrer Einsatzgruppe machte sie nervös, erst recht, da sie ihnen noch nie direkt begegnet war. Aber Morgan schien ihnen vertraut zu haben, ebenso wie Theodore Kurita. Natürlich konnte man darauf vertrauen, daß der Wachhund einen selbst und die Familie gegen Einbrecher schützte, aber wer garantierte, daß der Hund einen nicht selbst anfiel?

Sie schob die beunruhigende Frage beiseite und machte sich eine Notiz auf dem Compblock, die einzelnen Kommandeure Posten aufstellen zu lassen. Außerdem würde sie ihnen raten, Streifen auszuschicken, um die flüchtigen Clanner einzufangen.

Winston drehte dem majestätischen Sonnenuntergang den Rücken zu und seufzte zufrieden. Die Leichte Eridani-Reiterei und der Rest der Einsatzgruppe Schlange hatten Geschichte geschrieben. Sie hatten den Krieg nicht nur auf die Schwelle des bösartigsten Feindes getragen, den die Innere Sphäre je gekannt hatte, sie hatten ihn auch wie ein Straßenkämpfer dort getroffen, wo es am meisten schmerzte. Sie hatten die Heimatwelt des Feindes überfallen und in weniger als zwölf Stunden vollständig erobert.

Zumindest im Augenblick schien der Planet sicher in ihrer Hand. Die Invasion Dianas war abgeschlossen.

23

Mobiles Hauptquartier der Leichten Eridani-Reiterei
Mons Szabo, Lutera, Diana
Kerensky-Sternhaufen, Clan-Raum

12. März 3060

Mit geschmeidiger Eleganz, die ihre neunundzwanzig Jahre als aktive Soldatin Lügen strafte, drehte Ariana Winston sich von der offenen Tür ihres mobilen HQs im Schatten des Mons Szabo weg und trat ins dunkle, kühle Innere des Fahrzeugs. Dort ließ sie sich in einen gepolsterten Sitz unmittelbar hinter dem des Fahrers fallen. Hätte sie den viel zu vielen Kommandeuren in diesen degenerierten Zeiten geglichen, so hätte sie die Rolle der Leichten Reiterei bei der Invasion Dianas von diesem Platz aus dirigiert. Manche Kommandeure überwachten derartige Operationen sogar aus der relativen Sicherheit und Bequemlichkeit eines in der Umlaufbahn befindlichen Landungsschiffes, statt sich der Hitze, dem Gestank und der Gefahr auszusetzen, die damit verbunden waren, ihre Truppen aus der schweißgetränkten Kanzel eines BattleMechs zu führen.

Einen Augenblick lang tippte sie abwesend auf der Tastatur der Kontrollstation herum und ließ den an das zentrale Datenverarbeitungssystem des MHQs gekoppelten Holotisch flackernd zwischen den verschiedenen Landezonen der Einsatzgruppe hin und her schalten. Der Hologrammprojektor unter der Tischplatte war nicht so detailgetreu wie der Holotank, der die Brücke der *Unsichtbare Wahrheit* beherrschte, aber er zeigte durchaus brauchbare Bilder der verschiedenen Kräfte, die der Einsatzgruppe Schlange zugeteilt waren, und ihrer momentanen Umgebungen.

Hätte sich noch jemand im Fahrzeug befunden, hätte er möglicherweise den Eindruck gewonnen, daß Winston eine wichtige Entscheidung oder Ankündigung hinauszuzögern versuchte. Zu ihrem Glück war das Mobile HQ aber leer. Sie hatte die hier arbeitenden Techs nach draußen befohlen, angeblich, um frische Luft zu schnappen und einen Bissen zu essen. In Wirklichkeit wollte sie für einen Augenblick allein sein. Mit einem Seufzer löschte sie den Holotisch, schob einen Datenchip in das Lesegerät des Systems und gab einen neuen Befehlssatz ein. Der Computer zeigte gehorsam die angeforderten Dokumente.

Kopfschüttelnd las sie den Inhalt der Datei, wohl zum hundertsten Mal, seit sie den Befehl über Einsatzgruppe Schlange übernommen hatte. Die im elektronischen Speicher des Chips eingefrorenen Worte weigerten sich, ihre Bedeutung zu verändern.

Verdammt, fluchte Winston in Gedanken und drückte einen anderen Knopf. »Alle Einheiten, hier spricht Ballerina. Herhören.« Sie machte mehrere Atemzüge Pause, um sicherzugehen, daß alle Einheitsführer zugeschaltet waren und sie hörten. »Alle Regimentsführer treffen sich morgen, am dreizehnten März Dreitausendsechzig um neun Uhr, zu einer neuen Missionsbesprechung mit mir im planetaren Befehlsstand. Antwort und Bestätigung.«

Nacheinander trafen die Bestätigungen ein. Nach zwei Minuten hatten alle Regimentskommandeure ihr bestätigt, daß sie die Anweisung erhalten hatten und pünktlich zur Besprechung erscheinen würden.

Mit einem weiteren lautlosen Fluch schaltete Winston das Funkgerät aus. Sie hätte sich gewünscht, die nächsten Befehle, die sie zu geben hatte, über Funk senden zu können, aber irgend etwas in ihrem Wesen machte ihr eine derart kalte und abgehobene Vorgehensweise unmöglich. Obwohl alle Kommandeure inzwischen wissen oder zumindest vermuten mußten, was sie ihnen morgen zu sagen hatte, war sie davon überzeugt, daß ein Offizier das Recht hatte, seinem Vorgesetzten in die Augen zu sehen, wenn er eine derartige Order erhielt.

* * *

Weit entfernt im Südwesten, am ComGuard-Befehlsposten nahe Pahn City, nickte Colonel Regis Grandi dem KommTech, der ihm die Mitteilung überbracht hatte, langsam zu. Er hatte sie erwartet.

»Verständigen Sie Major Lewis und Captain Ho. Sie sollen sich für den Abflug nach Lutera morgen früh um fünf bereithalten«, instruierte er einen Adjutanten, der sich nach knappem Salut auf den Weg machte.

Grandi ließ sich schwer auf einen nahen Campingstuhl fallen. Der Plastikstuhl lag kühl an seinem Rücken. Seine Kälte war eine Nebenwirkung des unter Druck stehenden Gas-Schaum-Gemischs, mit dem der hohle Plastikstuhl gefüllt wurde, um ihn benutzbar zu machen. Er hatte Winstons Befehl zwar kommen sehen, ihn aber nicht gerade freudig erwartet. Grandi war klar, was als nächstes zu geschehen hatte. Tatsächlich bereiteten seine Infanteristen sich bereits darauf vor, die Order der Generalin auszuführen, sobald sie den formellen Befehl erhielten.

* * *

Im stählernen HQ-Fahrzeug der Ritter der Inneren Sphäre herrschte eine nicht minder ernste Stimmung. Im Innern des unter einem lianenüberwachsenen Baum geparkten Mobilen Hauptquartier der Ritter war es heiß, schwül und stickig. Das Fahrzeug ruhte auf dem Chassis eines gepanzerten Truppentransporters mit Kettenantrieb, aber das Heck bestand nicht aus einem leeren Stahlkasten mit Sitzbänken für einen Zug Infanteristen. Statt dessen war es mit modernster Kommunikationsausrüstung vollgepfropft.

Die Klimaanlage hatte kaum eine Wirkung auf die Luftqualität in der feuchten Enge des Gefährts. Es roch nach verrottender Vegetation und verschmortem Raketentreibstoff. Mit Anbruch der Nacht versammelten sich Insektoide mit durchscheinenden Flügeln um jede Lichtquelle. Wie die Mücken vieler anderer Planeten schien auch dieses gut daumennagelgroße Ungeziefer sich von Blut zu ernähren. Aber anders als bei Mücken spürte man es recht deutlich, wenn man von einem der Diana-Blutsauger gestochen wurde.

All das trug noch erheblich zu Masters' ohnehin schon schlechter Laune bei. Genau wie Grandi hatte auch er General Winstons Befehl vorausgesehen. Sein sonst meist freundliches Gesicht hatte sich in eine düstere, wütende Maske verwandelt, als er erfuhr, daß Winston am nächsten Morgen ihre Kommandeure zu einer Strategiesitzung erwartete. Der Zeitpunkt und die Anweisung, sich in Lutera zu versammeln, konnten nur eines bedeuten, und das gefiel Masters ganz und gar nicht.

»Tja«, stellte er schließlich fest und blickte durch das beengte Fahrzeug hinüber zu Samuel Kingston. »Wenigstens hat sie die Höflichkeit, es uns persönlich zu sagen, statt es über Funk durchzugeben.«

»Stellen Sie sich nicht an, Masters«, meinte Kingston mit einem leichten Glucksen. Seit sie die Parder vor sich her getrieben hatten, war der Capellaner kaum zu ertragen. Vor der Invasion war Kingston nur selbstverliebt und streitsüchtig gewesen, aber seit dem Ende des Clan-Widerstands wirkte er nachgerade abstoßend. Er schlug Masters auf eine eindeutig als freundliche Geste gemeinte Manier auf die Schulter. Der Ritter-Kommandeur empfand es nur als unangenehm. »Was kann schon so schlimm sein? Ich bin sicher, die Frau General wird Ihnen und Ihren Leuten nichts befehlen, was Ihre ›empfindlichen ritterlichen Gefühle‹ verletzen könnte.«

»Wirklich?«

Masters konnte an Kingstons Gesicht ablesen, daß dieser sich nicht sicher war, ob der Ritter auf seinen Witz einstieg. Mit einem leichten Schaudern, das möglicherweise ein Zeichen von Furcht war, ließ der Capellaner Masters vorbei, aus dem HQ-Wagen und hinaus in die einbrechende Dschungelnacht.

Auf dem Weg rang Masters mit sich über die Befehle, von denen er wußte, daß sie kommen mußten. Sein Schwur als Ritter der Inneren Sphäre verpflichtete ihn, alle Schwachen und Hilflosen zu beschützen, einem besiegten Feind gegenüber Gnade und Mitgefühl zu zeigen. Aber derselbe Schwur verpflichtete ihn auch, die rechtmäßigen Befehle jener zu befolgen, die ihm rechtmäßig vorgesetzt waren. Er wußte seit dem Aufbau der Einsatzgruppe Schlanges, daß deren eigentliches Einsatzziel in der Vernichtung der Kriegerkaste Clan Nebelparders und aller Möglichkeiten des Clans zu militärischen Maßnahmen bestand. Er war bereit und entschlossen, diesen Befehl auszuführen, aber diese Bereitschaft änderte nichts an der Angst, die er in seinem Innern verspürte.

Masters hatte keine Angst um seine persönliche Sicherheit oder die seiner Leute. Er – genau wie seine Truppen – waren Krieger. Es war ihre Aufgabe, im Dienst ihres Lehnsherren ihr Leben zu riskieren. Nein, die Angst, die an seiner Seele nagte, war von anderer, weniger atavistischer Natur. Paul Masters befürchtete, daß die Einsatzgruppe es schwer haben würde, den Geist der Vernichtung wieder unter Kontrolle zu bekommen, wenn er erst einmal gegen die militärischen Möglichkeiten Dianas losgelassen war. Er befürchtete zudem, daß die Vernichtung sich auf die zivilen Viertel der Zielstädte ausdehnen könnte, sogar auf die Zivilisten selbst. Er hatte Angst, daß die Krieger, die nicht nur einen Clan, sondern die Heimatwelt dieses Clans vernichtet hatten, nach ihrer Rückkehr in die Innere Sphäre keine Hemmungen mehr zeigten, Heim und Herd eines Feindes auszulöschen. Masters hatte Angst davor, daß die Saat der Vernichtung, die hier auf Diana gesät wurde, in der Inneren Sphäre Früchte tragen konnte. Die Ritter waren gegründet worden, um das langsame Abgleiten der Menschheit in den Untergang aufzuhalten. Wie konnte er dabei mithelfen, den Prozeß der Selbstzerstörung zu beschleunigen?

Masters nickte schweigend, als er den Posten am Rand des Biwakareals der Ritter passierte. Die Anwesenheit der jungen Soldatin erinnerte ihn daran, daß dieses Gebiet nicht hundert Prozent sicher und er gut beraten war, auf Anzeichen von Gefahr zu achten. Er lächelte sie an und tippte leicht auf das schwarze Nylonholster an ihrer linken Hüfte. Die Ritterin lächelte zurück, als habe sie die Geste ihres Kommandeurs als Versprechen aufzupassen verstanden.

Er ging nur wenige Meter weiter, bevor er stehenblieb und hochsah. Hier und da waren durch das dichte Blätterdach fremde Sterne zu erkennen. Dianas einziger Mond war noch nicht aufgegangen, und er war hier in der Dunkelheit allein mit seinen Gedanken.

Lange Zeit lehnte Masters auf dem linken Unterarm am rauhen, schuppigen Stamm eines Dschungelbaums, ohne die Stechinsekten noch zu bemerken, die hungrig um seinen Kopf surrten. Er sah hinüber zu den warmen, einladenden Lagerfeuern, ohne sie aber wirklich wahrzunehmen. Seine Leute hatten sie entzündet, weniger, um sich warmzuhalten, als weil sie Soldaten waren, und Soldaten hatten schon immer Lagerfeuer entzündet, wann immer Zeit und Umstände es zuließen.

»Was mache ich jetzt?« fragte er laut. »Wie kann ich meinen Rittern ins Gesicht sehen und von ihnen verlangen, ihren Feind auszulöschen? Und wie soll ich mit mir selbst leben, wenn all das vorbei ist?«

Vielleicht lag es daran, daß er die Probleme in seinem Innern hörbar formuliert hatte, daß er die Antwort fand. Vielleicht war die Erklärung auch weit wunderbarer. Sir Paul Masters sollte sich dessen nie sicher sein, aber jedenfalls hatte er seine Lösung gefunden.

»Wir wußten, was uns erwartet, als wir uns für diese Operation verpflichteten.« Mit einem lauten Seufzen richtete Masters sich auf. »Wir können nur unsere Befehle befolgen und dafür sorgen, daß sich diese ganze Angelegenheit nicht gegen uns kehrt.«

Er klopfte auf den Baum, als sei dieser ein alter Freund, der ihm einen weisen Ratschlag erteilt hatte. Masters wanderte leise zurück zur Postenlinie der Ritter. Er achtete gewissenhaft darauf, den Ruf des Postens korrekt zu beantworten. Der Kommandeur der Ritter der Inneren Sphäre hatte sich endlich innerlich mit der nächsten Phase der Operation abgefunden, und er wollte nicht von einem seiner eigenen Leute erschossen werden.

* * *

Die Sonne stand kaum eine Handbreit über dem Horizont, als die letzte der Fähren, in denen die Einheitskommandeure eintrafen, auf dem Feld der Helden aufsetzte. Schon machte sich schwüle, drückende Hitze breit und vertrieb die Kühle der Nacht. Die Kriegsflagge des Sternenbunds hing lustlos an einer Ecke des HQ-Fahrzeugs herab. Ihre Nylonfalten bewegten sich nur minimal im kaum spürbaren Windhauch. Dicke Wolken verhüllten den Tagesanbruch und tauchten den Himmel in ein dunkles, bösartiges Orangerot. Sie kündigten einen Regentag an.

Ist ja großartig, schnaubte Ariana Winston bei sich. *Der Tag fängt schon lausig an, und er wird auch nicht mehr besser werden.*

Obwohl Bagera, das letzte Widerstandsnest der Nebelparder, um achtzehn Uhr dreißig des vorigen Tages als gesichert gemeldet worden war, hatte Winston wenig Schlaf gefunden. In den fünfzehn Stunden zwischen dieser Meldung und der Ankunft der ersten Fähre hatte sie vorläufige Abschlußberichte gelesen und ihren eigenen verfaßt. Dabei war sie immer wieder von Berichten über sporadische Kämpfe zwischen Elementen der Sternenbund-Bodentruppen und den Überlebenden der Nebelparder-Garnison unterbrochen worden. Zweimal war es entlang der Postenkette der Leichten Reiterei zu Schüssen gekommen. Einmal hatte sich herausgestellt, daß die nervösen Wachsoldaten auf Schatten gefeuert hatten.

Der zweite Zwischenfall war ebenso bedenklich wie der erste, wenn er auch einer gewissen humoristischen Note nicht entbehrte. Ein MechKrieger der Leichten Reiterei, Veteran der ursprünglichen Clan-Invasion, hatte gedacht, einen Parder-*Katamaran* zu sehen, der sich ohne erkennbare Hitzeentwicklung seiner Position näherte. Zweimal hatte er den feindlichen Mech angerufen und eine Identifikation verlangt. Beide Male war die Aufforderung unbeantwortet geblieben. Schließlich hatte der Posten den schweren Laser seines *Wachmann* auf das Ziel gerichtet und den *Katamaran* in glühende Klumpen Stein zerblasen. In seiner Nervosität hatte der Mann eines der Standbilder, die den Rand des Felds umstanden, für einen realen Gegner gehalten.

Winston war über den Zwischenfall zwar leicht amüsiert, entschied jedoch, daß die Statuen eingerissen werden mußten, bevor noch jemand das Feuer auf eines der Standbilder eröffnete und einen brudermörderischen Anfall kollektiven Wahnsinns auslöste.

Wahrscheinlich müßten wir sie ohnehin zerschlagen, überlegte sie. *Wir können keine Monumente für die Helden Clan Nebelparders zurücklassen. Die Clanner könnten auf die Idee kommen, ihre ruhmreiche Vergangenheit wiederzubeleben.*

Obwohl es eine durchaus vernünftige politische Entscheidung war, schmerzte Winston die Vorstellung, die Heldendenkmäler der Parder zu schleifen. Die Vernichtung dieses Kulturerbes der Parder verstieß nicht nur gegen die Ares-Konvention, sie stand auch in direktem Gegensatz zur Tradition der Leichten Eridani, die stolz auf ihren Respekt vor dem Erbe der Vergangenheit waren.

Geistesabwesend rieb sie die Knöchel ihrer linken Hand, in der sie das dunkelgraugrüne Gehäuse ihres Datenlesegeräts hielt. Seit sie sich die Hand in jüngeren

Jahren einmal bei einem verpatzten Abwurf gebrochen hatte, schmerzten die Gelenke sie morgens recht häufig. Neun Augenpaare richteten sich auf sie, als sie unter dem Rand der Polypropylenplane im Tarnmuster hervortrat, die ihre Leute als Feldbefehlsstand aufgebaut hatten. Abgesehen von Colonel MacLeod wirkte keiner der Kommandeure ausgeschlafener als sie selbst. Aus irgendeinem Grund machte der Highlander-Kommandeur einen ausgeruhten Eindruck, obwohl sie genau wußte, daß er die halbe Nacht auf den Beinen gewesen war, um nach seinen Verwundeten zu sehen und die unvermeidlichen Briefe an die Hinterbliebenen der Gefallenen zu schreiben. Das war eine Aufgabe, die sie noch vor sich herschob.

Das andere Ende des Spektrums verkörperte General Sharon Byran, die fahl und verhärmt wirkte. Eine handgroße Prellung, die gerade ihre volle Farbenpracht erreichte, zog sich über ihre linke Gesichtshälfte. Ihr linker Arm steckte in einem weißen Plastikverband und wurde von einer mattgrünen Schlinge gehalten.

»Nur einer dieser blöden, *blöden* Unfälle«, lächelte Byran dünn und schüttelte den Kopf, als Winston sich nach ihrem Befinden erkundigte. »Die MedTechs wollen mich nicht zurück ins Cockpit lassen, bevor es verheilt ist, aber das werden wir erst noch sehen.«

Dann hob Byran so plötzlich den Kopf, als bedaure sie es, sich auch nur für einen Augenblick eine Blöße gegeben zu haben. »Worum geht's, General? Was sind das für neue Befehle, die Sie uns nicht über Funk geben können?«

Byrans direkte Frage konsternierte Winston etwas. Ein Rundblick im Befehlsstand zeigte, daß die anderen Kommandeure ebenso ungeduldig darauf warteten, die Order zu hören, obwohl sie sicher war, daß jeder einzelne von ihnen schon wußte, was sie zu sagen hatte. In gewisser Weise hatte sie den Augenblick hinauszögern wollen, indem sie sich zunächst nach dem Zustand aller Einheiten unter ihrem Befehl erkundigte, aber die Mienen ihrer Kommandeure machten ihr klar, daß die Zeit für Ausflüchte abgelaufen war.

»Na schön. Entsprechend Generaleinsatzbefehl Nummer EGS Null-eins-null-fünf-eins«, las Winston vom Bildschirm des vor ihr auf dem Tisch plazierten Lesegeräts ab, »sind die Einheiten der Einsatzgruppe Schlange nach Abschluß der Invasion des Planeten Diana angewiesen, alle denkbaren Maßnahmen vorzunehmen, um die Kriegsführungskapazitäten des Clans Nebelparder zu eliminieren. Zu diesem Zweck werden die Einheiten der Einsatzgruppe Schlange alle Kasernen, Mech- und Jägerhangare, Kommando-, Kontroll- und Kommunikationszentren und militärischen Wartungseinrichtungen zerstören. Ebenso sind alle Fabriken, Lagerhallen, Arsenale, Raumwerften sowie sämtliche anderen Installationen und Einrichtungen zu vernichten oder für eine Verwendung durch Clan Nebelparder unbrauchbar zu machen, die zur Herstellung, Lagerung oder Beförderung von Kriegsmaterial verwendet werden können. Lager von Waffen, Munition, Ersatzteile, Proviant und sonstiger militärischer Ausrüstung ebenso wie alle militärischen Mittel, die von den Einheiten der Einsatzgruppe Schlange intakt erbeutet und ins All verbracht werden können, sind von den Einheiten der Einsatzgruppe Schlange sicherzustellen und gegen Sabotage durch Kräfte Clan Nebelparders zu schützen. Der Kommandeur der Einsatzgruppe Schlange ist angewiesen, über die vorläufige Verwendung sämtlichen erbeuteten Materials zu entscheiden. Alle nicht durch die Organisations- und Ausrüstungsaufstellung einer Einheit abgedeckten Verluste sind wo immer möglich aus erbeutetem Material zu ersetzen. Das gesamte restliche Material ist zurück in die Freie Innere Sphäre zu verbringen, wo das Oberkommando der Sternenbund-Verteidigungsstreitkräfte über seine Verwendung befinden wird.

Alles erbeutete Material, das nicht durch die Einheiten der Einsatzgruppe Schlange verwertet oder zurück in die Freie Innere Sphäre verbracht werden kann, ist ebenfalls zu zerstören.«

So. Ich habe es ausgesprochen, dachte Winston und blickte auf. *Jetzt kommt das Donnerwetter.*

Einige lange Sekunden geschah nichts. Es machte den Eindruck, als hätten die Anordnungen den versammelten Kommandeuren die Stimme verschlagen, obwohl jeder von ihnen wußte, wie notwendig sie waren.

Dann ergriff Colonel Paul Masters das Wort. »General Winston, ich ersuche Sie formell, diesen Befehl zu überdenken. Eine derart großformatige Vernichtungsaktion wird der Parder-Zivilbevölkerung unnötige Härten auferlegen. Viele von ihnen wohnen im Innern von Fabrikkomplexen und Militärbasen, wie es auch in der Inneren Sphäre durchaus üblich ist. Wenn wir diese Installationen schleifen, werden die dort untergebrachten Zivilisten obdachlos.«

»Colonel Masters«, unterbrach Winston ihn. »Wir werden keine zivilen Unterkünfte anrühren. Diese Einsatzgruppe wird jede mögliche Anstrengung unternehmen, um sicherzustellen, daß unser Vorgehen die geringstmöglichen Auswirkungen auf die Zivilisten Clan Nebelparders hat. Sie wissen genau, daß dies von Beginn an meine Absicht war.«

»Ja, General, ich weiß.« Masters verfiel in einen steifen, förmlichen Gesprächston, ebenso, wie Winston es getan hatte. »Aber ich möchte die Generalin daran erinnern, daß Truppen, die angewiesen werden, einen derartigen Befehl auszuführen, nach historischer Erfahrung zu einer von zwei Haltungen tendieren. Manche werden vom Akt der Zerstörung so in den Bann gezogen, daß sie Amok laufen und sich an privatem, zivilem Eigentum vergreifen. Andere erliegen einem Zustand, der nur als Blutrausch beschrieben werden kann, und werden zu Dieben und Plünderern. In manchen

Fällen schrecken sie nicht einmal vor Mord und Vergewaltigung unter der Zivilbevölkerung zurück. Wenn sie nicht zu einem revoltierenden Mob degenerieren, handeln Truppen, denen befohlen wird, besetzte Gebiete zu verwüsten, häufig nur unter Protest. Sie werden störrisch, abweisend und unnachgiebig. Sie protestieren gegen *jeden* Befehl, nicht nur gegen solche, die ihrem Moralempfinden widersprechen. In beiden Fällen, General, riskieren wir, unsere Truppen als effektive Militäreinheiten zu verlieren, wenn wir die Einsatzgruppe zur Durchführung dieser Order zwingen. Daher muß ich Sie bei allem Respekt bitten, den Befehl zu überdenken.«

Bevor Winston Masters antworten konnte, griff MacLeod den Faden auf. »Ich muß dem zustimmen, General. Es ist nicht so, daß ich die Notwendigkeit nicht verstünde, die Parder am Wiederaufbau ihrer Kriegsmaschinerie zu hindern. Ich weiß nur nicht, wie wirr das schaffen können, ohne das Rrisiko einzugehen, tae den Barrbaren tae werden, als die diese Clanner uns bezeichnen.«

»Machen Sie mal 'nen Punkt, MacLeod«, schnappte Byran. »Wir haben es inzwischen alle gehört. Ihre Highlanders haben die Parderfabrik fast unbeschädigt eingenommen. Sie wollen sie Stück für Stück abbauen und nach Hause verschiffen, um Ihre eigenen Clan-Mechs zu bauen, besonders diese ProtoMech-Dinger. Sie wissen so gut wie ich: Wenn wir den Pardern auch nur die geringste militärische Technologie lassen, werden sie die dazu verwenden, ihre Gesellschaft wiederaufzubauen. Und in zwei, drei Jahren fängt alles wieder von vorne an.«

»Das ist lächerlich«, stieß Andrew Redburn aus. »Ich stimme zu, daß wir die Militärindustrie der Parder vernichten müssen. Aber nicht, weil sie sonst wie ein Phönix aus der Asche auferstehen und erneut zur Bedrohung für die Freie Innere Sphäre werden, sondern weil wir sie als Clan vollständig auslöschen müssen, um einen legitimen Anspruch auf die Nachfolge des Sternenbunds erheben zu können. Sie waren auf der Whitting-Konferenz, Byran. Sie kennen die Gründe so gut wie ich. Hier geht es nicht darum, Planeten zu erobern oder Technologien zu erbeuten. Es geht darum, für die anderen Clans ein Zeichen zu setzen. Wir *müssen* die Nebelparder für den Rest der Clans auslöschen, um ihnen deutlich zu machen, daß wir eine Gefahr für sie sind, um ihnen klarzumachen, wie furchtbar ein totaler Krieg sein kann, und um ihnen einzuschärfen, daß sie genau das zu erwarten haben, wenn sie ihre Offensive gegen die Freie Innere Sphäre *jemals* wiederaufnehmen.«

»Wenn ich um …« Winstons Versuch, die Leitung des Gesprächs wiederzugewinnen, scheiterte, als die Besprechung sich in einem großangelegten Streit zwischen den Kommandeuren auflöste. Masters, Kingston und überraschenderweise auch MacLeod protestierten gegen das, was Masters ›die mutwillige Verwüstung Dianas‹ nannte, während Ryan, Poling, Sleipness, Byran und Redburn das Schleifen der Parder-Militäranlagen verteidigten. Trotz ihrer Verzweiflung und der rapide wachsenden Wut stellte Winston mit bitterem Humor fest, daß Byran und Redburn wohl zum erstenmal seit Beginn der Mission einer Meinung waren.

Peng!

Als das Echo des Pistolenschusses verklang, war im Innern des Befehlsstands nur das helle, glockenähnliche Klimpern einer leeren Patronenhülse, ganz ähnlich dem stetigen Tröpfeln von Wasser, zu hören, die über den Kartentisch hüpfte.

»Diese Farce haben Sie vielleicht unter Morgan spielen können, aber, beim Ewigen, ich lasse sie Ihnen nicht durchgehen.« Winston senkte die schwere, schwarze, bedrohlich wirkende Mauser-Autopistole. Ein fahler Rauchfaden stieg aus dem kurzen Lauf, dessen Mündung die Offiziere mit einer bösartigen Intensität anzustarren schien, mit der sich höchstens noch Arianas wütende Miene messen konnte. »Hinsetzen und Maul halten.«

Als die überraschten und beleidigten Offiziere, zu geschockt, um zu protestieren, wieder auf ihren Stühlen saßen, legte Winston den Sicherheitshebel der Waffe um und schleuderte sie mit einem angewiderten Schnauben auf den Tisch.

»Sie alle wußten von diesem Befehl, als sie sich für diese Mission verpflichteten«, knurrte sie. »Und bei Gott, Sie werden ihn ausführen. Colonel Masters, Ihr ach so ehrenwerter Verhaltenskodex enthält doch wohl den Auftrag, die Schwachen zu schützen, oder? Was ist mit all den hilflosen Leben, die Sie retten werden, indem Sie die Nebelparder hier und jetzt eliminieren? Die sind leicht vergessen, wenn man so weit entfernt ist, nicht wahr? Und da fällt mir ein, gibt es in Ihren Regeln nicht auch so etwas wie: ›Jeden Auftrag unseres Lehnsherrn nach besten Kräften erfüllen‹? Soweit ich mich entsinne, hat Thomas Marik Ihnen aufgetragen, diese Einsatzgruppe und ihre Kommandeure zu unterstützen. Ist das Ihre Vorstellung davon, diesem Auftrag gerecht zu werden? Sie waren selbst auf Tharkad, Sie wissen, daß der Generalhauptmann diesen Missionsbefehl mitunterzeichnet hat. Wenn Ihnen die Order nicht paßt, schön. Das können Sie mit ihm ausdiskutieren. Aber Sie werden damit warten müssen, bis wir wieder in der Freien Inneren Sphäre sind, *falls* wir jemals wieder in die Freie Innere Sphäre kommen. Gentlemen, dieser Befehl schmeckt mir ebensowenig wie Ihnen, aber ich muß Sie wohl daran erinnern, daß wir eine *Armee* sind, und der Sinn und Zweck einer Armee besteht darin, Menschen zu töten und Dinge zu zerstören. Wenn wir genug Gegner töten und genug ihrer Dinge zerstören, können wir sie möglicherweise davon überzeugen, daß wir auch den gesamten Rest töten und zerstören werden, wenn sie es wagen, uns noch einmal anzugreifen. Der Befehl steht. Was geborgen werden kann, wird geborgen, der Rest wird vernichtet. Auf dem Raumhafen von Lutera steht etwa ein Dutzend brauchbarer Landungsschiffe. Ich bin sicher, auf anderen, kleineren Anlagen stehen noch weitere. Beladen Sie diese Schiffe mit allem Beutematerial, das sie freibrechen können. Was den Rest betrifft, so *muß* und *wird* die Vernichtung der planetaren Industrie auf Beton und Stahl konzentriert sein. Keine Menschen, ob Krieger, Wissenschaftler, Tech oder Zivilist, werden verletzt, solange sie keine Gefahr für diese Einsatzgruppe darstellen. Ist das klar?«

Die Offiziere gaben zu verstehen, daß sie Winstons Anweisungen Folge leisten würden. Dabei entsprach ihr Enthusiasmus genau ihrer ursprünglichen Position, was die Verwüstung Dianas betraf.

»Gut«, grunzte Winston. »Wegtreten.« Sie lehnte sich schwer auf den Kartentisch und winkte den abrückenden Offizieren einen Gruß hinterher.

Eine ganze Weile blieb sie, wo sie war, und starrte auf die Hologrammkarte Dianas, ohne sie wirklich zu sehen. In den nächsten Tagen würde sich ihr Platz in den Geschichtsbüchern entscheiden. Wenn die Vernichtung der Parder-Militärkapazitäten sauber verlief, mit einem Minimum an Opfern unter der Zivilbevölkerung oder hoffentlich sogar ganz ohne, würde man sich möglicherweise an sie als eine der größten Militärführerinnen der Geschichte erinnern. Wenn die Parder Widerstand leisteten oder ihre eigenen Truppen Amok liefen, wie Paul Masters es befürchtete, würden spätere Generationen sie in einem Atemzug mit Adolf Hitler und Stefan Amaris nennen.

»Ffnffh«, schnaubte Winston verächtlich und fluchte leise. Sie hob ihre Pistole von der Mitte des Kartentischs auf und stiefelte hinaus in den schnell heißer werdenden Morgen, um die Befehle an ihre Eridani-Colonels zu erteilen. Sie bemerkte, daß die schwarzverbrannte Mündung der Waffe geradewegs auf das Feld der Helden und das Operationsgebiet der Leichten Eridani-Reiterei zeigte.

Sie schüttelte das eisige Gefühl düsterer Vorahnung fast mit einer körperlichen Anstrengung ab. Sie war vielleicht Soldatin, und Soldaten mochten von Natur aus abergläubische Wesen sein, aber sie weigerte sich, in der Ausrichtung des zerstörerischen Endes einer Pistole auf das OpG ihrer Brigade etwas anderes als puren Zufall zu sehen.

24

Operationsgebiet Lyranische Garde
Bagera, Diana
Kerensky-Sternhaufen, Clan-Raum

13. März 3060

Weshalb schaffen wir es trotz all unserer modernen Technologie nicht, eine bessere Behandlungsmethode für Knochenbrüche zu finden? General Sharon Byran verfluchte den schweren Plastverband, der ihren linken Arm stabilisierte. Schlimm genug, daß der Chefmedo-Offizier der 11. Garde sie wegen der Verletzung aus der aktiven Dienstliste gestrichen hatte. Selbst wenn er darauf verzichtet hätte, wäre der sperrige Verband, der fast waagerecht von ihrer Schulter abstand, Hindernis genug gewesen, um es ihr unmöglich zu machen, sich durch die enge Cockpitluke des erbeuteten *Zeus* zu zwängen, den die Wartungsteams des Regiments für sie zusammengeflickt hatten.

Sie stützte sich schwer gegen die Seitenwand des Mobilen Regiments-HQs und redete sich ein, daß es nicht viel ausmachte. Die Nebelparder-Verteidiger Dianas waren nach nicht einmal einem ganzen Tag blutiger Kämpfe zusammengebrochen. Obwohl die Parder sich tapfer geschlagen hatten, war das Ergebnis vorhersehbar gewesen. So sehr sie sich auch dagegen sträubte, es zuzugeben, Präzentor Martialum Anastasius Fochts geheimnisvoller Agent, den sie alle nur als Trent kannten, hatte Recht gehabt. Die Parder hatten zum Schutz ihrer Heimatwelt nur etwa zwei Galaxien abgestellt. Und um dem Ganzen die Krone aufzusetzen, waren diese Truppen auch noch Solahmas gewesen, Krieger, die zu alt für den Dienst an der Front waren oder sich irgendwie entehrt hatten. Und irgendein Militärgrundsatz der Clans schien Solahmas zu verbieten, bessere als Garnisonsklasse-Mechs ins Feld zu führen.

Byran schnaubte wehmütig, als sie sich an ihre Reaktion auf die Mitteilung erinnerte, daß die Nebelparder Diana nur mit Garnisonsklasse-Ausrüstung verteidigen würden. Sie hatte tatsächlich laut gelacht. Inzwischen war ihr klar, wie dumm sie damals gewesen war. Sie hatte Garnisonsklasse mit zweitklassig verwechselt, und das waren die Clan-Mechs sicher nicht, wie ihr gebrochener Arm bestätigte.

Trotzdem brachte der bloße Gedanke einer so kleinen Garnison zum Schutz eines Planeten, der das Herz und die Seele der Nebelparder darstellte, ein bitteres Lächeln auf ihr sonnenverbranntes Gesicht. Ein paar Sternhaufen ungetesteter Krieger waren in den verschiedenen Ausbildungslagern und Stützpunkten des Planeten gewesen, und die hatten über OmniMechs verfügt, teilweise über die neuesten Modelle, frisch aus der Fabrik. Und dann waren da noch die ›ProtoMechs‹, auf die MacLeod und Masters in ihren Operationsgebieten gestoßen waren.

Alles in allem waren die Verteidiger Dianas bei aller Tapferkeit von Anfang an zum Scheitern verurteilt gewesen. Jetzt mußten die Krieger Einsatzgruppe Schlanges ihre Aufmerksamkeit der nächsten Phase der Operation zuwenden: Sie mußten den Nebelpardern die Möglichkeit nehmen, weiter Krieg zu führen.

Byran beobachtete winzige schwarze Gestalten am anderen Ende des Paradeplatzes im Zentrum des Bagera-Ausbildungsstützpunkts bei der Bewegung in und aus dem großen, häßlichen Betonklotz des Verwaltungsgebäudes. Die Gestalten waren die überlebenden Pioniere des St.-Georgs-Regiments. Bis vor wenigen Minuten hatten sie die Büros der Nebelparder-Ausbildungskader nach Informationen durchsucht, die für die neuen Sternenbund-Verteidigungsstreitkräfte nützlich sein konnten.

Leider war das meiste, was sie gefunden hatten, nur von begrenztem Wert. Ausbildungsbroschüren, Operationshandbücher, Kursbeschreibungen und dergleichen schienen zwar interessant zu sein, aber nicht sonderlich nützlich. Die Clan-Ausbildungsprogramme bauten auf der Grundlage auf, daß die Ausbilder Krieger unterrichteten, die im Clan-Zuchtprogramm herangewachsen waren.

Die Freie Innere Sphäre besaß nichts Derartiges. Die Lyranische Allianz legte für alle Soldaten ungeachtet der Waffengattung eine sechzehnwöchige Grundausbildung fest, selbst für Krieger, die bereits den Abschluß einer ihrer angesehenen Militärakademien besaßen. Sinn und Zweck der Grundausbildung bestand darin sicherzustellen, daß ein Soldat dem Kampfeinsatz körperlich und geistig gewachsen war, bevor er an eine sogenannte ›A-Schule‹ weitergereicht wurde, in der er die Fähigkeiten seines Militärischen Spezialgebiets erlernte. Nach Beendigung der A-Schule und Abschluß in seinem MS wurde er einer Einheit zugeteilt, in der er in den meisten Fällen den Rest seiner Dienstzeit verbrachte. Überschneidungen in der Ausbildung hielten sich in engen Grenzen. Ein spezialgebietsübergreifendes Training fand vor allem außerhalb der LAS, zum Beispiel in Sondereinheiten wie den Lohengrin-Antiterrorkommandos des Lyranischen Nachrichtencorps statt.

Die Parder schienen dagegen mit ihrem System der Genmanipulation und Geschkos eine Methode gefunden zu haben, den Prozeß weit geradliniger zu gestalten. Krieger wurden unter Verwendung ausgewählter DNS erschaffen, die dem daraus resultierenden Individuum besondere Begabungen für eine bestimmte Waffengattung wie MechKrieger, Elementar oder Luft/Raumpilot verlieh. Die Ergebnisse dieser genetischen Manipulationen wurden in Gruppen unterschiedlicher Größe, Geschkos genannt, plaziert, in denen ihre natürlichen Neigungen unterstützt und geformt wurden, ganz ähnlich dem Vorgang, mit dem ein Waffenschmied aus einem Stück Eisen einen Schwertrohling formte. Von frühester Kindheit an trainierten die Geschkomitglieder miteinander. Nur eine kleine Minderheit bestand diese ständige harte Prüfung, und die Versager wurden früher oder später in eine der ›niederen Kasten‹ abgestuft. Die wenigen jedoch, die ihre Ausbildung erfolgreich abschlossen, ähnelten einer gut gearbeiteten Klinge, waren stark, scharf und tödlich.

Der ganze Prozeß, in dessen Verlauf ein Clanner zum Krieger heranwuchs, erschien Sharon Byran als weit effizienter als es die alten, etablierten Methoden der Freien Inneren Sphäre waren. Leider setzte er zu seinem Erfolg selektive Menschenzucht und genetische Manipulationen der Clans voraus. Aber wie befohlen hatte sie trotzdem die Büros der Basis ausräumen und alles auch nur entfernt brauchbare Datenmaterial an Bord des Leitlandungsschiffs der Garde bringen lassen.

Insgeheim hatte sie außerdem mehrere Kopien von jeder Datei anfertigen lassen, die sie im Safe ihres Privatquartiers verstaut hatte. Was sich auch an verwertbaren Informationen in diesen Dateien befand, es würde nicht ausschließlich in die Hände Sun-Tzu Liaos fallen, des derzeitigen Ersten Lords des Sternenbunds. Einige der heißeren Dateien waren gar nicht erst kopiert, sondern gleich aus den für die SBVS bestimmten Lieferungen ausgesondert worden und komplett in ihrem Safe verschwunden.

Sie verspürte keinerlei Skrupel dabei, das als Sternenbund-Eigentum deklarierte Material zu kopieren oder zu stehlen, auch wenn mancher dieses Vorgehen als Verrat und Spionage bezeichnet hätte. Sharon Byran war eine erzloyale Lyranerin und betrachtete es als ihre Pflicht, der Lyranischen Allianz alle militärischen oder wissenschaftlichen Informationen zu sichern, über die sie stolperte. Falls diese Informationen der Allianz einen militärischen oder wissenschaftlichen Vorsprung den anderen Nachfolgerstaaten gegenüber verschafften, um so besser. Sie war überzeugt, daß Archon Katrina sie für die Sicherstellung derart geheimer und wertvoller Informationen reich belohnen würde.

»General?«

»Hnh?« Das einzelne, mit leiser, respektvoller Stimme gesprochene Wort riß sie aus ihrem selbstgefälligen Tagtraum. Der Mann hinter ihr trug zwei hellgrüne Balken und das aus geschwärztem Metall bestehende Burgemblem der Pioniere. Mit zackiger Hand erwiderte sie seinen Salut. »Was gibt's, Captain?«

»General, wir sind mit dem Entfernen alles weiterverwertbaren Materials aus den Mech- und Wartungshangars fertig und dabei, die letzten Sprengladungen anzubringen. Wir dürften in etwa zwanzig Minuten soweit sein.« Der Offizier pausierte lange genug, um Byran Gelegenheit zu geben, seine Meldung mit einem Nicken zu quittieren. »Bei den Verwaltungsgebäuden und Kasernen dauert es etwas länger. In den Verwaltungsbüros sind so viele Informationen gespeichert, daß es einige Zeit in Anspruch nimmt, sie zu sortieren. Colonel Price schlägt vor, daß wir einige Leichtverletzte aus dem Hospital holen und sie im leichten Dienst das Material durchsehen lassen, zu dem wir noch nicht gekommen sind.«

Byran ließ sich den Vorschlag ihres Stellvertreters durch den Kopf gehen. Die nur leicht verwundeten Truppen aus den Krankenbetten zu holen und an die Durchsicht der noch unbewerteten Informationen zu setzen, war ein dreischneidiges Schwert.

Die zusätzlichen Leute würden die Arbeit beschleunigen und es damit den Sprengmannschaften erlauben, ihre Aufgabe zu erledigen. Aber der Einsatz nicht dazu ausgebildeten Personals bei der Sammlung und Analyse der Daten erhöhte die Gefahr, daß etwas Wichtiges übersehen wurde, und zusätzlich sorgte es für mehr Arbeitsaufwand bei der abschließenden Bewertung durch die wenigen ausgebildeten Datenanalytiker, die sie zur Verfügung hatte.

Außerdem erhöhte der Einsatz einfacher Soldaten die Gefahr eines Sicherheitslecks, und Byrans Plan, besonders wichtige Informationen für die Allianz, und nur für die Allianz, zu sichern, stellte besondere Anforderungen an die Geheimhaltung.

Das hätte mir gerade noch gefehlt, daß irgendein Schlammstampfer bei seinen Kumpanen damit prahlt, die Spezifikationen einer heißen neuen Clan-Waffe gesehen zu haben, und dann erreichen ausgerechnet diese Daten die Sternenbund-Verteidigungsstreitkräfte nicht.

Byran sah den Pionieroffizier an und erkannte, daß er auf eine Antwort wartete. »In Ordnung, Captain. Sprengen Sie die Mechanlagen, sobald sie soweit sind. Aber vorerst wollen wir die Verwundeten nicht weiter stören. Ich möchte lieber nicht riskieren, daß ihr Zustand sich verschlechtert, nur weil wir sie zwingen, sich durch Stapel alter Parder-Dateien zu wühlen.« Byran stieß ein kurzes, aber hartes Lachen aus, in dem gerade die richtige Note erschöpfter Bitternis lag. »Ich lasse mir lieber etwas länger Zeit damit, den Planeten zu zerstören, als meine Verwundeten der Schnelligkeit wegen zu gefährden.«

»In Ordnung, Ma'am.« Der Captain salutierte wieder und wandte sich ab.

Als sie den jungen Mann selbstsicher über den Paradeplatz davonmarschieren sah, fühlte Byran in ihrem Innern ein leichtes Frösteln. Sie hatte ihre Loyalität zur Lyranischen Allianz bewiesen, wurde aber das Gefühl nicht los, den Sternenbund verraten zu haben. Vielleicht sollte sie ihre frühere Entscheidung revidieren und die sorgfältig gesammelten Informationen aus ihrem Safe zurück zu den anderen Daten legen.

Nein, dafür ist es zu spät, dachte sie. *Wenn ich das täte, müßte ich erklären, warum ich sie überhaupt ausgesondert habe. Nein, besser, ich mache weiter wie bisher.*

Etwas mehr als dreißig Minuten später kehrte der Captain mit der Meldung zurück, daß alle Sprengladungen angebracht und die Hangars und Mechwartungshallen des Ausbildungslagers zur Sprengung vorbereitet waren.

Byran nickte kurz. »Dann los.«

Der Mann erwiderte die Geste. Er zog einen kleinen Kommunikator aus seiner mattolivgrünen Uniformjacke und sprach hinein. »Zündung.«

Vielleicht eine oder anderthalb Sekunden später sah Byran einen dumpfweißen Lichtblitz das Innere eines niedrigen Mechhangars am Südrand des Platzes erhellen. Das Gebäude schien wie ein kleiner Hund in einem plötzlichen Zugwind zu zittern. Rauch quoll aus den offenen Hangartoren. Kurz darauf erreichte sie das tiefe, rollende Wummern der Detonationen.

Als der Rauch sich verzog, sackte das schwere Stahlbetondach des gehärteten Mechbunkers wie der Rükken eines alten, lahmgerittenen Pferds in der Mitte ein. Mit Hilfe des ungelenk in einer Hand gehaltenen Fernglases konnte Byran dunkelgraue Flecken auf dem Boden vor den Hangartoren sehen. Das waren große Brocken stahlverstärkten Betons, die kurz zuvor noch Teil der dicken Mauern des Gebäudes gewesen waren. Die von ihren Pionieren gesetzten Sprengladungen wirkten so stark, daß die Außenschicht der Hangarmauern in der Druckwelle der Detonationen zerbröckelt war. Im Innern der Bauten mußte es aussehen wie in den Tiefen der Hölle, ein Labyrinth zerborstener Dachträger, zerschmetterter Mechkokons und verbogener Wartungskräne. Zum Glück hielt sich niemand mehr dort auf. Die gewaltige Explosion, die den extrem widerstandsfähigen Hangarbunker verwüstet hatte, hätte jedes lebende Wesen, das von ihrer Schockwelle erfaßt wurde, in einen nicht mehr zu identifizierenden Klumpen blutigen Fleischs verwandelt.

Der dicke weiße Qualm der ersten Sprengserie hatte sich im leichten Ostwind kaum vom Gebäude gelöst, als eine zweite Serie von Explosionen den Hangar weiter aushöhlte und das Dach mit einer Gewalt zu Boden krachen ließ, daß Byran die Erschütterung noch einen Kilometer entfernt durch die Stiefelsohlen spürte.

Wie Wellen auf einem ruhigen Teich fühlte sie eher vier weitere Doppelschläge, als sie zu hören, während die Pioniere die restlichen Ladungen der Reihe nach auslösten. Nachdem es vorüber war, lag die Bagera Ausbildungsbasis in Trümmern. Im Osten stieg eine dichte, öligschwarze Rauchsäule in den wolkenverhangenen Himmel und markierte die Lage der früheren Kadettenkaserne. Nur das zweistöckige Verwaltungsgebäude war noch intakt, aber auch das würde noch gesprengt werden.

Mit einem langen Seufzer, der zu gleichen Teilen Zufriedenheit und Leiden ausdrückte, hebelte Byran sich aufrecht, versuchte wieder einmal vergebens, etwas gegen die Schmerzen in ihrer verkrampften und wunden linken Schulter zu unternehmen und wandte sich von der infernalischen Szene ab. Sie ging um den Wagen herum zur offenen Hintertür und blieb am Fuß der Rampe stehen. Sie dachte nicht daran, sich unnötig anzustrengen und sich mit ihrem abstehenden linken Arm in das beengte Innere des Fahrzeugs zu zwängen.

»Geben Sie eine Nachricht an Ballerina«, rief sie der Tech an der Kommkonsole zu. »Teilen Sie ihr mit, daß die Ausbildungsbasis in Bagera zerstört ist.«

* * *

»Sehr schön, General«, antwortete General Ariana Winston auf Byrans Mitteilung und versuchte, sich das Bedauern über die Vernichtung der Clan-Militärstützpunkte nicht anmerken zu lassen. »Setzen Sie die Bergungs- und Reparaturarbeiten fort und informieren Sie mich, sobald Ihre Einheit wieder kampfbereit ist. Treffen Sie inzwischen alle gebotenen Vorkehrungen gegen Guerilla-Aktionen der Parder. Es heißt, die Clanner *soll-*

ten derartige Taktiken nicht anwenden, aber ich bin der Ansicht, daß wir uns hier in unbekannter Lage befinden. Niemand hat je zuvor ihre Heimatwelt besetzt. Selbst in den Zeiten, als sie nur untereinander kämpften, scheinen sie immer nur um eine bestimmte Sache gefochten und sich dann zurückgezogen zu haben, gleichgültig, ob sie gewonnen oder verloren hatten. Aber wir? Wir haben nicht nur Diana angegriffen, die Parder müssen den Eindruck gewinnen, daß wir uns hier festsetzen wollen.

Wir wissen, daß sie ohnehin schon alles andere als erfreut über unseren Angriff auf ihren Heimatplaneten sind. Unser Erscheinen unter dem Banner des Sternenbunds scheint die Beleidigung in ihren Augen sogar noch zu potenzieren. Jedenfalls habe ich so etwas aus ein paar Äußerungen von Gefangenen herausgehört. Sie könnten sich möglicherweise entschließen, ihren kostbaren Ehrenkodex zu vergessen und Überfallaktionen zu starten. Sie dürfen alle hochrangigen Clan-Offiziere verhören, die sie gefangen haben, aber ich will über die Ergebnisse auf dem laufenden gehalten werden. Vielleicht postieren Sie auch ein paar MP im Zentrum von Bagera. Aber sie sollen sich benehmen. Stellen Sie gerade genug ab, um Ordnung zu halten, und lassen Sie die Zivilisten ihren Geschäften nachgehen. Außerdem brauchen wir eine Aufstellung aller Gefangenen … äh … ehm … Leibeigenen, die Sie gemacht haben.« Winston stolperte über den Clanner-Begriff, obwohl er schon seit langem Teil des Vokabulars der Einsatzgruppe Schlange war. »Und ich möchte eine Aufstellung des gesamten aus Bagera geborgenen Materials. Möglicherweise müssen wir eine Verteilaktion organisieren, um alle Einheiten wieder aufzubauen, die bei der Invasion Schaden genommen haben.«

»Verstanden.« Selbst für die kurze, abgehackte Sprechweise vieler hoher lyranischer Offiziere fiel Sharon Byrans Antwort recht knapp aus. Winston fragte sich, ob sie die aufbrausende Lyranerin ungewollt beleidigt hatte oder ihr verletzter Arm ihr vielleicht wieder zu schaffen machte.

Wo das Problem auch lag, Winston bekam keine Chance nachzufragen. Byran unterbrach die Verbindung. Ein paar Sekunden spielte Winston mit dem Gedanken, den Kontakt durch ihren KommTech wiederherstellen zu lassen, um herauszubekommen, was Byran zu schaffen machte. Aber der Gedanke verflog gleich wieder, denn schon verlangte ein anderer Anruf mit lautem Brummen ihre Aufmerksamkeit. William MacLeod war am anderen Ende der Leitung und meldete, daß die Fabrikanlagen von Pahn City praktisch bis auf die blanken Mauern ausgeschlachtet waren.

»Wir haben alles rausgerissen, was wir losbrechen konnten, und noch ein paar Sachen mehr, die wir mit Laserbrennern losschneiden mußten.« MacLeods Bericht war über dem metallischen Krachen und Zischen der Verbindung kaum zu verstehen. »Wir haben alles runtergeladen, was in den Parder-Computern zu finden war. Ich schicke Ihnen eine Kopie zusammen mit unserer Analyse, sobald wir eine Chance hatten, uns das Material anzusehen. Wir konnten etwa ein halbes Dutzend dieser ProtoMechs intakt bergen. Etwa zwei Dutzend andere wurden mehr oder weniger zerstört. Vielleicht lassen sich ein paar davon wiederherrichten. Ich bezweifle allerdings, daß wir sie benutzen können. Alle Piloten, die ich gesehen habe, verfügten über diese Neuraltätowierungen. Die paar, die wir lebend gefangen haben, und die bereit waren, mit uns zu reden, haben erklärt, die Neuralimplantate sind nötig, um die kleinen gepanzerten Boggarts zu steuern.«

Winston kicherte über MacLeods farbige Beschreibung der üblen und gefährlichen Miniatur-Kampfkolosse. Sie wußte, daß Boggart ein altes gälisches Wort für ›Kobold‹ oder ›Unhold‹ war. Typisch für MacLeod, dem neuesten Waffensystem eines Gegners einen humorigen Spitznamen zu geben. Insgeheim zog sie Paul Masters' elegantere Bezeichnung Ozelots vor.

»Sehr schön, Colonel«, antwortete sie und war erstaunt, wie anders die gleiche Antwort, die sie auch Byran gegeben hatte, diesmal klang. MacLeod hatte etwas an sich, das ihn sofort sympathisch machte, während Byrans kühle, wortkarge Art genau den entgegengesetzten Effekt hatte. »Wie kommen Sie mit dem Abbau der Anlage voran?«

»Wir bauen sie nicht ab, General.« MacLeods Stimme veränderte plötzlich ihren Ton und jetzt klang er wie ein Arzt, der eine unheilbare, tödliche Erkrankung diagnostizierte. »In zwei Stunden sind wir soweit, die Fabrik in Brand zu setzen. Ich erwarte ein paar Probleme mit den Einheimischen, wenn wir die Anlage in die Luft jagen, aber nicht allzuviele.«

Diese Offenheit traf Winston. Sie empfand weder Freude noch Stolz bei der Vorstellung, die Fähigkeit der Parder zur Kriegsführung zu vernichten. Die Einsatzgruppe zerstörte Fabriken, deren Ausstoß allem, was die Freie Innere Sphäre und der neue Sternenbund anbieten konnten, um Jahrzehnte voraus war. In Winstons traditioneller, geschichtsbewußter Sicht waren es gerade solche Vernichtungsaktionen, derentwegen die ursprüngliche Sternenbund-Armee die Innere Sphäre verlassen und die Clan-Kultur sich entwickelt hatte. Jetzt verübte sie hier dasselbe Verbrechen, nachdem sie über dreißig Jahre mit der tiefsitzenden Überzeugung gelebt hatte, daß alle Technologie der Menschheit auf eine Weise diente, die bewahrt und gepflegt gehörte, bis dieser Nutzen Allgemeingut werden konnte. »Ich hoffe, Sie haben die Einheimischen nicht in irgendwelche gefährlichen Bereiche gelassen«, bemerkte sie, teilweise aus Sorge um die Mission, aber hauptsächlich, um das deprimierende Gefühl zu verdrängen, persönlich für die Vernichtung einer fast dreihundert Jahre alten Kultur verantwortlich zu sein.

»Keine Angst, General. So dumm bin ich nicht. Wir lassen sie Hebekräne, Laster und ähnliches fahren. Keine Munitionstransporter, keine bewaffneten Fahrzeuge, nichts dergleichen. Wir lassen sie nicht einmal in die LZ. Sie laden ihre Fracht am Rand der Landezone ab, und von da an übernehmen meine Schiffscrews. Mein Eindruck ist, daß die Zivilisten die Invasion beinahe so sehen, als wären sie absorbiert worden, wenn das der richtige Clanausdruck dafür ist. Wir haben die Schlacht gewonnen, also gehört uns die Beute, und dazu scheinen auch die niederen Kasten zu gehören. Das würde bedeuten, sie sind jetzt Teil unseres Clans, Teil vom Clan Schlange, und sie tun, was sie können, um ihrem neuen Clan zu dienen, wie es sich für echte Clanner gehört.«

»Na schön, Colonel, aber haben Sie ein Auge auf Ihre ›neuen Clankameraden‹. Ich möchte nicht glauben, daß die gefangenen Clanner ihre Loyalität einfach der Einsatzgruppe überschreiben, und dann irgendwann mit durchgeschnittener Kehle aufwachen.«

»Aye, General. Das mache ich.«

Damit unterbrach MacLeod die Funkverbindung.

Nach den Highlanders meldete sich Andrew Redburn. Er erklärte, das OG der Kathil-Ulanen sei sicher und das Schleifen der Militärindustrie des Clans verlaufe zügig. Als nächstes folgte Regis Grandi, dann Paul Masters. Mit jeder neuen Meldung darüber, wie die Einsatzgruppe systematisch die militärische Infrastruktur der Nebelparder zerschlug, wirkte Winston trauriger und in sich gekehrter. Obwohl sie ihren eigenen Worten zufolge von Berufs wegen Menschen tötete und Dinge zerstörte, verabscheute sie die beinahe mutwillige Vernichtung, die sich momentan auf der Oberfläche Dianas abspielte. Sie hatte das Gefühl, der überzeugten Hingabe der Leichten Eridani-Reiterei für die Bewahrung aller denkbaren Aspekte des Sternenbunds untreu zu werden, denn dazu gehörte auch, die Industriekapazitäten einer eroberten Welt zu erhalten. Sie war sogar so weit gegangen, Soldaten der Leichten Eridani ins Innere Luteras zu schicken, um dort die Reserve-Kommandozentrale zu zerstören.

Einen Augenblick lang stützte sie die Ellbogen auf den Kartentisch und bedeckte das Gesicht mit den Händen. Die leisen Geräusche, die hinter ihren Handflächen hervordrangen, waren weder auf Lachen noch auf Weinen zurückzuführen. Der ihrem Stuhl am nächsten sitzende Tech hatte den Eindruck, daß sie betete.

In diesem Augenblick tippte Captain Dane Nichols ihr auf die Schulter. Normalerweise hätte diese Geste für einen Feldoffizier einer Generalin gegenüber bei weitem zu familiär gewirkt, aber Nichols gehörte zu Winstons persönlichem Stab und konnte sich etwas mehr erlauben als der durchschnittliche Soldat. »General, ich habe die vorläufigen Berichte der Bergungs- und Wartungsmannschaften.«

»Setzen Sie sich, Dane.« Winston zog einen Stuhl für den jungen Offizier heran und lehnte sich zurück. »In Ordnung.«

»Also, Ma'am, das 21. Einsatzregiment hatte die schwersten Verluste. Colonel Amis meldet achtzehn Tote und neununddreißig Schwerverletzte. Der Hauptanteil seiner Gefechtsverluste entstand unter den Infanteriezügen. Fünf seiner Mechs wurden zerstört. Acht weitere sind zu schwer beschädigt, um sie wieder instand zu setzen. Er läßt sie von den Bergungsteams ausschlachten. Vierundfünfzig seiner verbliebenen Mechs haben Schäden unterschiedlichen Ausmaßes und werden repariert. Colonel Amis meldet leichte Verluste durch Parder-Elementare, die einem seiner Pionierteams aufgelauert haben. Die Pioniere wurden vom Militärraumhafen Lutera abgedrängt, und der Colonel mußte die Parder mit Mechs und Kröten ausräuchern. Er meldet, Raumhafen und Stadt seien sicher, aber nicht allzu sehr.«

Winston mußte trotz ihrer Müdigkeit über Amis' charakteristischen Berichtsstil kichern.

»Colonel Antonescu meldet fünf Tote und sechsunddreißig Verletzte«, fuhr Nichols fort. »Neun Mechs zerstört oder irreparabel beschädigt. Einundvierzig beschädigt, aber reparabel. Colonel Antonescu meldet keine feindlichen Aktivitäten in seinem Gebiet südlich Luteras. Colonel Barclay hat das Genetische Archiv der Parder und das Feld der Helden eingenommen. Sie meldet schwere Verluste der motorisierten Infanterie. Die Parder müssen am Archiv verbissen gekämpft haben. Laut Abschlußbericht des Colonels führten die Parder-Mechs eine Hinhalteaktion aus, während die zum Archiv abgestellten Elementareinheiten die Anlage versiegelten. Ihre Infanterie-Einheiten mußten sich den Weg freisprengen und sich einen Raum um den anderen gegen die Kröten vorkämpfen. Sie hat einunddreißig Tote und achtundvierzig Verwundete. Das ist eine Verlustquote von beinahe zweiundzwanzig Prozent.«

»Hmmm«, summte Winston traurig. »AGS.«

»Ja, Ma'am«, bestätigte Nichols. Arme Grabenschweine.

»Die Verluste unter Colonel Barclays BattleMechtruppen waren erheblich leichter«, stellte er fest. »Zwei Piloten tot, elf verwundet. Sieben Mechs zerstört oder nicht reparaturfähig, fünfzehn beschädigt. Alles in allem ist die Leichte Reiterei gut davongekommen.«

»Hn-hnh. Gut, aber nicht unversehrt«, verbesserte Winston leise. »Die Regimentsführer sollen mich über den Verlauf der Reparaturen auf dem laufenden halten. Wenn die Parder einen Gegenangriff zustande bringen, möchte ich auf sie vorbereitet sein.«

»Wird gemacht.« Nichols machte sich eine Notiz auf dem Compblock. »Außerdem habe ich eine Liste der Gefangenen oder Leibeigenen oder wie immer Sie sie nennen wollen.«

Winston nahm den Compblock und überflog die Liste. Die Zahl der Einträge hielt sich in Grenzen. Wie es schien, zogen die meisten Parder es vor, im Kampf zu sterben, statt die Schande hinzunehmen, in die Gefangenschaft der gegen sie angetretenen Sternenbund-Truppen zu geraten. Der höchste Offizier auf der Liste war ein Sterncolonel, den die ComGuards auf der New-Andery-Trainingsbasis gefangengenommen hatten.

»Keine Spur vom Garnisonskommandeur, wie hieß er doch gleich? Russou Howell?«

»Nein, Ma'am.« Nichols zuckte die Achseln. »Er soll der Obermotz des ganzen Planeten sein. Wenn er so ein Typ wie die meisten anderen Parderoffiziere ist, wäre er in vorderster Front zu finden, wie er seine Truppen zu Ruhm und Ehre oder in den Tod führt. Einige Gefangene behaupten, er sei in New Andery gewesen, als die Ritter den Stützpunkt angriffen. Er könnte bei den Kämpfen gefallen oder entkommen sein und versuchen, Truppen genug für einen Gegenschlag zu sammeln.«

Winston nickte und wog die Möglichkeiten ab. »Ob die Parder sich so weit vom ›Wesen der Clans‹ entfernt haben, daß dieser Howell sich in die Berge zurückziehen und einen Guerillakrieg gegen uns starten würde?«

»Keine Ahnung, Ma'am«, zuckte Nichols noch einmal die Achseln. »Das ist nicht meine Abteilung.«

Ihre auch nicht, dachte Winston. Sie würde die Angelegenheit den Geheimdienst-Spezialisten übergeben müssen, die ihre Streitmacht begleiteten.

Winston drehte sich etwas in ihrem Stuhl und blickte durch die offene Tür des HQ-Fahrzeugs. Der Eingang bot einen begrenzten Blick auf die zerschmetterten Standbilder um das Feld der Helden und die rauchverhangenen Straßen Luteras.

So leicht kann es nicht gewesen sein. Der Gedanke sandte ihr einen kalten Schauer das Rückgrat hinab. Dann drängte sich ihr ein noch beunruhigenderer Gedanke auf. *Wenn es uns so leicht gefallen ist, den Planeten einzunehmen, wie schwer kann es den Pardern fallen, ihn zurückzuerobern?*

Sie schüttelte die düstere Vorahnung ab und gab Nichols einen Befehl für alle Sternenbund-Einheitskommandeure auf dem Planeten mit.

»Die vermißten Clan-Offiziere müssen gefunden werden. Wenn sie tot sind, ist es gut. Wenn nicht, müssen sie gestellt und festgesetzt werden. Hier gibt es viel zu viele Variablen, viel zu viel, was wir nicht wissen. Wir können nicht riskieren, daß die Parder Partisanenangriffe gegen die Einsatzgruppe starten. Wir wissen nicht, ob sie einen Hilferuf abstrahlen konnten, und ich möchte nicht damit beschäftigt sein, eine kleine Bande von Guerilleros durch die Berge zu hetzen, wenn eine Entsatzflotte auftaucht.«

Lesen Sie weiter in:

Thomas Gressman
SCHATTEN DER VERNICHTUNG (in Vorb.)

GLOSSAR

AUTOKANONE: Eine automatische Schnellfeuerkanone. Leichte Fahrzeugkanonen haben Kaliber zwischen 30 und 90 mm, während eine schwere Mechautokanone ein Kaliber von 80 bis 120 mm oder mehr besitzen kann. Die Waffe feuert in schneller Folge panzerbrechende Hochexplosivgranaten ab.

BATAILLON: Ein Bataillon ist eine militärische Organisationseinheit der Inneren Sphäre, die in der Regel aus drei Kompanien besteht.

BATCHALL: Batchall ist der Name für das Clanritual der Herausforderung zum Kampf. Der Verteidiger kann verlangen, daß der Angreifer etwas aufs Spiel setzt, dessen Wert vergleichbar mit dem ist, was der Verteidiger zu verlieren riskiert.

BATTLEMECH: BattleMechs sind die gewaltigsten Kriegsmaschinen, die je von Menschen erbaut wurden. Diese riesigen humanoiden Panzerfahrzeuge wurden ursprünglich vor über 500 Jahren von terranischen Wissenschaftlern und Technikern entwickelt. Sie sind schneller und manövrierfähiger in jedem Gelände, besser gepanzert und schwerer bewaffnet als jeder Panzer des 20. Jahrhunderts. Sie ragen zehn bis zwölf Meter hoch auf und sind bestückt mit Partikelprojektorkanonen, Lasergeschützen, Schnellfeuer-Autokanonen und Raketenlafetten. Ihre Feuerkraft reicht aus, jeden Gegner mit Ausnahme eines anderen BattleMechs niederzumachen. Ein kleiner Fusionsreaktor liefert ihnen nahezu unbegrenzt Energie. BattleMechs können auf Umweltbedingungen so verschieden wie glühende Wüstenei und arktische Eiswüsten eingestellt werden.

BINÄRSTERN: Eine aus zwei Sternen (10 Mechs, zwanzig Luft/Raumjägern oder 50 Elementaren) bestehende Einheit der Clans.

BLAKES WORT/COMSTAR: Das interstellare Kommunikationsnetz ComStar wurde von Jerome Blake entwickelt, der in den letzten Jahren des Sternenbunds das Amt des Kommunikationsministers innehatte. Nach dem Zusammenbruch des Bundes eroberte Blake Terra und organisierte die Überreste des Sternenbund-Kommunikationsnetzes in eine Privatorganisation um, die ihre Dienste mit Profit an die fünf Häuser weiterverkaufte. Seitdem hat sich ComStar zu einem mächtigen Geheimbund entwickelt, der sich jahrhundertelang in Mystizismus und Rituale hüllte, bis es nach der Entscheidungsschlacht gegen die Clans auf Tukayyid unter Prima Sharilar Mori und Präzentor Martialum Anastasius Focht zur Reformation des Ordens und Abspaltung der erzkonservativen Organisation Blakes Wort kam.

BLITZ-KURZSTRECKENRAKETEN: Blitz-KSR enthalten Zielsuchgeräte, die ein Abfeuern erst gestatten, wenn die in die Lafette geladenen Raketen ein Ziel erfaßt haben. Ist dies einmal geschehen, treffen die Raketen das Ziel automatisch.

CLANS: Beim Zerfall des Sternenbundes führte General Aleksandr Kerensky, der Oberkommandierende der Regulären Armee des Sternenbundes, seine Truppen beim sogenannten Exodus aus der Inneren Sphäre in die Tiefen des Alls. Weit jenseits der Peripherie, mehr als 1300 Lichtjahre von Terra entfernt, ließen Kerensky und seine Leute sich auf fünf wenig lebensfreundlichen Welten nahe eines Kugelsternhaufens nieder, der sie vor einer Entdeckung durch die Innere Sphäre schützte. Innerhalb von fünfzehn Jahren brach unter ihnen jedoch ein Bürgerkrieg aus, der drohte, alles zu vernichten, für dessen Aufbau sie so hart gearbeitet hatten.

In einem zweiten Exodus führte Nicholas Kerensky, der Sohn Aleksandrs, seine Gefolgsleute auf eine der Welten im Innern des Kugelsternhaufens, um dem Krieg zu entfliehen. Dort, auf Strana Metschty, entwarf und organisierte Nicholas Kerensky die faschistoide Kastengesellschaft der Clans.

DIVISION: Eine von der Mechkampfstärke in etwa dem Regiment entsprechende, aber Truppen verschiedener Waffengattungen umfassende Einheit der ComGuards, des militärischen Arms ComStars, und der BlakeGuards, des militärischen Arms von Blakes Wort.

DONNER-LANGSTRECKENRAKETEN: Donner-LSR erzeugen Streuminenfelder. Die ›Donner‹-Kennzeichnung ist die in der Freien Inneren Sphäre gebräuchliche Bezeichnung für FA-(Feldartillerie-)Streuminen-Gefechtsköpfe. Die Clans benutzen praktisch identische Gefechtsköpfe.

ELEMENTARE: Die mit Kampfanzügen ausgerüstete Eliteinfanterie der Clans. Diese Männer und Frauen sind wahre Riesen, die speziell für den Einsatz der von den Clans entwickelten Rüstungen gezüchtet werden.

EXTREMREICHWEITEN-LASER: Bei diesen Waffen handelt es sich um verbesserte Versionen des gewöhnlichen Lasers, mit überlegenen Fokussier- und Zielerfassungsmechanismen. In der Clan-Ausführung haben diese Waffen eine deutlich größere Reichweite als normale Laser und erzielen einen etwas höheren Schaden. Allerdings verursachen sie dabei eine um 50% höhere Abwärme. In der Freien Inneren Sphäre befindet sich die ER-Lasertechnologie noch im Entwicklungsstadium. Bisher machen Umfang und Größe der benötigten Ausrüstung eine Anwendung nur bei schweren Lasern möglich. Zudem erreicht der schwere ER-Laser der Freien Inneren Sphäre zwar eine größere Reichweite als ein schwerer Normallaser, der Reichweitengewinn ist jedoch geringer als bei entsprechenden Clan-Waffen, und die Schadenswirkung ist nicht höher als bei einem normalen S-Laser. Die Wärmeentwicklung ist jedoch ebenso groß wie bei einem schweren Clan-ER-Laser.

EXTREMREICHWEITEN-PPK: Ebenso wie bei den Laserwaffen haben die Clans auch eine erheblich verbesserte Version der Partikelprojektorkanone entwickelt. Diese Extremreichweiten-PPK ist kleiner, leichter und leistungsfähiger als die Normalversion, mit größerer Reichweite und höherer Durchschlagskraft. Allerdings ist auch die Wärmeentwicklung erheblich größer, was beim Einsatz dieser Waffe zu einem Problem werden kann. Die Freie Innere Sphäre besitzt ebenfalls eine ER-Version der PPK, diese Waffe ist jedoch weniger hoch entwickelt. Größe und Gewicht entsprechen denen einer Normal-PPK, ebenso wie die Schadenswirkung, während Reichweite und Abwärme in etwa denen der Clan-Version entsprechen.

GALAXIS: Die größte Militäreinheit der Clans, bestehend aus drei bis fünf Sternhaufen.

GAUSSGESCHÜTZ: Ein Gaussgeschütz benutzt eine Reihe von Elektromagneten, um ein Projektil durch den Geschützlauf in Richtung des Ziels zu beschleunigen. Obwohl sein Einsatz mit enormem Energieaufwand verbunden ist, erzeugt das Gaussgeschütz nur sehr wenig Abwärme, und die erreichbare Mündungsgeschwindigkeit liegt doppelt so hoch wie bei einer konventionellen Kanone.

GESCHKO: Eine Gruppe von Kindern (GESCHwisterKOmpanie) des Zuchtprogramms der Clan-Kriegerkaste, die von denselben Genspendern abstammen und gemeinsam aufgezogen werden. Während sie aufwachsen, werden sie ständig getestet. Bei jedem Test scheiden Mitglieder der Geschko aus und werden in niedrigere Kasten abgeschoben. Eine Geschko besteht zunächst aus etwa zwanzig Kindern, von denen beim abschließenden Test noch etwa vier oder fünf übrig bleiben. Diese Tests und andere Erlebnisse binden die überlebenden ›Geschkinder‹ so eng aneinander, daß sie häufig lebenslanges Vertrauen und Verständnis füreinander zeigen. Untereinander bezeichnen Geschkomitglieder sich auch als ›Kogeschwister‹.

IMPULSLASER: Ein Impulslaser verwendet einen Hochfrequenz-Hochenergiepuls zur Erzeugung gepulster Laserstrahlen. Der Effekt ist vergleichbar mit MG-Feuer. Diese Konstruktion erhöht die Trefferwahrscheinlichkeit des Laserangriffs und erzeugt einen größeren Schaden pro Treffer, allerdings unter Inkaufnahme erhöhter Hitzeentwicklung und verringerter Reichweite.

INNERE SPHÄRE: Mit dem Begriff ›Innere Sphäre‹ wurden ursprünglich die Sternenreiche bezeichnet, die sich im 26. Jahrhundert zum Sternenbund zusammenschlossen. Derzeit bezeichnet er den von Menschen besiedelten Weltraum innerhalb der Peripherie. Der nicht von den Clans besetzte Teil der Inneren Sphäre wird auch als ›Freie Innere Sphäre‹ bezeichnet.

K^3-COMPUTER: Das K^3-Computersystem (Kommando/Kontrolle/Kommunikation) steht nur Einheiten der Freien Inneren Sphäre zur Verfügung. Es ist für den Einbau in Befehls- oder Scout-Mechs bzw. -Fahrzeuge vorgesehen und soll den Einheitskommandeur bei der Koordination von Aktivitäten auf Lanzen- und Kompanieebene unterstützen, indem es angeschlossenen Einheiten gestattet, das Zielerfassungssystem einer beliebigen anderen Einheit des K^3-Netzwerks zu benutzen.

KASTE: Die Clangesellschaft ist streng in fünf Kasten unterteilt: Krieger, Wissenschaftler, Händler, Techniker und Arbeiter. Jede dieser Kasten umfaßt zahlreiche Unterkasten, die auf Spezialisierungen innerhalb eines Berufsfeldes basieren. Die Kriegerkaste pflanzt sich unter strenger Kontrolle des genetischen Erbes durch ein systematisches Eugenikprogramm fort, bei dem Genmaterial angesehener und erfolgreicher lebender und toter Krieger verwendet wird. Andere Kasten sorgen durch strategische Heiraten innerhalb der Kaste für einen hochwertigen Genfundus.

KHAN: Jeder Clan wählt zwei Khane. Einer der beiden fungiert als höchster militärischer Kommandeur und Verwaltungschef der Clans. Die Position des zweiten Khans ist weniger klar umrissen. Er ist der Stellvertreter des ersten Khans und führt dessen Aufträge aus. In Zeiten großer innerer oder äußerer Bedrohung, oder wenn eine gemeinsame Anstrengung aller Clans notwendig ist, wird ein ilKhan zum obersten Herrscher aller Clans gewählt.

KOMPANIE: Eine Kompanie ist eine militärische Organisationseinheit der Inneren Sphäre, die aus drei BattleMech-Lanzen oder bei Infanteriekompanien aus drei Zügen mit insgesamt 50 bis 100 Mann besteht.

KRÖTEN: Die in der freien Inneren Sphäre übliche Bezeichnung für mit Kampfanzügen ausgerüstete Eliteinfanterie, eine zuerst bei den Clans entwickelte Waffengattung. Diese sogenannten Elementare sind wahre Riesen, die speziell für den Einsatz der von den Clans entwickelten Rüstungen gezüchtet werden. Die freie Innere Sphäre ist bei der Entwicklung ähnlicher Gefechtsanzüge deutlich im Hintertreffen, nicht zuletzt, da als Träger dieser Anzüge nur gewöhnliche Menschen zur Verfügung stehen.

KSR: Abkürzung für ›Kurzstreckenrakete‹. Es handelt sich um ungelenkte Raketen mit hochexplosiven oder panzerbrechenden Sprengköpfen.

LANDUNGSSCHIFFE: Da Sprungschiffe die inneren Bereiche eines Sonnensystems generell meiden müssen und sich dadurch in erheblicher Entfernung von den bewohnten Planeten einer Sonne aufhalten, werden für interplanetare Flüge Landungsschiffe eingesetzt. Diese werden während des Sprungs an die Antriebsspindel des Sprungschiffes angekoppelt. Landungsschiffe besitzen selbst keinen Überlichtantrieb, sind jedoch sehr beweglich, gut bewaffnet und aerodynamisch genug, um auf Planeten mit einer Atmosphäre aufzusetzen bzw. von dort aus zu starten. Die Reise vom Sprungpunkt zu den bewohnten Planeten eines Systems erfordert je nach Spektralklasse der Sonne eine Reise von mehreren Tagen oder Wochen.

LANZE: Eine Lanze ist eine militärische Organisationseinheit der Inneren Sphäre, die in der Regel aus vier BattleMechs besteht.

LASER: Ein Akronym für ›Light Amplification through Stimulated Emission of Radiation‹ oder Lichtverstärkung durch stimulierte Strahlungsemission. Als Waffe funktioniert ein Laser, indem er extreme Hitze auf einen minimalen Bereich konzentriert. BattleMechlaser gibt es in drei Größenklassen: leicht, mittelschwer und schwer. Laser sind auch als tragbare Infanteriewaffen verfügbar, die über einen als Tornister getragenen Energiespeicher betrieben werden. Manche Entfernungsmeßgeräte und Zielerfassungssensoren bedienen sich ebenfalls schwacher Laserstrahlen.

LB-X AUTOKANONE: Die LB-X (Large Bore-Extended, Großkaliber-erweiterte Reichweite) Autokanone ist eine verbesserte Version der gewöhnlichen Autokanone, bei der durch den Einsatz leichter, wärmeableitender Legierungen Gewicht und Wärmeentwicklung reduziert worden sind. Die eingesetzten Materialien machen die Waffe teurer als eine gewöhnliche Autokanone, aber die Vorteile wiegen die höheren Kosten auf. Die LB-X kann Bündelmunition abfeuern, die man mit Schrotmunition im BattleMechformat vergleichen kann. Nach Verlassen des Laufs zerfällt eine Bündelgranate in kleinere Geschosse. Dadurch wird die Chance auf einen Glückstreffer erhöht, gleichzeitig jedoch der erzielte Schaden über das gesamte Zielgebiet verteilt statt auf einen Punkt konzentriert. Bündelmunition kann nur in LB-X Autokanonen eingesetzt werden.

LSR: Abkürzung für ›Langstreckenrakete‹, zum indirekten Beschuß entwickelte Raketen mit hochexplosiven Gefechtsköpfen.

NACHFOLGERSTAATEN: Nach dem Zerfall des Sternenbunds wurden die Reiche der Mitglieder des Hohen Rats, die sämtlich Anspruch auf die Nachfolge des Ersten Lords erhoben, unter dem Namen Nachfolgerstaaten bekannt. Die Nachfolgerstaaten bestehen aus ursprünglich fünf und derzeit noch vier Herrscherhäusern: Haus Kurita (Draconis-Kombinat), Haus Liao (Konföderation Capella), Haus Steiner-Davion (Vereinigtes Commonwealth) und Haus Marik (Liga Freier Welten). Die Clan-Invasion unterbrach die Jahrhunderte des Krieges seit 2786 – dem Jahr der Nachfolgekriege – einstweilen. Die Nachfolgerfürsten setzten ihre Streitigkeiten aus, um der Bedrohung durch den gemeinsamen Feind, die Clans, zu begegnen. Die trügerische Ruhe seit Abschluß des Waffenstillstands von Tukayyid hat diese Solidarität jedoch inzwischen sehr brüchig werden lassen, und im Jahre 3057 brechen die Kämpfe innerhalb der freien Inneren Sphäre wieder aus.

NOVA: Eine aus einem Mechstern (5 Mechs) und einem Elementarstern (25 Elementaren) bestehende Einheit der Clans.

PERIPHERIE: Jenseits der Grenzen der Inneren Sphäre liegt die Peripherie, das weite Reich bekannter und unbekannter Systeme, das sich bis in die interstellare Nacht erstreckt. Die einstigen terranischen Kolonien in der Peripherie wurden durch den Zerfall des Sternenbundes technologisch, wirtschaftlich und politisch verwüstet. Derzeit dient die Peripherie größtenteils als Zufluchtsort für Banditenkönige, Raumpiraten und Ausgestoßene.

PPK: Abkürzung für ›Partikelprojektorkanone‹, einen magnetischen Teilchenbeschleuniger in Waffenform, der hochenergiegeladene Protonen- oder Ionenblitze verschießt, die durch Aufschlagskraft und hohe Temperatur Schaden anrichten. PPKs gehören zu den effektivsten Waffen eines BattleMechs.

REGIMENT: Ein Regiment ist eine militärische Organisationseinheit der Inneren Sphäre und besteht aus zwei bis vier Bataillonen von jeweils drei oder vier Kompanien.

SAVASHRI: Ein Clan-Fluch.

SPRUNGSCHIFFE: Interstellare Reisen erfolgen mittels sogenannter Sprungschiffe, deren Antrieb im 22. Jahrhundert entwickelt wurde. Der Name dieser Schiffe rührt von ihrer Fähigkeit her, ohne Zeitverlust in ein weit entferntes Sonnensystem zu ›springen‹. Es handelt sich um ziemlich unbewegliche Raumfahrzeuge aus einer langen, schlanken Antriebsspindel und einem enormen Solarsegel, das an einen gigantischen Sonnenschirm erinnert. Das gewaltige Segel besteht aus einem Spezialmaterial, das gewaltige Mengen elektromagnetischer Energie aus dem Sonnenwind des jeweiligen Zentralgestirns zieht und langsam an den Antriebskern abgibt, der daraus ein Kraftfeld aufbaut, durch das ein Riß im Raum-Zeit-Gefüge entsteht. Nach einem Sprung kann das Schiff erst weiterreisen, wenn es durch Aufnahme von Sonnenenergie seinen Antrieb wieder aufgeladen hat.

Sprungschiffe reisen mit Hilfe ihres Kearny-Fuchida-Antriebs in Nullzeit über riesige interstellare Entfernungen. Das K-F-Triebwerk baut ein Raum-Zeit-Feld um das Sprungschiff auf und öffnet ein Loch in den Hyperraum. Einen Sekundenbruchteil später materialisiert das Schiff am Zielsprungpunkt, der bis zu 30 Lichtjahre weit entfernt sein kann.

Sprungschiffe landen niemals auf einem Planeten und reisen nur sehr selten in die inneren Bereiche eines Systems. Interplanetarische Flüge werden von Landungsschiffen ausgeführt, Raumschiffen, die bis zum Erreichen des Zielpunktes an das Sprungschiff gekoppelt bleiben.

STERN: Eine aus fünf Strahlen (5 Mechs, 10 Luft/Raumjägern oder 25 Elementaren) bestehende Einheit der Clans.

STERNENBUND: Im Jahre 2571 wurde der Sternenbund gegründet, um die wichtigsten nach dem Aufbruch ins All von Menschen besiedelten Systeme zu vereinen. Der Sternenbund existierte annähernd 200 Jahre, bis 2751 ein Bürgerkrieg ausbrach. Als das Regierungsgremium des Sternenbunds, der Hohe Rat, sich in einem Machtkampf auflöste, bedeutete dies das Ende des Bundes. Jeder der Hausfürsten rief sich zum neuen Ersten Lord des Sternenbunds aus, und innerhalb weniger Monate war die gesamte Innere Sphäre im Kriegszustand. Dieser Konflikt hält bis zum heutigen Tage, knapp drei Jahrhunderte später, an. Die Jahrhunderte nahtlos ineinander übergehender Kriege werden in toto als die ›Nachfolgekriege‹ bezeichnet.

STERNHAUFEN: Eine aus zwei bis fünf Binärsternen, Trinärsternen, Novas oder Supernovas bestehende Einheit der Clans.

STRAHL: Die kleinste Militäreinheit der Clans, bestehend aus einem Mech, zwei Luft/Raumjägern oder fünf Elementaren.

SUPERNOVA: Eine aus einem Mechbinärstern (10 Mechs) und zwei Elementarsternen (50 Elementaren) bestehende Einheit der Clans.

TRINÄRSTERN: Eine aus 3 Sternen (15 Mechs, 30 Luft/Raumjägern oder 75 Elementaren) bestehende Einheit der Clans.

WAFFENSTILLSTAND VON TUKAYYID: Der Waffenstillstand von Tukayyid hat eine fünfzehnjährige Waffenruhe zwischen den Clans und der Inneren Sphäre begründet. Khan Ulric Kerensky, ilKhan der Clans, vereinbarte mit dem Präzentor Martialium ComStars, Anastasius Focht, auf dem Planeten Tukayyid eine Entscheidungsschlacht. Bei einem Sieg der Clans verpflichtete sich ComStar, ihnen Terra auszuhändigen, bei einem Sieg ComStars verpflichteten sich die Clans zu einem fünfzehnjährigen Waffenstillstand. Der nach einem überwältigenden Sieg der ComGuards auf Tukayyid unterzeichnete Vertrag etablierte eine Grenzlinie, die durch den Planeten Tukayyid verläuft. Die Clans dürfen diese Grenzlinie bis zum Ablauf des Waffenstillstands nicht überschreiten.

ZUG: Ein Zug ist eine militärische Organisationseinheit der Inneren Sphäre, die üblicherweise aus etwa achtundzwanzig Mann besteht. Ein Zug kann in zwei Abteilungen aufgeteilt werden.

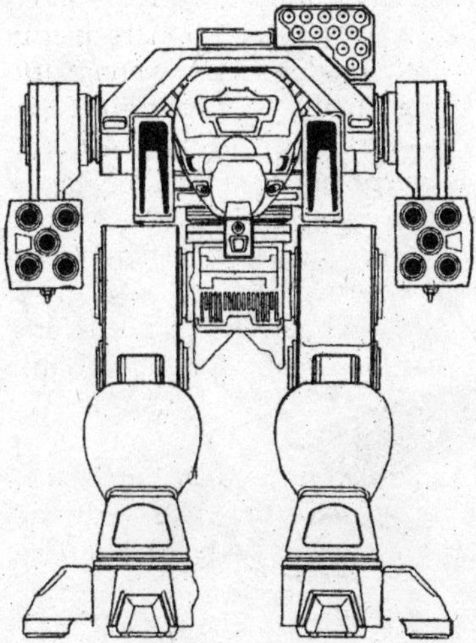

Daishi

Frostfalke

Lichtbringer

Hankyu

Schattenkatze

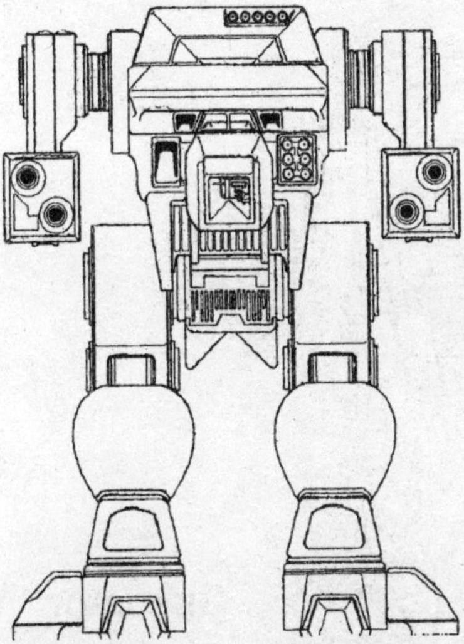

Masakari

Turkina

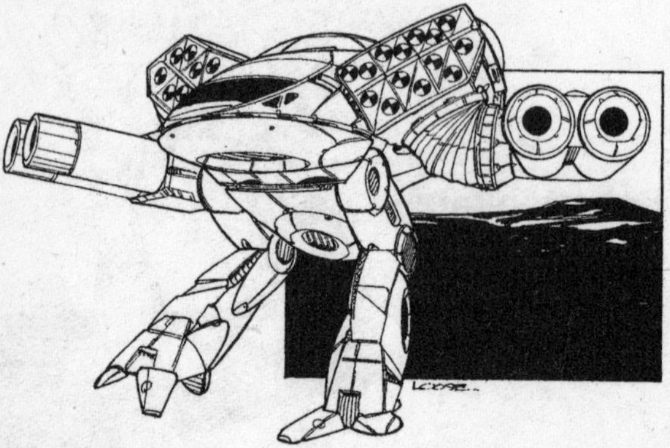

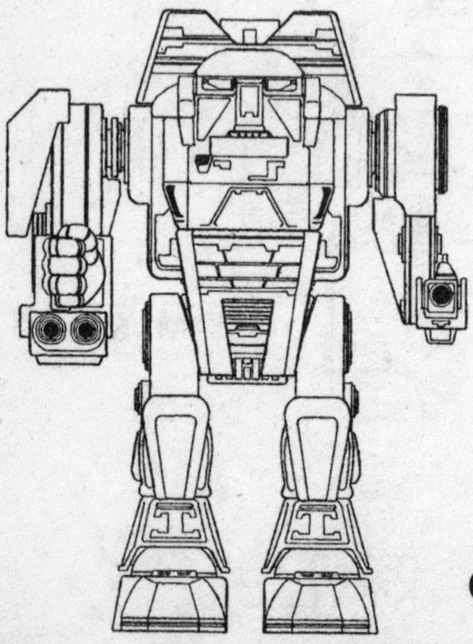

Gladiator

Fenris

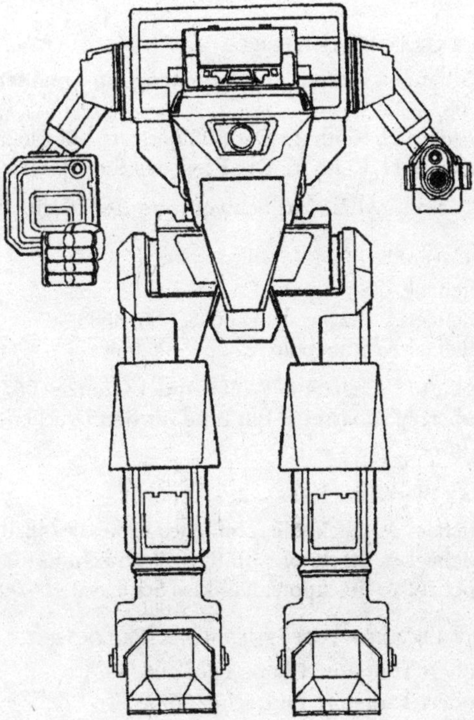

BATTLETECH®

Vom Battletech®-Zyklus erschienen in der Reihe
HEYNE SCIENCE FICTION & FANTASY

DIE GRAY DEATH-TRILOGIE:

William H. Keith jr.: Entscheidung am Thunder Rift · 06/4628
William H. Keith jr.: Der Söldnerstern · 06/4629
William H. Keith jr.: Der Preis des Ruhms · 06/4630

Ardath Mayhar: Das Schwert und der Dolch · 06/4686

DIE WARRIOR-TRILOGIE:

Michael A. Stackpole: En Garde · 06/4687
Michael A. Stackpole: Riposte · 06/4688
Michael A. Stackpole: Coupé · 06/4689

Robert N. Charrette: Wölfe an der Grenze · 06/4794
Robert N. Charrette: Ein Erbe für den Drachen · 06/4829

DAS BLUT DER KERENSKY-TRILOGIE:

Michael A. Stackpole: Tödliches Erbe · 06/4870
Michael A. Stackpole: Blutiges Vermächtnis · 06/4871
Michael A. Stackpole: Dunkles Schicksal · 06/4872

DIE LEGENDE VOM JADEPHÖNIX-TRILOGIE:

Robert Thurston: Clankrieger · 06/4931
Robert Thurston: Blutrecht · 06/4932
Robert Thurston: Falkenwacht · 06/4933

Robert N. Charrette: Wolfsrudel · 06/5058
Michael A. Stackpole: Natürliche Auslese · 06/5078
Chris Kubasik: Das Antlitz des Krieges · 06/5097
James D. Long: Stahlgladiatoren · 06/5116